中央大学人文科学研究所
翻訳叢書
11

十七世紀英詩の鉱脈
珠玉を発掘する

「十七世紀の英詩とその伝統」研究チーム
秋 山　 嘉　兼 武 道 子
笹 川　 浩　安 斎 恵 子
石 原 直 美　海老根　宏
金 子 雄 司　上 坪 正 徳
坂 川 雅 子　清水ちか子
土 屋 繁 子　森 松 健 介
訳

Facets of 17th Century English Poetry : An Annotated Anthology

中央大学出版部

目次

ロチェスター伯爵ジョン・ウィルモット（一六四七—八〇）　264

第Ⅲ部　個人をうたう……　303

ベン・ジョンソン（一五七二—一六三七）　307
ウィリアム・ドラモンド（一五八五—一六四九）　332
ジョン・サックリング（一六〇九—四二）　339
リチャード・ラブレイス（一六一八—五七）　348
エイブラハム・カウリー（一六一八—六七）　359
ウィリアム・コングリーヴ（一六七〇—一七二九）　389

第Ⅳ部　女性がうたう……　397

エミリア・ラニア（一五六九—一六四五）　401
レイディ・メアリ・ロウス（一五八七頃—一六五一／五三）　459
キャサリン・フィリップス（一六三二—六四）　483

目次

凡例

一　詩の理解のたすけとなるよう、注をつけるとともに、基本としては、詩人の略伝を詩の前に、また詩の解説をそれぞれの詩のあとに付してある。ただし、いくつかの詩についてまとめて解説を付した場合や、略伝と解説を併せて記載した場合もある。

二　訳の担当者については、各章はじめの詩タイトル目次において、詩人名の後の〈　〉内に記してあるが、詩毎に担当者が異なる場合は、それぞれの詩の後に記してある。その場合、略伝を執筆した担当者名を特に掲げた。それ以外の場合は、詩の担当者が略伝と解説の執筆をしている（なお、「担当」の意味については、「あとがき」参照）。

三　各章はじめの詩タイトル目次における詩のあとに記された年号は、詩の発表・刊行年あるいは執筆・制作年（推定も含む）である。

四　詩の原題は、巻末にまとめて掲げた。

五　韻文詩には参考のために行番号が付してあるが、原文との厳密な一対一の対応を必ずしもしているわけではない。

第Ⅰ部　社会をうたう

ジョン・クリーヴランド　一六一三―五八　〈笹川浩〉
・反逆するスコットランド人（一六四七）
・ストラッフォード伯のための墓碑銘（一六四七）
エイブラハム・カウリー　一六一八―六七　〈秋山嘉〉
・幻視に拠ってオリヴァー・クロムウェルの統治を論じる（一六六一）
ジョン・ドライデン　一六三一―一七〇〇
・マクフレックノー（一六七六）〈兼武道子〉
・アブサロムとアキトフェル：詩作品（一六八一）〈海老根宏〉

ジョン・クリーヴランド

略伝

王党派詩人（Cavalier Poets）の一人であるが、形而上派詩人に見られるような奇想（conceit）をしばしば用いる。一六一三年、聖職者の長男としてイングランド中部レスターシャーのラフバラ（Loughborough, Leicestershire）に生まれる。二一年、父が同じくレスターシャーにあるヒンクリー（Hinckley）の教区牧師として赴任することになり当地に引っ越す。そこで、後にピューリタン革命で対立する長老派の指導者になり新たな宗教体制を審議するウエストミンスター会議のメンバーにもなるリチャード・ヴァインズの教育を受ける。

一六二七年にケンブリッジ大学クライスツ・コレッジに進み、優秀な成績を修めた。ミルトンも同コレッジに二年前に入学しており、二人は面識があったと考えられる。二九年には大学を代表して学長とフランス大使に対してラテン語で歓迎のスピーチをする大役を任される。三四年にはセント・ジョンズ・コレッジのフェローになり、さらに三五年から三七年にかけて修辞学講師（Rhetoric Reader）も務めた。彼のレトリックに対する造詣は詩作にも反映している。また彼は、夏季休暇中に行われる学生の酒宴の幹事兼司会者も務めたが、その際に培ったユーモアや機知のセンスも彼の詩作に役立っていると思われる。

ジョン・オーブリーによれば、彼は大学内では詩人としてより論客として知られていたが（"... he was more taken notice of for his being an eminent Disputant, then a good Poet." *Brief Lives*）、それでも彼の作品の中でよく知られたいくつかの詩はケンブリッジ時代に書かれた。そのうちの一つは、クライスツ・コレッジのフェローでウェールズ沖で溺死したエドワード・キングを哀悼した「アイルランド海で溺死したキング氏に寄せて」（"Upon the death of M. King drowned in the Irish Seas"）である。キングの不慮の死については、ミルトンも哀歌『リシダス』（*Lycidas* 一六三七）を書いている。クリーヴランドがケンブリッジ時代に書いたその他の詩には「国王のスコットランドからの帰還に寄せて」（"Upon the Kings return from Scotland"）、「二人の熱狂者の対話」（"A Dialogue between two Zealots"）、「ストラッフォード伯のための墓碑銘」（"Epitaph on the Earl of Strafford"）、「スメクティムヌウス」（"Smectymnuus"）、

「ルパート王子へ」（"To P. Rupert"）などがある。

クロムウェルをケンブリッジ選出の国会議員にすることに反対していたクリーヴランドは、一六四二年に内戦が勃発すると間もなくケンブリッジを出て、オックスフォードに駐留していた国王軍に合流。そこで有名な詩「反逆するスコットランド人」（"The Rebell Scot"）を執筆。一六四五年、法務官（Judge Advocate）としてニューアーク（Newark, Nottinghamshire）の国王軍駐屯地に赴任するが、翌年五月、国王はスコットランド軍に降伏。クリーヴランドも降伏し、その後釈放される。その際、スコットランド軍司令官デイヴィッド・レズリーのもとで裁判を受け、軽蔑にも値しないとして釈放されたという記述が残っているが（*The Critical Review*, xxvii. 一七六九）、真偽は定かでない。

釈放後一〇年近くの間の彼の消息は不詳。その間、彼の詩集が一四冊出版されたが、おそらく全てクリーヴランドの許可なしに出版されたものである。一六五五年にノリッジ（Norwich）で逮捕され、ヤーマス（Yarmouth）の刑務所に収監された。当時の政治家ジョン・サーロウが残した文書には、クリーヴランドに対して単に不審者であるという主旨の曖昧な罪状が記録されていて、その最後は「クリーヴランド氏は非常に有能な人物であるので、それだけ大きな害にもなり得る。」（"Mr. Cleveland is a person of great abilities, and so able to do the greater disservice. . . ."）と締めくくられている。結局その曖昧な罪状により刑務所に少なくとも三か月は収監されたが、その後クロムウェルに直訴状を書き、釈放される。晩年はロンドンの法学院（Inns of Court）の一つグレイズ・イン（Gray's Inn）で過ごす。そこで後に風刺詩の傑作『ヒューディブラス』（*Hudibras* 一六六三）を書くサミュエル・バトラーと交友する。一六五八年四月二九日、間欠熱により死亡。遺体はロンドンのコレッジ・ヒル（College Hill）にある聖ミカエル・ロイヤル教会（St. Michael Royal Church）に埋葬された。この教会はその後一六六六年の大火で焼失しクリストファー・レンにより再建されたが、第二次大戦の空爆で再び破壊され、修復されて現在に至っている。

クリーヴランドの最初の詩集が出版された一六四七年から彼が死去する一六五八年までに全部で一八冊の彼の詩集が出版されたが、それらのどの編集にも彼は関わっていないばかりか、彼の承諾もなく出版されたように思われる。したがって中にはクリーヴランドの詩かどうか疑わしいものも収録されている。クリーヴランドの詩はその表現上の難解さが一つの特徴で、形而上派的な奇想がしばしば見られる。トマス・フラーはクリーヴランドの表現に関して「彼の表現には比喩表現がたくさんあるが、それらは『難解な平易さ』を伝える。耳で聞くと『難解』なのだが、じっくり考えると『平易な』内容なのだ」（"His *Epithets* were pregnant with *Metaphors*, carrying in them a *difficult plainness*, *difficult* at the *hearing*, *plain* at the *considering* thereof."）と述べている（*The History of the Worthies of England* 一六六二）。またドライデンも『劇詩論』（*Of Dramatic Poesy* 一六六八）の中で、ジョン・ダンとクリーヴランドを比較し、ダンが日常的な言葉で深い思想を表現するのに対して、クリーヴランドは「ありふれた思想を難解な言葉で表現する」（"[Cleveland] gives us common thoughts in abstruse words."）と述べている。同じく『劇詩論』の中に、「クリーヴランドの詩を読む時は必ずしかめ面になる。さながら一語一語が飲まねばならない苦い薬のようだ。彼は何度も我々に歯を砕くような硬い木の実を与えるが、苦労しても仁の部分がないのだ。」（"...we cannot read a verse of Cleveland's without making a face at it, as if every word were a pill to swallow : he gives us many times a hard nut to break our teeth, without a kernel for our pains."）という記述もある。クリーヴランドの詩に対するこのような否定的な評価が一度は定着し、一八、一九世紀にはほとんど顧みられなくなったが、二〇世紀に入り形而上詩人の再評価の気運が高まるとクリーヴランドの作品の価値も見直されるようになった。

クリーヴランドの作品には、上に挙げた詩の他に、「ファスカラ、あるいは遍歴する蜜蜂」（"Fuscara ; or The Bee Errant"）、「愛する人に捧げる詩」（"The Hecatomb to his Mistresse"）、「反プラトニック」（"The Antiplatonick"）などがある。

反逆するスコットランド人[1]

どうして。摂理[2]だと。それなのにスコットランドの軍隊なのか。

（1）一六四三年九月、スコットランドはイングランド長期議会と厳粛同盟を結び、それによりスコットランド軍は、一六四四年一月、国王チャールズ一世に反旗を

それなら「自然」夫人もつけぼくろ(3)を付けることになる。
何だと。こうして我が国が、我々に屈従する国に
隷属することになるのか。
警鐘を打ち鳴らせ。私は怒りで燃えている。
田舎の教会の聖歌隊席にある消火用水を全て使っても(4)
私の怒りの炎を消すことはできない。怒る詩人の恐ろしさは
彗星の不吉な炎の髭のようなものだ。
どんなに冷静でも、自分の国が、ピムが罹った病気(5)に侵されるの
　　を見て
自分の憤怒を抑えることができる者がいるだろうか。
スコットランド人に侵攻され、あのちっぽけなミュルミドン人(6)の
　　餌食にされて
どうして怒りを抑えられようか。
もし詩に魔よけの力がなかったならば、解毒剤を持たずに
スコットランド人という名を引用しようとは思わない。
私が赤毛で、毒にもなり得る詩を

翻してイングランドに侵攻した。

(2)「摂理」("Providence")は議会派の新型軍(New Model Army)の喊声。

(3) つけぼくろ(black patches)は一七、一八世紀頃に女性がおしゃれとして顔に張り付けた黒絹の小片。beauty spot とも。black patch には植物に褐色あるいは黒色の病斑を生じさせる黒カビ病という意味もある。

(4) 教会の消火用バケツは、通常聖歌隊席に置かれている。

(5) 議会派の指導者ジョン・ピムは一六四三年一二月八日に病没したが、一部の人はその死因がシラミ寄生病であったと信じていた。クリーヴランドもここでは、ピムがシラミ寄生病に罹っているという前提に立っていて、スコットランド人の

創作できるのであれば別だが(7)。
たとえ私が眠たそうな判事で、手品師が口からリボンを出すように
憂鬱な語り調子で、絞首刑の判決を告げることができたとしても、
あるいは、たとえ（やぶ医者の語り調子で）
口先だけの薬を与え、死を処方することができたとしても、
またジュネーヴの雄牛マーシャル(8)のように、説教壇に立って、
地獄や呪いの言葉を声高に叫ぶことができたとしても、
それでも、その炸裂弾のような言葉全てをもってしても、
スコットランド人を表現するには、その役を演じるには不十分だ。
スコットランド人にふさわしい罵りを浴びせるためには、
私はまず、（奇術師のように）短剣を飲み込まねばならない。
　来たれ、鋭い弱強格《アイアンビック》よ。そのアナグマのような脚で(9)。
そしてアナグマよろしく、噛みちぎってしまえ。

イングランドへの侵入を、シラミがピムの体内に侵入することに擬えている。

(6) アキレスに従ってトロイ戦争に参加した好戦的なテッサリア人。元々蟻だったがゼウスによって人間に変えられた。なお原語の"Myrmidon"は、この詩が書かれた一七世紀から一般的に"An unscrupulous faithful follower or hireling; a hired ruffian"(*OED*) という意味でも用いられ始めた。

(7) キリストを裏切ったユダが赤毛であったと信じられていたため、赤毛は悪の印と考えられた。

(8) 一七世紀の著名な説教師スティーヴン・マーシャル。イギリスの監督制度(episcopacy)を攻撃した長老派教会の代表者五名のうちの一人。彼らはそれぞれの名の頭文字を組み合わ

辛辣な風刺家たちよ、この時代を懲らしめるあらゆるサソリ鞭[10]で
私の怒りを補う手助けをしてくれ。
スコットランド人は魔女のようなものだ。お前のペンを研ぎ澄ま
　せ。
相手が出血するまで書き続けろ。そうすれば彼らはお前を傷つけ
　ることはない[11]。
さあ、殉教者が火刑柱に括られ、偽善者として
無理やり獣の姿にさせられるように、
私はスコットランド人を苦しめてやろう。だがあなたの目を欺く
　わけではない。
獣の皮をかぶったスコットランド人は、単に見かけだけではない
　のだから。
もはやアイルランドに自慢させるな、その無害の国が
毒などいっさい懐に抱いていないと[12]。スコットランド人が入植し
　たのだから。
また我が国でも、古来信じられてきた言い伝えが通用しなくなる。

せて「スメクティムヌウス」(Smectymnuus) と称した。

(9) 弱強格 (iambus) は古典詩では短長格で、アナグマの前脚と後脚の短長と呼応する (iambus は詩脚 foot の一種なので、アナグマの脚と結びつく)。短長格の調子は、元々古代ギリシャで風刺や非難の言辞に用いられた。

(10) 刑具に用いる棘の付いた鞭。

(11) 魔女は、自分から血を抜き取った者に対しては害を加えられないと信じられていた。

(12) 聖パトリックがアイルランド全土から全ての毒蛇を退治したという伝説に基づく。

スコットランド人が入り込み、イングランドに再び狼が出没して
　いるのだから(13)。
ロンドン塔を管理していたスコットランド人は(14)、
(自分の胸の鉄格子の内側にいる)
豹や黒豹を(15)見せて、代金を独り占めできただろう。
田舎から出てくる純朴な人たちが、あの野蛮な仲間たちに会うた
　めに
定期的に支払っていた代金である。
彼らがまず獰猛な法律家に、次にその動物に対して支払う代金だ(16)。
「自然」自身も、スコットランド人が野獣であると認めている、
彼らの国をあのような荒野にしているのだから。
その土地は、もしもそこがチャールズの出身地でなければ、
もしもモントロウズ伯爵とクローフォード伯爵の忠実な軍団が(17)
彼らの罪を償いその土地の半分をキリスト教化しなかったならば、
神の遍在が疑わしく思え、留保されるほど、荒れているのだ。
しかしその全土が獣の斑点に覆われているというわけではない。

(13) イングランドでは、一〇世紀のエドガー王の治世(位九五九—九七五年)に、狼が絶滅したと信じられていた。実際には狼は一五世紀にもいた。

(14) ロンドン塔の副長官だったウィリアム・バルフォア卿。国王により一六四一年一二月解任。

(15) 豹(leopard)や黒豹(panther)は「欲望」を象徴している。また黒豹は「裏切り」「欺き」も連想させる。ドライデンの『雌鹿と黒豹』(*The Hind and the Panther*)参照。

(16) 当時、ロンドン塔は監獄としてだけでなく、動物園としても利用されていた。田舎からロンドンに来た者は、仕事で法律家に会い、そしてロンドン塔にいた動物を見学することが多かった。

(17) ジェイムズ・グラハム第

そこにはスコットランド人の教会《カーク》だけでなく真の教会《チャーチ》もあるから
　だ。
それは、一方に悪魔を、もう一方に聖人を描き、
同一人物を全く違って見せる絵に似ている。
憂鬱な夢の中で、ぼんやりした空想の主題として
地獄を見た者は、自分の罪に怯え、
恐怖の中で後悔するが、そのような者が
もしスコットランドを見たとしたら、改宗者になっていただろう。
そこは罰当たりな目的で祈ることすらある国。
ああ、スコットランド人がその国から追放されないように。
もしカインがスコットランド人だったら、神は彼の運命を変え、
彼に彷徨わせることなく、その国に閉じ込めておいただろう。
彼らはユダヤ人のように広がり、疫病のように拡散する、
まるで悪魔が遍在するかのように。
こうして彼らは、彷徨いながら生活をする。そして
あちらこちらで戦いを挑み、地上をぼろきれのようにする。

五代モントロウズ伯爵（後に初代侯爵）とルドヴィック・リンジー第一六代クロフォード伯爵。共にスコットランド貴族で、清教徒革命中、国王チャールズ一世側に立って戦った。前者は、W・スコットの小説『モントロウズの伝説』（*A Legend of Montrose*）の主人公。

彼らは世界市民であり、どこにでも入り込んでいる。
スコットランドは伝染病のような国なのだ。
だが彼らが彷徨うのは、外国で着こなし方を学んだり、
拙い外国語の話し方を学ぶためではない。
スペイン流の肩のすくめ方を習得して帰るためでも、
オランダの指導者の中で誰が、腹の形において、あるいは髭の切
り方において、
最もビール用大ジョッキに似ているかを知って帰るためでもない。
（これらは、世間という海で進路を決める海図のようなもの。）
そうではなく、「遍歴するスコットランド人」は戦うのだ、食べ
るために戦うのだ。
彼らのダチョウのような胃袋は、剣すらも食べ物にしてしまう。
自然は、スコットランド人を歯抜き職人として扱ってきた。
彼らは剣を歯のようにベルトに吊るすのを習慣としているのだ。(18)
しかしこのような彼らにふさわしい職業の選択に驚くな。
その蛇は「楽園」にとっては常に命取りだ。

(18) 一六、一七世紀当時の巡回歯抜き職人（今日の歯科医）は、自分が抜いた歯を帽子やベルトに飾ったり紐に吊るしてネックレスにしたりして、その技量を宣伝するという習慣があった。

確かに「イングランド」には毒蛇[19]たちがいる。その毒蛇が
患者の北面の裏門を襲っている様は
蛭のようだ。それらはこうして実際に我々の肉体から
血を吸おうとする。しかし病気が治れば破裂するだろう[20]。
かつてのように再び我々が借金をし、農奴の身分を購入する、
そのような考えを、彼らに抱かせてはならない。
かつて彼らの頭を撫でるために、彼らをよき臣民と呼ぶために、
彼らに生姜クッキーを買い与えるために、一つの法律が制定され
　たのだ[21]。
金では駄目だ、親切な行為でも駄目だ。鋼のような意志こそが
この頑迷なスコットランド人を手なずける。譲歩することで
反逆者を改心させようとする王は、自分の馬のお株を取ろうとし
　て
自分自身の背に鞍を付ける者と同じだ（あるいはもっと悪い）。
そのようなことをするために、あなたはご自身の痩せた土地を
　去り、

（19）原語は Hemorods（Haemorrhoids）。これに噛まれると出血が止まらないと言い伝えられていた。もちろんここでは「痔疾」の意も含まれている。

（20）蛭に悪い血を吸わせて病気を治すという伝統的な療法に言及。

（21）一六四一年二月、議会はスコットランドに対して友情の証として、それまでにすでに毎月支払っていた二万五千ポンドに加え、三〇万ポンドを特別に贈与することを決定した。

エジプトで奪ったものでイスラエルを豊かにしたのですか。
確かに彼らは福音の護衛隊だ。しかし彼らのために、
新しいイエルサレムの守備隊である彼らのために、
同胞は何をしてくれるというのか。大義、大義と叫び、
葡萄酒で作ったミルク酒を提供し、そして基本法と叫ぶだけ(22)。
主よ、衣服がないということは、何といいことなのか。
いかにスコットランド人の胃袋と肉不足が、人を改宗させることか。
彼らには食べ物も衣服も不足していた。だから彼らは
宗教をお針子や料理人と思い込んだのだ。
彼らの化けの皮をはがしてみよ。彼らの良心はおろか
名誉も地位もまやかしだ。
彼らの肩書きを調べてみよ、そして彼らのお金を秤にかけてみよ。
大げさに語られるスコットランドの大地主と二〇ペンスは、
その真の価値を問えば、イングランドの質素なヨーマンと
誇張のない良貨の二ペンスにしか相当しないし、しかもそれが妥

(22)「大義」(“Cause”)や「基本法」(“Fundamental Laws”)はピューリタンたちの喊声。「ミルク酒」(posset)は熱い牛乳を葡萄酒などで凝固させた飲み物で、風邪薬として服用された。

当なのだ。
だからお前ら傲慢なぺてん師たちよ、ここから去れ。
礼節と敬虔の皮をかぶったピクト族[23]よ、
お前らは詩の題材としては恥ずべき存在。お前らが絞首刑になれ
ば
絞首台の方が不名誉をこうむるほどだ。
自分が追放されることで陶片追放を穢し価値を貶め
廃止に追い込んだヒュペルボルス[24]と同じだ。
スペイン人が天国にいると聞かされたために
天国に行くことを誓って拒否したインディオが、
もしも地獄にいるスコットランド人が何者かを知っていたなら、
彼はエラスムスの如く、どちらにも行けずに宙ぶらりんになって
いたであろう。
私の詩神《ミューズ》の役割は終わった。ここでいったん後片付けだ。
もし私が骨までしゃぶってしまえば、悪魔に悪いことをしてしま
う。

(23) 古代から中世初期にかけてブリテン島北部に定住していた種族。九世紀頃スコット族と融合。「ピクト族」の原語（"Picts"）は、ラテン語の *"pictus"*(painted) に由来すると考えられ、一〇六行目の「まやかし」("sophisticate") と呼応する。また *"pictus"* には "empty, vain" という意味もある。

(24) 前五世紀の古代アテネの政治家で民衆煽動家。アルキビアデスやニキアスを陶片追放の制度を利用して排除しようとしたが、逆に自分が追放され、サモス島で殺害された。これが陶片追放による最後の追放となった（前四一七年頃）。

この料理は悪魔のものだ。スコットランド人が死ねば、
彼らの国と同じく地獄もフジツボを食べることになる。
　スコットランド人は、絞首刑台から解き放たれると
　ステュクス川に入り、カツオドリになるのだ。(25)

(25) ステュクス川は、ギリシャ神話で死者が黄泉の国に入る際に渡る川とされる。またスコットランド北部のオークニー諸島の木はフジツボを実として結び、それが海に落ちてカツオドリになるという伝説があった。

解説

この詩は、ピューリタン革命の際、スコットランドがイングランドの議会派と呼応して国王チャールズ一世に反旗を翻したことを批判し風刺したもので、クリーヴランドの作品の中でおそらく最も有名な詩である。実際にスコットランド軍がイングランドに侵攻したのは一六四四年一月一九日であるが、この詩はそれよりも少し前、おそらく四三年暮れに書かれたと考えられる。作品中でジョン・ピムの病気（原詩一〇行目、訳詩九行目）に言及されているが、議会派の指導者ピムは死去したのが一六四三年一二月八日であり、詩の中では、ピムがまだ生きているかのような書き方をしているためである（Morris 一一六頁）。最初の出版は一六四七年。

国王チャールズ一世は、長老派の多かったスコットランドに監督制を強制しようとして主教戦争（Bishops' War）を起こしたが、その戦費を調達するために一六四〇年四月に議会を招集した（Short

Parliament)。しかし国王の専制政治に強い不満を持っていた議会は補助金を承認しなかったので国王は三週間で議会を解散し、アイルランド議会からの援助金で戦費を賄った。しかし結局スコットランド軍のイングランド北部への侵入を招き、四〇年一〇月、リポン条約（Treaty of Ripon）を締結。それにより取り決めたスコットランドへの支払金を調達するために、チャールズは改めて一一月に議会を招集せざるをえなかった（Long Parliament）。議会は国王の腹心ストラッフォード伯を君側の奸であるとして排除し、さらに王権の様々な制約を要求し、四二年六月には、すでにロンドンを退去しヨークにいたチャールズに対して一九か条の提案（Nineteen Propositions）を突き付けたが、国王はそれを拒否、八月にノッティンガムで挙兵するに至った。

最初の武力衝突となったエッジヒルの戦い（Battle of Edgehill 一六四二年一〇月二三日）ではほぼ引き分けで終わったが、一六四四年七月二日のマーストン・ムアの戦い（Battle of Marston Moor）では議会軍が国王軍を破り、それが内乱の帰趨を大きく左右することとなった。結局チャールズは、ネーズビーの戦い（Battle of Naseby 一六四五年六月一四日）での決定的敗北を経て、一六四六年五月五日、ノッティンガム近郊のサウスウェル（Southwell）でスコットランド軍に投降した。なお、この内乱の間、一六四三年九月二五日に長期議会とスコットランドは軍事、宗教の両面において提携を結び、イングランド側から毎月三万ポンドをスコットランドに支払い、長老教会制度（Presbyterianism）をイングランドにも施行することを約束するという条件で、スコットランド軍は議会側に立って参戦することを決めた。厳粛同盟（Solemn League and Covenant）である。そして内乱の勝敗を左右することになったマーストン・ムアの戦いではその厳粛同盟によってスコットランド軍が議会軍に加わっていたのである。

王党派のクリーヴランドは、そのようなスコットランド人の仕打ちを国王に対する裏切りとして憤った。もともとスコットランドはスチュアート家の故郷であるだけに、スコットランド人の反逆を道義的にも許せなかったのである。この「反逆するスコットランド人」が書かれたのはまさにスコットランドがイングランド議会派と厳粛同盟を結んで間もない時期である。クリーヴランドの怒りの炎は、詩の中の表現を用いれば「田舎の教会の聖歌隊席にある消火用水を全て使っても消すことはできない」（六—七行）ほどだった。

この比喩表現に見られるように、クリーヴランドの詩にはしばしば斬新で突飛な比喩が用いられる。ドライデンはClevelandismという言葉を「語の誤用、こじつけ的用法」（catachresis）の意味で用いて、「語の意味を無理やり捻じ曲げ歪曲して別の意味で用いる」（"wresting and torturing a word into another meaning"）ことであると説明している。そしてそれが不適切な比喩を濫りに用いる「濫喩」を生み出すと考える（*Of Dramatic Poesy*）。確かにクリーヴランドの詩は斬新な比喩の頻出に起因する表現上の難解さが一つの特徴である。例えば「アイルランド海で溺死したキング氏に寄せて」（"Upon the death of M. King drowned in the Irish Seas"）の中の「私のペンは雨樋だ、そこから私の涙の雨が迸る……」（"my penne's the spout / Where the rain-water of my eyes runs out . . . ." 五―六行）という表現は、哀悼の表現としては不自然でわかりにくい比喩になっているかもしれない。「反逆するスコットランド人」においても、印象的な比喩がいくつも用いられている。例えば六三行目から六六行目にかけて、詩人はスコットランド人を弟アベルを殺害したカイン、ユダヤ人、疫病、さらに悪魔に擬える。そして神は、殺人の罪を犯した罰としてカインを定住していた土地から追放したが、そのカインがもしスコットランド人であった場合は、「ユダヤ人」「疫病」「悪魔」が世界中に拡散しないように、その土地に閉じ込めていただろうと主張する。八二、八三行では、スコットランド人を「蛇」に喩えるが、その蛇を表す Hemerods（Haemorrhoids）が「痔」を意味する語でもあるために、今度はスコットランド人を「痔」に喩え、それがイングランドの「裏門」つまり「肛門」を襲う様子を印象づける。同時に肛門を襲う蛇の姿から「蛭」を連想し、その蛭がイングランドの肛門でその悪い血を吸って病気を治してくれるというイメージにつながっていく。イングランドの悪いところを治療するのに用いられたその蛭、つまりスコットランド人は、イングランドが回復すればお払い箱ということになる。このように複数のイメージが錯綜するためにわかりにくい表現となっている。この詩の最終部では、スコットランド人は「フジツボ」や「カツオドリ」にされてしまう。これは、スコットランド北部のオークニー諸島では木々がフジツボ（barnacle）の実を付け、その実が海に落ちてカツオドリ（あるいはカオジロガン barnacle goose）になるという伝説に基づいている。詩では、「絞首刑台」（"Gallow-Tree"）という木に付いた「フジツボ」つまりスコットランド人は地獄に食べられてしまうので「カツオドリ」にはなれないはずだが、この比喩ではそのような理屈は度外視され、スコットランド人が「フジツボ」や「カツオドリ」のようなつまらぬ存在であることを印象づけるための表現となっている。

クリーヴランドは、しばしば古典的な表現の伝統を無視して大胆で、しかも凝った表現を用いる。特に比喩表現にその大胆さを発揮する。そこに見られる風変りさ、技巧性、作為性、奇異性、奇怪さなどを考えれば、クリーヴランドの詩をバロック文学と見なすことも可能である。T・S・エリオットは「形而上詩人論」("The Metaphysical Poets" 一九二一)で一七世紀に「感性の分離」("a dissociation of sensibility")が始まったと主張している。彼によれば、それ以前の詩人は、薔薇の香りを嗅ぐように直接的に思想を感じていたという。一般の人の経験は無秩序で断片的であるのに対して、詩人の精神は別々の経験も融合し、新しい全体的な調和を作り上げる。それは詩人が「どんな種類の経験も取り込む感性のメカニズム」("a mechanism of sensibility which could devour any kind of experience")を持っているからだという。しかしミルトンとドライデンという巨人の影響により、「思考」と「感性」が分離し、その後の詩人たちはその傾向を受け継ぐことになった。このエリオットの考えに従ってクリーヴランドを読んだ時、明らかに彼の詩には「どんな種類の経験も取り込む感性のメカニズム」が働いていると考えられる。

ストラッフォード伯のための墓碑銘(1)

ここに賢明で勇敢なりし者眠る。
気まぐれと正義に挟まれている。
かたや反逆者、かたや便利屋と見なされ(2)
あの世に送られたストラッフォード。
この世では曖昧なまま生涯を送った。
カトリック教徒でありカルヴァン主義者。(3)
主君にとって最も近い喜びであり悲しみ。
あらゆる安心を持ちながら、欠いていた。
国を支える人物であると同時に国を滅ぼす元凶。
人民の激しい愛の対象であると同時に激しい憎しみの対象。
愛されることも嫌われることも極端であった。
ここに横たわるのは謎の数々。一言でいえば
ここに「血」が眠る。ずっと語らせず、

(1) ストラッフォード伯は、議会が定めた私権剥奪法(Act of Attainder)により、一六四一年五月一二日、ロンドンのタワー・ヒル(Tower Hill)で断頭台の露と消えた。

(2) 議会派からは「反逆者」と見なされ、国王派からは「便利屋」と見なされていた。

(3) ストラッフォード伯は民衆からカトリック教徒であると思われていたが、内心ではカルヴァン主義を信奉していたとも言われている。

そして決して叫ばせてはならない。

解　説

この詩は、クリーヴランドがケンブリッジ時代に書いたもので、おそらくストラッフォード伯が一六四一年五月一二日に処刑されて間もなく書かれたと考えられる。最初の出版は一六四七年。

ストラッフォード伯（トマス・ウェントワース）はヨークシャーのジェントリーの出身で、国会議員になった当初はジェイムズ一世やチャールズ一世の政策に反対していたが、その後チャールズ一世の側近となり、カンタベリー大主教ウィリアム・ロードと共に徹底政策（Thorough）を推し進めて、議会と鋭く対立した。そのため国王が課税の承認を求めて召集した長期議会により、一六四一年三月、国家に対する大逆罪（high treason）で起訴された。ストラッフォード伯は雄弁に自分の立場を弁護し、結局証拠不十分で起訴はいったん取り下げられたが、議会はただちに反逆罪による私権剥奪法（Attainder）の適用を主張し、結局有罪の判決を受けてロンドンのタワー・ヒル（Tower Hill）で処刑された。

王党派であったクリーヴランドは、この詩でストラッフォード伯に対する議会派の一方的な否定的評価を退け、彼に同情を示しつつ、その多面性や複雑性を強調している。ストラッフォード伯の政策の功罪に関してはいろいろな見解があるが、国王の側近として権力の中枢にいて国王派、議会派を問わず裏側の事情にも精通していたであろうから、彼が真実を語ることを恐れていた人物は相当数いたはずである。彼が最終的に処刑された背景には、そのような事情もあったと考えられる。詩の最後の「ずっと語らせず、／そして決して叫ばせてはならない。」は、彼が真実を語るのを恐れる人々の言葉である。

ジョン・デナムも、ストラッフォード伯の処刑を扱った詩「ストラッフォード伯の裁判とその死」を書いている。

エイブラハム・カウリー

略伝 一

（第Ⅲ部のカウリーの項に、伝記的側面においても、また詩においても本項とほとんど重ならない面についての、森松氏による精密な記述「略伝　二」がある。併せて参照されたい。）

一六一八年、裕福なロンドンの stationer（印刷出版業者）であった父親の死後に生まれた。ウェストミンスター校と、ケンブリッジ大学トリニティ・カレッジで学んだ。一六三九年にトリニティで文学士号を取得し、一六四〇年にフェローとなり、一六四三年に修士になった。若くして詩人としての高い評判を得た。

リチャード・クラショー同様、内戦中に議会によりフェロー資格を奪われたが、クラショーとは異なり、その際にはすでにケンブリッジを離れていた。オクスフォードで王のもとに加わり、一六四四年に秘書として王妃とともにフランスに発った。

一〇年後イングランドに戻り、すぐ投獄された。釈放されると、クロムウェル政権に服従した模様だが、その真の動機については不明な部分があり、「服従」は王党派の活動のための隠れ蓑であった可能性がある。この間オクスフォードで医学を学び、一六五七年に医学博士になった。カウリーは、時代の科学的進歩にも深い関心を持っていた。また、トマス・ホッブズとの間に親交があった。

王政復古になり、彼のフェロー資格は回復され、ヘンリエッタ・マリアによって土地の供与を受けた。それ以後、ロンドン郊外の地で隠退生活を送った。そこでの時間を、植物についての研究と、エッセイを書くことに捧げた。

同時代における名声は高く、当代きっての著名詩人の一人であった。壮麗な葬儀が行われ、ウェストミンスター寺院においてチョーサーとスペンサーに並んで埋葬された。

サミュエル・ジョンソンの『詩人伝』（一七七九）においても一番目に扱われ、詩の批評の対象として（肯定的評価と批判的評価の両面で）「形而上詩人」と括られ、大きな扱いを受けた。しかし、その後においては現在に至るまで、一七世紀詩人の中で（特に、ダンの亜流にすぎないという不当な、しかし早くからすでにあった）低い注目しか与えられて来ていない。

幻視に拠ってオリヴァー・クロムウェルの統治を論じる

エイブラハム・カウリー

「護国卿《プロテクター》」(1)の称号を世に強いた故人の葬儀の日のことであった。故人の思い出に対しても、また公的式典《ページェント》の一切がもたらす厄介事や愚行に対してもほとんど思い入れはなかったのであるが、仲間たちがぜひにと強く言うものだから、一緒に行ってその壮麗な儀式を見ざるをえない仕儀となった。たいそう立派な式になるのは間違いなく、大変物見高い者たち（さだめしその面で秀でた目利きたちも）がはるばるコーンウォールの山やオークニー諸島から出てくると噂されていたほどだった。確かに故人に相応しくない、いやそもそも死というものに相応しくない費用がかかっていた。黒い服の参列者が錚々たる列をなしていた。そこには実に多くの君主たちが（同志の喪失を大いに悼み）謹んで代理の大使を立てて参列していた。霊柩車は堂々たるものであった。冠をかぶ

(1) 護民官と訳される場合もある。広く守り手（守護者、擁護者、保護者等）の意であるが、イングランド史において、摂政・執権を指す語である（注12参照）。この詩で言われているのは特定的に the Lord Protector of the Commonwealth のことであるが、実際にその地位に就いたのは、オリヴァー・クロムウェルと息子のリチャード・クロムウェルの二人。ここは、オリヴァーの方。彼が亡くなったのは一六五八年九月三日、ウェストミンスター寺院に葬られたのは同一一月二二日。

せた像、そして（王族の埋葬の際に行われる、したがって今回も略されるはずの絶対ない諸儀礼は言わずもがな）膨大な数の見物人たちが、慣例どおりこの見せ物自体の小ささからぬ要素をなしていた。しかし、どうしてかは分からないのだけれど、この全体が、この儀式の対象である当の人間の一生をなぜかうまく表すような按排になっていると、私には思われた。ざわざわとうるさく、騒然としていて、費用もかさんで、壮麗さも虚飾もみごと。要するに、一大ショーで、だがしかし、結局のところ目に悪い眺め、なのであった。

ようやっと（そう言うのも、私には、長たらしくも、また同時に、彼の短い治世同様大変うんざりするものにも思われたからだが）、「出し物」一切がすみ、私は自分の部屋に戻った。ぐったりしてしまい、会葬者の誰よりも憂鬱であったと思う。部屋で私はこの桁外れの人間の一生について考えを巡らし始めたが、彼のなしたことに対する恐怖や嫌悪でいっぱいになったかと思えば、また彼の勇気やふるまいや活躍に対する敬意と讃嘆を感じる気に少

（2）ホメロスのこと。『イーリアス』一章五七—六三参照。「脚速きアキレウスは衆の間に立ち上がり弁じていうには、『……されば占い師祭司か、あるいはまた夢もゼウスの遣わすところであれば、夢占い者になりと訊ねてみようではないか』」（松平千秋訳、岩波書店、一九九二）。

（3）『コリントの信徒への手紙二』一二章二参照。「その人は一四年前、第三の天にまで引き上げられたのです。体のままか体を離れてかは知りません。神がご存じです。わたし（パウロ）はそのような人を知っています。」

（4）現在のアングルシー島(Isle of Anglesey)。ウェールズ北西岸に接する島で、「モナ」の名は、ウェールズ語での呼称 Ynys Môn が、古代において島に侵入し支

しなったりもした。こんな具合に精神《あたま》が正に反に揺さぶられて乱され右往左往したせいで、言わば寝かしつけられてしまい、あげく次のような幻に陥ったのであった。夢でしかないとおっしゃるとしてもそれで結構、私はそれを悪くはとらない。詩人たちの父(2)が言うように、夢はまさしく神から送られるものであるのだから。

しかし、本当にそれは夢などではなかった。というのも私は突然遙か彼方に連れ去られて（体のままか、体を離れてかは、聖パウロ同様(3)私も知らないのだけれど、モナ島(4)のかの名高い丘の天辺にいたのであった。「つい先頃まで」この上なく幸福だった三大王国(5)を見晴らせる場所である。見晴らすや、その「つい先頃まで」王国は私の記憶を揺さぶり、三王国をここ二〇年間圧倒したありとあらゆる罪や不幸をいたましくもまざまざと呼び起こした。二、三時間ほど激しく泣いて、手持ちの涙が尽き果てたところでさらに一時間嘆息にふけった。よく覚えているが、激しい動揺から回復して言葉と理性が使えるようになった途端、（イング

配するようになったローマ人によって、ラテン語でMonaと表記されたもの。先史時代のメンヒルその他の巨石モニュメントが今も多く残る。「かの名高い丘」は、おそらくホリーヘッド山（Holyhead Mountain）のことだと思われる。海抜二二〇メートルで、アングルシー州最高峰。鉄器時代のストーンサークルがある。

(5) イングランド、スコットランド、アイルランドのこと。ちなみに、一六三九年から一六五一年にかけての、いわゆるイングランド内戦（内乱）は、「三王国諸戦争」Wars of the Three Kingdomsと呼ばれることもある。それは、それらの争いを統一的に見ようとする現代の歴史観において使用される用語でもあるが、一七世紀においても、この

ランド王国を目にして）次のような嘆きが口をついて出た。

1

ああ、幸福なる島よ。私が生まれ、おまえを初めて知ってからというもの
何と変わりはてた姿となり、冒瀆を受けたことか。
かつては平和が（騒々しい騒ぎや甲高いラッパの音におびえるあまり）
四囲の世界は見放して、
ハルキュオネー(6)のように抱卵の巣を作るため
人目につかない休息と安全な待避の
場所としておまえを選んだ。そこでは
大気を乱そうと吹き荒れる風などかつてはなかった。

2

かつてはそのうえ、地球のあらゆる富が

詩が出版されたすぐあとの一六六二年に用いられた例がある。

(6) ギリシア神話において、冬至頃会場で巣ごもって風波を静めて卵を孵すと想像された鳥。カワセミと同一視される。

潮が満ちるたびにおまえに流れ込んだ。
そんな自然すべてがおまえの陸地には何も与えなかったけれど
おまえの稔り豊かな勤勉から成長が生まれた。
かつては、誇り高く、畏敬すべき海と、
その支流の川すべてが
おまえに貢ぎ物を絶えず差し出した。
かつて水の世界はそれ全てテムズ川の延長にして一つだった。

3

かつてはどの村にも豊穣が現れ
「恵み」がそこの支配を任されていた。
征服者一味に独占され虜囚となる前は
金《きん》が自由に往来しどこにも行き渡っていた。
我らが国の宗教は、近年の盲愛によって
（かつての精霊《ニンフ》のひとり）エコー《こだま》と同様の目に遭い(7)
空ろなざわめきに変じてしまったが

(7) ギリシア神話においてゼウスの浮気相手となったニンフたちを助けるために、エコーはゼウスの妻ヘーラーの怒りを買い、誰かの言葉を繰り返すことしかできなくなった。エコー（木霊）は、ナルキッソスに恋したが話しかけることができず、恋の悲しみから次第にやせ衰え、体をなくして声だけの存在になった。別な話として、エコーが、求愛を断られたパーン（牧神）の怒りを買って、羊飼いに襲われ八つ裂きにされ、歌の節だけが木霊として残ったとも伝わる。

かつては意見《こえ》だけでなく名誉《かお》と実体《なかみ》も持っていた。

4

かつて人々は互いに尊敬しあい、友情を抱き
神を敬い崇めていた。
地上のいかなる王国も、我らの国以上に幸福なる君主を
我らに示すことなどとうていできなかったろう。
しかもその臣民たちが
君主よりなお幸福にしてもらえていた。
(これは俗耳にはまず受け入れられないはずの真実で
ほんの少数の者にしか分かっていない秘密なのだ)

5

ところが今や、おまえは混沌と混乱を演じ、
バベルのような、ベドラムと化してしまう。
本来身につけるべき飾りや服を、気が違った人間のように

おまえ自身が引き裂き、自分の手足に切りつける。
そうして（かつて野蛮なブリトン人がしたように）
おまえの体中に偽善が刺青《えがか》されているのが
我らの目に晒されたとしても
剝き出しの赤恥は見せずにすんだとおまえは思うのだ。

6

以前はおまえをうらやんだ国々も
今は嗤っている（微笑むのでは足りないのだ）。
彼らは嗤い、おまえの過ちがあらゆる憐れみを越えるほどでなければ
おまえを憐れみもしたろうにと思っているのだ（ああ何たることか）。
かつておまえは、フランス人の浮気を忌み嫌い
あざわらった国だったのではないか。
ところが昨今ではおまえの政府よりも、フランスの方が流行や服

　装の変化が少ない。
それを我ら自身が我が身我が目で知ったのではないか。

7

不幸なる島よ！　海上に出たおまえの船のどの一つも
おまえ本体ほど揺すぶられ引き裂かれたものはなかった。
その剝き出しで無防備な船体は波に翻弄されてジグザグ走り。
周りの岩や岸がおまえの破滅を迫っている。
おまえの愚かな水先案内人はどこか具合が悪かったのか。
羅針盤をすっかり放っておいたとは。
法も規則もなく船を走らせ
天空を案内役とするのでなく風任せにしたとは。

8

だがしかし、偉大なる神よ、それでもしかし、我らは謹んで
お願い申し上げる。この漂う島を難破から救いたまえ。

たとえ、自らを汚す血を洗い流すために
大海原の中に沈むのがこの島にとても相応しいのだとしても。
それでもしかし、殉教者となった国王の祈り
（殉教者国王が祈っていることは我らの知るところ）(8)と引換えに
この罪深い、滅びつつある船を容赦したまえ、見逃したまえ。
天上にある彼の魂のみに耳を貸したまえ、地上にある彼の血にで
　　はなく。

今にすればさらに続けていればと思うが、その時見慣れない恐ろしい亡霊《まぼろし》の出現に邪魔されたのであった。なにしろ私の前に（大地から出た、と私は思った）巨人族《ギガース》よりも、いや、晩に現れるいかなる巨人の影よりも背の高い人物が現れたのだ。その体は裸で、だがその裸は飾られていた、いや体中が醜悪な異形の姿になっていた。さまざまな人物像や模様が、古代ブリトン人のやり方で、刺青《えがか》されていたのである。そのほとんどが我が国の先の内乱の戦闘を描いたものであることに私は気づいた。（大きな誤解

（8）一六四九年、処刑の一〇日後に出版された匿名の国王擁護出版物『エイコン・バシリケ—国王の孤独と苦難の肖像』は、当時よりチャールズ一世自身によって書かれたものとよく考えられてきた。その各節は祈祷によって締めくくられ、また巻末に、囚われの身の折に王自身が用いたという四つの祈禱が付されている。

を私がしていなければ）胸に描かれていたのはネーズビーの戦いであった。眼は赤熱した真鍮のよう、頭には同じ金属（と思われた）でできている、これも真っ赤に焼けた三つの冠が載っていた。右手にはいまだ血に濡れた刀を握っていたが、それでもなおその刀の銘は「戦イニヨッテ平和ヲ」(9)であった。左手には分厚い本があり、その背には金文字で「法令、条例、宣告、誓約、約定、声明、抗議書」(10)などと書かれていた。

この突如現れた、異常なる恐ろしい物体《もの》を前にすれば、私より度胸があっても怖じ気づいたはずだが、神のおかげ（幻視の中にいる人間ほど大胆な人間はいない次第）で、私はまったくひるむことなく、毅然かつ簡潔に、「何者だ」と尋ねた。

彼は言った、「我は、北西公国殿下(11)にして、〈イングランド・スコットランド・アイルランド・諸属領〉共和国の護国卿なり。なんとなれば、我は全能なる神が、今ここより見渡せる三王国の統治をお任せになった天使なればなり」。

私はそれにこう答えた、「そうであるとしても、殿下、ここほ

(9) Pax quæritur bello：一六四九—五九年の「イングランド共和国」(Commonwealth of England) の旗や紋章に書かれていたラテン語のモットー。

(10) もとの語は Remonstrances と複数形であるので、一般的な抗議声明の意であるが、the Grand Remonstrance、すなわち、一六四一年に議会がチャールズ一世に対して提出した抗議書のことが特に想起される。国王の内政、外政ほとんどすべてに反対する内容であった。僅差で可決され、議会が議会派と国王派に分裂し、イングランド内戦（内乱）が引き起こされるきっかけの一つとなった。また、共和制の時期においては、ここに挙げられるような種々の法律が連発された。

(11) 英国において「princi-

ぼ二〇年というもの、殿下はご自身の務めを離れていらしたのではないでしょうか、私にはそう思われます。と言いますのも、その間《かん》もしもですが、天使に限らず、誰であれ賢く誠実な人間が我々の統治者になってさえいれば、このような難儀で果てしない混乱の迷宮の中で我々が延々とさまよう羽目になどならず、そこに一歩も足を踏み入れないか、少なくとも、完全に道に迷ってしまう前に道を戻るかしたのではないでしょうか。けれども我々がその間戴いていたのは、殿下ではなく、同じく守護者《プロテクター》＝護国卿と言っても、甥である国王（エドワード五世）に対して守護者《プロテクター》＝摂政であったリチャード三世(12)が前例となるような守護者《プロテクター》なのです。と言いますのも、その男は、自分が守ると称していた共和国をたちまちにして弑し、替わりにその座に就いたのです。ただし、一点においては少しばかり罪深さが少なかった。なぜならば、前例は無辜の者を弑したのですが、こちらは殺害者（共和国のことを指す）を殺害したのに他ならないからです。そんな守護者をこの間《かん》戴いていたわけで、我々はできるものならどんな敵とでも喜んで取り換えたはず

pality」すなわち「princeが治める国」と言えば、ウェールズ公国（Principality of Wales）のこと。ここもそれを示唆すると思われる（「北西」とはイングランドから見ての位置）。ウェールズは一三世紀に公国を形成したが、イングランド統治下に入ったのちは、次期イングランド王としての王子（皇太子）がプリンス・オブ・ウェールズ（ウェールズ大公）として統治者となる慣わしとなった。一七世紀の内戦時にも政争の舞台の一つとなった。

(12) グロスター公リチャードは、兄エドワード四世の死後、その子エドワード五世の摂政となったが、エドワード五世をその弟のヨーク公リチャードとともにロンドン塔に幽閉し（二人のその後の消息は不明）、リチャード三世として即位し

ですし、あるいは月ごとに背教を重ねるそんな輩より忠実なトルコ人を代わりに受け入れていれたはずです。つまりは守護者と言っても、毛を刈っては売り、また自分の食べ物にしたりする人間が、羊の群れに対して守護者だという限りでの話。人間が羊を狼から守っているとしても、狼でさえ一体これを上回ることができるものかどうか知りたいものです。そんな守護者……」。

こう私が話を続けていると、どうも殿下の顔つきが不機嫌になってきて、にらみつけるような具合になり始めた。ちょうど、一緒にいる誰かから自分の大切な親友の悪口を言われた場合に人がよくなりがちな様子である。これで私に初めてこの者に対する不信の念がわき起こった。というのも、クロムウェルが自国外といろいろ関わりを持っていたと言っても天使と関わりや交わりがあったなどとは考えられなかったからだ。とはいえ、あえて言い争うほどの気分にはこの時まだならなかった。したがって（ホワイトホール[13]で護国卿本人に話をした場合ならかくや）私は、「殿下と関係があるとは存じ上げなかったお方の悪口を、知らずにとは

た。シェイクスピアの劇『リチャード三世』でよく知られる。

（13）Whitehallは、現在では、日本の「霞ヶ関」のように、英国中央官庁街のある

いえ言ってしまったのでしたら、殿下におかれましてはどうかお許しくださいますように」と申し上げた。

　これに対して彼はこう私に言った。「我は、故殿下に関しては、世界中のではないとしても（と彼は言った）、イングランド国の人間の中で一番偉大な人物だと思っている、という以上の利害関係はない。このことゆえに我は故殿下の名声を守るべき正当なる称号を得ている。かくも長くかの国の国務を管理してきたことにより、今や我は言わばイングランドに帰化した天使だと自ら任じているのであってみれば、さはさなるべし。どうか我が同胞の氏よ（こう大変に優しく、また大変におだてる調子で彼は言った）、貴公が、非凡なる徳高い人物を忌み嫌い非難する世の通弊に陥ってほしくないと思うがゆえにお尋ねしたい。かくも卑しく低い生まれで、富もなく、また秀でた資質——これは体格面でも時にそうであるが、精神面の場合にはその者をこの上なく立派なレベルに高め育てること実に多い——も皆無の人物が、古さの点でも堅固な基盤の点でも地上随一の君主国の一つを打ち砕くなどとい

ロンドンの通りの名であるとともに政府（機関）自体を指す語であるが、ここはthe Palace of Whitehall「ホワイトホール宮殿」のこと。一五三〇年から一六九八年まで代々の王室居住地として使われた。チャールズ一世はこの宮殿前で斬首された。一七世紀末の二度の火事で大半が焼失し、再建はされなかった。

う、信じ難い企図を試みる勇気を持ち、成功する運に恵まれるとは、一体それ以上に非凡なことなどありうるものだろうか？　そのような男が、自分の君主であり主である人物を不名誉な公開の死に処する権力《ちから》や大胆さを有しているとは？　この権力と大胆さの例はそれにとどまらない。あの有力な姻戚で盤石堅固な大一族を追いやる。こういった一切を議会の名と費用で行う。その議会を好きなように踏みつけ、辟易すれば蹴とばし放逐する。その遺灰からこれまで聞いたことのないような怪物を新たに蘇らせる。(14)それをも乳飲み子になるや息の根を止め、イングランドで君主と呼ばれてきたどの者よりも高い位置に自分を就ける。敵はそのすべてを軍隊によって制圧し、味方はそのすべてを策によって後《のち》に押しつぶす。しばらくは全党派に忍耐強く仕え、最後には覇者としてどれも顎で使う。三つの国をくまなく蹂躙し、富める南も貧困の北も同じたやすさで制覇する。すべての外国君主から恐れへつらわれ、地上を統べる神々の一員《ひとり》に迎え入れられる。両議会をペンの一筆で招集し、またそれを一声で解散する。何とぞ年二百

(14)　一六五三年にクロムウェルが「ランプ議会」を武力で解散し、「聖者議会」（ここで言う「怪物」）を招集するも、それはすぐに解散し、士官会議で承認されたジョン・ランバート起草の成文憲法「統治章典」によって、クロムウェル自らが護国卿に就任した経緯を指す。ランバートについては注17を参照。

万ポンドの値段で雇われていただきたい、昨日まで彼を召使いとして雇っていた人々の主に何とぞ今日からなっていただきたい、との恭しい懇請を日々受ける。父親から受け継いだわずかな財産同様、三王国の所領と人民を己《おの》が意のままに所有し、また同じく貴族のように惜しみなく気前よくそれらを使う。いよいよ最期にあたっては（というのも彼の栄光の明細事項全体には果てなどないから）、それら一切をひと言で自分の子孫に残す。故国にては安らかな永眠を得、国外にては凱歌を奏する。歴代の王とともに、かつ王位を上回る荘厳さをもって埋葬される。死後に名を残し、全世界と寿命を同じくする、といった次第だ。ただし、今のこの全世界は彼を称賛するためにはあまりに小さすぎ足らない。が、それだけでなく、彼の人間としての短い命脈がその不滅の企図に届くまで延長されえていた暁には、彼の征服版図としてもこれまたあまりに小さすぎ狭すぎるものになっただろう。」

この話によって私にはこの自称殿下が一体どんな種類の天使であるかがすっかり理解され始めた。そこで秘かに心中短い祈りを唱え、十字のしるし（そのしるしに何らの迷信も抱くからでなく、キリストに対する我が洗礼の再確認として）を切って、我が身の守りを固めると、私はさらに少し大胆になってこのように返事をした。

「偉大にして、（これは我が意としても嘘偽りないところ）非凡なる故人をほめてあなたが[15]寿《ことほ》ぎ言われたことにあえて異を唱えるつもりなどないと言いたいところですが、ただ、キリストが、自分が教えたこと以外の教義には、たとえそれが天使によって伝えられることであろうとも、肯うなかれと我々に命じられた[16]一点が思い起こされない限りと言わなくてはなりません。もしも、おっしゃるように天使でいらっしゃるのであれば、弱い私を誘惑するためではなく試すために、今言ったすべてを言われたのでありましょう。あの方の所業をあなたは皮肉《アイロニー》をもってほめられたものとお察ししますが、もしもそれを我々がよしとするのであるならば、我々は新約と旧約両聖書のすべての法、そしてその両者の基礎になっている法、また道徳的ならびに自然的《うまれつきの》正直さの法さえ

（15）前段落最後で「この自称殿下が一体どんな種類の天使であるかがすっかり理解され始めた」とあるのに応じる形で、この「天使」に対して呼びかける語がここまで一貫して your Highness という皇族に対する敬称であったのに、これ以降、Sir という目上に対する一般的な敬称が混じるようになる。

（16）『ガラテヤの信徒への手紙』一章八参照。ここでの「キリスト」は、「（パウロが伝えるキリストの）福音」のことだと解される。

も、放棄するか忘れるかしなくてはならないはずだと思います。

彼の全悪事の明細事項は枚挙に果てなしでしょうが、その一部を一つ手短にまとめてみましょう。あなたがまさしく相応しい適任者だとみなしているような人が、己れをほめたたえ祭り上げようとするばかりか、自分と同等以上の者たちを踏みつぶす挙にも及ぶとは、一体それ以上に非凡な悪がありうるものでしょうか。すべての人間に自由を口約束しながら、その口実に力を得てすべての人間を自分の召使いにしようとは。年二〇万ポンド足らずの税（チャールズ一世歳費中に占める国税からの収入分）に反対して戦いを起こしながら、自分はと言えば二百万ポンド以上に税を上げるとは。三つか四つの耳がそがれたことに対してけんかを起こしながら、自分は三、四百の首を切り落とすとは。出所不明の衛兵二千が王のために招集されたという、正体不明の疑惑を仮想敵にして、自分のために衛兵四万をかかえるとは。議会擁護を口約束しながら、自分でほとんど選び自分で招集した議会でさえ、強引にどれもこれも解散するとは。宗教改革に着手をしながら、宗教を身ぐるみはいで剝き出しにし、裸で晒し者にして全宗派全異端の怒りを買うようしむけるとは。強奪会議と殺人法廷を設けるとは。王の委任のもと王に刃を向けるとは。人々のために王を平定しておきながら、その人々の手から王を力尽くで奪い取ってしまうとは。王を網の中に引き寄せて忠誠を誓う宣言をさせたのに、捕らえてしまうや良心や人間性も恥もなく世の人々皆の前で公然と虐殺するとは。王と議会の委任を受けておきながら、（すでに言ったように）前者を殺し、またそれに劣らぬ厚顔をもって後者を壊すとは。君主制への賛成を表明しておきながらそれに刃を向け、今度は自分がそれのために直々《じきじき》に創意工夫を凝らす段になるとそれへの反対を表明するとは。まず味方の将軍(17)を不実にも貶め、恩知らずにも追い落とし、次には、自分の名誉を失ってまでも魂を危険に晒してまでも彼をその法外な野望の頂点にまで高めてくれた士官たち大半に対しても同じ仕打ちをするとは。敵すべてとの約束同様味方との約束も破るとは。品行の劣る種類の人間が口癖に発する誓言《ののしり》に負けないほど頻繁に、大真面目この上ない偽証を連発するとは。薄弱この

(17) ジョン・ランバートのことを指すと思われる。議会派の将軍で、クロムウェルのスコットランド遠征でも活躍したが、一六五七年クロムウェルにより解任された。

(18)『コリントの信徒への手紙』一章八—四におけるパウロの言葉参照。「世の中に偶像の神などはなく、また、唯一の神以外にいかなる神もいないことを、わたしたちは知っています。」

(19) ゲヘナは、「ベン・ヒノムの谷」に由来するヘブライ語源のギリシア語で、旧約聖書の時代においてはそこでモレクへの幼児犠牲が行われた。後にそこが汚物や罪人の死体の焼却場所と

上ない口実すら露ほどもないままに三王国を簒奪したうえ、その奪取にも劣らない不当な統治をするとは。自らを偶像（聖パウロが言うとおり[18]、そんなものはないことを我々は知っている）に祭り上げ、人間のはらわたを自らの崇めるモレク神への生け贄として燃やすことで、時のロンドンの街をゲヘナそのものと化す[19]とは。この簒奪を子孫にも跡継ぎとして引き継がせ、それとともに国民に終わりのない戦争を引き継がせるとは。そうして最後に、全能の神の一番厳しい審判を受け、頑迷なまま、気も狂い、悔い改めもしないまま、現代の人々の呪いを浴び、後世の嫌悪を約束されて、死ぬことになるとは。」

　言うべきこと言いたいことはもっとあった（実のところ、僭主[20]を非難するには人に与えられる一生の時間は短すぎ足らない）のだが、この主題に関して我が相手であるこの未知の敵対者がどのような態度に出るかを耳にしたくて、（世上よく言うように）たとえ相手が悪魔でさえ権利を与えて議論はフェアプレイで行こうと思ったがゆえに、私はここで言葉を止めた。殿下が、贔屓にし

されたことから、死後悪人が火で罰せられる場所である地獄の同義語となった。

モレク（Moloch）は、古代中東で崇拝された男性神の名。元来はヘブライ語で「王」を意味するモロク（Moloch）で、カウリーのこの詩でもそう綴られている。『列王記下』二三章一〇参照。「王（ヨシヤ）は、ベン・ヒノムの谷にあるトフェトを汚し、だれもモレクのために自分の息子、娘に火の中を通らせることのないようにした。」

(20) もとの語はtyrant。専制者、専制君主、暴君、覇者などの訳語も使われる。*OED*によれば、「正当な権利なしで支配権・主権を手に入れた者」、また、「抑圧的、不正、残酷な仕方での統治をする者」というニュアンスを一般に帯びて使われる。

ている方のために激情に駆られた状態になっているのではと私は予期した（わずかの恐怖から来るびくつきがなかったわけではないが）。ところがまったく反対に彼は大変冷静で、牙を立てるにはまだ体が温まっていない蛇が持つ、鳩のごとき汚《けが》れと罪の無さで、このように私に答えた。

「私が貴公の、思いやりもなく正しくもない意見を正そうとするのは、我々二人が論じているあの方（その偉大さはいかなる雄弁を浴びせられても揺るがないほど強固なものだ）に対する私の愛情からというよりも、貴公のため、つまり、悪意からというよりも思い違いから誤ってしまっていると私には思われる貴公（真率なる同胞よ）自身のためなのだ。まずは、貴公に、異教の智者の中でも一番古の者の言葉を思い起こさせる必要がある。貴公たちがよく知っている言葉だ。

死者ノ記念碑ヲ足蹴ニシテ
侮辱スルハ悪シキコトナリ(21)

(21)　ホメロス『オデッセイア』二二章四一二参照。

古のその叱責の言葉が意図するところは、ここでの主題にとっても昔に劣らぬ相応しさを持っている。なんとなれば、それは、存命中に謙虚かつ従順にしていた相手が死ぬや、その死者たちに対して高慢かつ尊大な態度をとった人間に向かって発せられている言葉だからだ。」

「どうか殿下（と私は言った）、そのあとに続く詩句を付け加えてください。ここでの主題にとっても昔に劣らない相応しさを持つものですから。

神ノ正シキ定メト死者自身ノ罪ガ
スデニ彼ラノ罰ヲ下シテイル者タチナレバ

しかし、私はこの件が従うべき道はこうだと考えます。つまり、我々が故人に対して何らかの不名誉を着せる場合には、死者への憎しみからではなく、生者への愛と慈しみからなされるべき

「殺された者たちの前で功を誇るのは、許されぬことじゃ。」このあとに、「彼らを滅ぼしたのは、神々の定めと彼ら自身の犯した悪事であったのだ」と続く（松平千秋訳、岩波書店、一九九四）。ただし、この言葉は、オデュッセウスが斃した求婚者たち（敵）の累々たる屍（「天使」の表現によるなら「記念碑」）を見た乳母が歓声を上げようとしたのを、オデュッセウスが制する場面であり、敵方の者に向かって発した言葉ではない。続く部分の参照をとの「私」の諫めを待たずとも、そもそも「天使」の失言ないし不適切な引き合いと言わざるをえない。

である。また、人々の頭の中に残るだけの、僭主が僭主である間は当の僭主に向かって思い切って発せられることのない悪口（というのも相手は僭主だから）も、少なくとも人々の記憶には永遠に刻まれ定着されて、他の皆が似たような悪事に陥るのを防ぐ可能性がある、と。防げない場合、そういう連中が愚かな繁栄を謳歌する時代においては、自分自身の心におだてられたり、他人の口に追従《ついしょう》されたりして、連中はこの悪事を悪事だと認識することなどできなくなるものなのです。野心というのは大変巧妙な誘惑者であり、また人間の本性はそのような誘惑を大変受けやすいものなので、結果として生じる害悪を事前にどれほど警告されようとも、また、たとえ、今の時代の同意だけでなく、今よりも囚われのない判断が下せる自由を持つ後世に認められるはずだとしても、それに抗うことは不可能なのです。暴政がもたらす害は、たとえそれ以上無理なほど短い間しか続かなくても、あまりにも大きなものになります。もしも見倣いたい手本がやはり王位に就く者であった場合、そしてもしもランバート(22)のような者が、権力

(22) ランバート・シムネル。少年時代に、ヘンリー七世（在位一四八五―一五〇九）の統治を脅かすイングランド王位簒奪計画に担ぎ出された。言わばイングランドの天一坊事件である。

と富を目にしたためだけでなく、栄誉を称える声にもつられて、クロムウェルのような者の例に見倣おうという気持ちに誘われる場合には、その害は際限がない、耐え難いものなのです。人によっては空想の産物と思うかもしれませんが、実際にシラクサ人によってなされた賢明な対処の例があります。(23) 彼らは、通常の裁判の形によって僭主たちすべてを告訴して有罪判決を下し、その像を壊すことまでしたのです。もしも僭主たちを歴史一切から削除してその名前自体を消滅させることが可能であるならば、私はそれがなされるべきだという意見です。しかし、傷跡なしで塞がることなど無理なほど深い傷を彼らがすでに残しているのであれば、少なくとも一つのしるしを彼らについての思い出に刻みつけさせてほしいのです。彼らと同じ邪悪な性質を持った人間が、つかの間の栄光によってそそのかされることはあっても、それに劣らず、永遠の屈辱による恐怖におののくことになるようなしるしを。私が今口にしたすべてが、故護国卿個人に対する私的な敵意から発したものでないことを殿下に分かっていただけるように、

(23) コリントの政治家・将軍であるティモレオンがこのようなやり方の先例となった。

私にも私の友人の誰ひとりにもいささかの損害も与えたことがないマリウスやスッラ(24)に対してと同様、故護国卿に対して何らの憎しみも抱いていないことを、我が信仰に誓って保証いたします。」

ここで私は、突然天来の詩的霊感《たかぶり》によって我を忘れてこう口走った。

1

故国を隷属させることが勇ましく偉大なことだと
　思うような人間は呪われてあれ（一体私は何を望んでいるの
　　だろう。
これではあたかも卑劣漢どもがまだ呪われていないようではない
　　か。
とは言え、この先も呪われてあり続けますように）。
　そいつは一国の均衡を覆すことのみを
　　追い求める輩。
一国民全員とは言え丸腰の人々を相手にするのに

(24) ガイウス・マリウス（息子の小マリウスに対して大マリウスと呼ばれる）とルキウス・コルネリウス・スッラは、ともに共和制ローマの軍人・政治家。元老院派の指導者スッラと民衆派の指導者大マリウスは、激しい内戦を繰り広げた。マリウスが病死すると、その機を捉えてスッラが民衆派を粛清し、独裁官《ディクタトル》として強固な政権を作り、ローマ共和制に最後の安定をもたらした。

(25) 「百の手を持つ」は、ギリシア神話における百腕五十頭の巨人ヘカトンケイルのこと。名前自体が「百の手」の意。ウーラノス（天）とガイア（大地）の息子で三兄弟。あまりに奇怪な姿

自分の軽い重みを補うに武器をもってする人間だ。

2

そいつは国民のうちの一番であることを大事と思う者
ただ、最低最悪という基準での一番なのだが。
そいつは、うまくバランスのとれた人間であるよりも
　大怪物たらんとする者。
百人の手を持つこの大地《ガイア》の子は
三重にかさねた山の上に立つ。(25)
　しかし、その後雷に打たれて天空から追われ
大地の子は再び大地の子宮の中に横たわる。

3

いかなる流血と混乱と破滅が
　短くも悲惨な統治を手に入れるためにもたらされることか。
斜《はす》に進み卑しく地を這いまわって

なので、父ウーラノスから嫌われ、冥界よりさらに下のタルタロスに閉じ込められたが、ガイアの助けで出された。ゼウスらを助けてティターン族と戦いオリュンポスの神々を勝利に導いたが、その後ガイアの末の子クロノスによって再びタルタロスに閉じ込められた。「三重にかさねた山の上に立つ」は、やはりギリシア神話で、オリュンポス山の上にオッサ山を、さらにその上にペーリオン山を乗せて天に昇って神々に戦いを挑んだ話を指しているが、挑んだのはアローアダイという双子の巨人である。二つの話が混交しているのは、カウリーの記憶違いかもしれないが、世の秩序を壊そうとする異形の怪物というイメージを作り出すための故意かもしれない。

いかなる不正と誤摩化しによって毒蛇は出世することか。
けれども、その必殺の武器こそは、
邪悪なる鎌首をもたげた時に出る二叉に裂けた舌。
機嫌が損なわれればこの蛇は眉を顰めて人を殺し
いったん王冠を手に入れるや蛇王《バジリスク》(26)になる。

4

だがどんな護衛も、耳に侵入《せめい》する市井の非難の声や
　流れ落ちて足元を崩す庶民の涙を防いではくれない。
ドアも隙間なく閉じられたカーテンも
　眠っている間に群がり押し寄せる夢を閉め出してはくれない
　　ように。
　あの血に染まった彼の良心
(ああ、反乱軍の赤い服(27)がまさにそれだ)が
　最初の地獄を始める場所こそは
外に自分の奴隷たちを見、内に僭主を感じるここだ。

(26) バジリスク (basilisk) は、ひと息あるいはひとにらみで人を殺すとされた想像上の爬虫類。語源はギリシア語で、「王」の指小語。
(27)「赤い服」(Red-Coat) とは、一六四五年、議会により創設されたニュー・モデル軍が用いた制服のことで、転じて、兵士自体も指す。その後、イングランド軍の歩兵の制服となった。
(28) 第五連—第七連の全体について、『出エジプト記』七—一二章を参照。モーセがイスラエルの神から授かり、モーセとその兄アロンが用いた杖 (rod) への言及であり、イスラエルの民を苦しめたエジプトに対して、その杖により十の災いがもたらされたという。「アロンが自分の杖をファラオとその家臣たちの前に投げると、杖は蛇になった」(同七章一〇)。「モー

5

慈悲深い神よ、我らの国土を罰するこのような杖《しもと》を
　どうか二度と振り上げたりなさいませんように。(28)
ここでは僭主が杖にして蛇でもあるものとなり
エジプトが嘗めたよりもひどい災いをもたらす。
いかなる川が血で汚されたことか。
いかなる嵐に我々は見舞われ雹に打たれたことか。
いかなる腫れ物が潰瘍にかかった国家を歪めたことか。近時
いかなる暗闇が手に感じられるほどに我々を掩い埋《うず》めていたこと
か。

6

いかにしてそれは我々の羊と牛をさらい
　我々の子供たちさえ餌食《えもの》にしたことか。(29)
いかなる五月蠅《うるさ》い宗派や害虫をそれは送ってよこし
　眠れぬ不安な国民を苦しめたことか。

セとアロンは、主の命じられたとおりにした。彼（アロン）は杖を振り上げて、ファラオとその家臣の前でナイル川の水を打った。川の水はことごとく血に変わ」った（七章二〇）。十のうち第五連で言及される災いは、さらに、雷・雨・雹（九章一七―三五）、膿の出るはれ物（九章八―一二）、暗闇（一〇章二一―二三）、を加えて計四つである。また「rod」には、笞の意味があるとともに、君主が持つ支配の象徴としての杖（王笏）の意も古代からある。

(29) 注26も参照。「十の災い」のうち最後に起こされるのは、エジプトの国中の「初子（長子）」すべてを死なせることであった（『出エジプト記』一一章四―一一）。また、その前に起こされている「蛙」（同七章

いかなる虻や蝗の軍勢《たいぐん》が、貪欲な部隊が送られて
　国土をむさぼり食うことになったことか
　自分たちが一面覆い尽くしている国土を。
しかも主よ、やつらは飛び去らず、いまだむさぼり続けている。

7

こんな状態になるくらいならいっそ十一番目の災いが来てほしい(30)
　我々を海に呑み込ませに来てくれる方がいい。
ペストがやってきて我々を刈り取ってくれる方が。
　我々自身の剣にかかるよりも神の剣にかかる方がいい(31)。
　今のままよりも、ローマ人、サクソン人、ノルマン人、デー
　　ン人の再来を
許す方がいい。これまで耐えてきた彼らの束縛《かせ》のもとで
　我々は嘆き、ため息をつき、涙を流したが
これほど恥じたことは一度もなかった。

二五―八―一〇)、「ぶよ」(同八章一二―一五)、「あぶ」(同八章一六―二七)、「いなご」(同一〇章一―二〇)の害が、第六連のこのあとの行で念頭に置かれている。

(30) 注26、27も参照。十の災いをもたらした杖はまた、エジプト脱出の際、モーセが杖を高く上げると、海が割れてイスラエルの民を通し、再び閉じてエジプト軍を呑み込んだ時の杖と同じとされる(『出エジプト記』一四章一五―三一参照)。なお、疫病(murrain)は十の災いに入っているが、それは家畜がかかる伝染病である(同九章一―七)。二行あとの「ペスト」(Pestilence)は、「我々(人間)」がかかる伝染病、という意味で新たな災いとして勘定されるのだろう。

(31)『サムエル記下』二四章

8

我々のおかした罪によって、神の裁きの場が
　このような近年の過激極まる事件に対し開かれることになる
　　のなら
イングランドが悔い改めることができるか否か試すために
　非を鳴らすヨナ（『ヨナ書』四章を参照）のごとき者をまず送ってほしい。
　私が思うに、高みから来たる恐ろしい彗星など
　少なくとも何らかの前触れとなる天変地異が
　この地上に恐怖を与えて警告してくれるのがいい
良き君主たちの死についてのみならず、僭主の誕生についても。

　ここで詩の霊の力が、少々衰え始め、私は止めた。すると殿下は微笑みながらこう言った。
「貴公が詩の枠《かこい》（韻律の型）に入れるよう専心してくれてうれしく思う。そうでなく、貴公がどこまでも僭主なる語を熱心に非難する果てしない場所に居続けていたならば、私同様貴公が疲れてし

一四参照。「ダビデはガドに言った。『大変な苦しみだ。主の御手にかかって倒れよう。主の慈悲は大きい。人間の手にはかかりたくない。』」

まうまで、きっと六時間ほども我慢することになっていたはずだ。しかし、同胞よ、このような「影トノ戦イ《スキアマキイ》（「仮想敵との戦い」の意）」、すなわち言葉による想像上の戦闘を裂けるために、貴公に教えてもらいたいのだけれど、僭主という語で貴公は何を意味しているのだろう。というのも私の記憶するところでは、貴公らの古の作家たちが書いた物の中では、王たちすべてばかりか、ジュピター（貴公ら言うところの「父ナル神」[32]）さえそう呼ばれているのだ。おそらく、以前は良い意味で用いられていたのだから、もっとよく考えてみるならば、それが人類の利益と平和のためにいまだに良いものだと分かるだろう。少なくとも、それについての貴公の解釈が、今私たちの話の主題となっているお方に正当に適用しうるものかどうかはっきりするだろう。」

「私が僭主と呼ぶ者は」と私は言った。「同胞の国民の作る政府に何らの法的支配権限《オーソリティ》なしに力尽くで押し入る、あるいは、人民の政府を受け持つ正当な称号《しかく》は持っていてもそれを濫用して破壊に至らしめたり、人民を苦しめたりする者のことです。ですか

(32)「ユピテル」（「ジュピター」は英語音）は、ローマ神話における神々の王で、ギリシア神話のゼウスにあたる。

ら、すべての僭主はこれすなわち簒奪者なのです。それは、簒奪するのが、彼らが自分のものと主張している権力の全部であれほんの一部でしかないのであれ、同じことです。また同様に彼らは反逆者ともみなされるはずです。なんとなれば、なんびとと言えども、それまで権限を持っていた者に反逆することによってしか、あるいは少なくとも自分の上位者である法に反してでしか、その権限を他者から簒奪することはできないからです。このようなあらゆる意味において、歴史は殿下がいさんで弁護しようとされる人物の場合以上に明白な僭主政治の事例を、それ以上に言い訳つまり誤魔化しようのまったくありえない事例を、我々に提供することはできません。」

〈この翻訳においては、続く一部分（Lumby版で三五—三八頁）を要約によって簡潔に紹介する。〉

以上のように、自称「天使」殿下の「僭主定義」に対して、「私」は「僭主は簒奪者である」との定義で反論するが、「天使」

は、次の諸点を挙げて、再反論をする。

一　権力の出所は主権者にある。国の場合、主権者は神であり、簒奪されるようなものではない。ある人間が一時的に借りあずかるものなのである。（一般論）

二　権力を得る場合については、選挙での同意により法的正当性・支配権限が獲得される場合（僭主という呼び名が妥当であり簒奪者は存在しない場合）か、力尽くの征服による場合（僭主という呼び名は妥当でなく簒奪者しか存在しない場合）か、いずれかである。（一般論続き）

三　クロムウェルは、内戦によって壊れてしまった国を平和的に再建したのであり、船に喩えるならば、船乗りや乗客に望まれてその舵をとったのである。（個別論：イングランド固有事情）

四　アイルランドやスコットランドなどイングランドの外敵（外国）を戦争により征服したことに、クロムウェルの並外れた功績・美点《ちから》がある。したがって、王家の血筋でない

彼には、一国の王を超える帝国の君主（僭主）という称号こそがまさに相応しい。（個別論続き）

〈「天使」の再反論部分の要約終わり。もとの文章に戻る。〉

「あなたがどのようなお方であれ」と、私は憤然となるあまりいささか大胆さが増して言った。「あなたのお話は（私に思われるところ）、守護天使という者に似つかわしくないものになっています。ちょうどクロムウェルの行動が守護者＝護国卿に似つかわしくなかったのと同断です。そのような原理でこの世のすべての大犯罪、ことに不幸にも我がこの時代に我がこの国で目の当たりにしたあの犯罪が、行われたのです。そのようなことが許されうるものであるならば、我々は人間社会をやめにして森の中へ退却し、我々人間に反抗する者である野獣に対しても、また我らの同胞である人間たちに対しても、等しく警戒しなくてはならなくなります。というのも、もしも一国民全体の権利に対する簒奪などありえないということになれば、一個人に対する簒奪がありえないことになるのはこの上なく確実なのですから。もしも国を盗む者が神の代理であるなどということがあるのならば、泥棒も無法者も人殺しも神の副官であることになるのは必定です。神があらゆる権力《ちから》の源泉であるというあなたの言葉は真実ですが、神が天使と同様蛇の創造者であることも、それに劣らぬ真実なのですし、神の善は、神自身がつくり出した被造物《いきもの》が抱く悪意においてさえ必ずその目的を果たすのです。悪魔がこの世でいかなる権力《ちから》を行使することを神がお許しになっているかは、我々の日々の経験からしても、またあなたがイングランドにおいて弁護し贔屓する近時の途方もない不公正だけからしてもあまりにも明らかです。ですが、あなたは、そうであるからその悪魔の権力《ちから》が法にかなった正しい力なのだと、大半の人間が従っている現状では足らずすべての人が悪魔に従うべきなのだと、推論なさろうというのでしょうか。あらゆる権力《ちから》の源は神ですが、言わば神の善である右手から流れ出る力もあれば、神の正義である左手から流れ出る力もあるのです。そして世界というものは、この二つの川の間にある島のようなもので、前者にきれいに洗われ育まれる時もあれば、後者の氾濫を受けて滅茶苦茶にされる時もあるのです。ただし（この喩えをもう少し続けるならば）我々が、我々自身の悪意や怠慢によって前者をせきとめるようなことをしないなら、後者によって押し流されることは決してありません。

しかしながら、あなたの議論というか議論もどき、喩え方・似せ方、に少し近づいて言いましょう。クロムウェルが故ストラッフォード卿の代わりにアイルランドを統治することになるのであったならば、私は、彼が率いる軍装備や兵力や護衛兵のせいでなく、彼を遣わした我らが共通の主権者より出される委任状（それを彼はまず見せるべきだったのです）のゆえに、彼に従うのが当然であったはずです。また、彼が全能なる神からの委任状を見せていたのであったならば、イングランドにおいてであっても彼に従ったはずです。しかし彼にはそんなことが可能などころか、私に読めたのは、逆に、彼を認めるなとの全能なる神からの命令であり、世に公布する宣言ですらあったのです。

あなたの第二の論点は、他のあらゆる者の正当な権利を支える土台となる支配権限《おすみつき》についても、彼は同等に正当な権利を持っていた、征服の権利さえ持っていた、というものです。だとすれば、我々は、他の民を征服するために一日いくらで雇い入れた人夫に自分たちが征服されるほど不幸な者になってしまうのではないでしょうか。その者に武器刀剣を与えたのも、その者がそれを引き抜いて我々の敵相手にお見舞いしたところが（どうやら、我々が敵を見誤ったわけですが）、結局鞘代わりに味方のはらわたにそれをしまい収めるためにすぎなかったということなのでしょうか。我々が自由を求めて我らが君主と戦ったのは、我らが召使いの奴隷になるためだったのでしょうか。これはいくら何でも臆面ない言い分で、これまで我らが君主もその代弁をする追従者もこんなことを口にする厚顔を持ち合わせたためしはさすがにありません。この件について、強く激しい思いを抜きにして話したり考えたりするのはほとんど無理ですが、お許しいただけるのであれば、事柄に見合う以上の冷静さをもって議論いたしましょう。

確かに、征服の権利は、宣戦布告して勝利を得た場合における相手国民に対してのみ行使されることが可能です。したがって、国民全体を征服することは外国勢力によって以外ありえないと言えます。あらゆる内戦においては、人は自分の国に対してけんかを仕掛けるのではなく、単に、国に対して有害な輩だとこちらが真に信じている、あるいは少なくともそうだとこちらが主張している相手側の人間なり一味なりに対してけんかを仕掛けるだけなわけで、全体の維持と安全のためになされる場合を除けば、政体《ボディ》の一部を破壊する正当な理由はありえません。国が人々にけんかを起こさせるのであり、我らの国こそが人々に武器をとらせ、見返りを与え、その企てに権限《おすみつき》を与え、それによって強奪や殺人からその企てを区別する。そして最後になりますが、国が、軍隊を指揮し命じ、実際その軍隊の大将であるのです。したがって、内戦において勝利側の一味が自分たちの国を征服するということは、その国が国自身を征服するということなのです。そしてもしもその一味の大将のみが征服者であるということであれば、彼を大将としている軍隊も、打ち負かされた軍隊同様征服されているのであって、その勝利において勝ち誇る理由もやはりありません。その勝利によって軍隊は名誉も自由も失うのです。したがって、もしもクロムウェルが何らかの一味を征服したとしても、それは彼が遣わされた相手に対してだけの話であったわけで、どんな一味であるかは彼の受けた委任状によって明らかになるはずです。委任状の述べるところでは、征服すべき相手は、王をその人民についての十分な知識・情報や人民との十分な結びつきから遠ざける、邪悪なる枢密院顧問官および不平分子たちでした。したがって人民ではなかったのです。それどころか、打ち負かされた一味に関してでさえ、その征服の営為はクロムウェルにではなく、彼を軍務に就かせた議会に、あるいは戦争を起こすに際して担がれた（もしも人々の誓いや宣言に信用が置けるのであればですが）御輿《みこし》である王と議会に属すものだったのです。

であれば、慈悲深い神よ、この哀れなる征服の権利も国王陛下にあったのではないでしょうか。それなのにあなたは、未開人や食人族に征服された場合すら上回る野蛮さで陛下が滅ぼされるのを、お許しになったのではありませんか。王と議会のためにこそ我々は戦ったのですが、それらがどうなったかと言えば、我々が戦った敵《あいて》である軍隊の成り行きとまったく同様、ある者は殺され、またある者は逃げ出たという有り様《さま》ではなかったでしょうか。それゆえに、クロムウェルは征服者でなく王と議会の権利を盗んだ泥棒であり、人民の権利の簒奪者であったことは明白であるように思われます。ここで私は征服というものが真の称号《よびな》になる場合がある（もっとも、きわめて稀ですが）ことを否定するものではありませんが、今回は真の征服であることをはっきり否定します。我々の君主一族は、今回のこのような征服と呼ばれる事柄によって誕生したのではなかった、そう私は確信しています。一国民が別の国民を征服するのが正当である場合はありえますし、たとえ正当でない場合でも、それでもなおそれは真の征服ではあって、その国民はその不当さの責任を負う必要はただ全能の神に対してだけある（自分たちの上に戴く権限《オーソリティ》においてそれ以外のものはないのだから）のです。自分たちの上位の者であり主である、また常にそうでなければならない国に対する個別の反逆者として責任を負う必要はないのです。外国の王室の中にはそのもともとの称号を征服でなく簒奪によっている者が見られる場合もあるいはあるかもしれません（我が国については、前の時代にも多くの簒奪者がいたことは確かですが、我々の時代のほど厚顔で嫌悪すべきやり方であったためしはありません）が、その場合私が彼らを弁護して言えるのは、彼らの称号はそもそも大変力の弱いものであったけれど、長い時間がたち、自分より正当な王権主張者がすべていなくなってようやくそれは、唯一のものであるがゆえに本当の称号になった、ということだけです。

クロムウェル閣下（閣下が彼をそう呼ぶのを好まれるのにならいます）についてのあなたの三つ目の弁護は、彼の征服についての権利主張のあとに登場するわけですが、絶妙この上ないタイミングです。というのも、その場合には人は何でも言うことができるからです。政府が壊されたのです。壊したのは誰だったでしょう。政府が解散されたのです。解散したのは誰だったでしょう。政府が消滅させられたのです。光を消したばかりか燃え残りの芯まで捨て去ったのはクロムウェル以外の誰だったでしょう。まるで、一家全員を殺害して、そこにネズミしか住まないよりは自分が住む方がましだという理由で、その家を自分のものにしてしまう男さながらです。何たることでしょう《ジーザス・ゴッド》（こう私が言うと、我が自称天使がびくっとして震えるのが私には分かったが、私はそれを気にとめずに先を続けた）。たとえ一家全員が滅ぼされたのであってもこれはよこしまな言い分でしかありませんが、今我々の場合にあっては家の相続人がまだ生きていて（神に感謝いたします）、悪名は別として、奪い取った者の相続人の誰よりも長生きしそうなのです。「牡山羊ヨ、葡萄ヲカムガイイ。ケレドモ、コノ葡萄カラ、オマエガ祭壇ノ前ニ立ツトキニ、オマエノ角ニ注ギカケラレルモノガ生ズルデアロウ。(33)」ブドウ畑を恣《ほしいまま》に荒らし回った獣を生け贄にする際に注がれる分のブドウ酒は、いまだ残っ

(33) オウィディウス『祭暦』I章三五五（高橋宏幸訳、国文社、一九九四）参照。「葡萄をかむ（＝傷つける）」ことは、バッカス神への罪・仇となる。それゆえに、牡山羊はバッカス神に引き渡されて、角に葡萄酒を注がれる（報いとして殺される）。

ているでしょう。しかし、クロムウェルがネロもかくやに都を炎上させたのは、元よりも美しい新たな町の創立者になる名誉を得られたらと一途に思ったからだったのでしょうか。彼の邪悪さにはそのような徳は微塵も見られません。クロムウェルの肚《はら》には、燃えている間にもっとがっちりもっとたんまり奪う思いしかありませんでした。その時には自分が、共和国《コモンウェルス》の財産を略奪することに加えて、宮殿の主になれるとは露思っていなかったのです。彼は、共和国というこの公用船舶（海の主権者）が、自分の持つ小さなカヌー同様の絶望的な状態であるのを見てしめたと喜び、その巨大難破船のばらばらになった板の一部を使って、自分用にもっとましな漁船を作ろうと思ったのです。しかし、彼は、主《あるじ》が溺れ（必死に泳いでおられる時に彼が卑劣にも頭を殴った次第）、他の者たちは散り散りになって逃げ、あとに残っている連中は臆病にただじっとしているだけ、という有り様《さま》を目にした時、つまり、一切が放棄され、古い残骸と、彼自身の物となった不格好で不調和な新しいがらくたとが残り、自分の好きにできるようになったと知った時、苦心惨憺悪戦苦闘の末海賊船をこしらえ上げたのです。その船を以来彼が指揮をとったのは我々皆の知るとおりですが、それが実際いかほど隙間なく作られていたかは、絶えざる水漏れを起こしたことによって実態が一番よく分かろうというものです。

それで第一に、（まじないと魔法によって、再び元気に若返らせようと老いた父親を切り刻んだ、寓話に出てくる愚かな娘たち(34)よりもずっとひどいことに）この男は、どんな風に、どんな材料で、どんな職人やどんな建設者によって、それが再建されることになるか想像もできないうちに、その建造物を壊そうと努めました。第二に、自分が殺害した胴体を蘇らせる力が自分にはあると彼が夢想したのだとしても、それは無知な詐欺師の無理なる傲慢だったにすぎません。第三に（これが我々には一番密接に関わることです）、古い物の瓦礫から彼が作り出した新しい物は、美しさ、効用、耐久性のいずれの点でも、もとの物に似ていない。ちょうど、錬金術師が、灰から不完全な似像を自作するために、火

（34）ペリアスの娘たちのこと。約束の黄金の羊皮を持ち帰ったのに王国を返還しないペリアスに対し、イアーソーンはメディアに復讐を依頼した。ペリアスの娘たちは、魔法で父を若返らせてやるというメディアの言を信じて、言うとおりに、父を切り刻んで八つ裂きにして釜で煮た。生き返らないのを知って娘たちは驚き、国を捨ててアルカディアに逃れたとされる。

の元素によって生み出した人工の植物が、最初に燃やした真実自然の植物に比べようもないのと同断です。

　あなたの最後の意見は（三段論法にまとめるならば[35]）、もしそれを真実と受け取るならば、その「大前提」、すなわち、一国のうちで最良の資質《パーツ》を持つ者が、上に立つ王である権利を持つという命題は、この世界の物事を妙な具合にしてしまいます。この国においては、同じ一家の中の二つの分家間争い絡みのことが古くから十分にあったのですが、イングランドのすべての人間が政府に対して自分の権利主張をなすとしたら一体我々はどうなることでしょう。いや本当に、もしもクロムウェルが、その野望の口火を切ったと思われる時に主張を申し立て始めたのであったら、その同じ時に我も我もと自分の申し立てをしない人はほとんどいなかったでしょう。ところが思うに、あなたは彼の偉業がどの頃から始まったかについて、私が彼の大きな悪行の始まりとみなす同じ時、つまり、我々の近時の災難が始まった時点からとするでしょう（こう言うのも、私には、それ以前の彼の個人的過ちについ

(35) ここでの「三段論法」の内容を示すならば、大前提「一国で最良の資質の持ち主が王になるべきである」、小前提「オリヴァー・クロムウェルはこの国で最良の資質の持ち主である」、結論「ゆえに、クロムウェルは王になるべきである」。

(36) キケロー「アッティクス宛書簡集」二・一九・三（『キケロー選集一三　書簡Ⅰ』根本和子・川崎義和訳、岩波書店、二〇〇〇）参照。古代ギリシアにおいて、四大祭典競技会のうちオリンピア競技会に次いで重要な祭典であるピュチア

て、（国民に対すると同様彼に対する思いやり《チャリティ》をもって）彼が後の過ちに変えずにそれをそのまま続けていたのであったならとしか願えないからです）。ですから、我々は彼の偉大さについて考察するには我々自身の不幸の時代から始めなくてはなりません。それにつけても思うのですが、ポンペイウス・マグヌスについて発せられた、「我々ノ不幸ノオカゲデ、汝ハ偉大ナ者トナッタノダ」という言葉(36)は、彼、オリヴァー・クロムウェルについて、よりぴったり当てはまる、と私には思われます。しかし、あなたの論証全般にわたる根拠は、世界における異常変化を引き起こすような人間は皆、途方もなく大きな輪(37)を望むままに回転させる能力をもたらす自然の異常な力を持っているはずだ、という点に存しています。そこで私はまず、大変妥当であり人口に膾炙してもいるこの「一般命題」について少々話したうえで、問題の人物の卓越性についての個別論的検討に移ることにします。

〈続く一部分（Lumby 版で四四―五九頁）を要約によって簡潔に紹介す

競技会で、悲劇役者のディーピルスがポンペイウスに対して浴びせかけた非難の台詞で、劇場中の喝采で迎えられ、幾度となく繰り返すことを求められたという。グナエウス・ポンペイウス・マグヌスは、共和制ローマの軍人・政治家。ガイウス・ユリウス・カエサル、マルクス・リキニウス・クラッススとともに三者で第一回三頭政治を行った。ローマ内戦でカエサルに敗北し、エジプトに逃れたが暗殺された。

(37) 運命の輪のことが思い合わされるかもしれないが、人間の意のままにならない移ろいやすさの象徴であるそれよりはむしろ、古代以来のコスモロジーの同心天球宇宙モデルにおいて、回転していると考えられていた天球のことをここでは言っていると思われる。

る。〉

「天使」に対する「私」の反論がさらに続けられる。その主張は以下のとおり。

一　今は大洪水・氾濫の時代である。この事態は、大きな神慮によるものであり、小さな人知を超えている。（クロムウェルを現出させた神慮がある。）

二　イングランドの現在の苦難は、将来の新政治のためであるのは明白である。

三　そのクロムウェルとはいかなる人物（「偉人」）であるかと言えば、

・主《あるじ》殺しを果たした彼には次の二点で並々ならないものがある。一つは邪悪さへの精励。今一つは人間の域を超えた（悪魔的な）大胆さ。

・その究極の権力簒奪行為をさらに広げて外国に対しても行わなかったことは残念であり、対外政策については無定見であった。

四

クロムウェルは新しい帝国建設に相応しい人物か。

その人となりをよくうかがわせる行動事例として、

・国内政治面では

金策への腐心（例：セント・ポール大聖堂をユダヤ人に礼拝堂として売ろうとした）があり、街には傭兵が跋扈した。

・司法面では

新しい「罪」に新しい「法」を整備し、きわめて多くの囚人を作った。そして死刑執行の多さも挙げねばならない。

五

このような人物の見かけ倒しの栄光も終わりに近づいていたので、死ぬ時期としては本人にとって幸せな、ちょうど良い頃に亡くなったと言える。

〈要約終わり。もとの文章に戻る。〉

彼（リチャード・クロムウェル）の父親について今私が話してきた非難はすべ

て、もしも私が、自分の父親によって同じように三王国を残されるような不幸な目にあったとしたら、我が父親についてであってさえ私自身が思ったはずの（おそらくは慎みゆえに口にするのは憚られたでしょうが）非難に他なりません。」

ここで私は話すのをやめた。我が自称護国卿《プロテクター》は、大変怒るものと思いきや、どっと笑った。どうもそれは私の話の単純さに対してのものだったらしい。というのも、こんな返事が返ってきたからだ。

「貴公は廃れて久しい徳と良心の規範《ルール》を訴えることあまりに甚だしいようだ。そのせいでこの眼前にひろがる広大なる三国のうちに幾ばくなりと貴公自身が占める場所があるものやら私には大変疑わしく思えるのだ。それどころか、その規範のせいで貴公は君主となるにはあまりにもほど遠く、貴公が自分自身の郷土《くに》の治安判事になるのを目にする喜びすら友人諸君は決して得られないのではないだろうか。なんとなれば、貴公が今徳と呼ぶものは、私の見る限り、冷笑屋（キニク派）の偏屈か快楽主義者（エピクロス派）の怠惰のいずれかに他ならないからだ。貴公が我が「英雄」について少なくとも巧妙なる自己隠蔽と弛まぬ勤勉の二点を私のためにとっておいてくれたのはうれしい限り。これは確かなことだと言えるが、その二つに常に導かれて一生を送る者は、偉大さの道から外れることはないはずなのだ。しかし、見るところ貴公は衒学者にして理想主義（非現実）《プラトン》的政治家で、理論的共和国人間であり、ユートピア的夢想家だ。これまでに貴公の言う「黄金の中庸」によって富が得られたためしがあるだろうか？　中道から揺れ動いて外れたりしてはならない徳によって最高位が到達されたことなどあるだろうか？　試しに貴公がアリストテレスの政治学を研究してそれについて論じ、そして別な誰かにマキャヴェリの考えを実践させてほしい。さあ、二人のうちのどちらが上の地位に達するか見てみようではないか。もしも支配《ルール》と優位に対する欲望・希求が徳であるならば（私は貴公の言うどんな怠惰な素質にもましてそれこそが人間の本性に刻みつけられているものなのだと確信しているし、いかなる被造物にせよ、神が被造

物に吹き込んだ能力と性向を行使することより他に一体どんな徳
があるだろうか?）、もしも（いいかな）それが徳であるならば、
それを手に入れる唯一の手段ではないとしても最適なものである
ならどんなものも、我々は悪徳とみなしてはならないのだ。

そのことはあまりにも確固たる明白な一個の真実だから
最初に生まれ出た者（アダムとイヴの長子カインのこと）にとっても自明だった。
生まれたばかりの自然の諸法則によって導かれるがまま
強く優勢な跡継ぎであるその高貴なカインは
誰であれ（弟でも）自分よりも神のお気に入りになることなど
甘んじて受け入れなかったではないか。
彼は弟を打ち倒し、言った。「さあ、ああも巧みに
おまえが生け贄に捧げた羊はあのように倒れ屠られ
私が捧げうる限り捧げた稲束は
私が供えたすべては干涸らび吹き飛ばされた。
だから、神が私の次の生け贄をまた嫌うことのないように

（38）『創世記』四章一七参照。「カインは妻を知った。彼女は身ごもってエノクを産んだ。カインは町を建てていたが、その町を息子の名

受け取ってもらえる司祭を生け贄に捧げるのだ。
臆病な恐怖心よ、去れ。」そのようにして流された最初の血の
報いとして、彼は最初の都を建てた。[38]
それは神の孫に相応しい
高貴で気高い始まりであった。
そのように十分進みはしたのだが、残念ながらそこでとどまっ
た。
もう一歩栄光の道を進み、至高の偉大な領域へと
踏み入れれば良かった。もしアダムも殺されていたならば、
彼が一人で統治することになったかもしれないのだから。
一人の兄弟の死の場合を私は何と名付けたものか
復讐と名声のためのささやかな奉納か。
強い魂を持つアビメレク[39]は
より高位の霊が高い位のために何をなせるのか示そうと
兄弟ほぼ全員の大虐殺《ヘカトゥーム》を行った。
(色が褪せないよう)一番近い者たちの血で

前にちなんでエノクと名付けた。」なお次行の「神の孫」についてであるが、アダムとイヴを神の子と捉えるならば、カインは「孫」にあたる。

(39) ペリシテ人の王。「我が名は王である」という意味の名前。聖書中の何箇所かで言及されるが、ここは『士師記』九章五参照。「彼（アビメレク）はオフラにある父の家に来て、自分の兄弟であるエルバアルの子七〇人を一つの石の上で殺した。末の子ヨタムだけは身を隠して生き延びた。」アビメレクは、テベツの町を制圧した時、塔の屋上にいた一人の女が落とした挽き臼の上石によって頭蓋骨を砕かれ、従者に「女に殺されたと言われないために」剣でとどめを刺せと命じ、そのようにして死んだ。

王位に相応しい深紅《ロイヤル・パープル》の誇りを染めること七十度に及んだのだ。
なぜ私は王に相応しき生き物を男と名付けるのか。
弱き者、柔き者、臆病者である女でも
男の勇気があれば、王位目指して聖なる道を切り開く時
敵対するすべての者を勇気で倒せる。
だから、アタルヤ(40)は、我が息子が、そして
その命とともに、もっといとしい王位が失われたのを目の当たり
　　にするや
高位の生まれゆえに高位の権利を主張するかもしれない者を
王位に相応しい怒りで、皆殺しにした。
彼女がありったけの力で支えていた息子が死んだので
一人で統治することを決意した。決意し、統治した。
女であることも、法も、ダビデの子孫こそ聖なる血筋との弁論も
彼女を止めることはできなかった
彼女は、運命を相手に、高貴で大胆な闘いを
（一人の女として）企てた。

(40) ユダ王国（イスラエル南王国）歴代で唯一の女王（第七代君主）。ダビデ王朝の流れをくまないイスラエル王国（北王国）のアハブ王の娘。息子である第六代アハズヤ王の戦死を受けて、即位を宣言した。メシアはダビデの血筋から出るという預言がなされていたため、その正統な子孫であるユダヤ王族の男を皆殺しにして、ダビデ王朝を滅ぼそうとした。女王として六年間君臨したが、七年目にユダヤ王族唯一の生き残りヨアシュが祭司ヨヤダに擁立されてクーデタを起こし

偉大なるエッサイ（ダビデの父）の種族を、ユダ王国の玉座から
彼女は、引きずり下ろそうとし
運命は、（古の聖なる神託により定められて）とどめようとした。
最後は、五分五分の賭けになるかどうかの瀬戸際で
大騒動のあげく、運命の方が一人分だけ勝ちの目を得た。(41)
最後は彼女自身が弑される羽目になった、などと私に諭すなかれ。
彼女はまず七年間（これは一生分だ）統治したのでなかったか。
政治家＝公人としての魂にとって、王の七年は、
メトセラ(42)の私人としての生涯より長いものに思われるもの。
偉大な者であることは神に近づく。世によく言うように
一千年も神にとっては一日にすぎない。
であれば、王冠を戴くや
その即位の日は一日が一千年以上になるのだ。」

彼はさらにその冒瀆的な言葉を続けていたであろう（私にはそ

た。彼女はヨアシュの戴冠を阻止しようとしたが、捕らえられて処刑された（『列王記下』一一章一―二〇参照）。

(41) アハズヤの姉妹であるヨシュバによってヨアシュが助けられユダヤ王族でただ一人生き延びたことを指す。注37参照。

(42)『創世記』五章二七参照。九六九歳まで生きたとされる族長。

れが分かったのだ）が、神の恩寵で私は次のように言葉を挟む大胆さを得た。

「あなたがどんな天使にして守護者＝護国卿なのかが今や（ずっと前に見当はついていましたが）すっかりよく分かりました。また、よく神託を伝えていた頃以来このかた[43]あなたの詩のスタイルはずいぶんましになっているのではありますが、でも御説はあなたが前に（聞いたことが私はあるのです）臆面もなく公表したよりもずっとひどいものになっています。これまで人間と実地で長く関わったために、あなたの悪意が強まり高まったのでしょうか、あるいは、この時代の我々は、あなたの一味に引き込むのにもはや何の技も変装もいらないほど厚顔無恥で邪悪になったとでも思っていらっしゃるのでしょうか。」

「我が領地は（と彼は、慌てて、そして恐ろしい憤怒の形相で言った）この世界においてきわめて大にして、私は力きわめて大なるその君主である。だから、たとえ貴公が我が正体を知ったとて私は何ら恥じることはない。また、それゆえに、私も貴公を知

（43）ここでの「神託」は、いろいろな意味にとりうる曖昧な、また形が完結していない場合も多い、いわゆる託宣の文章を一般的に示唆していると思われるが、あるいはピューリタンの言説に見られることのあった熱狂、神がかり的・お告げ的な性格への言及とも考えられる。

っていること、貴公が頑固な根っからの有害人物であるのを私が知っていることを、貴公に分からせるために、その理由ゆえに私は貴公を我らが次の駐屯地まで連行する。そこから貴公にはロンドン塔へ、さらに法廷へ、さらに貴公の知るその先の場所[44]まで行ってもらう。」
私が大きな猛禽の爪に、まさにかかろうとした——

その時、何と、最後の言葉がすっかり話されないうちに
裂けて割れたというより口を開けた白い雲から
稲光でなく一閃の光が現れた。
きわめて俊足な、けれどもきわめて優しい炎光だった。
その光に乗って、全速力で
私の目にはたちどころと映ったが
一族のうち一番見目麗しい若い天使が来た。
姿は美しく、顔は筆舌に尽くし難かった。
震える悪鬼を撃つ渋面は

5

エイブラハム・カウリー

(44) 一九四九年一月末、裁判により死刑を宣告されたチャールズ一世は、ホワイトホール宮殿前において公開で斬首された。

美しい人間が浮かべるいかなる笑みにも優るものであった。
巻き毛は光輝く束となって千々《ちぢ》に乱れ垂れ
一部は上に逆巻いて、もしも天使の髪を金に喩えて
構わなければ、英国の君主たちがかつて
帯びていたような、生まれついての王冠をなしていた。
その上着と裾揺れる外套はたいそう明るく輝き
ともに光の絹織物でできているかのようであった。
胸にかけられた青色のリボンからは
メダルが下がり、そこには
魂消るほど生き生きした姿で、神秘的な戦士[45]と
古のドラゴンの戦いが、目にも鮮やかに描かれていた。
衣の脇からは、彼方に届く光を放つ
一つの恒星が、思うに本物の星が輝いていた。
その白く美しい手には（さらに何が必要だっただろう）
鮮血に染まった、イングランドの十字のみ武器として持ってい
た。

(45) イングランドの守護聖人で、ドラゴン退治の伝説でも有名な聖ジョージがまずイメージされる。赤色十字旗と竜が象徴で、白馬にまたがる姿で描かれることが多い。白地に赤色十字の「セント・ジョージ・クロス」はイングランド国旗であり、英国国旗の一部にもなっている（五行あとの句「鮮血に染まった、イングランドの十字」を参照）。ただしそれと重ね合わさるようにして、聖書の数箇所で登場する大天使聖ミカエルのイメージもここでは喚起されるように思われる。甲冑とマントをまとって天の軍団の先頭を切るという姿でよく知られ、竜と死闘をくりひろげる図像も生み出された。『黙示録』一二章七―一二では、ミカエルが竜（「巨大な竜、年を経た蛇、悪魔とかサタンと呼

それをおびえた僭主に向かってふるい
二言三言発する（しかし、それがどんな言葉で、
何を意味するものであったか、ああ、私には分からなかった。
ただ、その中にイエス様との一語ははっきり聞き取れた）と
僭主は震え上がり、叫び声を上げ、逃げ去った。
望外の餌食を捨てようとしてそうまで必死だった。
激しい憤怒に駆られて獰猛な狼の心臓と目は燃え上がる
（自分の獲物を不当にも奪われたと彼は思うのだ）。
ふと羊飼いが目にとめて、哀れに泣いている子羊を
狼の飢えた口から救い出す。
狼は羊飼いの方を襲おうかという気にもなるが
恐怖が飢えを上回る。
狼は敵が強すぎることが分かっていて、去るしかない。
振り返りざま歯を剝き、逃げ去りざま遠吠えを上げる。

ばれる者、全人類を惑わす者」と表象される）と戦い、勝ちを収めた経緯が語られる。ちなみにその後、地上に投げ落とされた竜は、イエスの証しを守る者たちと戦うために海に向かい、神を冒瀆する獣を助ける。さらにその獣は聖なる者たちと戦い、人々を惑わした（同一二章一三―一三章一八）。

解説

この作品をこのような詩選に入れるべきかどうかは、議論のあるところかもしれない。散文に詩が織り込まれている（たとえば日本の古典文学を知る者にとってそれはごく親しい形式であるが、近代的な作品分類としてはおそらく散文の方に入るであろう）と説明する方が相応しいとも言えそうだからであるし、また、長さがアンソロジーピース向きではない（見てのとおりであり、今回抄訳によってこれでもかなり短くしてある）からでもある。カウリーについての毀誉褒貶（または無視）の起伏の中で、良くも悪くも注目されてきたのは形而上詩や古典風を名乗る詩篇の数々であったのも、無理のないところであり、またそれらの詩に優れたものが実際多くある（論より証拠で、ぜひ第Ⅲ部の森松氏訳のカウリー詩篇を読んでいただきたい）。しかし、詩混じりの散文であることこそが私には興味深い点である。そしてカウリーのその形の文章中には、看過すべからざる面白いものがあり、少なくとも日本でこれまで十分な紹介がされてきているとは言い難い。あえて本選集に収めようと思った理由である。なお、付録文献一覧のBに掲げた編者不詳の *The Essays of Abraham Cowley* に付された注では、「これは我らが著者散文中における最高の作品である」と絶賛されているのだが、同書の他の注も信用度があまり高くなく、残念ながら割り引いて聞かざるをえない。

さて、夢の中で真実が語られるというのは、古来よくある話の型である。幻視と訳した vision は、夢よりも曖昧性の少ないものとの了解もあるようで、いわゆる神のお告げも入る。その伝統の中にまずこの作品はある。（ただ、ここで登場するのは神でなく天使であり、語っていくにつれ、その天使は実は天よりの使者でなく、まったく逆の方から来ているらしいことが分かってくるのだが。）

また、内容というよりは、詩を発するメカニズムの面で見ても、憑依あるいは幻視での語り（あるいは、幻視を語ること）は、やはり古来、詩の一つのあり方である。その意味で、この作品中で発せられる詩は、詩の自然な（あるいは伝統的な）あり方に則っていると言える。

しかし、同時に、作品全体としてこれは、幻視の形で、政治、権力についての考察を行っている。具体的にはクロムウェルへの批判が筆頭に挙がるが、ことはそれにとどまらず、君主、そして権力自体についての原論的思考が開陳されている（Waller 版の注によれば、実は、もとは三部作の予定であったことが、一六六一年版に付されている「版元口上」に述べられていると言う。それによれば、さらに英国の苦境や重荷について語り、その不当性を訴える予定であったが、一六六〇年の王政復古によってそれらは不要になった。しかし、過ちを後世に明らかにしておくべく第一部を独立して出版するのが相応しいと著者が判断した由）。もっとも、君主論・為政者論自体は、この作品中でも「私」によってアリストテレス対マキャヴェリの対決として言及されているように、ギリシャ・ローマの時代以来よく論じられてきたものであり、詩作にも古典の影響が強く見られるカウリーが、その伝統の上にあることは言うまでもない。

ところで、苦し紛れに「幻視に拠って……を論じる」と訳した題名中の語句は、「A Discourse By

Way of Vision」である。

つまり、ここでのwayは「手段・方法」「形式・型」である。訳者としては、「拠って」は「拠りて」、すなわち「拠り所にして」＝「形をとって」の意味合いも含み、また、「(方法に)よって」のつもりでもある。(こんな解説の言を付すのは、ひと目で示せる工夫ができなかった言い訳に他ならないが、意図を多とされたい。)

ついでに言うなら、by way ofが「〜経由で」であるのだから、「直でなく幻視の形をとって」、つまり「幻視と称して(本音を語る)」ともなりうるだろう。

さて、カウリーには、「Several Discourses by way of Essays, in Verse and Prose」という題辞でまとめられた一連の詩文がある。散文もあれば詩もあり、また古典文学の詩の翻訳や翻案もあるといった具合の「雑《ぞう》」的な一書であるが、そこにやはり詩混じり文も幾つか入っている。それを表すための題辞であろうが、無難には「詩と散文のエッセイという形(形式)＝方法による論考」、もう少しだけ砕けば「エッセイという形(形式)＝方法による詩文集」と一応訳せるであろうこのタイトルと並べると、今回訳した文章のあり方、少なくともカウリーの意識がはっきりする。

「エッセイ」が一七世紀において持っていた新しく・強い意義(モンテーニュやベーコンの場合などについては再説の必要はないであろうが、カウリーにおいて、「エッセイ」が形式・方法であるのと同じ意味において、「幻視」は形式・方法なのである。それによって、古来の「幻視」が新しいあり方を与えられている。方法としてのこの形・形式（フォルム）への意識こそカウリーが大変に批評的な作家であることを示している。詩が発生する現場を書いている、という意味では、コールリッジの『クーブラ・カーン』（執筆一七九七／出版一八一六）などが思い合わされるが、登場人物が二人いて、互いの前で「歌って」いること、さらに、詩の霊の高まり弱まりについて言及したり、また、あたかもミュージカルにおけるように、登場人物の語り方が、散文から詩に、それもその本人が明らかに意識している形で、唐突に移行し、相手が詩で語ることやその出来映えについて評したりしていることからすれば、カウリーのこの詩においての方が、「詩」というものが相対化されている度合いが高いと言えるだろう。あるいはフィクション（という形式）としての詩のあり方が明確化されつつある過程を提示しているのだとも言えるのではないか。このような批評性の高さが、詩混じり散文のカウリーの作品が今こそ興味深いと思われる理由の一つである。

また、最後に至ってまさしく幻視と言うべきなのか、突然語りも「天使」も一斉に走り出す遁走のエンディングが、エンターテインメントとして面白い。何かの比喩とか教訓とかになっているのではない、純粋エンターテインメント性が、そこまでメインの筋として続けられてきた僭主・暴君についての大真面目な政治論を、煙に巻きはしないものの、宙吊りにしてしまう。主人公危機一髪のタイミングでの伝統的なデウス・エクス・マキナ的解決とも言えるが、贔屓の引き倒しをあえて言うならば、フィクションによる全面的蹂躙である。呵呵大笑。

現代におけるカウリー評価を象徴しているとも言えそうなことであるが、デラウェア大学出版局からの現代的な校訂版全集の試みは、少なくとも二〇一四年末時点で、全六巻予定のうち三つの巻が出たまま後が続いていないようであり、残念ながらクロムウェル論はその既刊分に入っていない。訳のためのテキストについては、一九世紀のものではあるが、文献一覧に掲げたAのLumby版を底本とし、Bの三つの版も参照した。BのWaller編の版（一六六一年の初出の版でなく、カウリーの死の翌年である一六六八年に出たフォリオ版著作集に拠った由）は、語句の異同について若干の注はあるが内容的な注はほぼ皆無で、校訂的なテキスト編集もほとんど施していない。訳および注をつけるにあたっては、Lumbyの注が役に立った。また、散文部分について、Waller版にはほとんど段落分けがないが、Lumby版とBの編者不詳の版にはある。それらを採用したうえで、読みやすさや内容自体のまとまりを考慮して、さらに若干数の段落分けを追加した。

ジョン・ドライデン

略伝

一六三一年、ロンドンの北、ノーサンプトン州の小地主の家に生まれる。両親とも穏健なピューリタンの家柄だったが、王党系のウェストミンスター校に学び、ついでケンブリッジ大学で懐疑主義思想にも触れた。卒業後はクロムウェル政権のもとで官職につき、彼の葬儀に際しては哀悼の詩を書いている。しかし王政復古の時には、いち早くチャールズ二世を正義の君主として祝う詩を発表した。

ドライデンの文学者としての経歴は劇作から始まった。彼の劇作は喜劇、悲喜劇、シェイクスピアやミルトンからの翻案など幅広いが、もっとも有名なのは主に異国の王侯貴族の愛と戦いの葛藤を描くいわゆる英雄劇であり、『グラナダ征服』（*The Conquest of Granada* 一六七〇）、『オーラン・ジーブ』（*Aurang-Zebe* 一六七五）、またシェイクスピア『アントニーとクレオパトラ』の改作『すべてを愛のために』（*All for Love* 一六七七）などがある。

一六六六年のオランダとの海戦とロンドン大火という大事件を描く長編詩『驚異の年』（*Annus Mirabilis* 一六六七）、シェイクスピア、ジョンソンらの英国劇とヨーロッパの古典主義劇との総合を目指す対話体の批評『劇詩論』（*Essay of Dramatick Poesie* 一六六八）は、彼の声価を高め、桂冠詩人（一六六八）、王室歴史官（一六七〇）に任ぜられた。このため嫉妬も買い、特にライバルの劇作家シャドウエルとの論争は、やがて彼を徹底的に笑いものにする諷刺詩『マクフレックノー』（*Mac Flecknoe* 一六七六）を生む。

七〇年代末に始まるいわゆる王位排除危機（exclusion crisis）において、ドライデンは議会派に反対し、国王と王位継承者たるのちのジェイムズ二世を支持する論陣を張った。ここから生まれたのが政治諷刺詩の傑作であり英雄二行詩（heroic couplet）詩形の模範とされる『アブサロムとアキトフェル』（*Absalom and Achitophel* 一六八一）その他の作品である。彼はまた、自らの政治的立場の裏づけとして、一種の哲学詩『俗人の宗教』（*Religio Laici* 一六八二）を出版し、理性的中道としての英国国教会の体制を擁護した。

一六八五年にチャールズ二世が死去し、あとを継いだカトリック教徒のジェイムズ二世と議会との対立がさらに深まった。この時ドライデンは長編寓意詩『白鹿と豹』（*The Hind and the Panther* 一六八七）において、国教会（豹）やプロテスタント諸派（狼など）に対して、カトリック教会（白鹿）の優位を宣言し、カトリックに改宗した。その一方、このころから彼は出版業者トンソンと協力して、古典詩人の翻訳に力を注ぐようになった。

一六八八年の革命でジェイムズは追放され、ドライデンは桂冠詩人と歴史官の官職を失い、政治的にも難しい立場に立たされた。生活のためにふたたび劇作に手を染めたが、しだいに翻訳に集中するようになり、三年を費やしてウェルギリウス全詩集（一六九七）を出版した。予約出版という形を取ったものであるが、予約者には党派や宗派を超えた当時の有名人が名を連ね、彼が広く敬愛されていたことを物語っている。彼の最後の作品はホメロス、チョーサー、オウィディウス、ボッカチオの物語詩の翻訳を集めた『物語集』（*Fables* 一七〇〇）であった。

彼は英語文学に古典文学の均整と格調を取り入れようと努め、一八世紀文学への流れの基礎を築いた。上記の他の作品として英語における「ピンダロス風オード」の詩形を確立した「聖セシリアの日」「アレキサンダーの宴」、劇に挿入された多くの歌詞、同僚の学者、詩人、音楽家などを悼む哀悼詩があり、また劇のプロローグやエピローグ、献辞や序文などの機会を利用した文芸批評（特に諷刺論、翻訳論、韻律論）など、実に多岐にわたっている。

（海老根宏）

マクフレックノー(1)

全て人にまつわる物事は凋落の定めにあり、
運命のお召しには君主も従わねばならない。
このことにフレックノーは思い至った。彼はアウグストゥス(2)のように若くして
帝国に迎えられ、長く統治していたのであった。
散文と韻文、そのいずれにおいても文句なしに
絶対的存在であると「無意味《ナンセンス》(3)」の王国全土が認めていた。
この年老いた王は、現在は平和のうちに富み栄え、
増え続ける子孫たちにも恵まれたが、
公務には嫌気がさしたので、とうとう
国の継承問題を決着させようと熟慮を凝らした。
そして自分の息子たちのうちで誰が一番君主に向いていて、
才気と終わりない戦いを交える力があるだろうかと考えた挙句

(1) 後注参照。

(2) ローマ帝国初代皇帝ガイウス・オクタウィウス。紀元前四三年に執政官に任命され、ローマを治める。前二七年に皇帝に即位。フレックノーの最初の著作『聖なる結婚』(*Hierothalamium* 一六二六)は彼が二一歳ごろの時に出版された。

(3) "nonsense" はベン・ジョンソン（注28参照）が『バーソロミュー市』(*Bartholomew Fair* 一六一四)で使った単語。

叫んだ――「決めたぞ。自然が求めるところによれば、
統治の座につくべきなのは私に一番似た人なのだから。
シャドウェルただ一人が私の完璧な似姿である。
幼い頃から愚鈍さにかけては成熟していた。
シャドウェルのみが息子たちの中でも一番
確固として愚かしさに深く根をおろしている。
他の息子たちはおぼろげに意味なすことを言わないではないが
シャドウェルは決して分別《センス》の道へと迷い込むことがない。
他の者の精神には才気の光がふと差し込み
それを貫いて、清明なる正気を取り戻させないではない。
しかしシャドウェルの漆黒の闇は光を通さない。
彼から立ち上る濃霧は日の光に打ち勝つのである。
それに加え、彼の堂々とした体躯は視野いっぱいに広がって
無思慮の威厳にはまさにうってつけであろう。
無思慮であることにかけては平原を覆うオーク(4)の木に劣らず、
厳かに枝葉を広げ、堂々とだらしなく君臨するのである。

(4) ウェルギリウス『農耕詩』ではオークはジュピターの木である。また、Royal Oakの示唆もある。内乱中ウスターの戦いで後のチャールズ二世はクロムウェル軍から敗走した。その際、一本のオークの木に身を隠して追っ手をかわし逃げのびたという。そのことから王政復古後にオークの木が紋章などに使われるようになった。

ヘイウッド(5)もシャーリー(6)もお前の予型(7)でしかなかった、
最後の偉大なくだくだしい預言者《トートロジー》であるお前の。
この私、彼らよりも広く知られた間抜けである私でさえ
お前の道を整える(8)ために遣わされたのでしかない。
ノリッジ(9)の布を身にまとい、
お前のより偉大なる名前を全世界に告げ知らせるためにやってき
た。

私のリュートの調べ、かつて私が爪弾いて
ポルトガルのジョアン王陛下に歌って差し上げた(10)のも
あの栄えある一日の前奏曲にしか過ぎなかったのだ、
お前が銀色のテムズ河の波を切って進み
オールもそろって快調に王家の御座船の先導となって
この上ないお役目の誇りに胸ふくらませたあの日(11)の。
賛美歌で得意になって、一団の統率者となった。
エプソムの毛布(12)もこのような人物を投げ上げたことはない。
私の目には、お前が新しいアリーオーン(13)となって海原を進み、

(5) 後注参照。
(6) 後注参照。
(7) 新約聖書に現れる出来事・事物・人物を旧約聖書が予め示していること。
(8) 洗礼者ヨハネは、イザヤの「主の道を整えよ」の預言どおり、人々に対してキリストの到来が近いことを告げ知らせた。らくだの毛衣を身にまとっていた。(『マタイによる福音書』三章三—四)
(9) イングランド東部、ノーフォーク州の町。シャドウエルは同州出身。
(10) フレックノーがポルトガルを訪れた時、国王の前でリュートを披露したことが彼の旅行記にある。
(11) ここで語られている出来事は特定されていない。アイネイアースのテーベレ川遡行を下敷きにしているという。(『アエネイス』八章八六—一〇一)

その指先にはリュートの弦が震えているかのように思える。
お前の研ぎすました親指の動きにつれて岸辺から岸辺まで
高音は恐れをなして泣き叫び、低音はどよめくのだ。
小便小路(14)からこだまが「シャドウェル」と叫べば
「シャドウェル」との反響がアシュトンのお屋敷(15)から鳴り渡る。
お前の船に小さな魚たちが群れ集うさまは
さながら朝に漂い流れるパンくずに集まるかのようである。
また、お前が自分の楽団の君主となる時には
腕を派手に動かして原稿を打ち振るうのである。
サンタンドレ(16)の足さばきもこれ以上リズミカルだったことはない
し、
お前の作品『サイキ』(17)の詩脚でさえもこれにかなわない、
意味だけでなく韻律においても上出来だったにもかかわらず。
まことに調子よく、くだくだしいまでに畳み掛けるので、
嫉妬のあまり蒼白になったシングルトン(18)は
それまで得意げに身につけていたリュートも剣も打ち捨て、

(12) 一六七六年六月一七日にロチェスターや劇作家エサリッジを含む数人がエプソムで起こした事件。ロチェスターの「略伝」を参照。
(13) 後注参照。
(14) ストランドとテムズ河を結ぶ同名の道があった。
(15) この名前の建物は確認されていない。シャドウェルの知人にアシュトンという諷刺詩人がいた。
(16) フランスの舞踏家。シャドウェルのオペラ『サイキ』(次項参照)に振りをつけた。
(17) 一六七五年二月にドーセット・ガーデン劇場で公爵一座によって初演された。シャドウェルはこの作品について、音楽とダンスと派手な舞台装置でロンドンを楽しませるのが目的であって、自分の詩においても才気より音楽性を優先させたと序文で述べている。

もう二度とヴィレリウス[19]を演じまいと誓ったのであった」。
ここでお人よしの老君主は口を閉ざし、喜びのあまり涙を流しな
　がら
この期待の息子を思って無言で恍惚となり泣いた。
全ての論拠が、しかしとりわけ彼の戯曲作品が確信させるのだ、
彼こそは聖別された愚鈍さのために生まれついたのだと。
　麗しいオーガスタ[20]を取り巻く城壁に程近く
（麗しいオーガスタは大変怖がり[21]なので）
見晴らしのための古い建物が
以前は建っていて、バービカン[22]と呼ばれている。
かつては望楼であった。しかし今は運命の定めで
建物の名前だけが空しく残っている。
その廃墟には売春宿が立ち並び
みだらな色恋と汚れた喜びの場所となっている。
大年増の売春婦たちが巨大な宮廷[23]を抱え、
夜警団に見咎められることもなく安らかに眠っている。

(18) 国王付きの音楽家で、舞台にも出演していた。
(19) ダヴェナントの劇『ロードス島攻囲』（*The Siege of Rhodes* 一六五六）の登場人物。
(20) ロンドンの古称。
(21) 各種宗教・政治勢力による陰謀を警戒していた。
(22) ロンドンのクリップルゲイト（Cripplegate）地区内セント・ジャイルズ（St. Giles）教会の教区。三文文士が住むグラブ街（Grub Street）を含む地域。
(23) 原文はcourt。宮廷の意味の他に、場末の路地や囲い込まれた地帯という意味もある。

その近くには養成所[24]が設けられて、
女王たちが作られ、未来の英雄たちが育てられている。
駆け出しの役者たちが笑い方、泣き方を学び、
若い娼婦どもがか細い声を鍛え、
ちっぽけなマクシミン[25]たちが神々に逆らう場所である。
偉大なフレッチャー[26]が悲劇役者の編み上げ靴[27]で通るような所では
　　ないし、
さらに偉大なジョンソン[28]が喜劇役者の軽い靴[29]で姿を見せることも
　　ない。
その代わりにお上品なシムキン[30]が自分にふさわしい評価を
今は亡き知性を記念するこの場所で受けるのである。
この場末のミューズは駄洒落を飛ばし、
パントン[31]は言葉相手に戯れの喧嘩をしかけている。
フレックノーは、音に聞こえたこの場所に
大胆にも息子シャドウェルの玉座を据えようとした。
というのはかつてデッカー[32]が預言したからだ、

（24）一六七一年には同地に俳優養成所が建てられた。
（25）ドライデンの戯曲『暴虐の恋』（*Tyrannic Love* 一六六九／七〇）に登場する無神論者の皇帝。ドライデンはこの作品の出来に納得していなかった。
（26）後注参照。
（27）古代ギリシア・ローマの悲劇役者が履いた、底の厚い編み上げ式ブーツ。コトルノスともいう。
（28）後注参照。
（29）古代ギリシア・ローマの喜劇役者が履いた、サンダルのような靴。
（30）間抜け者を指す名前。
（31）Edward Panton という教育家か。この詩が書かれた一六七六年に、書き方・話し方の教室をロンドンに開くことを提案したという。
（32）後注参照。

この場所に強大な君主が君臨し、
才気をやっつける笞《しもと》、分別を打ち据える殻竿となるであろうと。
真実の愚鈍さは彼のおかげで『サイキ』を数作も手に入れるであろうし、
『守銭奴』(33)の世界がいくつも彼のペンから生み出される。
『人それぞれ』と『偽善者』が何作も書かれるだろうし、
レイモンド一族、ブルースの部族(34)も生まれるのだ。
　さて女帝「名声」がお触れを出して、
シャドウェルの即位を町中に告げた。
「名声」の噂を聞きつけ、諸国の民がこぞって
近くはバンヒルから、遠くはウォトリング街道(35)から押しかけた。
皇帝の通る道にはペルシャのじゅうたんではなく
詩人たちのばらばらになった手足(36)が敷き詰められている。
ほこりっぽい店々からは忘れられた物書きたちが出てくる。
パイに殉教し、トイレの聖遺物となった(37)者たちである。
ヘイウッド、シャーリー、オグルビー(38)が累々と横たわっていたが

(33)『守銭奴』(*The Miser*)、『人それぞれ』(*The Humourists*)、『偽善者』(*The Hypocrite* 出版されず)はいずれもシャドウェルによる劇作品。『守銭奴』はモリエールの『守銭奴』(*L'Avare*)、『偽善者』は同じくモリエールの『タルチュフ』(*Le Tartuffe*)の翻案。

(34)レイモンドはシャドウェルの『人それぞれ』に登場する人物。ブルースはシャドウェルの『学者』に登場する人物。両名とも才人。

(35)後注参照。

(36)作品を人体にたとえるアナロジーはルネサンスによく見られる。

(37)書いた原稿がパイ皿に敷く紙やトイレットペーパーにされてしまった。

(38)後注参照。

シャドウェルの荷物〔作品〕はほとんど道をふさぐほどであった。
倒産した出版業者が従者を務め、
ヘリングマン[39]は近衛兵の隊長となっていた。
白髪の君主は威風堂々と姿を現し
自らの労作を積み上げた玉座に高々と座った。
右手には我らの若きアスカニウス[40]が控えていた。
彼はローマのもう一つの希望、国家の柱であった。
その額のあたりを飾るのは光輪ではなく、深い霧であり、
愚鈍さが軽く顔に戯れかかっていた。
まるで祭壇に現れたハンニバルに
父がローマの永遠の敵となる誓いをさせた[41]時のように、
シャドウェルは誓った。彼の誓いは守られねばならない。
死ぬ時まで真実の愚鈍さを貫こうと。
そして父王の権利において、また王国を守るために、
才気と決して和解せず、分別とも停戦しないと。
王自らが聖油の儀式を行った、

(39) ヘンリー・ヘリングマンは当時最有力だった出版業者。一六七八年までドライデンの出版を請け負った。シャドウェルの『エプソム鉱泉』（*Epsom-Wells* 一六七三）から『アテネのタイモン』（*Timon of Athens* 一六七八）までを出版。フレックノーも手がけた。ほかにカウリーやエサリッジの詩や戯曲も出版した。

(40) アイネイアースの息子。次の三行は『アエネイス』一二章一六八、二章六八二—四をもじっている。

(41) ハンニバルが九歳の頃、カルタゴの将軍だった父ハミルカルは彼を祭壇に連れて行き、ローマの敵となることを誓わせたという。

地位は王として、職業は司祭(42)として。
彼の左手には玉の代わりに
強いビールを満たした大きなジョッキを持たせた。
『愛の王国』(43)が彼の右手に渡されて、
笏ともなり、統治の法規ともなっているのであった。
その正義の教えを王子は若い時から実践し、
その子供として『サイキ』の歌が生まれたのであった。
最後に彼のこめかみにはケシの花(44)をあしらった。
ケシはうつらうつらと花を揺らせて頭を聖別するようであった。
ちょうどその時、もし噂が本当であれば、
彼の左手に十二羽の聖なるフクロウ(45)が舞った。
歌によると、同じようにロムルス(46)はテーベレ川のほとりで
十二羽の鷹から王となる予言を受けたという。
群集は割れんばかりの歓呼の声をあげ、
彼の来るべき帝国の徴《しるし》を迎えた。
それから君主は頭の名誉の飾りを揺らした。

(42) フレックノーはカトリックの神父だったともいう。
(43) フレックノーの作品で、「牧歌的悲喜劇」。最初は『愛の支配』(*Love's Dominion* 一六五四)として出版されたが、改訂されて再出版された。一六六四年に公爵一座によって上演されるが、大変な不評だったという。序文でフレックノーは、「立派な道徳性を盛り込んで」舞台のあり方を問い直す作品だと述べた。シャドウェルの『サイキ』は牧歌的オペラ。シャドウェルは演劇の道徳的責任を主張してドライデンと対立した。
(44) シャドウェルはアヘンを常用していた。
(45) フクロウには、賢そうに見えて実は愚かな人の意味がある。
(46) ロムルスとレムスは町を作ろうとしたが場所の選択

すると額から滴った忘却の露は
愚鈍な息子にたっぷりと注がれた。長いこと彼は立ち尽くしたまま
猛る神を胸から追い払おうとしていた。
ようやく口を開くと、預言の言葉が堰を切って流れ出た。
「天よわが息子を祝したまえ。アイルランドから
西の海原かなたのバルバドスまで治めさせたまえ。
その領土には果てがありませんように。
その玉座は父のものよりも偉大でありますように。
彼のペンは『愛の王国』を超えて行きますように！」
一息置くと、人民たちは「アーメン」と叫んだ。
言葉を続けた。「息子よ、前進せよ、
図太さも無知もいよいよ新たにして。
成功は他のものに教わればよい。私からは
成果のない苦しみ、報いのない労苦を学ぶがよい。
『学者』[47] に五年かけるがよい。

が折り合わず、前兆の鳥の出現を待った。レムスには六羽、ロムルスには一二羽の鷹が現れたという。ロムルスはレムスを殺し、自分の思う場所にローマを作って初代の王となった。

(47) シャドウェルの作品。

ただし思考にお前の才気の骨折りをとがめだてさせてはならない。
優美なジョージ(48)には舞台で勝ち誇らせておけ。
ドリマントは裏切り、ラヴィットは激怒すればよい。
カリー、コックウッド、フォプリングは平土間を沸かせ、
そのどたばた騒ぎに作者の才気が光るのだ。
一方お前の道化たちは常にお前を弁護して棒立ちになり、
証するだろう、作者の知恵のなさを。
彼らは皆、お前自身を手本とし
愚鈍を素材として作るがよい。外からの手助けを求めてはならない。
彼らが後代の人々に
似姿ではなく、まさしくお前の子供と認めてもらえるように。
そしてお前の作り出す才人たちもまた同じように
お前らしさに満ち溢れ、名前だけが違うようにするがよい。
しかしセドリー(49)が外から口を挟んで
お前の貧弱なエプソムの散文を才気でこてこてに飾ってはならな

(48) ジョージ・エサリッジは王政復古期喜劇の代表的作家の一人。軽妙で洒脱な作風が特徴。ドリマント、ラヴィット、フォプリングはエサリッジの代表作『伊達男』(*The Man of Mode* 一六七六)の登場人物たち。この作品は大好評を博した。カリーは『おかしな復讐』(*The Comical Revenge* 一六六四)の、コックウッドは『できるものならしてみたい』(*She wou'd if She cou'd* 一六六八)の登場人物。

(49) シャドウェルの作品『エプソム鉱泉』には合作者がいるという噂があった。シャドウェルはこれを否定している。『エプソム鉱泉』の序文はチャールズ・セドリーが書いた。セドリーはロチェスターとドライデン双方の友人で劇作家・詩人。才気に富んだ人物だった。

い。
また、偽りの修辞の花を摘む時には
自然に任せなさい。愚鈍らしさを狙ってはならない。
お前の最高で最上の筆をふるいなさい。そうすればどの台詞でも
フォーマル卿[50]の雄弁が思いのままになるであろう。
フォーマル卿は、お呼びでなくとも、お前の羽ペンに付き添い、
お前の北へ向けた献辞[51]を満たしてくれるであろう。
悪い友人によって名声に心惑わされ
ジョンソンという仇の名前をかたっては[52]ならない。
父フレックノーへの賛辞がお前の心を燃え立たせ、
伯父のオグルビーへの嫉妬でお前の心を奮い立たせるがよい。
お前は私の血筋だ、ジョンソンには縁がない。
我々は彼のどんな才能や技量に与っているというのか？
彼の才気は学識に不名誉の烙印を押したことがあっただろうか[53]。
自分の理解し得ない科学をののしったことがあるだろうか。
ニカンダー王子[54]のように愛を語り、

(50) シャドウェルの作品『学者』の登場人物。言葉を飾り立て、比喩を多用し、キケロー風雄弁をふるい、口を開けば修辞が飛び出すという能弁ぶりだが、内容は空疎。
(51) シャドウェルは『エプソム鉱泉』や『学者』ほか数作をニューカッスル公爵に献呈した。
(52) シャドウェルはベン・ジョンソンの後継者を自任していた。
(53) フレックノーは『愛の王国』の序文でベン・ジョンソンの作品を評して、学識がありすぎるので文体が重々しく、劇として楽しめないと述べた。シャドウェルの『学者』は、自然科学の発展を目指して設立された団体ロイヤル・ソサエティー（Royal Society）の新奇な学説や実験を諷刺している。ロイヤル・ソサエテ

『サイキ』のお粗末な詩のように塵を巻き上げたことがあるだろうか。
「四の五の言うな」[55]と啖呵を切ったことがあるだろうか。
戯曲を作ると言ったのに、どたばた喜劇ができあがったことがあるだろうか。
彼のミューズがフレッチャーから場《シーン》をいくつか失敬したことがあっただろうか、
お前がエサリッジを丸ごと劇に流し込んだ[56]ように？
しかし流し込みはしたものの、油が水に流れるように、
彼の作品はいつも浮かび、お前の作品は下へ沈む。
これがお前の領土であり、お前の栄えある道である。
新しい作品ごとに新しい気質をでっちあげる[57]がよい。
これこそお前の主張するところの心の傾き[58]である。
それはただひたすら愚鈍へと傾いているのである。
お前が物を書けばいつも片側に寄ってしまう。
そして、どんなに方向転換しようとも、そちらへとお前の意志は

ィーは一六六二年に王の勅許を受け、多方面で活動を展開していた。ドライデンもメンバーだった。

(54)『サイキ』の登場人物。サイキに恋をし、美辞麗句を並べて熱心に口説く。

(55) これと似た台詞が『学者』にある。

(56) エサリッジの『できるものならしてみたい』とシャドウェルの『エプソム鉱泉』や『学者』との類似が指摘されている。

(57) ジョンソンが創始した気質喜劇は、四種の体液の配合で性格が作られるという考えに基づいている。この配合に乱れが生じると性格が歪む。ジョンソンはこれを諷刺した。『学者』の序文で、シャドウェルはこの作品で四種類の気質を新たに創造したと述べ、自分は喜劇を作る時必ず新気質を舞台に登場させてきたと書

　向かうのである。
お前の山のようなお腹が〔ジョンソンに〕似ているなどと
うそぶいてはならない。それは分別のガスがお腹にたまって出な
　いだけである。
お前の大きな体はまるで酒樽人間だが、
才気ときたらちっちゃな樽くらいなものだ。
私の詩のように、お前の詩も弱々しく這い回っている。
お前の悲劇のミューズは微笑み、喜劇のミューズは眠りこけるの
　だ。
どんなに煮えくり返る思いで筆をとっても
お前の腰抜けの諷刺には牙がない。
その邪悪な心に毒がたまっていても
アイルランド(59)の筆に触るだけで毒気を失う。
お前の素質が名誉を求めるのは
鋭利な弱強格ではなくて、生ぬるいアナグラム(60)だ。
劇を書くのをやめ、支配する土地として

いた。

(58) 次の四行はシャドウェルの『人それぞれ』の閉幕辞「気質とは心の傾きであり、心を激しくそちらに引き寄せる。行動を常に一方に向かわせ、どんな変化にあってもそちらに心を向けさせる」を下敷きにしている（一幕二五四場一五―一八）。

(59) アイルランドの守護聖人聖パトリックはアイルランドから毒蛇を追放した。

(60) 後注参照。

お遊戯(61)の平和な領土を選ぶのだ。
そこならばお前は翼を広げたり、祭壇をうち立てたりできる(62)だろう。
たった一つの言葉を一万遍もつつきまわせばよい。
あるいは別の才能を発揮したいなら、
自分の歌に曲をつけ、リュートに合わせて歌うがよい」
　こう王は述べた。しかし彼の言葉の最後はほとんど聞き取れなかった。
というのはブルースとロングヴィル(63)が罠をしかけていて、
まだ熱弁をふるっている詩人を地下へと落としたからだ。
落下しながら彼は粗布の衣を残していった。
それは地獄の風で上にたなびき、吹き上げられた。
マントは若い預言者の手に落ちた、
父王の技量を二倍に増やして(64)。

(61) 原文はacrostic。各行の始めの文字をとって順番に並べると言葉ができるという遊戯詩。

(62) ジョージ・ハーバートの視覚詩（カリグラム）が有名。詩行の配列がそのまま図案となっていて、主題を表す。ハーバートの"Easter-wings"は翼の形、"The Altar"は祭壇の形をしている。

(63)『学者』の登場人物。二人の思い人クラリンダとミランダは結託して、熱弁をふるうフォーマル卿を仕掛け扉で階下に落とす。

(64) 列王紀下二・九―一三。預言者エリヤが昇天する時、息子エリシャは求める物を訊ねられると、父の霊を二つ分欲しいと言った。エリヤは嵐の中を天に上り、エリシャは父が落とした外套を受け取る。

《注》

（1）ドライデンの造語。Mac はゲール語で「……の息子」の意味。「フレックノーの息子」とは劇作家トマス・シャドウェルを指す。シャドウェルは生涯に一四の喜劇を書いた。代表作は『エプソム鉱泉』（*Epsom Wells* 一六七二）、『学者』（*The Virtuoso* 一六七六）など。ドライデンに対する匿名の諷刺作品もある。シャドウェルとドライデンの演劇観の相違については「解説」を参照。フレックノーは戯曲『愛の支配』（*Love's Dominion* 一六五四）やイギリス最初のオペラ『アリアドネ』（*Ariadne* 一六五四）、演劇論などを著した。ヨーロッパからブラジルに至る一〇年の旅行について記した見聞記もある。シャドウェルもフレックノーもアイルランド出身ではなく、深いゆかりがあったわけでもないらしい。

（5）トマス・ヘイウッドは後期エリザベス朝・ジャコビアン朝の劇作家。代表作は『情けで殺された女』（*A Woman Killed with Kindness* 一六〇三／一六〇七）。生涯に二〇〇もの作品を手がけたという。

（6）ジェイムズ・シャーリーは内乱以前は国王一座つきの劇作家だった。ペストを避けて一時アイルランドに住んだ。四〇ほどの悲劇、喜劇、悲喜劇を書いた。ヘイウッドと同様、派手な演出を好んだという。

（13）ギリシア神話に登場する詩人・音楽家。南イタリアとシチリアで催された音楽の競技会に参加し、数々の賞品を持って帰郷する途中、賞品を奪おうとする船員たちに殺されそうになる。彼が最後の一曲を舳先で奏でると、いるかが群れ集って音楽を聴き、海に身を投げた彼を助けて陸地まで無事に運んだ。

（26）ジョン・フレッチャーは後期エリザベス朝・ジャコビアン朝演劇を代表する劇作家の一人。単独で、またフランシス・ボーモントやトマス・ミドルトン、ベン・ジョンソン（注28参照）やシェイクスピアたちと合作で多数の悲劇・喜劇を残した。

（28）ベン・ジョンソンは後期エリザベス朝・ジャコビアン朝演劇最大の劇作家。『各人各様の気質をもって』（*Everyman in his Humour* 一五九八）は気質喜劇のジャンルを確立した。注57参照。ほかに代表作として『ヴォルポーネ』（*Volpone* 一六〇五—〇六）、『錬金術士』（*The Alchemist* 一六一〇）、『バーソロミュー市』などの諷刺喜劇がある。第Ⅲ部のジョンソンの項の略伝・解説も参照。

（32）トマス・デッカーは後期エリザベス朝・ジャコビアン朝の劇作家。ロンドンの市井の人たちを題材にして喜劇や悲劇を書いた。ベン・ジョンソンとは敵対的ライヴァル関係にあった。ジョンソンは『へぼ詩人』（*Poetaster* 一六〇一／一六〇二）でデッカーを諷刺し、デッカーは反撃として『諷刺の笞』（*Satiromastix* 一六〇二）を書いた。

（35）バンヒルはクリップルゲイト地区の外れにあった墓地。デッカーは『諷刺の笞』序文で詩の世界を指して「ヘリコン山からバンヒルまで」と言い、バンヒルという地名で下手な詩を指した。ウォトリング街道は古代ローマ時代に建設された長い道。ドーヴァーからロンドン経由でシュルーズベリーまで延び、イングランドを縦断する。一部はバンヒルのあるシティーを通っている。

（38）ジョン・オグルビーはスコットランドの著述家、翻訳家、印刷業者で、地図制作にも携わった。ウェルギリウスやホメーロス（シャーリーが助力）、イソップの翻訳をした。

(60)弱強格とは、音の弱い音節と強い音節が交互に並ぶ律のこと。アナグラム(綴り換え)の遊びでは、アルファベットを入れ換えて別の言葉を作る。例えば live から evil を作るなど。ロバート・バートンはメランコリーの治療法として言葉遊びを推奨した。

解説

擬似英雄詩の形式を用いて、リチャード・フレックノーからトマス・シャドウェルへと愚鈍王国の王権が継承されるという筋書きを述べる。文壇を諷刺した作品としてポウプの『愚人列伝』(*The Dunciad* 一七二八)に決定的な影響を与えた。この作品の主人公となった劇作家シャドウェルとドライデンの間にはもともと個人的な反目はなかったが、演劇観の相違があり、それは一六六八年頃から顕著になってきていた。シャドウェルはベン・ジョンソン以来の気質喜劇(comedy of humours)を模範とし、性格の偏りからくる喜劇性を諷刺的に描くことを旨としていた。また、才人という名の悪漢が舞台で面白おかしい騒動を繰り広げて笑いをとるというタイプの才気による喜劇(comedy of wit)を好まず、英雄悲劇(heroic tragedy)は愛や名誉をことさらに強調して滑稽であると考えていた。その一方ドライデンは、当意即妙の会話による軽妙な喜劇(comedy of repartee)を好んだ。喜劇の第一の目的は楽しませることであり、教化はその次だと考えて、悪漢が舞台で羽目を外しても大目に見る立場だった。ベン・ジョンソンについては、ドライデンは賞賛と批判がまざった見方をとっていたというが、周囲の誰よりもよくジョンソンを「理解」(understand)しているという自負を持っていた。また、何を剽窃とし、何を借用とするかについてもドライデンとシャドウェルの意見は対立していた。作劇をめぐるこれらの論点が「マクフレックノー」で展開されている。

リチャード・フレックノーはジョンソンに対するスタンスにおいてシャドウェル側につき、ジョンソンの偉大さを認めない才人を批判する文章を書いた。また、警句を好んだフレックノーは、ホラティウスを自作で頻繁に引用したシャドウェルと同様に古典文学とのつながりを強調した。ドライデンはこれをとらえ、シャドウェルをジョンソンではなくフレックノーの息子かつ後継者として叙事詩的に描いたのである。世代交代の物語の背景には、フレックノーが一六七三年以来四回も文筆活動からの引退を表明していたことも挙げられよう。

「マクフレックノー」執筆の直接の原因は、シャドウェルの『学者』が出版されたことだった。演劇をめぐる上記の論点が一六七六年六月に出版された「献呈の辞」で改めて述べられ、ドライデンを刺激したと考えられている。執筆時期は七月から八月にかけてである。さらに、一六七五から七六年の演劇状況も関連している。このシーズンに最も成功したのがエサリッジの『伊達男』とシャドウェルの『学者』だった。シャドウェルの『サイキ』は三回、ドライデンの『暴虐の恋』は一回上演されたという。（この時期のドライデン、シャドウェルとロチェスターの関係についてはロチェスター「略伝」を参照。）

「マクフレックノー」は手稿で回覧された。ロンドン、オックスフォードとケンブリッジの狭いサークルで読まれ、最初はそれほど注目されなかったらしい。一六八二年にはドライデンの作と言われるようになり、一六八四年には匿名だがドライデンを示唆する形で出版された。ドライデンが自作と認めたのは、シャドウェルが死去した翌年の一六九三年だった。

アブサロムとアキトフェル：詩作品

近くに立てば
それだけ心を捉えるものもある（ホラティウス『詩の技法』三六一―六二。絵画の比喩）

読　者　に

私の詩について弁明をするつもりはありません。この作品は弁明など必要としないと思う方々もおられるでしょうし、またどんな弁明も受け入れない方々もおられましょう。私の意図は公正なものであると、私は確信しています。しかしある党派のためにペンを取る者は、もう一方を敵にまわさねばならない定めです。というのも、「才知」と「愚鈍」とは「ホイッグ」と「トーリー」に付いてまわるものであり、反対側にとってはすべての人物が悪党であるか馬鹿者であるかなのですから。「法王派」と同じように、「狂信派の教会」にも功徳の財産の蓄えがあり、無学者、党派主義者、愚か者のためにも、少しばかりの聖者、人格者、詩人の資格が得られるようになっていますし、『申命記』のもっとも長い章にも入りきらないくらい、反「ブロミンガム」への呪詛の文句がはびこっています。私の慰めはといえば、私の立場に対する彼らのあからさまな偏見のおかげで、私の作品について彼らの流す悪評が多少なりとも権威を失うだろう、ということです。しかしながら、もし一編の「詩作品」に「才能」の力が籠もっているならば、その詩はいやおうなく世間に受け入れられてゆくでしょう。何故なら良き詩には独特の快さというものがあり、傷つけながらも同時に擽《くすぐ》るからです。また意に反しても自分を楽しませてくれた人間に対して、心の底から怒りを発する人間はこの世にいないからです。物を書く人間にとって、敵からの賞賛こそは最高の勝利でありますが、それは相手からむしり取ったものだからなのです。しかし私はもっと穏当な条件で満足してもよろしい。すなわちもし穏健派に属する人々の好意を得られるならば、私は公正な人々、そしてまず確実に最高の目利きである人々を味方とすることができるでしょう。かかわりのもっとも少ない人が、通常もっとも堕落していない者だからです。そして私は告白しますが、私は（正義の許すかぎり）「諷刺」の刃をあまりに鋭くせぬように和らげて、このような人々に配慮しています。これが私のもっとも手ひどい攻撃だなどと考えて、自らの批評力の弱さを曝け出すような人々は、やがて私が穏やかに書くよりも厳しく書く方がはるかに得意であることを、身をもって思い知ることになるかもしれません。私はある人々の悪事を弾劾《だんがい》することもできたのですが、彼らの愚行を笑うだけに留めました。そして別の人々に対しては、彼らの罪を遠慮なく責めもしますが、彼らの美徳をも包むことなく褒め讃えたのです。ここであなたがもし悪意ある「読者」なら、私が実際以上に公平な人間だと思われようとしていると、反論するでしょう。しかし、もし人間がその主張することによって判断されてはならないのなら、あなた方「共和国主義者」が、言葉巧みに政府の味方であるかのように主張する(3)のは、神も許したまわぬ犯罪ではありませんか。また私が自分の名前を記さないからといって、私を非難するのも理屈が通りません。同じ非難があなた方自身の党派の上に、あからさまに跳ね返ってくるからです。彼らは陪審という有利な状況に守られておりながら(4)、決して自分たちの名前を公にする勇気がないのです。あなた方が私の「詩作品」を好まないとすれば、その咎《とが》はもしかすると私の筆にあるのかもしれません(もっとも作者にとって、自らを傷つける判断を下すのは難しいことですが)。しかし、悪いのは私の詩の真実に耐えられない、あなた方の品行の方であることの方が、よりありそうではないでしょうか。どちらの党派においても、過激な人々は「アブサロム」(モンマス公爵)の性格について、描き方があまりに好意的すぎる、あるいはあまりに厳しすぎるとして、非難を浴びせることでしょう。だが私が楽しませたいのはこのような過激な人々ではありません。罪を和らげ、静め、許すということの欠点は正しい方向への過ちであり、私は正直に告白しますが、私はその過ちを犯そうと努めました。彼の血筋に対し当然払うべき敬意に加えて、私は彼の英雄的美徳に対しさらに大なる敬意を抱いております。そして「ダビデ」（チャールズ二世）ご自身ですら、私がかの若者の名声を惜しむ以上の切実な御心で彼の生命を気遣うことはできないでありましょう。けれども、もっとも世に優れた気性は常にもっとも寛大なものであり、しかるが故に悪しき説得によって、特にそれが名声と栄光という餌をぶら下げている場合には、もっとも容易に惑わされるものなのですから、彼が「アキトフェル」（新共同訳では「アヒトフェル」。シャフツベリ伯爵）の誘惑に抵抗できなかったことは、「アダム」が二つの魔物、すなわち蛇と女に負けたことと同様、決して驚くに値しないのです。物語の結末を、私は故意に打ち出しませんでした。「アブサロム」の不幸な姿を描くことに、私の心が許しを与えなかったからです。[5] この絵の額縁は腰までの画像しか入らないようにできています。そして、その箇所までの線描が正確であれば、私はそれ以上のことを望みません。

私がもしも創作家であって、ただの歴史家でなかったなら、私は必ずやこの物語を、「アブサロム」と「ダビデ」の和解をもって結んだことでありましょう。そして、このことが実現しないなどと、誰が言うことができるでしょうか。私が物語の筆をおいた時には、事態はまだ危機的な状態ではなかったのです。今でもなお、妥協の余地が残されているように見えます。もしかすると今後は、憐れみの余地しかないのかもしれません。「アキトフェル」については、私は慈悲に欠ける願いなどいささかも持っていません、お人よしの過ちを犯したという非難を受け、そして「オリゲネス」（初期キリスト教の神学者）とともに、悪魔でさえも最後には救われるかもしれないと望んでかまわないのです。そういう理由で、彼はこの「詩作品」の中では、彼のごとき賢者にふさわしい行いとして、「自分の家を整理し」（『サムエル記下』一七章一五）、そののち自らの身を始末するような運命に会わないでいます。神は無限に慈悲深くあらせられ、そして神の代理人たる国王は、無限の存在でないかぎりにおいて、その慈悲が限られているにすぎないのです。

「諷刺」の真の目的は、悪徳を糺《ただ》し、改良することにあります。そして誠意をもってそれを書く者は、医師が難病の患者に辛い治療法を処方する時患者の敵ではないのと同様、決して罪人の敵ではないのです。何故ならこの対処法はただ、外科医の「不治ノ患部ハ切除以外スベナシ」（原文ラテン語。オウィディウス『変身物語』一、一九〇―一九一）という行為（私はわが敵に対してすらそんなことは望みませんが）を予防するためだけに行うものなのですから。全体のまとめとして、もしも政体と自然の肉体との間に少しでも類似が成り立つものなら、私が愚考しますのに、高熱に苦しむ患者に「アヘン剤」が必要なのと同様に、熱狂の中にある病んだ国家にとっては、既往を問わず、「忘却」のための措置が必要でしょう。

《注》

（1）カトリック教会の教義で、キリストと聖人たちは天に功徳の蓄えを積んでおり、信徒は祈りによってその功徳にあずかることができるというもの。プロテスタント側の論難の的となったが、ドライデンはピューリタン側も結果的に同じようなことをしているではないかと皮肉っている。

（2）この時代、ブロミンガム（現在のバーミンガム）で偽貨幣が作られたことがあり、トーリー派はホイッグ派を「ブロミンガム・プロテスタント」すなわち「偽プロテスタント」と嘲った。
（3）「カトリック陰謀事件」において、革命時代の急進派の流れを汲む急進プロテスタント諸派（非国教徒）は、本来は王制に好意的ではなかったにもかかわらず、カトリックによる国王暗殺の危険を叫んで、国王の忠誠な臣下であるかのように振舞った。そのことへの皮肉。
（4）ロンドン市民のうちから選ばれる陪審員は非国教徒が多く、そのため裁判は反カトリック的になりがちだった。
（5）この作品が出版された一六八一年末には、シャフツベリはすでに失脚しており、またモンマスも断罪こそまぬかれたが、政治的に孤立していた。彼はやがて（一六八三）亡命に追い込まれ、八五年のチャールズ二世の死去にあたって帰国し、王位を求めて挙兵したが敗れ、処刑されることになる。

アブサロムとアキトフェル：詩作品（6）

信仰篤きいにしえの世、僧侶支配がいまだ始まらず、
「重婚」が罪とされていなかったその時代には、
人は数多き女性の身を借りて自らの血筋を殖やし、
一人の配偶を一人に縛る、かの呪わしき掟などなかった。
その時代には自然の促しを法が禁ずることもなく、
正妻と側女《そばめ》とを分け隔てなく用いていた。
その時代、天の御心にかなう（『サムエル記上』一三章一四）「イスラエル」の王は

（6）ドライデンがこの作品を「諷刺詩」（satire）でなく「詩作品」（A Poem）と題したのは、諷刺の対象であるアブサロムやアキトフェルにも優れた点を認めている他にも、賛歌、哀歌、議論など、各所に英雄詩の要素を盛り込んでいるからである。

その力強き情熱を妻たち、女奴隷たちに広く注ぎ、
彼の権力の下にある広大な国土にあまねく
自らの造り主たる神の似姿を振りまいた。
王家の血を引く「ミカル」（王妃キャサリン・オヴ・ブラガンザ）が王妃の冠を戴いてい
　たが、
彼女は耕し手の手入れに応えぬ畑であった。
だが他の女たちはそうでなく、それ以前から
神のごとき「ダビデ」に何人もの男子をもうけていたのだ。
だが彼女らは奴隷のように彼の臥所に登ったもので、
その種《たね》は真の継承権をもたらしはしなかった。
これらおびただしき王子たちのうち[7]「アブソロン」（アブサロムと同じ）に
　まさって
美しく、勇敢なものは他に見られず。
父王が常よりもさらに神々しき欲情に駆られて、
より大いなる喜悦のうちに彼を受胎させたためか、
それとも運命が彼の目覚ましい運勢を予知して

（7）チャールズ二世は有名な放蕩者で、認知しただけで一四人の子供がいた。

雄々しき美貌を与えて王者への道を開いたためなのか。
彼は若くして、「イスラエル」王家（英国王家）と結ぶもろもろの
王と国家とともに、外国の戦場で高く名を揚げたが、
平和が訪れると彼はたちまち武勇の思いを退けて、
愛のためだけに生まれた、という顔をした。
することなすこと、すべてがこの上なくのびやかに、
愛嬌が自然の天性、とは彼についてだけ当てはまること。
彼の立居振舞いはみな優雅な風情を漂わせ、
「楽園」が彼の顔にその門を開く。
慈父「ダビデ」は心ひそかな喜びをもって
若かりしおのれの似姿が、わが子のうちに蘇るのを眺めた。
彼の願うことで、父が許さぬことはなく、
麗しき「アナベル」（モンマス公夫人アン・スコット）を彼にめあわせた。
息子のどんな欠点も（欠点なきものがいるだろうか？）
父の眼に入らない、いや眼に入れようとしないのだ。
活気余っての過ちは、法もそれには眼をつぶり、

噴きこぼれて静まる若気の至りと思われた。
「アムノン」を殺した[8]のも、偽りの口実をつけて、
名誉を害されたことへの正当な復讐ということにされた。
かくてこの高貴な若君は讃えられ、愛され続け、
その間「ダビデ」は平穏に「シオン」（英国）を治めていた。
だが人生すべてが祝福続きということはありえない。
天は悪しきものを罰し、善きものを試練に遭わされる。
強情、高慢、不満いっぱいの「ユダヤ人」（英国人）どもは、
またもや神の恵みのぎりぎりの限界まで我意を張ろうとした。
神の甘え子である彼らは、安穏に慣れきって堕落し、
いかなる王も治められず、いかなる神にも嫌気がさした。
（彼らは偶像作りが造りあげ、僧侶たちが考え出す、
あらゆる姿、あらゆる大きさの神たちを試してみたのだ。）
これらの「アダム」才人[9]たちが、幸運にも自由を与えられて、
そのあげく自分たちには自由がないと考え始めたのだ。
そしてこの国とこのお方ほど法の制約と束縛をもたらさない

（8）ダビデの王子アムノンが異母姉妹タマルを犯し、彼女の兄で別の王子であるアブサロムに殺された物語（『サムエル記下』一三章）。歴史上これに対応する事件はあまり明らかでないが、ピューリタン派の国会議員ジョン・コヴェントリーが近衛兵に暴行されたことがそうではないかと言われている。私怨を晴らすための不法行為が大目に見られたということ。

（9）聖書のアダムのように、楽園に住みながらその恵みに満足せず、より多くを望む者たち。

統治と君主はこれまで前例がないと分かると、
彼らはその野放図な願望を森や洞穴の中にさまよわせ、
野蛮人以外の者はみんな奴隷なのだと考えた。
「サウル」（クロムウェル）が死ぬと、暴力によらず、
愚かな「イシュボシェト」（クロムウェルの子リチャード・クロムウェル）に王冠を捨てさせ
　た彼ら、
追放の身だった「ダビデ」を「ヘブロン」（チャールズ二世即位の地スコットランド）から
　迎え、
全員の歓呼のうちに王と宣言した彼ら、
彼ら「ユダヤ人」は、一番賢明に振舞ったあの時にも、
忠義よりは自らの気まぐれを見せただけなのだが、
彼らは今、自分らが何故かくも長く、おのれの手で造り上げた
偶像である王に従ってきたのかと、思い始めた。
自分で造れたものは自分で壊せる、
それを溶かして、共和国という名の黄金の牛（民衆の偶像。『出エジプト記』三二章）に
　してもよい。

だがそれはその場のでたらめな動きで、練られた計画ではなく、
四分五裂な大衆が利害でまとまることもなかった。
「イスラエル」の穏健な人々は、かかる汚れを免かれ、
平穏な治世のありがたさをよく心得ていた。
そして過去を顧みては賢明な怖気をふるい、
見る眼もおぞましい、引きつれた傷口を見た。
こうした醜い傷を眺めるたびに
彼らは内戦の記憶を呪うのだった。
これらの穏健な人々は、こうして自らを戒め、
国の秤《はかり》を正しい側に傾けたのだ。
そして「ダビデ」の温和な政治は良き計らいをもって
悪人どもに反逆の機会を与えなかった。
だがしかし、人間の歪んだ本性が罪の方向に逸れる時、
悪賢い悪魔はいつも手段を用意してくれるもの。
女衒《ぜげん》よろしく、巧みに悪しき欲望を誘い出す。
かくして古き大義（ピューリタン革命の思想）が蘇り、陰謀を探しまわる。

共和国を掲げ、国王を倒すためには
嘘でも本当でもよい、陰謀こそ必要なものなのだ。

「エルサレム」（ロンドン）の住民は古い昔、
「エブス人」(10)だった。町は彼らの名からそう呼ばれたのだ。
そして先住権も彼らのもの。
だが選ばれた民（ユダヤ人＝プロテスタント）がその力を増すと、
正しい権利はやがて悪い権利となり、
「エブス」の人々がおのれの権利を奪われるたびごとに
彼らはそれだけ余計に神の敵だと思われた。
かくして、疲れ、弱体となり、不満があろうがなかろうが、
彼らは「ダビデ」の政府に服従せざるをえなくなった。
貧窮に沈み、あらゆる権力を奪われ、
土地を失ったのに税は倍にされ、(11)
その上、人間の身にとってさらに耐え難いことに、
自分らの神々が辱められ、ただの材木同然に焼かれた。

(10) ユダヤ人以前にエルサレムに住んでいた異教の先住民族。ここではカトリック教徒を指す。

(11) 宗教改革以来英国のカトリック教徒がこうむってきた数々の迫害。土地の没収、懲罰的課税、礼拝の禁止、聖像の破壊など。

これが異教の僧侶たちの怒りに火をつけた。
何故ならどんな宗教でも僧侶はみな同じ、
自分らの神がどんな由来のものか、
木か、石か（『エレミヤ書』一二章の偶像）、それとも他のありふれた起源のものだ
　ろうが、
この神を守るためにはその神の僕《しもべ》たちは恐れを知らぬ、
まるでその神が金の延べ棒の末裔であるかのように(12)。
「ユダヤの律法学者《ラビ》」（国教会の神学者）は、彼らの敵ではあるが、
この点では相手が立派で賢明な人々だと認める。
何故ならすべての学者の共通の意見では、学者の義務は
彼らの飲み食いのもとであるものを支持することなのだ。
かくして国の呪いであるあの陰謀（カトリック陰謀事件）が始まった。
それ自身悪ではあるが、さらに邪悪に仕立てられ、
極端な事情から生まれ、極端に罵倒され、
宣誓によって証言され、死に際の誓いで否認され、
大衆はそれを吟味もせず、是非の整理をもせぬままに

(12) いたずらに豪華なカトリック教会の会堂や儀式への皮肉。金製であっても木や石と同様に偶像であるということ。

生のまま噛みもせず丸呑みにしたのだ。
多少の真実はあった、だが嘘を混ぜ、薄められていた、
だから愚者どもを喜ばせ、知恵ある者を困惑させた。
後世の人々はすべてを信じると何も信じないとは
同じ程度の愚であると説いたものだ。
「エブス」人は「エジプト」（カトリック教国）の儀式を守ったが
それによると神々はその味わいによって効験がある。
この美味なる神々は礼拝と食物の両方、
二役に役立つからには必ずやよきものに違いない。
彼らは力ずくでこれらの神々を持ち込むことはできなかった、
というのも、その当時、勢力の比率は十対一(13)であったから。
そこで詐術が用いられた（これが犠牲(14)教の得意技）、
愚者どもは征服する方が説得するより難しい。
彼らの勤勉な教師たちが「ユダヤ人」の間に紛れこみ、
宮廷から女郎屋まで、せっせと改宗者を探し歩いた。
「ヘブライ」の僧侶たち（プロテスタントの牧師）はこれを大いに憎む、

(13) 当時の英国における少数派カトリック教徒とプロテスタント教徒の比率は、これよりはるかに少なかったと思われる。

(14) カトリックの教義である「犠牲反復説」のこと。キリストの犠牲はミサ祭式の中で現実に再現されるとする。ミサで用いるパンとブドウ酒も現実にキリストの血と肉に変化する（化体説）。プロテスタント各派はこれを否定し、礼拝においてキリストの死は単に記念され感謝されるのだと説く。英国教会のように聖餐式を行う宗派においても、パンとブドウ酒はあくまで象徴である。（この当時）国教徒であったドライデンはその立場から、カトリックの教義を手品であると非難している。

というのも信者という羊群には金になる羊毛がついているからだ。
ある者は彼らは神に油塗られし王(15)を殺そうとしたのだと思ったが、
それは銃によってで、銃はずっと後世の発明品だった。(16)
筆者はこの件については確言できない、だが悪魔と
「エブス人」はどんなことでもしかねないではないか？
この陰謀は、常識が欠けていたために失敗したが、
そのあとに深く危険な結果を残した。
何故なら、高熱の熱病が血流を煮え立たせ、
静かな水面がすぐさま膨れあがって氾濫を起こし、
これまで穏やかに脈管に眠っていた
相反する体液が泡立ち溢れる、
ちょうどそのように、この最初の騒動からもろもろの分派が
あぶくのごとく沸き立って、政府を脅かしたのだ。
仲間から賢人と思われ、もっと多くは自分で賢人と思いこみ、
反乱などできはしないのに、時の権力に反対した。
ある者はかつて宮廷の有力者で、その後そこを放逐され、

(15) ユダヤ、イスラエルの国王が即位する時の儀式。王が神の心にかなう人間であることの象徴。当時の英国でも国王は神に祝福された聖なる存在であるとされた（王権神授説）。

(16) タイタス・オーツは国王を銃で暗殺する陰謀があったと証言したが、何故それが実行できなかったかについて、筋の通った説明をすることができなかった。ドライデンはこのことを、古代ユダヤで銃を使うのと同じくらい荒唐無稽なこととして皮肉っている。

ちょうど悪魔と同様に（ミルトン『楽園喪失』への言及）、悔い改めぬしたたかな悪人、
またある者は、王の危険な慈悲により救われて、
赦免された反逆者から王室の縁者へと、
権力を授けられ、高官に取り立てられた者ども。
忘恩の徒がもし絆を結べるとすれば、これぞ強力なる徒党なり。
これらの輩の先頭に立つのは偽り多き「アキトフェル」、
その名は後世の末にまで呪われる。
秘密の謀計、邪悪な提言、これがこの男の得意技、
巧妙、大胆、ほとばしる才気、
落ち着きを知らず、立場や地位をいつも変え、
官にあって楽しまず、野にあって不満を募らせ、
その燃え上がる魂は、自らを駆り立ててやまず、
彼の矮小な身体を衰弱させていった(17)、
霊魂が土に属するその宿り所をあまりにも酷使したのだ。
危機に臨んでは不敵なる水先案内、

(17) シャフツベリは小男で、その当時は病のため憔悴していたと言われる。

波が荒れ高まれば危険を喜び、
わざと嵐に近づいた。だが凪の海は不得意で、
砂州に寄りすぎて舵を切り、おのれの腕前を自慢した。
大いなる才知は確かに狂気の近い身内、
互いの境を分かつのはただ薄い仕切りのみ。
さもなくば何故、富と名誉に恵まれたこの男が、
老境にふさわしい引退の安楽を拒んだのか(18)？
わが身を楽しませられずにかえって苦しめ、
生活の破産者にして、かつ安息の浪費者となったのか？
しかもそれが、必死の苦労によって得たすべてを
あの羽毛なき二足動物（プラトンが唱えたとされる人間の定義）、すなわち一人息子に残
　すために。
彼の魂が思いつきの山をもてあそんでいる時にこの子をもうけ、
そのため、かの無秩序さながらに、無定形の塊として生まれた(19)の
　だ。
友情において不実、憎しみにおいて執念深く、

(18) 彼はチャールズ二世から引退を勧められたが拒否し、罷免された。

(19) 『楽園喪失』二巻六六六以下で、サタンとその娘「罪」のあいだに生まれた「死」は、形のない怪物とされている。

国家を支配するか、破滅させるかどちらかだと決意した。
その実現のため彼は三国の盟約（英国、オランダ、スウェーデンの対フランス同盟）を反故《ほご》にし、
国家の安全の柱石を揺るがし、
「イスラエル」を外国のくびきにつなごうと企んだ。
ところが突然弱気に襲われ、だがまだ人気をあてこんで、
すべてが許される愛国者の名を騙《かた》る。
この抗争の時代にはいとも簡単なことなのだ、
公の熱狂(20)のかげに個人の悪事を隠すのは。
人民の意志には何人も逆らえないとなれば、
大逆もなんと安全、悪業もなんと神聖なことだろう。
大衆は見て見ぬふり、すればどんな犯罪も露見せぬ、
他人の罪はすなわち、彼ら自らの悪行であるからだ。
だが敵といえども正当な名誉を認めるのを惜しんではならぬ。
我らは政治家として彼を憎み、裁判官として彼を讃える。
「イスラエル」の法廷に彼ほど鋭い眼識、
彼ほど清廉な手をした「アベトディン」（ユダヤの大法官）が座したこと

(20)「熱狂」や「狂信」はトーリー派（国王支持派）がホイッグ派の支持母体である急進プロテスタント諸派を嘲って呼ぶ表現である。シャフツベリは一六七四年に激烈な反カトリックの演説を行い、反王党、反フランスの立場を鮮明にした。

はない。
買収されず、請願を待たずに苦しむ者を救い、
決断はすばやく、たやすく耳を傾け、
ああ、彼が法服にふさわしい美徳のみをもって、
国王に仕えることで満足していたなら、
また高貴な才能を枯らそうとする雑草を
この肥えすぎた畑から取り除いていたなら。
すれば「ダビデ」も、彼のためにその妙なる竪琴を奏で、
天は一編の不滅な詩編を欠いていたことであろう。(21)
だが狂える野心は止まることを知らず、ひそかなる策動を好む。
美徳の陸地より、冒険の流氷を選ぶのだ。
「アキトフェル」は、法にかなった名声と
温和なる幸福を保つことに倦み、
自由に摘みとれる黄金の果実を軽んじて、
大衆に腕を貸し、樹を揺さぶり始めた。
こうして彼は、今や長く企んだ犯罪も隠れなく、

(21) 詩編一〇九番を指すらしい。『詩編』は伝統的にダビデの作とされ、一〇九番は神に対して敵の不正を訴え、罰を下すよう祈るもの。すなわち、もしアキトフェルが忠実に王に仕えていたなら、チャールズ＝ダビデはこんな歌を作らなくてもよかったのに、という意味。

主君に対し不逞なる挑戦に立ち上がり、
人民の大義の盾を高く掲げつつ、
王室に背いたのだ。しかも卑怯にも法の後ろに隠れて。
待ち設けた陰謀の機会を逃すことなく、
多少の事実を摑むとあとは捏造《ねつぞう》し、
手先を放って噂を振りまいて、民衆の耳に
疑いと恐怖の心を満たし、
専制の密謀が暴露されたと、そして国王その人が
「エブス人」だと証明されたと吹きこんだ。(22)
薄弱なる論拠よ！　だが彼はよく承知していた
反逆心ある民にとってはこれでも強力な証拠になるのだと。
というのも、「月」に支配される気まぐれな「ユダヤ人」は
それが初位置に戻るごとに同じ道を歩み、
そして、年代記作者の記録では二十年に一度、(23)
自然の衝動に従い、自分らの君主を変える。
「アキトフェル」にはやはり首領が必要、そして

(22) チャールズは本心ではカトリックであり、やがて死ぬ時にもカトリック教徒として死ぬことになるが、ドライデンはそれを悪意のデマと捉えている。事実はドライデンの描写に反して、シャフツベリはチャールズの本心を知らなかったと言われている。

(23) 太陰周期（新月、満月がそれぞれ同じ日に当たる一九年の周期）。一六四〇年（ピューリタン革命）、一六六〇年（王政復古）、一六八〇年（カトリック陰謀事件）という歴史の節目が、おおむねこの周期に一致する。

勇敢なる「アブソロン」ほどの適任者は他に見当たらぬ。
彼は新国王を作り出そうとしたわけではない、
（政治家というものは愛憎とは無縁なものだから）
だが彼は知っていた、王の位が公認されなければ、
彼はいつまでも大衆の意のままの存在、
王の権力がかくして流失すれば
残るのは民主制の汚泥ばかりだろうと。
彼は王子を誘惑する、阿諛《へつらい》の技術によりをかけ、
毒を注ぐのだ（『楽園喪失』四巻七九七）、次のような言葉を操って。

　幸多き王子よ！　あなたの生誕の時、
南の空を何かの王侯星（太陽、月などの主要な天体）が支配しておりました。
あなたを崇める国々が愛し求めるお方、
彼らの雲の柱、導きの火である（『出エジプト記』一三章）お方、
彼らにとって第二の「モーセ」（キリストを指す）、杖を伸べて
大海原を分かち、約束の地を指すお方、

あなたの輝く夜明けの光は、過去のあらゆる時代に、
神の預言者たちの霊感をかき立ててきたのです。
あなたこそ人民の祈り、喜びにわく占い師の託宣、
若者たちの理想、老人たちの夢（『使徒言行録』二章一七）！
おおあなたは「救世主」、もろもろの国がそう唱え、
眼で見るだけでは飽き足らず、祝福しております。
あなたの足音はおのずから迅速な勝利の行進を告げ、
幼な子たちも、回らぬ舌であなたの名を真似ている。
いつまであなたは、公衆の歓喜を遅らせ、
飢えた人民からあなたの統治を奪おうというのですか？
褒め言葉を食って生きる有徳な愚者たちのごとく、
功名も立てぬまま無為の人生を送るのに甘んじていては、
やがて今はまばゆいあなたの新たなる栄光[24]も
人目に日々晒されて色あせ、汚れてしまいますよ。
王子様、信じてください、あなたのものなるあの果実は、
熟した時にもぎ取るか、それとも樹上で腐るかのどちらかです。

（24）モンマスは一六七九年、英国軍司令官としてスコットランド盟約派の反乱を鎮圧した。

天はすべての人に、遅い早いの別はあれ、
運勢の幸不幸を分かつ転回点を送ります。
もしも運勢のこの動きを巧みに見張り導くなら、
（人間の幸福は人間の意志にかかっているのですから）
我らの運勢は、滑らかな斜面上を転がるがごとく、
最初の一押しがその方向を定めるのです。
しかし、ひとたび機を逸すれば、運命は風のように走り去り、
後悔する愚者を、遠く背後に置いてゆきますよ。
運命の時は今、運命は栄光の戦利品をあなたに差し出している、
運命の前髪は、彼女の飛行の前方に向かって靡《なび》いているのです。
老「ダビデ」王、あなたがその落とし種であるかの人も
運命の呼び声を聞いて王となる決意を奮い起こしたはず、
さもなければ、彼はいまだに「ガト」(25)の地で亡命者のまま、
天の塗油のための油は使われることがなかったかもしれない。
彼の若き日の成功を、あなたの希望の手がかりになさい、
そして衰えた老年の手本に従うのはおやめなさい。

(25) サウル王に憎まれたダビデは、敵国ペリシテ人の町ガトに難を避けた（『サムエル記上』二七章）。チャールズ二世が革命のあいだ、フランス、オランダなどに亡命していたことに対応する。

ご覧なさい、彼が西の空に沈んでゆくのを、
そして影が伸びるにつれ、暗い靄が立ち昇る様子を。
今のあの方は、かつて「ヨルダン」[26]の岸辺に立った時、
歓喜する人民がその上陸を見ようと群れ集い、
「砂浜」を埋め、「海岸」を真っ黒に変えたあの方ではない。
彼は今では、天使たちの首領だったサタンのごとく、
光を弱めつつ転落しているところなのです。
たった一つの粗末な陰謀のために世の軽蔑を浴び、
(これこそ彼の呪うべき復帰以来の、われわれの唯一の好機です)
彼が一束に束ねていた人々の集まりも
一陣の風とともに吹き散らされてしまった。
彼があなたの企てにどんな力を対抗させられましょう、
味方をすべて失い、敵に取り巻かれているあの方が?
あてにならぬ「ファラオ」(フランス王ルイ一四世)の援助に手を出しても、
外国の援助が「ユダヤ人」どもの怒りに火を注ぐは必定、
高慢なる「エジプト」(フランスをさす)は偽りの友情を寄せ、

(26) チャールズ二世が一六六〇年五月、亡命先のオランダからドーヴァーに上陸したことを指す。「ヨルダン川」はここではドーヴァー海峡のこと。

戦争をそそのかすだけで、王を支持はしないでしょう。
また王党派の人々も、「エブス人」を助けるために、
「ファラオ」の軍隊と合流したりはせぬはず、
仮にしたとしても、彼らの勢力はすぐに分裂し、
この厭わしき援助のせいで、「ダビデ」を弱めることでしょう。
私の巧みな術策により、あらゆるたぐいの人間が
王制を忌み嫌い、その心情を一変させて
「ダビデ」を疎むことになる、すなわち世論は一致して
正しき宗教、共和国、自由という合言葉を高唱するのです。
もしもあなたが公共の善のための闘士となり、
王家の血を引く頭領として彼らの隊列に加わられるなら、
「イスラエル」の希望は限りなく、そしてかかる大義を掲げる、
かくのごとき将軍は、どれほどの賞賛を勝ちえることか？
しかもそれはただ不毛なる賞賛、見た目にのみ美しい
あのけばけばしい花ではない、堅固なる権力なのですぞ。
あなたの祖国の民全員の愛が与える

制限された支配権というものこそ
「ノア」の箱舟のカビ臭い巻物に記された
長々しく分かり難い系図(27)よりも貴いのです。
偉大な精神を動かすには賛辞こそ効能てきめん、
お追従《ついしょう》が心を和らげ、野心が盲目にするのだから！
権力欲は、地上にあっては厄介な雑草にすぎないが、
高いところに生じると、天上からの種苗となる。
それは神においては栄光となり、そして人間がそれを求めれば、
それは天の火花が少しばかり過剰になっただけのこと。
この野心溢れる若者は、あまりに貪欲に名声を追い求め、
わが身のうちに天使的な品位（天使の像を刻んだノーブル金貨）をあまりに多く蔵し
　たために、
名誉に酔いしれ、賛辞に溺れ、
我知らず美徳の道から誘い出されてしまった。
悪に対して半ば憎み、半ば乗り気となって

(27) あまりに古く、由来も定かでない王家の血統をさす。

（というのは彼の高貴な血がまだ抵抗していたので）
彼はこう答えた——だがこの私が公の自由のために
武器を取って立つ、いかなる権利があるというのか？
わが父上は疑う余地なき権利によって統治しておられる、
信仰の守護者（英国王の称号）、人類の喜びたる名君（スエトニウスが皇帝ティトゥスをこう呼んだ）、
善意、寛仁、公正、国法に忠実、
天はさまざまな奇瑞《きずい》をもって父上の地位を認めたまう。
父上は誰を害したことがあるか、この平和な御世に？
父上の玉座に正義を求めて、聞かれない者があるか？
正当な報復としてあの方の怒りを浴びた敵の、
何百万人をも父上は許されたではないか！
温和、磊落《らいらく》、謙虚、国民のための絶えざる配慮、
慈悲を好み、流血を忌み嫌われる。
もし頑迷な「イスラエル」が温和さとそぐわぬとしても、
父上の罪は神の慕わしい属性に他ならないのだ。
その父上が、自らの民を裏切り、正当なる統治を

専制支配に変えて、何の得るところがあろう?
高慢なる「ファラオ」に任せておけ、そのような統治によって
豊かな「ナイル」（フランス）を苦しめ、奴隷の群れをくびきにつなぐ
　のは。
「ダビデ」の政治が「エルサレム」の気に障るというのなら、
それは「犬狼星」[28]の暑気で連中の頭が熱病にかかったせいだ。
そのような時に私が何故、悪しき者たちを喜ばせて
反逆の旗を掲げ、民衆の狂気におもねらねばならぬのか?
父上がもし専制者であり、無法の暴力をもって、
「ユダヤ人」を虐げ、「エブス人」を取り立てたのなら、
私はそれを嘆いてよかろう、だが自然の神聖なる絆が
それでも私の心を抑え、私の手を止めるだろう。
人民は自らの自由を主張してもよいが、
彼らにとって正しいことも、私にあっては罪となる。
父上の恵みにより、私はすべてが満たされている、
私の願いに先んじて、望み以上にかなえられる。

(28)「シリウス」のこと、八月によく見えるようになるため、暑熱の連想がある。カトリック陰謀の告発は一六七八年八月一三日に始まった。

「ダビデ」が生きてあるかぎり、私はこれ以上何を求めるのか?
あの方は王の冠以外のすべてを私に下さっている。
そしてそれは——彼はここで言葉を切り、ため息をついてこう言った、
それは当然私よりも優れた人（王弟ジェイムズを指す）の頭上に輝くだろう。
何故なら、父上が現世の労苦からの休息を得て、
祝福された魂の数に新たに加わられる時、
法の上で正統なる子孫が王座に上るか、
さもなければ父上の血統が終わり、「傍系」が王となるのだ。
父上の弟君は、愚民どもの悪意を浴びてはいても、
少しもひるまず、生まれの正しさを断固譲らず、
王者としての徳をすべて備えておられる。
かの方こそすべて勇気ある者、有徳な者の慕う人物、
敵はあの方の勇気を、味方はあの方の誠実を証言し、
国王陛下はあの方の忠誠を、世界はあの方の名誉を讃える。
罪ある暴徒たちもあの方の慈悲を知るだろう、

あの方は寛恕《かんじょ》の血筋を引いておられるのだから。
だから私が何故、天の定めに不平を言うべきか、
私が王の権利を一切与えられなかったからといって?
だがああ、運命がもっと恵み深くて、
私の生まれを高めるか、さもなければ私の魂を卑しく（『楽園喪失』四巻五八―六二）
してくれればよかったのに、
わが大いなる魂にその賜物をすべて授けておいて、
それを身分の低い血統(29)に託すようなことをせずに。
私は覚える、大胆なるわが魂がいや高く昇るのを、
そしてわが内なる「ダビデ」がわが母の肉体を卑しんでいる。
私は何故、貧弱なる生まれにより貧しくされるのか?
わが魂はわが母の地上の低い血脈を認めない、
それは至高の権力のために造られたのだ、そして心中でこう囁く、
最高位へ憧れることは神のごとき罪である、と。

　不吉なる地獄の手先が、彼がかくよろめくのを眼にし、

(29) モンマスの生母ルーシー・ウォルターは「地方名家」の出とされたが、実際は娼婦であったらしい。チャールズは自分がルーシーと正式に結婚した（したがってモンマスが嫡出子である）という噂を繰り返し否定している。

美徳の足元が乱れ、弱々しくも後退しようとするのを見ると、
彼は新たにもろもろの力を呼び集め、このように答える。

　　至善にして全知なる永遠の神は
このような冠絶する才能を無駄に授けたまいませぬ。
あなたの治世を祝う、いかなる奇瑞が今後現れることでしょう？
あなたのご議論は、あなたご自身の意に反して証明しました、
このような美徳は王位を導くためにのみ、授けられたのだという
　ことを。
とはいえ、お父上の温和さを私は非難いたしません、
しかし雄々しき力こそが、王冠にふさわしいのです。
確かに、国王陛下は民衆の求めるものをすべてお許しになる、
たぶん臣下として持つべき以上のものまでも。
何故なら惜しみなき贈与は軟弱な王を思わせ、
王の知恵よりもむしろ、王の善良さを示すからです。
だが王が不注意、あるいは弱い時にこそ、

民衆は自らの束縛を破ろうとするのではないでしょうか?
与え続けるうちにもう与えるものがなくなれば、
吝嗇なサンヘドリン（古代ユダヤの最高法院。ここでは英国議会）は王様を貧しくさせ、
王様が受領される一シェケル（古代ユダヤの貨幣）ごとのはした金が、
そのたびに国王大権の手足を一本ずつもぐようにします。
新しい陰謀を次々持ち出すこと、それは私が引き受けます、
それとも金のかかる戦争（第三次オランダ戦争）に巻き込んであげてもよい。
王様の金庫がもはやその戦費を賄えなくなれば、
王様は国王権限の残りを差し出して、それを買うしかありません。
国王の忠実な味方たち、われわれが疑惑と恐れから
「エブス人」とか「ファラオ」の手先とか呼ぶ人々、
わが党の怒りがその彼らを国王の側から追い払った暁には、
国王は丸裸となり、公衆の軽蔑の的となるでしょう。
次の後継者を私は恐れ憎んでおりますので、
術策によりこの男を国家に害なす人物に仕立て上げ、
その美徳をすべて失脚の原因に変え、

国の長老たち（議会を指す）を説き伏せて彼を敵と宣言させました。
彼の継承権は、必要な出費を賄うために
まず抵当に入り、最後には売られることになるでしょう。
そのうち時の流れに押されて、万年貧乏の「ダビデ」は、
あなたの不確定な肩書きに法の形を与えられるはず。
それでも駄目なら、人民は至上の主権を有し、
自らの王を決めることができる、王は人民のためのものであるのだから。
王権とは委任された権限にすぎず、
引き継がれた場合には、もはや正当ではないのです。
王位の継承は公共の善のために定められたもの、
害を及ぼすような時には国民を束縛しはしませぬ。
継承権の変更が人民の苦しみを救うのであれば、
国全体の苦しみよりは、一人の被害の方がましでしょう。
「ユダヤ人」は自分らの力をよく知っています、「サウル」を選ぶ以前、

神が彼らの王でしたが、その神を彼らは敢えて王位から放逐しました。(30)
たとえあなたが子としての孝心、子の名分《みょうぶん》、
父の権利、後世の評価への憚《はばか》りを主張なされても、
公共の善というもの、すなわち天さえもが
従ったあの普遍の要求が、すべての答えとなります。
親への愛のために、あなたの高貴な心を惑わせてはなりません。
そんなものはおのが子孫を殖やさんがための自然の詐術、
わが子を溺愛する親、いつまでも死なないでいる我らの親は、
子孫の内なる自分自身しか愛していないのですよ。
陛下の慈愛をその結果から判断して見ましょう、
さもなければ空虚な偽りは捨てていただきましょう。
神はお父上を愛すると言われた、王として塗油する、
それがその最上の証拠ではなかったでしょうか？
確かに神は「イスラエル」という立派な羊群（反抗的な英国民への皮肉）を与えて、

(30)『サムエル記上』八章の記事。歴代イスラエルの民を率いてきた宗教指導者（「士師」）のサムエルが年老い、息子にその地位を譲ろうとするが、民衆は王を求める。サムエルが神に祈ると、神は「彼らの声に従え、彼らが退けたのはあなたではなく、私だからである」と告げる。神ですら民衆の意思に従ったのである。これによってサウルがサムエルに油を注がれて王となり、イスラエルは王国となった。歴史上の対応としては、神の他に支配者を認めず、王制を打倒して共和国を樹立したピューリタンが、結局はクロムウェルに支配されてしまったことへの皮肉。

この羊飼いを愛していることを証明されました。
「ダビデ」はあなたを自らのいとし子と思わせたいのか?
ではその彼が、王冠を他人に渡したのはどういうわけか?
敬神の人という名に、彼は赤面するでしょう、
実子の権利を騙し取ることが、神の御心だというのだから。
彼は自分の弟に最高の権限を与え、
あなたには実りの乏しい領地を譲った(31)のです。
それからたぶん、彼が恋歌とか、それともあなたを讃える
退屈な「ヘブライ語」のバラッドを奏でるあの古い竪琴を(32)。
一方次の王たる貴公子（ジェイムズを指す）は厳格にして賢明、
すでにあなたを見る眼は用心を怠らず、
あなたの愛想よい偽装などたちまちに見破り、
あなたが民衆の心を摑む様子を見守っている。
今のところ彼の雄々しき心は怒りを抑えていますが、
口に不平少なき者こそが復讐心を抱くもの。
そして行く手の道でまどろむライオンのごとく、

(31) モンマスが妻アン・スコットの持参金として得た領地が、イングランドとスコットランドの辺境地方にあって、収入が少ないことへの諷刺らしい。

(32) 聖書のダビデがハープの名手であったことに、チャールズの音楽好きをかけた。彼の（ダビデに劣らぬ）好色ぶりや、モンマスへのうわべだけの厚意をあてこすっている。

ある時は眠りを装って獲物を待ちうけ、
恐れを忘れた敵を自分の近くに引き寄せる、
吼え声を殺し、鉤爪《かぎづめ》を奥に隠して。
そしてついに激怒の時が来たと見るや、
突如として猛然地を蹴って跳躍し、
おののく平民どもは手を出さず見逃してやり、
だが王侯の怒りをもって、狩人たちを八つ裂きにする。
あなたの場合、穏やかな解決策の余地はありませぬ。
死か、それとも剣による勝利、他ならぬ命をかけて、
運次第では死ぬ覚悟で剣を抜く覚悟をなさい。
自己防衛は自然の原初の掟なのですから。
怒る人民に考える時間を与えてはなりません、
何故なら反乱は罪だと思われるかもしれないから。
その場その場の状況を利用しなさい、
しかし父上がご存命の間は、現在のお立場をお使いなさい。
そしてあなたの挙兵がよい口実をまとえるように、

それは国王を守るためだ、国王陛下の神聖なお命が
見かけばかりの味方、隠れた敵の陰謀によって、
いつ危険に露されるかしれぬ、と宣言しなさい。
そして「ダビデ」の心の奥底を、誰が測れましょうや?
彼の恐れが、彼の善意を抑えているとも考えられます。
あの方は弟君を恐れ、息子のあなたを愛しておられる、
それは今さら破るには遅すぎる契り(33)のゆえでしょう。
もしそうなら、あの方は好色な女が無理強いされたと
装うように、力づくで翻意させられたがっておられる。
ためらってはなりませぬ、王様がもっとも嫌なご様子の時、
強引なる嬉しい征服を、王冠に対して敢行するのです。
あなたの主張を固めるために、王様の身柄を押さえなさい。
国王を確保する者は法を確保するのです。

　このように彼は言い、この提言が他にもまして
「アブサロム」の温厚な気性にもっとも合っていたのだ。

(33) 注29を参照。チャールズの否定にもかかわらず、彼とルーシー・ウォルターとの結婚記録が発見されたという噂が流れた。

欠点なき生を送り（野心は別として）
残酷さに汚されず、高慢によって舞い上がらず、
彼はいかに幸福だったことだろう、もしも運命が
彼の生まれをより高めたか、あるいはより低めていたならば！
王者の徳を備えた彼は王になれたかもしれぬ、
この国以外の他国なら、その国の幸いとなったかもしれぬ、
一国の主としての魅力を否定する者は少ないのだから。
そんな彼を非難するよりは嘆くのが公平であろう。
ライバルを除こうとする彼の望みは強く、
甘言を弄して公衆の愛を得ようとした。
人民の信仰熱が熱いうちに党派の先頭に立ち、
彼らの人気に乗じて陰謀を遂行しようとする。
その企てを盛りたてるため「アキトフェル」は
全「イスラエル」の不満分子を糾合し、
雑多なる彼らの勢力を巧みにまとめあげ、
彼らの異なる目的を一つの計画に役立てた。

そのうち最良の人々、貴族の何人かはそうだったが、
彼らは王の権力が過大であると考えていた。
考え違いというものだが、彼らは心のうちでは愛国者だった、
邪悪の徒ではなく、不敬なる術策に踊らされたのだ。
彼らのせいで堅実なる財産のバネがたわめられ、
ギリギリと巻き上げられて、ついに政府を破壊してしまう[34]。
次に来るのは利益と利子のために国を乱す者ども（「シティ」の金融業者）、
おのれの負う納税の義務をもっと高く売りつけようと、
王座を「ユダヤ人」どもの取引する儲け口に変え、
公益を唱えておのれの私益を図る徒輩。
また別の一団は王というものを無用の重荷と考え、
あまりに費用がかかり、あまりに役に立たぬと言う。
これらの輩は純粋に良き節約の原理に基づき、
正直な「ダビデ」を追放しようとしたので、
彼らには舌先三寸で出世しようともくろむ
あらゆる民衆扇動の弁論家たちが加勢した。

(34) 政治権力の基盤が財産にあるというのは、当時広く認められた考えであったが、保守派の人々は金銭よりも土地（貴族の領地）こそが真の財産（堅実なる財産）と考えていた。

その後に続く者たちは二重の危険をもたらす、
「ダビデ」を憎むのみならず王そのものを憎む、
「ソリマ」の町（エルサレムのラテン名。ロンドンのこと）の暴民だ。かつては常習として
神聖なる宗派抗争と不逞なる国家反逆に明け暮れ、
征服者（クロムウェル）の剣の前にはひれ伏し震えていたくせに、
復古した合法の君主を軽んじる者どもだ。
彼らは「異民族」（「エブス人」）が始めた陰謀などお粗末な代物《しろもの》、
「エブス人」（カトリック教徒）に出し抜かれてなるかと知恵を絞った。
この者どもを率いるのは熱狂的なる「レビ人」（ユダヤ教の祭司）たち、
彼らは士師たちの時代に担った「契約の箱」から引き放されたが[35]、
ふたたび神々しいお題目を唱え出し、狂信の叫びを挙げつつ、
かつての懐かしい神政政治（ピューリタン支配）を求めているのだ。
そのころは議会と祭司が全国民を奴隷状態に置き、
神の霊感ということで自らの略奪を言いくるめていた。
何故ならひとたび神の恩寵が支配の礎となるなら
「アロン」（ユダヤ最初の祭司。レビ族の祖）の末裔ほど統治に適する者があるか？

(35) 古代ユダヤ人が聖なるものとして崇めた箱で、十戒を刻んだ石板を納める。かつては民族の移動とともに持ち運ばれたが、エルサレムの神殿の建設とともにそこに納められた。ここでは一六六二年、王政復古後の信仰統一法によって、ピューリタンの牧師が国教会から追放されたことをさす。

これらの者が猟犬の群れを率いた。鼻はあまり利かなくとも、
政府に浴びせる吼え声は一番やかましい連中だ。
幻に憑かれた無数の自称聖者（熱狂的ピューリタン）たちの軍勢がそれに続く、
昔ながらの真の熱烈信心のともがらである。
彼らは節度にも秩序にも反して力を振るい、
なにものも建設せず、すべてを破壊する。
だがそれよりはるかに多勢なのはただの烏合《うごう》の衆、
考えること少なく、喋ることのみ多い者たちだった。
これらの者たちは、理由も何もなく、単なる衝動から、
父の信じた神を崇め、財産を後生大事に抱えこみ、
その上、それと同じ盲目の運命の恵みによって、
悪魔と「エブス人」（非国教徒の商人たち）を憎んでいる。
彼らは生まれながらにして、いやでも救われるはず、
というのも正しい信仰しか抱けないからなのだ。[36]
彼らはほんの手先である。だがこの他にヒドラ（ギリシア神話の九頭の蛇）さな

（36）人は信仰によってのみ救われるという、ピューリタンの教義を諷刺する。

　　がら、
数えきれぬ頭を次々生やす怪物が残っている。
彼らの首領の何人かはこの国の貴族たちなのだ。
その最高の地位を占める一人がかの「ジムリ」（バッキンガム公爵）、
この男あまりに変わり身が早く、一人の人間ではなくて、
全人類の抜粋要約とも見まがうほど。
意見は頑迷、しかも必ず間違った意見で、
思いつくと何にでもなるが決して長続きしない。
だから月が巡る一周期の間に次々と
化学者、バイオリン弾き、政治家、道化役者に変わる。
そうかと思うと女に、絵画に、詩作に、酒に入れあげ、
それ以外にも一万もの思いつきが頭の中で流産している。
幸せな狂人ではないか、一時間たりとも無駄にせず、
いつも何か新しい欲望、新しい楽しみを見出すのだから！
罵ることと褒め讃えることが彼のお決まりの話題、
しかも両方とも（自分の判断力を見せびらかそうと）極端で、

あまりにも乱暴、あるいはあまりにも丁重なものだから、
彼にかかるとすべての人は神か悪魔のどちらかになる。
巨富を浪費するというのが彼の得意技、
彼は誰にでも気前がよい、報償に値する人物を除いては。
愚者どもに食い物にされ、気がついた時は常に手遅れ、
彼は一時の楽しみを、彼らは彼の財産を手に入れたのだ。
冗談を言いすぎて宮廷を追われ、その埋め合わせに
あれこれ党派を結成したものの絶対に首領になれずじまい。
何故なら彼にお構いなく、政治工作の重荷は
「アブサロム」と賢い「アキトフェル」が担ったのだ。
こうして、意図だけは邪悪だがその手段を奪われて、
彼は党派をあとに残せず、党派から取り残されてしまった。(37)

　　韻文で歌う名誉にも値せぬ貴族の面々の
爵位と名前を並べるのはあまりに退屈なこと。
よくてせいぜい才人、軍人、共和主義者で

(37) バッキンガムはかつて王の側近だったが、やがて王との感情のもつれから反王党派に加わった。しかし「カトリック陰謀事件」ではシャフツベリに主導権を奪われ、政治的影響力を失った。

あとはみなお人よしの亭主であるただの貴族ばかりだ。
だから、愚鈍という事情を酌んで、
名器（卑猥な意味）の主「バラム」（ハンティンドン伯爵）も冷淡な「カレブ」[38]も放
　免してやろう。
そして忘れ去られることをえせ信心屋「ナダブ」（ハワード卿。熱烈な再洗礼派）
　の罰とする、
彼は神の子羊（キリスト）に捧げる新たなリンゴ味ビールを作っ
　た[39]のだが。
何人かの名は、友情の神聖な絆のために差し控えようし、
何人かはその人格により、何人かは軽蔑によって名指すまい。
また、卑賤なる暴民の群れもここに登場させることはない、
彼らは王からの爵位も、神からの恩寵も持たぬ者ゆえ。
牛面の「ヨナス」（検事総長ジョーンズ）、彼は反逆を目的に法律を起草し、
大逆罪を合法に仕立てたが、彼のことも取り上げはしまい。
しかし彼のごとき悪人にも、さらなる悪人が続いていて、
こやつは神が塗油したもうた国王を不逞にも呪ったのだ。

(38) この箇所は出版当時からよく分からないとされる。『民数記』一三―一四章のカレブは、神の心にかなって、カナンの地へと入ることを許される正義の人であるので、ホイッグ派の人物の描写には不適切である。相当する人物として、ハンティンドン伯爵、あるいはグレイ卿の名が挙げられている。

(39) ハワード卿は一六八一年、ロンドン塔に投獄されていた時、ブドウ酒の代わりに焼きリンゴにビールを注いで聖餐式を挙げたという。

その名は「シメイ」[40]、若年のころから前途有望、
神への信心と王への憎しみへともっぱら心を向けた。
賢明にも金のかかる罪には手を染めず、
儲けのためは別として、安息日を破ったこともなく、
さらに彼が誓言や呪いを口から吐くのは、
政府に反対する場合だけに聞かれることだった。
かくして彼は、「ユダヤ人」にはもっとも手近な方法、
すなわち騙りと祈りを通して財を積みあげた。
シティ（ロンドンの商業地区）は、彼の主君に対する敬虔なる憎悪をめでて、
それに報いるため、彼を司法官に選出したので、
彼の手は司法官の職杖を握りしめ、
首には金の鎖が重く垂れることとなった。
彼の在職のあいだ、大逆は罪でも何でもなく、
「ベリアル」（無頼漢を意味する聖書用語）の子らはわが世の春を謳歌《おうか》した。
何故なら「シメイ」は、金遣いには厳しかったが、
悪い隣人をおのれのごとく愛したからだ。

(40) 新共同訳では「シムイ」。スリングスビイ・ベセルのこと。ベセルはロンドンの皮革商で非国教徒、熱烈な共和主義者だった。ロンドン市の司法官に選出され、陪審員を任命する権限を持っていた。

二人または三人が集まって「エルサレム」の王を
口やかましく罵倒するところではいつでも（『マタイ伝』一八章二〇のもじり）、
「シメイ」もその中にいたのである。
そして人々が王を呪っている場合に居合わせれば、
座の雰囲気を壊すよりはと、一緒に呪うのである。
誰かが彼の党派の仲間を告発でもしようものなら、
彼は非国教の「ユダヤ人」（ロンドン市民）どもを陪審員に送りこみ、
彼らが信仰の大義をともにする者への同情から、
人間の法に迫害される自称聖者（五二九行を見よ）を解放してやる。
法なるものは王に仕える者たちを罰し、
王の敵を守るためにあるものだからだ。
彼が権力を振るう時間に少しでも暇ができれば、
（一時間たりとも時を無駄にすることは罪なのだから(41)）
彼は著述にいそしみ、言葉を尽くして、
国王は無用の存在、商業の妨げなりと論じる。
そして彼はその高貴なる文体（ピューリタンの平俗な文体）をさらに磨くべく、

(41) ピューリタンの節約を重んずる勤勉な気風を諷刺している。

いかなる「レカブ人」（禁酒主義者。『エレミヤ書』三五章）よりもなお、酒の匂いを遠
　ざけた。
彼の地下蔵は清らか、また彼の公の食卓（市の役人が開く宴会）は
シティの貪婪なる宴席を嫌って貧寒であった。
料理番たちは、長く腕を振るえずにその技を忘れ、
彼の脳髄は煮えたぎったが彼の厨房は冷えこんだ。
悪意ある者はこの吝嗇《りんしょく》の美徳を咎めるかもしれぬ、
だがそれは「ユダヤ人」たちには無理からぬこと、
というのもひとたび大火の難（一六六六年のロンドン大火）に遭った町の役人は
無謀にも火を起こして神の摂理を試みてはならないから。
彼は召使たちに魂の糧はふんだんに与えたが、
それには肉っ気がないので、「ユダヤ人」は反乱を起こした(42)。
また彼は「モーセ」の律法をことさらに重んじたが
それは彼がシナイ山上で四十日食を断った（『出エジプト記』三四章）からだっ
　た。
その他の連中については忘れた方がよい、彼らを語るのは

(42)『出エジプト記』一六章。モーセに率いられてエジプトを脱出したユダヤ人は、シナイの荒野で食物が不足した時、自分たちを「エジプトの肉なべ」から引き離して飢えさせたと、モーセを非難した。

いかに多弁な陰謀の証人(43)でも疲れさせてしまうだろう。
けれども「コラ」（タイタス・オーツ）よ、おまえは忘却の渕から現れよ、
立て、なんじ恥知らずの青銅の記念碑よ、
同じく青銅で作られたかの蛇の像（『民数記』二一章）のごとく高く聳え、
もろもろの国民がおまえの影のもとで安らげるように（『エゼキエル書』三一章一〇―一二）。
たとえ生まれが卑しくとも、それが何であろう、彗星は
大地の瘴気《しょうき》より生まれ、やがて天空に輝くではないか。
王侯の息子に劣らず織物職人の倅にだって、
目覚しい大業が成し遂げられておかしくはない。
公益のために証言した者たちのこの首領は、
この一つの行い＝証書(44)で自らの血統すべてを高めたのだ。
その讒言《ざんげん》により「ステファノ」（キリスト教最初の殉教者）が殉教の誉れを得た
かの証人の家柄など、誰が知ろうとしたことがあるか。
我らが証人は「レビ人」（五二六行を見よ）で、その当時の風潮では
それが神様公認の紳士の血筋ということだった(45)。

(43)「カトリック陰謀事件」では、オーツらの告発者が多くの「証言」を行った。
(44) 原語deed。「行為」と「証明書」（すなわち、紳士の身分を証明する土地所有証）という二重の意味をかけている。
(45) 当時はピューリタンの牧師である方が、由緒正しい紳士の血筋であるよりも勢力があったということ。

彼の眼は落ち窪み、声は大きく耳障り、
これぞ胆汁質でも高慢でもないあらたかな証拠なり。
顎は長くて才気煥発を表し、坊様然たる赤ら顔と
「モーセ」の輝く面貌（『出エジプト記』三四章二九）が、聖者の品格をよく伝え
る。
その記憶力たるやこの世のものとも思えず莫大にして、
陰謀の数々を語るその詳しさは、およそ人間業とは信じられない。
よってそれを嘘と断じることもできない、
人知がかかる事柄を思いつけるはずがないからだ。
彼の供述の一部に真実が混じっていたと、やがて判明したけれど、
しかし証人の力の及ばぬところでは、預言者が語るのだった。
いくつかの箇所は、まるで聖なる幻のうちの昇天のごとく思える、
聖霊が彼をさらって行き、その行く方は神のみぞ知る。
かくして彼は外国の大学が知らぬ間に
「ラビ」の学位を聖霊によって与えられたのだ。(46)
彼の記憶力にもさらにまさるのが彼の判断力、

(46) オーツはポルトガルのサラマンカ大学で神学博士の学位を取得したと称していた。

驚くべき証言の数々をたくみに継ぎ合わせ、
おりしも「エブス人」の悪行に苦しむこの時代の
人心の趣向にぴったり投じるような話に仕立てた。
「イスラエル」の敵どもがもし彼の天命を疑うなら、
そして彼の供述書は外典《げてん》なりと決めつける(47)なら、
わが国の法はかかる無礼への罰を設けている、
人の商売を邪魔するものは、生かしておけないのだ。
仮に私が証人「コラ」の立場に立ったなら、
私に対してかかる怪しからぬ侮辱を加える者は
私の記憶をかき立てて、忘れたことでも思い出し、
その者を私の陰謀者の名簿（オーツが提出した陰謀者の名簿）に書き加えて見せよう。
神への彼の狂信が、彼の主君への嫌悪を募らせ、
王の身にさまざまなる侮辱を浴びせかけさせた。
だが信心は世の常ならぬ特権を与えるもの、
行為や言葉が許される範囲を広げてしまう。
だから「コラ」は「サムエル」が「サウル」に向かい、

(47) プロテスタントはカトリックが用いたラテン語旧約聖書のうち一一編を正当な聖書と認めず、これを「外典」とした。

「アガグ」殺し[48]を命じたように、野蛮な言葉を使えるのだ。
彼と一緒に証言台に立った他の者どもも
(何とかしてむりやりにかき集めた連中だが)
「コラ」と同じたぐいの穴に陥るだろう、
何故なら「証人」こそ彼らの共通名称(ラテン語教科書の決まり文句)なのだから。

かくして、有象《うぞう》無象《むぞう》の友達に取り巻かれ、
のぼせあがった「アブサロム」は宮廷を捨てる。
高い望みに焦り、名声欲に駆り立てられ、
そして王冠を手にする時が近いとの思いに燃えて。
感嘆する民衆は驚きに目をくらまされ、
彼の美しい姿をむさぼるように眺める。
喜びを押し隠し、彼はわが身を見世物に変え[49]、
前後左右の民衆に低いお辞儀を投げる。
視線、身振り、言葉、これらを巧みに整えて、
気軽に親しげに相手の名前で呼びかける。

(48)『サムエル記上』一五章。アガグはアマレク人の王でサウルに征服され、命を助けられたが、祭司サムエルが彼を殺す。ここでは、カトリック貴族スタフォード卿が、オーツの証言により処刑されたことをさす。

(49) 一六七九年モンマスは国王チャールズにより外国に追放されたが、翌年許可なくして帰国、ロンドンで大歓迎を受けた。チャールズはふたたび彼に出国を命じたが彼は従わず、同年七月から一〇月にかけて国王のごとく華々しい随行者を従えて西部地方を巡行し、自らの権勢を誇示した。

天性の資質に加え、それに磨きをかける人工の技、
彼はこうして知らぬ間に相手の心の奥に入り込む。
そして、優しい同情溢れる眼を向けると、
話す前から憐れみを表すため息を漏らし
彼は言葉少なに語った、だが気さくで適切な文句を、
「ヒュブラ」（シチリアの蜂蜜）の滴よりも緩やかで、はるかに甘い言葉を。
　同胞よ、あなたがたの悲運を防ぐのはわが力に余るが、
それでも私はあなたがたの権利の喪失を嘆くものだ。
見よ、この追放された男、愛するあなたがたの大義を守らんとして、
みすみす専制の法の餌食《えじき》とされてしまった人間を！
しかしああ！　破滅したのが私ひとりで、王統から除かれ、
もはや王子でもない、というならどんなによかったか！
今やあなたがた全員の自由が奪われようとしている。
「エジプト」と「ティルス」（古代フェニキアの町。オランダをさす）があなたがたの貿易

路を絶つ。
そして「エブス人」があなたがたの神聖な儀式を侵す。
わが父上は、私は今もその御名を敬うものだが、
安逸に蕩《たぶら》かされ、ご自身の名誉をなおざりにされておる。
外国から渡されるはした金に丸めこまれて(50)、
「バトシェバ」(51)の抱擁に溺れ、いたずらに年老いるのみ。
あの方はご自身の敵を引き立て、お味方を滅ぼし、
せっかくの権力を、ご自身を損なうために用いられている。
私の権利は父上に授けられた、それゆえ他に渡されても構わぬ、
だが何故、ご自分の、そしてあなたがたの権利をも売り渡すのか？
国民の血を流させることができるのはあのお方だけ、
そしてあのお方だけには、わが復讐は及ばないのだ。
それゆえどうかわが涙を受けてくれ（と眼を拭いつつ）、
わが現在の力では、これだけの助力しかできないのだ。
宮廷のスパイどもといえども、この武器を咎められぬ、

(50) チャールズ二世はフランスのルイ一四世からひそかに多額の援助を受けていたが、ドライデンはそのことを知らなかった。

(51) チャールズの愛人ポーツマス女公爵ルイーズ・ド・ケルアイユのこと。彼女はカトリックのフランス女性。

息子が父に対して使っても許される武器なのだから。
そして、次に王位を継ぐお方の治世が、願わくば
私の他の「イスラエル」人民の異議を招かぬことを。

　若さ、美貌、優雅な身ごなしが失敗することはまずない。
だが利害の共通こそはつねに決め手となるものだ。
そして人民の被害をわが被害とするような人物には
いつでも同情が寄せられるものである。
民衆は（いまだに自分たちの王を圧制者と信じていて）
もろ手を挙げて彼らの若き「メシア」を祝福する。
こうして彼はかの巡行
（六八八行の注を見よ）を始めるべく、用意を命じ、
馬車の列、騎馬部隊、無数の従者たちを従えて、
東から西へとその輝かしい栄光を見せて回る。
あたかも太陽のごとく、約束の地を見晴るかし、
名声は暁の明星のごとく、彼にさきがけて届き、

遠方から歓喜の声が彼に応える。
どの屋敷も守護神のごとくに彼を迎え、
お泊りの部屋を神聖な場所として記念する。
だがもてなしの篤さでもっとも名高かったのは
彼の友なる西国の長者、賢き「イサカル」（富豪のモンマス支持者トマス・シン）だった。
彼の巡回宮廷は人々の耳目を集めたものだが、
ただの大名行列と見えて、実は他の目的を秘めていた。
それを仕組んだのは「アキトフェル」、その意図は
行く先々で民衆の心の奥底を探り、その動きの方向を
測ること、味方と敵を見きわめること、
戦いが始まる前に、双方の力を試すことだった。
しかしそのすべてが滑らかなうわべの口実、
主君への偽りの愛と忠誠の色で塗られていた。
いつも民衆をひきつけるいかさまのかの二大名目、
真の宗教、および不正からの救済とが
しばしば唱えられ、またよき「ダビデ」王の生命が

弟と妻の悪計により脅かされているとも言われた[52]。
こうして、華やかな見世物のうちに、陰謀が仕組まれ、
平和それ自体が仮装した戦争となったのだ。
おお愚かなる「イスラエル」よ！　災いの教訓を決して学ばず、
常に同じ罠《わな》にかかり、常に裏をかかれるのか！
かつてこれほどまでに現在の安穏を捨てさる民、
健康のさなかに病気だと思い込む民がいただろうか、
ありそうにない害悪を無理にでも予想して、
王に代わって皇太子を立て、神に代わって掟を定めるとは？
どう考えればよいのか！　人民が自らと子孫のために
その生得の支配権を捨てることがありえようか？
さすれば彼らは無防備となり、制約を知らぬ
すべての専制君主の剣《つるぎ》の的となるだろう。
そして王が法を破っても誰も疑問を抱かなければ、
われわれの権利の源たる法は空文と化するのだ。
だが、もし民衆が適正と正義の判定者なのなら、

(52) オーツは王弟ジェイムズも陰謀に加担しているとし、またキャサリン王妃が侍医と共謀して王に毒を飲ませたと主張した。

そして王がその委任を受けた役人にすぎないならば、
この再任契約は王制が作られたその時に宣布されたか、
それとも永久に無効であるか、そのどちらかだ。
王笏の授与者たる彼らが自身のその行動をもって
彼らの子孫に義務を負わせることができないのなら、
「アダム」はどうして未来の末裔《まつえい》を縛ることができるか？
彼の罰がいかにして全人類に降ることがありうるのか？
また父祖の原罪に加担していないわれわれを
いかなる理由で正義の神は地獄に送られるのか？
そうなれば王とは自らが治める人民の奴隷、
人民の意のままに従う小作人も同然となるのだ。
それに加えて、有産者に認められた権力(53)も、
由々しくも大衆の手に握られる。
何故なら、個人の権利など誰が信頼することができよう？
王の権力でさえ力づくで抹消されうるのなら。
また人民の判断が常に正しいわけではなく、

(53) 注34を参照。

多数者も少数者と同じく、とんでもない誤りを犯すものだ。
そして無実の王が、吼えたける民衆の群れに追われて、
悪徳や、圧制や、専制の廉《かど》で血祭りに挙げられる。
気まぐれな暴民、潮のごとく満ちると思えば
たちまち退いてゆく彼らに、何の原則があろうか？
大衆だけではない、議会そのものも、
同じ公共の狂気に陥るかもしれぬし、
あの反乱の時代の乱心にまたしても捉えられて、
仮想の罪を並べて国王を殺しかねないのだ。
もし彼らが好きな時に与え奪うことを許されれば、
その害は（神の似姿たる）国王だけに限られず、
政府そのものがやがては倒れて、自然の状態に戻り、
そこでは万人が万物に権利を有することになるはずだ。
だが仮に人民が我らの主君で、王を立てられるものとしよう、
思慮ある者なら、誰が堅固な王権を揺るがそうとするか？
何故なら彼らのそれ以前の苦難がいかほどのものにせよ、

彼らが求める変化は、その苦難をさらに増すだろうから。
他のあらゆる過ちは国家を動揺させるのみだが、
革新こそは運命の下す鉄槌である。
古い建物が揺らぎ、今にも倒れそうになれば、
亀裂をつくろい、壁に支柱をあてがう、
そこまでは義務というもの、だがそれが限界だ、
それを超えるすべては、我らの契約の箱（五二〇行の注を見よ。これに触れるものは死ぬとされた）
　に触れることなのだ。
基礎を取り替えること、新たな骨組みを作ること、
それは卑しき目的を求める反逆者どもの業、
神の法と人の法にともに背いて、
部分を修理するために全体を破壊することだ。
俗世のさかしらにはこの呪いがつきまとう、
病を癒すための薬がさらに悪い病を招くのだ。

さて、正義の「ダビデ」にいかなる策があろうか？

あまりにも仁慈の王たることは危ういことだ！
味方する者は少ない、時代の狂気はそれほど高潮している。
王への支持を敢えてする者は、人民の敵となる他ない。
しかし最悪の時代にも、そのような者が何人かはいた、
その何人かの名を挙げよう、名指すことが賛辞になるのだから。

　この短い隊列の先頭に、「バルジライ」（アイルランド総督オーモンド公爵）の姿
がある、
名誉と歳月の冠を頭に戴く「バルジライ」だ。
遠い昔、「ヨルダン」の水（アイルランド海）の彼方の荒野において、
彼は蜂起した反逆者たちの群れに立ち向かった（議会派の軍隊と戦った）。
国の浮き輪となって勇敢に戦ったが利あらず
主君と命運をともにして波の下に沈んだ（フランスに亡命）。
神のごとき王子とともに亡命生活を悲しみ、
彼のために苦労し、彼とともに帰還したのだ。
宮廷に出入りはしたが廷臣の技巧には染まらず、

富は莫大だったが心はさらに広く大きく、
もっとも優れた相手を選んでその富を費やすべく、
武勇に優れた軍人と記録に秀でた詩人を助けてきた。
彼の寝間からはかつて数多い子孫が生まれたが、
今では父の名を伝える者の半ばすぎがこの世にいない。
彼が望みを託した長子、あらゆる美質を備え、
私が（天がそう望まれたのだ）常に悼み、
常に讃えるあの貴公子（オソリー伯爵）は、不公正な運命によって、
また神の摂理の罪によって、男の盛りに奪い去られた（四三歳で死去）。
とはいえ、彼はその時までに名誉の栄冠を勝ちとり、
臣下として、息子としての義務をすべて果たした。
人生の競技において、短い間にも俊足を誇ったのだ。
おおその生涯は小さな円環、だが神のごとき力に満ち、
大きさは限られるとも、無欠なる線の形姿（円は完全な図形とされる）であった！
あなたの比類なき才能は地上でまた海上で轟き、

戦いがあなたの喜び、戦争はあなたの本領だった。
あなたの軍が加勢して崩れんとする「ティルス人」（オランダ軍）を支え、
そして高慢なる「ファラオ」（フランス王ルイ一四世）の進攻が止められたのだ。
おお名門の誉れ、おお不敗の武勇、
敵の攻撃には必ず罰をもって報いし者！
だが「イスラエル」はあなたの名に値せぬ民、
人に優れた名声はなべて短命なものなのだ。
それはあたかも天がわが国の破滅を計画し、
あなたの幸運、あなたの精神が邪魔になったかのようだ。
今、地上のしがらみを逃れて、あなたの自由な魂は
天高く昇り、雲や星空をはるか後方に置き去りにする。
その高所からあなたはもしかすると仲間の天使の軍勢を
あなたの王の守護天使への助けとして遣わすだろうか。
わがミューズよここで止まれ、息の切れた飛翔をやめよ、
いかなる翼も不死の神々の高みには達せられぬ。

もはや自分には歌えぬと、善良な「バルジライ」に告げるがよい。
そしておまえの魂に言え、かの人を追って昇天すべきだったと。
それとも魂はかの人の命とともに昇天してしまい、
今はなき後援者（オソリー伯爵を指す）の柩を覆うこの詩を、あとに残した
　のか？
さあおまえは天上より一直線に舞い降りて、この地上に
もう一人の「彼」が見つかるかどうか、探してみるのだ。
そのようなもう一人はとうてい見つからぬであろうが、
それなら、彼にさほど劣らぬ者がいないか探してみるのだ。
祭司「ツァドク」（カンタベリ大主教サンクロフト）、彼は権力と高位を努めて避けた
　のに、
その謙虚なる心が「ダビデ」の恩顧の眼に止まったのだ。
彼に並ぶのは「エルサレムの副祭司」（ロンドン主教コンプトン）、
度量ある魂と高貴なる血筋のその人。
また西の聖堂（ウェストミンスター聖堂）なるかの高僧（司祭長ドルベン）、その重厚な
　分別は

（54）ドルベンはウェストミンスター聖堂附属学校の校長でもあり、「預言者の息子

適切な言葉と天国にまがう雄弁となって流れ出る。
預言者の息子たちもかかる人物の模範によって
学問と王への忠誠の道へと育てられる(54)。
何故なら「学寮」は国王の保護に頼るもの、
反逆者が学芸の友だったためしは一度もなかったから。
彼らに続くのは法の柱石たる賢者たち、
訴えの案件をもっともよく弁じ、裁くことができる。
その後に忠誠な貴族の列が立ち上がる。
慧眼なる「アドリエル」(55)、ミューズの友、
彼自身一人のミューズ――議会の討議において、
主君には忠実だったが、国家の奴隷ではなかった。
「ダビデ」はその彼を愛し、不肖の息子から
取り上げた官位を彼の身を飾るべく授けたのだ。
鋭き機知と含蓄ある見識の「ヨタム」(56)、
天性の才能と学問の訓練により、もろもろの
集会を動かす力を持つ彼は、一度だけしばらくの間

たち」（非国教聖職者の息子たち）をふくむ多くの少年たちに正統派の教育を施した。ピューリタンの家系に生まれたドライデンもここで学んでいる。

(55) ドライデンのパトロンで、各地の長官を務め、詩人でもあったマルグレイヴ伯爵をさす。聖書のアドリエルはサウルの女婿（『サムエル記上』一五章一九）だが、対応関係は不明である。

(56) シャフツベリの甥ハリファックス侯爵を指す。彼は初め反王党派に属したが、やがて伯父シャフツベリと対立するようになり、一六八〇年議会における「排除法案」（カトリックのジェイムズを王位継承権から排除することを目的とする）の討論でシャフツベリと激論し、法案の否決に導いた。

悪しき側に立ってしまったが、やがて善き側を選び、
そして自分が選んだだけでなく、形勢を逆転させた、
一人の勇気ある人間の影響は、これほど大きいのだ。
「フシャイ」（ロチェスター伯爵）、苦境に陥った「ダビデ」の味方、
公共の嵐の中で雄々しく節を守った者。
若年の日々に外国との条約によって鍛えられ、
生まれながらの誠実に経験の磨きをかけた。
その節倹の気配りが、乏しい王の財政を満たしたが、
節倹の用はそれだけで、自らは金を惜しまなかった（外交官、のち大蔵卿を歴任）。
国庫が溢れる時、それは容易な作業であるが、
その底が見える時、巧みにやりくりするのは大変なことだ。
何故なら王が売らざるをえない時、大衆が買い取らされる時、
王権は安値すぎるか、高値すぎるかのどちらかなのだから。
わが疲れたミューズよ、もう一度だけ働いておくれ、
「アミエル」（下院議長エドワード・シーモア）のために。「アミエル」への賛辞を誰
　が拒めよう？

由緒ある家に生まれ、しかし自身の業績において
さらに高貴であり、爵位なくして身分高きその人。
長年にわたって議会の長として彼はそれを治め、
彼らの理性を導き、彼らの感情を冷ました。
彼は王権の弁護においてかくも老練であり、
忠誠なる国民の意見を述べるにかくも適したので、
この会が「イスラエル」十二部族の縮図である以上（英国各層を代表する議会）、
彼こそは彼ら全員の代弁者にふさわしい人物だった。
今はさらに性急な御者たちがその座を占めていて、
彼らのいたずらな疾走ぶりが彼の沈着な手腕を浮き出させる。
彼らは昼の世界の未熟な支配者（太陽の馬車を転覆させたパイトン）のごとく、
季節の巡りを狂わせ、世の進路を迷わせる。
一方引退した彼は彼らの苦労と狂騒に苦笑を送り、
労役からの安息日を安全に楽しんでいる。

　これらが、断固として城壁の破れを守りぬき、

国中そろっての怒りの勢いに戦いを挑んだ
主な面々、少数だが忠実な名士たちの群れであった。
彼らは悲しみの心をもって、このような強力な砲列が、
合法の政府を打倒するために狙いを定めるのを見た。
ありもせぬ脅威を叫びたてる一大党派が
議会において王権を強奪せんと襲いかかったのだ。
真の王位継承者は宮廷から追われ、
陰謀は、金で買われた証人によって仕上げられた。
彼らはこれらの害悪を見ぬき、当然の義務として、
国王にその及ぼす傷の危険さを言上した。
国王からのいかなる譲歩も人心を和らげず、
緩和剤はむしろ病を募らせるだけであろうと。
また王位への野心を抱く「アブサロム」は、
人民を引き寄せるための囮《おとり》にされているのだと。
さらに不実な「アキトフェル」の邪《よこし》まな憎しみが
この陰謀を用いて国家と教会を破壊せんとし、

枢密院を罵声の府となし、暴民の勢いを煽っていると。
そして「シメイ」が「エルサレム」に呪うことを教えたと。

　かかる数々の被害の重荷に悩まされ、
憂い深く胸のうちで長く事態の行く末を
思い巡らせるうち、ついに堪忍の緒《お》が切れて、
天の霊感もあらたかに、彼の玉座からこのように
神のごとき「ダビデ」が言葉を発した、畏怖の心をもって
臣下たちは彼らの主君に創造主たる神の声を聞いた。

　余はこれまで、生来の慈悲心に制せられて、
わが被害に目をつぶり、わが報復を引き延ばしてきた。
この罪深い時代を許すことにはなはだ急であり、
わが心の内なる父親が、わが心の内なる王を宥《なだ》めてきたのだ。
だが今や、彼らはわが寛仁《かんじん》の心を軽んじるあまり、
罪人どもは余の許しの権利までも疑う有様だ。[57]

（57）チャールズ二世は大蔵卿（事実上の首相）であったダンビイ伯爵が議会から弾劾された時、彼を赦免して非難された。

一人は多数のために置かれた、と彼らは主張する、
しかしそれは支配するためだ、それが君主なるものの目的なのだ。
彼らは余が流血を厭う心を、恐れのためと呼ぶ、
雄々しき気性こそもっとも長く耐えるものなのだが。
だが彼らはどうしてもわが天性の方向を曲げたいのか、
では見せてやろう、わが恩情は強制されしものにあらずと。
増長した国民が積み重ねるこれらの無礼の山は
国王の担うべき重荷ではない、ラクダの背の荷だ（一本のワラが最後の重荷となるという諺）。
王というものは国家公共の柱であり、
生まれながらに一国の重みを保ち支えるもの。
わが若き「サムソン」（『士師記』に登場する怪力の英雄）が神の召命と称して、
その柱を揺るがすのなら、倒れた柱と運命をともにするがよい（敵国の神殿を倒し自らも圧死する。『士師記』一六章）。
しかしああ、願わくば悔い改め、生命を全うしてくれ！
親にとって、許すのはいかにたやすいことか！

ほんの数滴の涙でも、愛する息子のために訴える
自然の情から赦免を獲ちえるのに十分だろうに！
この哀れな若者を余は、父としてのわが気配りによって、
彼の天性に耐えられるかぎりの高位に挙げてやったのだ。
もし神が彼を支配者の生まれと定められたのなら、
神は彼の魂に今とは違う性向を与えられたであろう。
今どき、愛国者の意味は、法によって主君の座を
乗っとろうとする者のことなのだ、ところがその名に惑わされ、
民衆の雇われ無頼漢、政治屋の道具と成り下がるとは。
愛国者などという輩は、昔よりただの愚か者にすぎぬ。
真の宗教と国法を守ることがいったい何故、
「ダビデ」の役目より「アブサロム」の役目なのか？
彼のかつての教師（シャフツベリ）でさえ、彼がその地位を失う以前、
これほどまで神の恩寵を得ているとは思われなかったのに。
おお神よ、党派心がいかにたやすく、愛国者をでっち上げることか！

余に反逆する者は常にわが人民の聖者となるのだ。
「あの者ども」が勝手にわが玉座に後継者を据えようとするのか？
議会は議会の後継者を選ぶがいい、どんな結果になろうと知らぬぞ。
国王は少なくとも政府の一部なのだ、
彼らの同意と同様、わが同意も必要なのだ、
余の許可なしに次の王を選ぶこと（「排除法案」を指す）は、
現在の王を廃する権利を意味している。
なるほど彼らは自らが選んだ者を認めるよう、余に請願する、(58)
だが「エサウ」の手は「ヤコブ」の声にそぐわない(59)。
わが敬虔なる臣民は余の安全を祈念してやまず、
それを守らんがために余の権力を奪い取るのだ。
神よ、わが老年を陰謀と大逆より守護したまえ、
しかしそれ以上に、請願者どもから救いたまえ。
産まず女の胎よりも墓穴よりも貪欲なる彼ら（『箴言』三〇章一五—一六）、

(58) 一六七九—八〇年の政争において、シャフツベリらホイッグ派の支配する議会は、国王への「請願」（実は要求）決議を繰り返して、国王への武器とした。

(59)『創世記』二七章の物語。イサクが年老いて眼が見えなくなった時、ヤコブは兄エサウのふりをして父に食べ物を捧げ、父の祝福を受けて全財産の継承権を騙し取る。ヤコブが「私はエサウです」と言うと、イサクは彼に触り「声はヤコブの声だが腕はエサウの腕だ」と言った（ヤコブは腕に山羊の皮を巻いていたからである）。

彼らの欲望を、神すらも満たすことはかなわぬ。
そうだとすれば、用心深く眼を離さず、
王権の僅かな残りを守る他ないではないか？
余の平穏な統治は常に法によって導かれるが、
その同じ法が反乱者どもに服従を教えるであろう。
もはや投票により、正統の権力を揺るがしてはならぬ、
かかる投票は部分を全体より大ならしむるものゆえ。
根拠なき告発でわが大臣たちを罷免させたりはせぬ、
また大衆が証拠に先立って、人を罰する権限を認めない。
何故なら神々と、神のごとき君主の配慮の力の現れは
自らに仕える者の危難の時、常に彼らを守ることにあるのだから。
おお、わが権力が救済の力のみに限られていたなら。
余は何故、天の神と同じくわが心に反して、
逆の種類の見せしめを行うことを強いられるのか？
余はついに、正義の剣を抜かねばならぬのか？
おお必要なる法の忌わしき結果よ！

余の慈悲を恐れと見た彼らは、いかに愚かなことか、
忍耐強き男の憤怒に気をつけるがよい。
彼らは法を求めるのか、ならば法の顔を見せてやろう、
彼らは慈悲の背中を見るだけでは満足しない、
ならば自らの不遜なるその眼で神罰をも顧みず、
法の恐るべき顔を目のあたりに見て、死ぬがよい(60)。
自らの企みによって、と正義の掟に定められている、
これら忌わしき死の工匠どもは滅びるであろうと。
彼らの証人たちは自分自身を告発するであろう(61)、
　蝮《まむし》のごとく、自分の母なる陰謀の腹を食い破り、
そしてこれまで彼らの命の元であった鮮血を
わが身を養わんがために啜るようになる（当時の俗信）のだ。
彼らの「ベリアル」（パレスティナの異教の神で悪魔視された）は彼らの「ベルゼブル」
　（同前）と相争う。
こうして余の敵たちが、余に代わって余の敵に報いる。
結果を疑うな、何故なら徒党の群衆は第一波の

(60)『出エジプト記』三三章。モーセがシナイ山に登る前、彼は神の姿を見たいと願うが、神は神の顔を見たものは死ぬと警告する。

(61) 反カトリックの熱狂が冷めるにつれ、もともとカトリックの陰謀を告発するために立てられた証人たちの中から、逆に偽りの証言をするよう命じられたと申し立てる者が出た。

襲撃にその凶暴なる力をすべて集めるものだから。
されば、彼らをしてまず勢いに任せて進ませ、
退き、かわし、敵の力を惑わせるがよい。
だが彼らが息を切らせ、足を止めた時は、戦いを挑め、
意気ごみを二倍にして、相手に襲いかかれ。
何故なら長く押されてはいても、ついに踏み止まれば、
法にかなった権力は常に勝利を得るからだ。

　彼はこう言った。全能の神は、頷《うなず》いて同意したまい、
そして雷鳴が天空の広がりをどよもした。[62]
この時から新たな時の進行が始まり、
偉大なる年月が、長い行列となって続いた。[63]
神のごとき「ダビデ」がもう一度復位し、
もろもろの国人はその正統な主君を認めたのだ。

(62)『オデュッセイア』、『アエネーイス』などの古代叙事詩には、主神ゼウス（ユピテル）が晴天に雷を轟かせて、自らの意思を予兆する場面がある。
(63) ウェルギリウス『第四牧歌』における、来るべき黄金時代の始まりの予言。

解　説

『アブサロムとアキトフェル』は、一六八一年一一月に出版された。後述するように、それはカトリック陰謀事件と、それに続く王位排除危機がいったん国王側の優位のうちに収拾されようとしていた時点であり、七月に大逆罪の疑いで逮捕され、ロンドン塔に囚われていたシャフツベリが大陪審（起訴すべきか否かを審議する）にかけられる一週間ほど前という、タイミングを狙ったものと言える。この作品の出版に、国王勢力がどれほどかかわっていたかは、明らかでない。

匿名での出版であったが、作者がドライデンであることは、すぐに広まったようである。彼は一六七〇年代後半から、国王と議会の対立において国王側への支持を隠さず、国王派の首相ダンビイに自作を献呈し、その他の作品の献辞や劇のプロローグ、エピローグ等においても、国王派の立場を鮮明にしていた。また王位排除危機においても、一六八一年四月にチャールズ二世が、オックスフォードで開いた議会において行った演説を賞賛するパンフレット、「国王陛下の宣言を擁護する」を発表して、国王派の論客であることが知れ渡っていた。

この作品がたちまち非常な反響を呼び、版を重ねたのは、これが当時の政治状況と、旧約聖書の有名な物語とを巧みに重ね合わせ、読者に謎解きをさせるその機知の働きと、聖書、ミルトン、ウェルギリウス等の古典詩を総合して、滑稽から荘重にまで及ぶ英雄二行詩形の表現の見事さにある。ドライデンは序文の中でこの作品を「諷刺」と呼んでいるが、この点から見ると、この作品は単なる諷刺詩というよりは、機知に富む英雄物語詩（イアン・ジャック）と言うべきであろう。ドライデンがこの作品の副題を「詩作品」（A Poem）としているのも、彼がそれを意識していたことを窺わせる。

翌一六八二年に第二部と銘打った続編が出版されたが、これは大部分ドライデンの後輩詩人ネイアム・テイトの筆になるものであり、ドライデンはごく一部（シャドウェルへの諷刺など）を書いただけである。

この詩を十分な形で読むためには、どうしても当時の政治情勢と、ドライデンがそれを仮託するために用いた旧約聖書の物語を知っている必要があるので、以下にそれぞれの概略をまとめた。

A　「カトリック陰謀事件」および「王位排除危機」

一六五八年のクロムウェルの死、翌年そのあとを継いだリチャード・クロムウェルの追放を経て、一六六〇年の王政復古後成立した議会は王党派（「騎士」と呼ばれた）が多数を占め（騎士議会）、反ピューリタン政策である「地方自治体法」（非国教徒を地方自治体の公職から追放）および「礼拝統一法」（これにより一千人ほどのピューリタン牧師が国教会の牧師職を追われた）を成立させた。これにより英国国教会派が英国社会の主流を占めるようになったが、穏健な非国教会派たる長老派も一部の地主層や大商人のあいだに勢力を保ち、より急進的なプロテスタント諸派も、特にロンドンなど都市の商人、職人層のあいだに生き続けていた。

その後第二次オランダ戦争（一六六四―六七）とともに五人の大臣からなる「キャバル」内閣（大臣の頭文字を組み合わせた呼び名）が成立、シャフツベリ伯爵（作中のアキトフェル、当時アキトフェルと言えば、腹黒い政治家の代名詞であった）が実権を握った。彼は初めのうちは国王を支持し、大法官に任命されたが、カトリック教徒に同情的なチャールズ二世（作中のダビデ）および王弟ジェイムズに対して一六七三年に「審査法」（国教会の聖餐式を受けない者を中央官職から追放する法律で、非国教徒とともにカトリック教徒を排除する狙い）の議会通過を主導し、公然たる反国王派（ホイッグと呼ばれるようになる）に転じた。チャールズもこれに対抗してシャフツベリを罷免、彼は一時投獄された。チャールズは国王支持のダンビイ伯爵を起用して国王支持派（トーリー）の勢力を築こうとした。

チャールズには嫡出子がなかったので王位を継承するのは王弟ジェイムズと見なされていたが、ジェイムズは審査法に抗議して海軍卿を辞任、またプロテスタントの妃アン・ハイドの死後イタリアのカトリック教徒モデナ公女メアリと再婚し、一六六七年には自らカトリックであることを宣言した。こうして国教会の中の反カトリック勢力や長老派の有力者、また都市の急進的プロテスタント諸派のあいだに、チャールズの庶子でプロテスタントのモンマス公爵（作中のアブサロム）を次の国王に推戴しようとする動きが強まった。

このような情勢のもと、一六七八年八月一三日、セント・ジェイムズ公園を散歩中のチャールズ二世に、生命が危ないと告げた者があり、続く捜査の中で、急進的国教会牧師タイタス・オーツ（作中のコラ）が、カトリック教国出身の王妃キャサリン（ミカル）とその侍医が国王を毒殺しようとしており、スコットランド、アイルランドにフランス（エジプト）軍が上陸してモンマスを殺害し、ジェイムズを王位につける陰謀が進行していると「証言」した。事件はロンドンの裁判所に回されたが、裁判長エドマンド・ゴドフリーが失踪し、やがて死体で発見されたため、ロンドン市はパニックに陥り、何人もの「証人」がカトリック教徒の陰謀を知っていると告発した。多くのカトリック教徒が逮捕され、スタフォード卿をはじめ数十人が処刑された。

シャフツベリはカトリック陰謀事件が作り出した反カトリック感情を最大限に利用した。チャールズがフランス国王ルイ一四世（ファラオ）とのあいだで、英国でのカトリックの復権を約束し、見返りに多額の援助を受けた、いわゆる「ドーヴァー密約」が暴露され、議会は大蔵卿（事実上の首相）ダンビイを責任者として弾劾、国王は一六六一年以来続いていた「騎士議会」を解散した。七九年三月の選挙で選ばれた新議会において、今や主席大臣となったシャフツベリは王位継承者を国教徒に限り、ジェイムズを排除しようとする「排除法案」を提出、これが下院で可決されると、王はまたもや議会を解散した。しかし八月の総選挙でもホイッグ派が多数を占めたので王は議会を停会とし、議会は議会を開会するよう、国王に「請願」した。翌八〇年秋、ようやく開会された議会はふたたび下院において排除法案を可決したが貴族院で否決された。

この間王からの圧力を受けて一時国外に出ていたモンマスが一六八〇年夏に許可なく帰国、ロンドンで大歓迎を受け、同年七月から九月までのあいだ英国西部地方を国王のごとく華やかに巡行して勢力を誇示した。チャールズは八一年一月もう一度議会を解散、四月に物情騒然としたロンドンを避けてオックスフォードで開いた議会で演説を行い、これが全国に流布された。

このころから世論は反ホイッグに傾き始め、「陰謀」の告発者の一人が裁判で有罪となり、処刑された。タイタス・オーツも追放され、またシャフツベリも一六七一年七月大逆罪で逮捕された。各地の自治体から国王への忠誠宣言が相次いで寄せられ、同年一一月、シャフツベリは証拠不十分で釈放されたが（ドライデンの本作品はその直前に出版されている）、翌八二年初めオランダに亡命、八三年、亡命先で死去した。

モンマスは罪を免かれはしたものの、政治的に孤立し、その後一六八三年に亡命。一六八五年チャールズ二世の死に際して帰国すると、王位を要求して兵を挙げたが敗れ、処刑された。ジェイムズは正統の王位継承者として即位、国王ジェイムズ二世となり、カトリック復活を図ったが、一六八八年議会によって追放され（名誉革命）、英国の王位はジェイムズと先妻アンの間の娘メアリ（プロテスタントとして育てられた）とその夫でプロテスタント国オランダのオレンジ公ウィリアムが共同して引き継ぐこととなった（ウィリアム三世）。

B　ダビデ、アブサロム、アキトフェルの物語（『サムエル記下』一―一八章）

ダビデは国王サウル（クロムウェル）を助けて宿敵ペリシテ人を破るが、その功績をサウルに嫉まれ、命を狙われる。彼は敵であるペリシテ人の国のガトに難を避けていたが、やがてサウルの軍がペリシテ人に破れ、サウルの子たちが戦死し、サウルも自害すると、ヘブロンでユダヤ王として即位。サウルの生き残りの息子であるイスラエル王イシュボシェト（リチャード・クロムウェル）が内紛によって部下に殺されたのち、ユダヤ、イスラエル両国を統一して王となった。彼は旧敵ペリシテ人やその他多くの民族を征服し、強大な国家を築いた。そしてエブス人（カトリック教徒）の町だったエルサレム（ロンドン）を攻め落として都とし、「契約の箱」（「神の箱」とも）を祀った。

サウルの娘ミカル（キャサリン王妃）はダビデの妻だったが、「契約の箱」の前で踊るダビデを見て夫を軽蔑したので、彼女には生涯子がなかった。色好みのダビデには他に多くの側室がいたが、その一人バトシェバ（王の愛人ポーツマス女公爵）は、部下の将軍の妻であったのを、その色香を見て奪ったもので、彼女はやがて次代の王ソロモンの母となる。

アブサロム（モンマス）はダビデの王子の一人で非常な美男子であったが、一方無法な乱暴者であり、妹タマルを犯した異母兄弟アムノンを殺害したりした。ダビデは彼を二年間許さなかったが、許されたのちも彼の素行はおさまらず、多くの従者や馬車を従えて威勢を誇示し（モンマスの西部地方巡行）、また人々の不満を聞いてやって、民衆の人気を集めた。そして議政官アキトフェル（シャフツベリ）とともにヘブロンに行き、即位を宣言した。
多くの民衆が彼のもとに集まったので、ダビデはエルサレムを脱出し、少数の部下とともに荒野に逃れた。彼は忠実な祭司ツァドク（カンタベリ大主教サンクロフト）を「契約の箱」とともにエルサレムに残した。サウルの一族だったシムイ（ロンドン商人ベセル）が避難するダビデをあしざまに罵ったので、ダビデの部下が彼を殺そうとするが、ダビデはそれを止める。またオリーブ山上で彼を迎えたフシャイ（ロチェスター伯爵）に向かい、エルサレムに戻ってアブサロムに従うふりをしながら、ひそかに都の情勢を知らせるように命じた。

アキトフェルはアブサロムに時を逃さずダビデを追撃し、殺すべきだと進言する。しかしフシャイはそれは危険であるから、国中から軍隊を集めてから攻撃すべきだと反対する。アブサロムはフシャイの提案を取る。事の成行きを悟ったアキトフェルは故郷に帰り、首を吊って死ぬ。

しだいに多くの人がダビデの下に集まるようになった。その中には地方の有力者バルジライ（アイルランド総督オーモンド公爵）もいて、さまざまな食料や器物を献上する。ダビデの軍勢とアブサロムの軍勢はついに決戦となり、アブサロム軍が敗れる。ラバに乗って逃れようとしたアブサロムは大木の枝にひっかかり、ぶら下がったところを殺された。その報告を受けたダビデは「わが子アブサロム、アブサロム、ああ、私が代わって死ねばよかった、アブサロム、わが子よ、わが子よ」と嘆く。

（聖書の物語は、一七世紀の英国政治の動きとは必ずしも一致しないので、この物語がすべて、歴史上の事件に対応するわけではない。このズレを楽しむのも、この作品の読み方の一つである。また登場人物のうちには、ダビデ物語とは無関係で、聖書の別の箇所に登場する者もいる。以下はそれらの人物名である。）

ジムリ　異民族の女と親しくなり、異教の神バールを崇めた。この女とともに神を祀る「臨在の幕屋」に入って殺される（『民数記』二五章六―一四）。注（37）を参照。

バラム　異教徒の予言者で、イスラエルを呪うように依頼されるが、意に反して祝福してしまう（『民数記』二二―二四章）。（対応する人物はホイッグ派の政治家ハンティンドン伯爵とされるが、あまり関連性がない。新約聖書『ペトロへの手紙二』二章に出る偽預言者を指しているとの説もある。）五七四行を参照。

カレブ　モーセが「約束の地」カナンの情勢を探るために派遣した者の一人。カナンへの侵入を主張したため民衆と対立するが、神は彼の心をよしとし、ヨシュアと二人だけにやがてその「乳と蜜の流れる所」に入ることを許す（『民数記』一三―一四章）。対応する人物はホイッグ派の指導者の一人、エセックス伯爵、あるいはグレイ卿とされるが、聖書のカレブは義人であるので、関連性は見出せない。注（38）を参照。

ナダブ　祭司アロンの息子。神に対して掟に定められていない香（「異香」）を捧げたため、神の火に焼き滅ぼされた（『レビ記』一〇章一―三）。注（39）を参照。

ヨナス　『ヨナ書』のヨナのこと。神に命じられてニネヴェの町に行き、この町は悪行のため滅ぼされると予言する。すると人々が悔い改めたので神は町を許す。予言が外れたヨナは腹を立て、町外れの小屋に引きこもってしまう。対応する人物は検事総長ウィリアム・ジョーンズとされるが、名前の類似以外、あまり関連性がない。五八一行を参照。

コラ　モーセに反抗した一味の一人。彼らはモーセがエジプトの豊かな生活から自分らを連れ出して、荒野での放浪生活をさせたと非難した。地面が口を開いて彼らを呑みこんだ（『民数記』一六章一―五〇）。対応する人物は陰謀の告発者タイタス・オーツ（六三二行以下）。

ステファノ　新約聖書の人物で、キリスト教最初の殉教者。ユダヤ教徒たちにモーセを冒瀆したと訴えられ、処刑された（『使徒言行録』六―七章）。対応する人物はスタッフォード卿。六四二行を参照。

アガグ　アマレク人の王。サウルは彼の国を征服したが彼の命を許した。しかし祭司サムエルはそれを非難し、自らアガグを殺した（『サムエル記上』一五章）。注（48）を参照。

イサカル　ヤコブの息子の一人。ヤコブは彼とその子孫の将来を予言して「骨太のロバ」、「苦役の奴隷に身を落とす」などと言っている（『創世記』四九章一五）。対応する人物はモンマスを支持した西部地方の富豪トマス・シン。七三九行を参照。

アドリエル　サウルの娘メラブの夫（『サムエル記上』一八章一七―一九）。歴史上対応する人物はハリファックス伯爵〔注（55）〕と言われるが、関連は不明。

ヨタム　イスラエル人の指導者（「士師」と呼ばれた）の一人。エルバアルの子アビメレクが兄弟を殺して王と称した時、一人だけ生きのびて人々に訴えた義人。アビメレクはその後、反逆した町を攻めた時に、女の投げた石に当って死んだ（『士師記』九章）。注（56）を参照。

アミエル　ダビデは死の近いことを悟り、神殿の建設をソロモンに託し、神殿に仕える人々を指名した。アミエルは「門衛」の一人であった（『歴代志上』二二、二六章）。対応する人物は下院議長エドワード・シーモア。九〇〇行以下を参照。

テクストについて

本訳の底本は *The Works of John Dryden*, University of California Edition, 20 vols. (1956–2002), Vol. 2, *Poems 1681–1684*, ed. H.T.Swedenberg, textual ed. Vinton A.Dearing, 1972 によっている。本文中でイタリックとなっている箇所（大部分は寓意的な名称）はかぎ括弧で示した。ただし序文である「読者に」は全体がイタリック体で印刷されており、強調のためにはローマン体が用いられているので、この場合はローマン体をかぎ括弧で示してある。なお、イタリック体（序文においてはローマン体）の他に、文中で単語（特に名詞）の語頭を大文字にして、他の語と区別している箇所もかなりある。しかし一八世紀ごろまでは、特に強調のためでなくとも普通名詞を大文字で始めることが広く行われており、この作品の場合も、大文字で始まっていても特に強調の意図が感じられないことも多いので、それらについては何の表示も行わなかった。

第Ⅱ部　場所と人へのまなざし

エドマンド・ウォラー　一六〇六―八七　〈笹川浩〉
・ペンズハースト館にて（一六四五）
・国王によるセント・ポール寺院修復に寄せて（一六四五）

ジョン・デナム　一六一五―六九　〈笹川浩〉
・クーパーの丘（一六四二／六八）
・クルック判事の死を悼む（一七九〇）
・ストラッフォード伯の裁判とその死（一六六八）

ロチェスター伯爵ジョン・ウィルモット　一六四七―八〇　〈兼武道子〉
・理性と人間に対する諷刺（一六七四）
・ロンドンのアルテミザから田園のクロエへの手紙（一七六三―七五頃：製作年不詳）

エドマンド・ウォラー

略伝

一六〇六年、当時ハートフォードシャー（Hertfordshire）にあり現在はバッキンガムシャー（Buckinghamshire）に編入されているコウルズヒル（Coleshill）で裕福な地主ロバート・ウォラーの長男として生まれる。母アン・ハムデンはチャールズ一世が課そうとした船舶税に強硬に反対した政治家ジョン・ハムデンの叔母にあたり、クロムウェルとも親戚であった。イートン校を経てケンブリッジ大学キングズ・カレッジに入学するが、学位を取得したという記録はなく、在学した期間は短かったと思われる。一六三一年、資産家の娘と結婚するが、三四年に死別。この結婚に関しては、財産目当てであったとの見方もある。また正確な時期ははっきりしないが、妻が死去する前後、レスター伯ロバート・シドニーの長女ドロシー・シドニーと出会い、彼女の魅力に惹かれる。ウォラーはその後彼女に求婚するが、彼女はそれを断り他の男性に嫁いだ。ウォラーの詩の中でリカリッサという名で詠われている女性はこのドロシーである。

ウォラーは、「子供の時に国会議員になり国会で育てられた」（"nursed in Parliament, where he sat in his infancy"）というクラレンドン伯の言葉が示すように、かなり早い時期から国会議員になっている。一六四〇年、一一年ぶりに召集された短期議会でも国会議員に再選、さらにその後の長期議会でも再選され、国会議員として活躍。ウォラーは、ハムデンやクロムウェルと親戚関係にあったにもかかわらず、熱心な王党派であった。内戦勃発後の一六四三年には、チャールズ一世のために議会派の本拠地であったロンドンを奪取しようと試みるも失敗、投獄され、多額の罰金を支払って国外に追放された。この際ウォラーは、処刑を免れるために仲間を裏切ったともいわれている。

国外追放に処されたウォラーは、フランスのカレー（Calais）に渡り、その後ルーアン（Rouen）やパリ（Paris）などに居を構えた。一六四六年にはジョン・イーブリンとスイスやイタリアを旅行している。五一年末、議会はウォラーからの嘆願を受け入れて追放の判決を取り消し、彼の帰国を許可する。ウォラーが実際に帰国したのは翌年と思われる。五五年にはクロムウェルを称える詩「我が護国卿への賛辞」（"A Panegyric to my Lord Protector"）を書き上げ、その直後に貿易委員（Commissioner of

Trade）に任ぜられる。しかし六〇年の王政復古の際はチャールズ二世を称える詩「国王の喜ばしい帰還に寄せて」（"To the King, upon His Majesty's happy return"）を書く。国王に、なぜ自分を称賛する詩の方がクロムウェルを称賛する詩より劣っているのかと尋ねられたウォラーは、「詩人というのは虚構を書く時ほどには真実をうまく書けないのです」（"Sir, we poets never succeed so well in writing truth as in fiction."）と答えたといわれる。このような当意即妙な対応もあってウォラーは王政復古後も国王の寵愛を受け、また国会議員にも返り咲き、しばしば議会で非国教徒に対する寛容を主張した。六一年に王立協会会員（Fellow of the Royal Society）にもなっている。

しかし国外追放の直前に再婚した妻が一六七七年に他界してからはビーコンズフィールド（Beaconsfield, Buckinghamshire）に隠棲するようになる。その後ロンドンに戻るものの、帰郷への思いは募り、チャールズ二世が崩御してジェイムズ二世が即位した後も寵臣であり続けたが、ロンドンを訪れる回数は減り、ビーコンズフィールドの森林を散策している日の方が多くなっていった。彼は「猟師に追われながらも力尽きていない牡鹿は常に自分が生まれた場所に帰る」（"A Stagge, when he is hunted, and neer spent, alwayes returnes home."）と語り、自分が生まれたコウルズヒルで最期を迎えるべく、そこに終の棲家として小さな家を購入したが、結局は彼の希望通りにはならず、八七年一〇月二一日、子や孫に見守られつつビーコンズフィールドの自宅で死去した。遺体はビーコンズフィールドの聖メアリー及び諸聖人教会（St. Mary and All Saints Church）に埋葬された。

ウォラーがまだ「威勢のいい若者」（“a brisque young sparke”）で、初めて英詩を学び始めた頃、「僕は今まで素晴らしい英詩の手本を見たことがないように思う。みな流暢さに欠けるんだ。だから自分で書いてみようと思ったのさ」（“Methought I never sawe a good copie of English verses; they want smoothnes; then I began to essay.”）と語ったと伝記作家オーブリーは記している。ウォラーの最初の詩集は、亡命中の一六四五年にロンドンで出版され、その後同じ年に三つの版が続き、さらに六四年にも詩集が出版された。それらに収録された詩のいくつかは同時代の音楽家ヘンリー・ローズによって曲が付けられた。また『宗教詩集』（*Divine Poems*）も一六八五年に出版されたが、ウォラーは宗教詩よりも甘美な恋愛詩や特別な出来事を詠った詩でその真骨頂を発揮した。彼はヒロイック・カプリットを巧みに用い、その流麗で洗練されたスタイルは、ドライデンやポウプに継承されていった。ドライデンは彼を「英詩の父」（“the father of our English numbers”）と称賛し、ポウプは「ウォラーの甘美さ」（“Waller's Sweetness”）をジョン・デナムの力強い文体とともに詩の重要な要素として挙げ、それらが融合して生まれる「快暢な活力」（“Easie Vigor”）を詩の理想とした。またジョン・ダンのようないわゆる形而上詩人の奇想（conceit）を用いた難解な詩とは対照的に、ウォラーの詩は比喩もおおむね明快で古典への言及もわかりやすいものばかりである。また彼は、ある出来事を詠いながらその歴史的・社会的意味を明らかにすると同時に、そこに自身の考えや理想を盛り込むことにも秀でていた。

ウォラーの具体的な作品としては、愛する女性へのメッセージを薔薇に託して伝えるエリザベス朝風の恋愛詩「行け、薔薇よ」（"Go, lovely rose!"）が特に有名で多くのアンソロジーに収録されているが、その他にも「ガードルについて」（"On a girdle"）、「国王によるセント・ポール寺院修復に寄せて」（"Upon His Majesty's repairing of Paul's"）、「ペンズハースト館にて」（"At Penshurst"）、「我がうら若きルーシー・シドニーへ」（"To my young Lady Lucy Sidney" 後に "To a very young lady" と改題）（以上、一六四五年詩集に収録）、「最近国王陛下により改良されたセント・ジェイムズ公園について」（"On St. James's Park, as lately improved by His Majesty" 一六六一）などがある。

ウォラーの伝記については、同時代人のオーブリーによるものが直接人物を知る者の記録として貴重な資料である（John Aubrey, *Brief Lives*. John Buchanan-Brown, ed. London : Penguin Books, 2000）。またドルーリー編の詩集に付された序文は詳細な伝記でもある（G. Thorn Drury, Introduction. *The Poems of Edmund Waller*. Drury, ed. London : Richard Clay & Sons, 1901）。ウォラーの政治的な面については、ウォーリス・チャーネイク著『制限の詩―エドマンド・ウォラー研究』（Wallace L. Chernaik, *The Poetry of Limitation : A Study of Edmund Waller*. New Haven : Yale University Press, 1968）が詳しい。

ペンズハースト館[1]にて

もしもサカリッサ[2]が、人間が自分たちの神を選んでいた時代に
生きていたとしたら、この聖なる木陰には祭壇が造られ、
この小道にあふれるような平安と栄光を与えてくれた
彼女の力に捧げられていただろう。
彼女が立っていたこの場所は、
花々で飾られて森の庭になった。
彼女の存在は、人間が持ちえない優雅さを湛え、
どんなに鄙びた場所でも洗練することができるほどだ。
それに自然も人為もまったく意図しなかったところに
美や秩序を与えることができる。
草木たちはそれに感謝の意を表し、彼女へのそれらの称賛は、
古《いにしえ》の植物たちがオルフェウスの竪琴に捧げた称賛に劣らなかった。

(1) イングランドのケント州にあるシドニー家の邸宅。

(2) ロバート・シドニーの長女ドロシー・シドニーのこと。"Sacharissa"は「砂糖」を意味するラテン語 *sacharum* からウォラーが造った語。一六四五年版では「ドロテア」(Dorothea) になっている。一六三五年頃ウォラーから求婚されたが断り、三九年にヘンリー・スペンサー(後にサンダーランド伯爵)と結婚。

彼女が座れば、草木はすべて彼女に対して頭を下げ、
彼女の周りに集まり、あずまやを造る。
また彼女が歩けば、それらは規則正しく列をなし、
忠実な家臣の、きれいに整列した一団となる。
そのようにアンフィオンも、石や木材を躍らせ、
ばらばらに山積みされた状態から美しい形を造り上げた。(3)
彼女の身体の均衡に見られる力は
音の諧調が生み出す力のようだ。

　高く聳えるブナの木たちよ、この比類ない婦人に語れ、
たとえお前たちがまとめてくべられ、一つの炎が掻き立てられようと、
彼女の目が私の心に燃え立たせた炎の
厘毛にも及ばない、と。
さあ、君、向こうの木まで行って、その樹皮に
この情熱を刻み込んでくれ。気高いシドニーの生誕を記念した
聖なる印の木だ。(4) 彼が誕生した時、吉兆の、

(3)「国王によるセント・ポール寺院修復に寄せて」一一一二行でも類似の表現が用いられている。

(4) サー・フィリップ・シドニーは一五五四年にこのペンズハーストで生まれた。ベン・ジョンソン「ペンズハースト館に寄せて」一三一一六行参照。

不滅のものを生み出す星々が輝いたので、
その星々はそこで永久の証になるしかない、
つつましい愛の記念碑の、その契りの証に。
それは、相手を称える許しをただ請うだけで、
それ以上を決して望むことのない男[5]のつつましい愛なのだ。

（5）詩人自身を指す。

解　説

この詩は、ウォラーが亡命中の一六四五年に出版した詩集に収録されているものである。ペンズハースト（Penshurst）はイングランドのケント州にある館で、トンブリッジ（Tonbridge）近郊にある。一四世紀に建てられ、ヘンリー八世を含む何人かの手を経て、一五五二年以降はシドニー家の邸宅となった。ウォラーがこの詩を執筆した当時は、第二代レスター伯ロバート・シドニーが当主であった。彼は、詩人サー・フィリップ・シドニーの甥で、メアリー・ロウスの弟でもある。ベン・ジョンソンもこの邸宅をモチーフにした詩「ペンズハースト館に寄せて」（"To Penshurst" 一六一二）を書いていて、このウォラーの詩はジョンソンの詩に触発されて書かれたものである。ただベン・ジョンソンの方は、動植物等が具体的に列挙されるなど細かい情景描写を含み、また田園に見られる理想的で豊

かな共同体やそこで見られる歓待の精神を表現しながら間接的にその家主を称賛しているのに対して、ウォラーの方では、ペンズハースト邸の敷地の描写以上に「サカリッサ」即ちドロシー・シドニーへの愛が前面に出ている。またベン・ジョンソンが執筆した当時は、館の主人はまだ第二代レスター伯の父リール子爵（後に初代レスター伯）ロバート・シドニーであった。しかしともに「邸宅詩」（estate poem）、あるいは「カントリー・ハウス詩」（country house poem）として分類でき、敷地と人物が不可分に結びつき、敷地を称賛することでそこに住む人物を称賛するというメトニミックな手法をとっている。トマス・ケアリーの「サクサム邸に寄せて」（"To Saxham"）やアンドルー・マーヴェルの「アプルトン邸に寄せて」（"Upon Appleton House"）もこの系譜に連なる。

作品中で言及されている「サカリッサ」ことドロシー・シドニーは、ペンズハースト当主ロバート・シドニーの長女で、その美貌と知性で評判の女性であった。ジョン・オーブリーは、ウォラーが彼女を非常に深く愛していたので、彼女と結婚できなかったことで精神に異常をきたしたほどだったと記録している。しかし少なくとも作品からは、彼女への愛が非常に甘美に詠われてはいるが、それほどの切実さは伝わってこないかもしれない。ウォラーの彼女への求婚は財産目当て、あるいは有力者との縁故を目的としたものだったと考える者すらいる。その真偽はともかく、一人の女性に対する愛を、彼女が住む敷地の描写と融合させて表現する巧みさにおいて、この詩は非常に高く評価されるべきものである。なおウォラーには、本詩と同じ題名の詩がもう一つあり、同じくドロシー・シドニーへの愛を詠っている（一六四五年詩集に収録）。ただしこちらは、詩人の愛に応えてくれない女性のつれなさを託つ内容となっている。また「ペンズハースト館にて」という題名にも関わらず、ペンズハーストへの言及は冒頭の数行に限定されている。

国王によるセント・ポール寺院修復(1)に寄せて

伝道者パウロ(2)を乗せた船はメリタ(3)の海岸で難破したが
その船も、「時」の海の中で難破した彼の寺院よりは
酷く破壊されなかっただろう。
その寺院はわが国の誇り、その崩壊はわが国の犯罪。
この幸福な島グレートブリテンを統べる最初の王(4)は
その立派な建物の荒廃に心動かされ、
その修復という不廉の、敬虔な作業が始まり、
彼の輝かしい息子（チャールズ一世）がそれを成就した。

(1) セント・ポール寺院はジェイムズ一世の時代には荒廃していた。ジェイムズ一世は寺院修復のための委員会を一六二〇年に立ち上げたが、チャールズ一世のもとで一六三三年に改めて修復委員会が発足するまでは修復作業は実質的には進まなかった。

(2) 囚人として聖パウロ（セント・ポール）をローマに護送していた船はマルタ島で座礁した（『使徒言行録』二七章四一）。ウォラーは、この座礁して破損した船

賢明な父の広い心に浮かんだ全てのことを
その息子は見事に完成させたのだ。
彼は、アンフィオン[5]の如く、これらの石を躍らせ、
ばらばらに山積みされた状態から美しい形を造り上げた。
彼の統治の巧みな技には、
音楽の諧調のような力があるからだ。
　かの古《いにしえ》の吟遊詩人たち[6]は、確かにチャールズのような王だった。
都市は彼らのリュート、臣民の心は弦だ。
その弦を彼らは神々しい手でかき鳴らし、
その息吹から一致した動きを生み出す。
そのように我々すべての心は、王の心と一つになって、
異教徒伝道の偉大なる使徒を美しく飾り、
その威厳を霞ませる小屋を取り払う。それらはまるで鎖のように
再びパウロを縛り、彼の足枷になっているかのようだった。
しかし今、王の命により、聖人はそれから解放され喜ぶ、

と、歳月によって破壊されたセント・ポール寺院を重ね合わせている。パウロは当初キリスト教を迫害していたが、後に改宗し異教徒への布教活動に従事した。

（3）マルタ島の古名。

（4）ジェイムズ一世のこと。ジェイムズはスコットランドでは六世として、イングランドでは一世としてその両国の王を兼ねた。

（5）ゼウスの子で、ニオベの夫であるが、彼は、双子の兄弟である大力無双のゼトスと一緒に、七つの城門を持つ有名なテーベの城壁を築いたといわれる。その際、ゼトスが背負って石を運んだのに対して、アンフィオンは竪琴を奏でその美しい音色で石を動かし築城に貢献した。ウォラー「ペンズハースト館にて」一七―一八行参照。

（6）アンフィオンやオルフェ

かつて蝮が彼の聖なる手から振りほどかれたように(7)。
そのように、その古びた樫の木は、傷ついた脇腹から
絡みつく蔦が切り離されて喜ぶ(8)。
　もし野心家であったならば、むしろ何らかの新しい建物を建て、
その名声を我が物にしようとしたであろう。
大きく隔たった二つの美徳が一つの行為に見られる。
彼の精神の謙虚さと偉大さだ。
その精神は、それ自身の価値に守られて、
すべてを損なう時代の狂乱や侵害に
超然とすることを潔しとせず、より高く登り、
「時」の口に半ば飲み込まれたものを
元通りにする。それは彼の偉大な計画の印。
新しい教会を建てるのではなく、古い教会をきれいにするのだ。
彼の精神は、強引な理屈や武力によるのではなく、
伴侶のように、美しい優しさをもって命じる。
なぜなら、不確かな理屈を理解できる人はほとんどいないし、

ウスを指す。

(7) パウロたちは難破したマルタ島で寒さをしのぐために焚火をたいたが、パウロが一束の枯れ枝を集め火にくべると、一匹の蝮が彼の手に絡みついた。彼はその蛇を火の中に振り落とし、何の害も受けなかった(『使徒言行録』二八章三―五)。

(8) セント・ポール寺院修復が企図された当時、多くの建物が寺院に隣接して建っていて修復のための足場を組むのに障害になっていた。特に問題だったのが寺院の南西に隣接していた教区教会の聖グレゴリー教会で、寺院と壁を共有していた。それが教区民の反対をおして一部取り壊されたのが一六三八年である。

戦争は、修復すべき時に破壊をもたらすからだ。
しかし美は、無血の征服で、どんな野蛮な精神にも、
統治者として歓迎されるのだ。
　またシバの女王が驚く眼差しで見た
ソロモンの業績のいかなるものにも勝るとも劣らないものは
彼が建造する船や建物。それらは
度量においても技量においても優れた彼の心の象徴であった。
　慈悲深い天は、この修復作業を見守る間、
雨を降らすことすら忘れ、人々は久しく雨を望んだ。
天は、その作業の方が生きるための糧よりも重要であることを
わからせようとしているかのようだった。
　太陽は東から昇り、すでに修復済みの聖歌隊席に挨拶をするが、
西に沈む時に驚嘆するのは、
いかに個人の施しがこんなに広く及び得るかということ。
チャールズは国王として全てを建てたが、西玄関(9)は私人として奉
　納した。

エドマンド・ウォラー

(9) イニゴー・ジョーンズの設計による西の柱廊玄関。建築にあたってチャールズ一世が個人として資金を提供した。なお聖歌隊席は東の祭壇近くにある。ここでは太陽が昇る時にまず東からセント・ポール寺院を眺め、沈む時には西から寺院を眺めている様子が描写されている。

信仰に捧げられたその建造物のあまりの壮麗さに、
天は脅威を感じると同時に感謝もするのだ。
　神々を雇っていたラオメドンも、[10]
ネプチューンも、聖なる太陽を司るアポロンと力を合わせても、
これほどの建物を造ることはできないだろう。トロイの城壁がこ
　れほど高かったら、
アトレウスの息子たち[11]は天空を攻める方がまだ容易だったろう。
　我が国の近隣の王たちは驚愕したが、同時に喜んだ。
そのような莫大な力が平和的な事物に使われたのだから。
彼らはその力を戦場で使わせるようなことは望まない。
破壊する方が、建設するよりも容易なのだ。

　「このようにして国王たちの寵愛は
詩神《ミューズ》の技により得られてきたのである」（ホラティウス）[12]

（10）トロイの王。トロイに堅固な城壁を築いてくれるようにアポロンとネプチューンに依頼したが、完成後に報酬を支払うことを拒んだために娘のヘシオネを生け贄として要求された。

（11）アトレウスはギリシャ神話の英雄。ペロプスの子で、ミケーネの王。「アトレウスの息子たち」とはトロイ戦争でギリシャ軍の総大将を務めたアガメムノンとその弟メネラオスのこと。

（12）ホラティウスの『詩論』（*Ars Poetica*）からの引用（"Sic gratia regum / Pieriis tentata modis" 四〇四―四〇五行）。この引用部分は一六四五年詩集にはなく、後に加筆された。なお行頭の "Sic"（このようにして）はウォラーが付け足した語である。

解　説

この詩が出版されたのは、ウォラーが亡命中の一六四五年であるが、それ以前の一六四二年に出版されたジョン・デナムの『クーパーの丘』が「セント・ポール寺院よ。一人の詩人が先ごろお前を謳ったが、／その詩神は、素晴らしくもお前の高みに到達し、飛翔した」（一九―二〇行）とこの詩に言及していることからも、四二年の時点ですでに執筆され原稿の形で広く読まれていたことがわかる。ウォラーはこの詩の中で、国王チャールズ一世の偉大さをセント・ポール寺院の修復事業と関連させながら象徴的に語っているが、この国王賛美の詩は、発表されるや傑作として評判になった。

セント・ポール寺院はジェイムズ一世の時代にはすでに荒廃していたため、王は寺院修復のための委員会を一六二〇年に立ち上げた。しかし実際にはチャールズ一世のもとで一六三三年に改めて修復委員会が発足するまでは修復作業は実質的には進まなかった。チャールズ一世にセント・ポール寺院修復を献策したのは、当時ロンドン主教で（その後カンタベリー大主教）、その高教会的立場からピューリタンと鋭く対立していたウィリアム・ロードであった。それはセント・ポール寺院が、ロンドンの主教座聖堂として、国教会の監督制度（episcopacy）の要と考えたからである。大主教や主教が管区内の教会を監督するこの制度は、国王を頂点とする国教会のヒエラルキーに基づく宗教的支配に好都合であった。さらにそれは政治的支配と表裏一体となり、国王による専制支配の強化に資すると考えられたのである。

他方、監督制を廃止して国教会を徹底的に「浄化する」（purify）ことを望むピューリタンたちは、監督制の象徴ともいえるロンドン主教座のセント・ポール大聖堂をいったん解体すべきであると主張した。さらにピューリタンの影響力が強いロンドンでは、一六四〇年、約一万五千人の市民から議会に「根こそぎ請願」（Root and Branch Petition）が提出された。これは、「根と枝」のように全国的に張り巡らされた監督制による国教会体制を「根こそぎ」廃止することを目指したものであった。このようにロンドンでは、監督制の存廃を巡ってピューリタンと王党派が激しく攻防を繰り広げていて、その中でロンドン主教座のセント・ポール大聖堂は監督制を象徴する場所と見なされていた。したがってその大聖堂が「取り壊し」ではなく「修復」されるということには深い意味があった。それは国教会の現行制度を基本的に維持しつつ改善していくという方針を明確にすることだからである。

しかしウォラーがこの詩で強調していることは、その国教会体制の護持にあたって、武力による反対派への圧力は決して有効な手段にはなり得ないということである。ウォラーは理想的な国王像を提示するために、ギリシャ神話に登場する英雄アンフィオンを引合いに出している。彼は双子のゼトスとともにテーベの巨大な城壁の建設に貢献した人物だが、ウォラーは、力にものをいわせて石を運ぶゼトスではなく、竪琴の美しい音色の力、即ち音楽の調和の力によって石を積み重ねていくアンフィオンに理想的な国王像を重ねる。そして国民一人一人が、テーベの城壁を築き上げる一つ一つの石のように、全体として調和の取れた国家を形成するのである。

なおチャールズ一世の時代に修復されたセント・ポール寺院は、その後一六六六年のロンドン大火で焼失してしまい、現在の寺院は建築家クリストファー・レンによって再建されたものである。

ジョン・デナム

略伝

アイルランド王座裁判所の首席裁判官（Chief Justice）であった同名の父の一人っ子として一六一五年ダブリンに生まれる。オックスフォード大学トリニティー・コレッジ（Trinity College）、ロンドンの法学院（Inns of Court）の一つであるリンカーンズ・イン（Lincoln's Inn）で学び、弁護士の資格を得る。ピューリタン革命では王党派に属して議会派と対立した。内乱が始まると、サリー州北西部にあるファーナム城（Farnham Castle）の司令官に任ぜられたが、結局その城を守りきることができず議会派に奪われてしまい、彼自身の地所も没収されてしまった。その後デナムは大陸へ移るが、一六五三年に帰国、ソールズベリ（Salisbury）近郊のウィルトン（Wilton）にあるペンブルック伯爵の屋敷で丁重にもてなされた。そのペンブルック伯邸で後にデナムの伝記を書くことになるジョン・オーブリーと出会う。またウェルギリウスの『アエネイス』（*Aeneis* 前二九頃―前一九）第二巻を訳したのも同所である。

一六六〇年の王政復古に伴って国王よりナイトに叙され、また王室工事総監督（Surveyor General of the Royal Works）の職も与えられ、死ぬまでこの役職に就いていた。この地位はイニゴー・ジョーンズもかつて務めていた役職で（在職一六一五―四三）、後にロンドン大火で焼失するセント・ポール寺院の再建を担当することになるクリストファー・レンがデナムの助手を務めた。またセイラム（Sarum）選出の国会議員にもなり、王立協会（Royal Society）の会員にも選ばれた。晩年、非常に若く美しい再婚相手がヨーク公爵の愛人になったことが恐らくきっかけで一時精神に異常をきたし、サミュエル・バトラーに風刺されたが、その後再び正気に戻り、自分と同じ王党派に属していたエイブラハム・カウリーの死（一六六七）に際しては追悼詩を書いた。またその同じ年、デナムの妻も他界しているが、その死因に関しては、デナムによる毒殺であったとの噂が付きまとい、サミュエル・ピープスの日記にも言及されている。デナム自身もそれから程ない一六六九年に死去し、遺体はカウリーと同じくウエストミンスター寺院に埋葬された。

文学上の業績としては、上記の追悼詩「カウリーが逝去し、往古の詩人と一緒に埋葬されたことに寄せて」（"On Mr. Abraham Cowley his Death and Burial amongst the Ancient Poets" 一六六七）、ウェルギリウスの『アエネイス』の翻訳（一六五六）の他に、「ストラッフォード伯の裁判とその死」（"On the Earl of Strafford's Tryal and Death" 一六六八）、「クルック判事の死を悼む」（"Elegy on the Death of Judge Crooke" 一七九〇）、ブランク・ヴァースによる史劇『ソーフィー』（*The Sophy* 上演一六四一、出版一六四二）などがあるが、今日最も知られている作品は、ヒロイック・カプレット形式を巧みに用いた『クーパーの丘』（*Cooper's Hill* 一六四二）で、この作品はサミュエル・ジョンソンによって地誌詩の嚆矢と目され、多くの詩人に影響を与えた。デナムが死去する前年の一六六八年には詩集『詩と翻訳』（*Poems and Translations*）が出版された。

デナムの伝記的記述に関しては、同時代人による証言であるジョン・オーブリーの『伝記』（*Brief Lives*）があり、より詳細なものとしてはブレンダン・オヒアの『不調和からの調和』（*Harmony from Discord*）がある。詩集としては、セオドア・バンクス編の詩集（*The Poetical Works of Sir John Denham*）があるが、『クーパーの丘』の版の比較については、オヒアの『眼前に広がる象徴的文字』（*Expans'd Hieroglyphicks : A Critical Edition of Sir John Denham's Coopers Hill*）が重宝である。

『クーパーの丘』の訳はオヒアの『眼前に広がる象徴的文字』に収録されている一六六八年版テクストを底本とし、「クルック判事の死を悼む」と「ストラッフォード伯の裁判とその死」の訳はバンクス編の詩集を底本とした。

クーパーの丘

ジョン・デナム

「読者へ」

皆さんは今までこの詩を目にしたことがあったでしょうが、実は
　目にしてないのです。
というのも、この詩には今までで五つの版[1]がありましたが、
あなたが手にしているこの版が、唯一の正真正銘の版だからで
　す。
以前のものは、同じ間違った稿本の、殆ど単なる複写でしかなか
　ったのです。
その誤った稿本は、著者が長期にわたってこのロンドンを離れて
　いる間に、
いつの間にか印刷業者の手に渡ったのです。
私は、(原作を読んだことがあったので) このような立派な詩が
このように野蛮に扱われているのを見るのに耐えられなかったの

(1) この版も含めて「五つの版」と表現していると考えられる。つまりこの詞書が付されている一六五五年版と、その前の一六四二年版、一六四三年版、一六五〇年版、それに今は散逸してしまっているもう一つの版を指している。

です。

だからこそ私は、著者自身の原稿から直接この完璧な版を
入手したのです。そのことは、王の牡鹿のあの素晴らしいアレゴ
　リーが
（何よりもこの箇所が転写の際に削除されてしまったのですが）
新たに余分な語句や比喩表現を他から持ち込んだりせずに
巧みに保存されていることでお分かりだと思います。
そのような加筆は、自ら創作できないくせに
書くのをやめられない人によく見られるやり方なのです。

拝具
J. B.(2)

パルナッソス(3)の山で夢想したこともなければ、
ヘリコン(4)の小川を味わったこともない、
そういう詩人が確かにいるのだから、こう考えてもいいだろう、
それらが詩人をつくるではなく、詩人がそれらをつくるのだと。

(2) この詞書は一六五五年版に初めて付された。ただしこの版が唯一の正しい版であるというこの詞書の主張が正しくないことは、オヒアが詳細に論じている(*Expans'd Hieroglyphicks*)。なおJ. B. なる人物がどのような人物か、またデナムやこの版の出版者であるハンフリー・モウズリー (Humphrey Moseley) といかなる関係にあったかは不明。

(3) ギリシャ中部の山。アポロとミューズの聖地。

(4) アテネ北西部の山。パルナッソスと同じく、アポロとミューズが住んだといわれる。詩人の霊感の泉といわれるヒッポクレーネー (Hippocrene) とアガニッペー (Aganippe) がある。

宮廷が王をつくるのではなく、王が宮廷をつくるように、
詩神《ミューズ》とその供回りが赴くところ、
パルナッソスが現れるのだ。私がお前に対して詩人になり得れば、
その時お前は私のパルナッソスとなる。
もしも（幸運をもたらすお前の高みから飛び立ち、
私は有利に飛翔できるのだから）
道なき道を、大空の小道を、目で見渡す以上に
空想で限りなく飛んだとしても、何の不思議があろうか。
私の目が、思考に劣らず素早く間に横たわる空間を縮め、
まず迎え入れるのは、かの神聖な建築物を頂いた場所。
その建物は、非常に巨大で、高く聳えているため、
大地に属しているのか、大空に属するのか
判然としないほどだ。堂々と聳え立つ山のようにも、
天から降りてくる雲のようにも見える。
セント・ポール寺院よ、一人の詩人が先ごろお前を謳ったが、(5)
その詩神《ミューズ》は、素晴らしくもお前の高みに到達し、飛翔した。

(5) エドマンド・ウォラーの詩「国王によるセント・ポール寺院修復に寄せて」への言及。

お前の存在はこれからも、たとえ剣や時や炎が、
またそれ以上にすさまじい激情が一緒にお前の崩壊を企てようと、
ゆるぎないだろう、最高の詩人がお前を称え、
最高の国王がお前を荒廃から守る限り。
その誇らしい建物が見下ろすところにシティが広がり
丘の裾野の霧のように立ち昇っている。
その威容と富、その商況と雑踏は、
遠方のここから見れば、ますます薄暗い雲にしか思えない。
しかし物事を正しく評価する人の目には、
実際にも、見かけと何ら変わりないことがわかる。
そこではやり方は違っても、みな一様に忙しく動き回っている、
ある者は他を滅ぼすために、ある者は他に滅ぼされるために。
一方奢侈と富は、ちょうど戦争と平和のように、
それぞれ相手を破滅させると同時に増大させる。
それは海に流れ込む川の水が、地下の水脈によって再び
そこから上流に運ばれ、また海に注ぐのに似ている。

ああ、俗世に煩わされることなく、しかも害をなすこともなく
心地よく満足して隠棲することの何と幸せなことか。
次にウィンザーが（そこはマルスがヴィーナス(6)と、
美が力と一緒に住まうところ）谷間を見下ろすように聳え、
我が視界に入ってくる。その姿は
穏やかで自然な勾配と共に現れ、
切り立った断崖が人の近づくのを拒むこともなく、
恐怖で私たちが目を背けることもない。
その高みは、その景色を見る者に、
喜びと畏敬の念を同時にもたらす。
お前は権勢を誇る主人の象徴であるが、彼の容貌には
威厳ある上品さによって際立った優しさが感じられた(7)。
お前の高みはそのように見えて、ただひたすら
かの立派な荷を支える(8)礎《いしずえ》であることを誇っているようだ。
これよりも高貴な重荷を担っている山は、地球を支えるアトラス(9)
　のみ。

ジョン・デナム

(6) マルスはローマ神話の戦の神でギリシャ神話のアレスに相当する。ヴィーナスはローマ神話の美と愛の女神で、ギリシャ神話のアフロディーテーに相当する。マルスはチャールズ一世を、ヴィーナスは王妃ヘンリエッタ・マライアをそれぞれ指している。
(7) 「感じられた」と時制が過去になっていることは、デナムがこの稿をチャールズ一世の処刑後に書いたことを示唆している。
(8) ウィンザー城のこと。
(9) ギリシャ神話のアトラスは、ゼウスに反抗したために罰として世界の西の果てで天空を肩に担ぐ役目を課せられた巨人神。北西アフリカのアトラス山脈と同一視されるようになった。

それ以外のいかなる山もそのような重荷を背負ってはいない。
「自然」の手がこのウィンザーという地を示した時、
それは単なる偶然よりも賢明な力により導かれた。
この地がこのような用途で用いられるために選ばれたのは、
まるで建築者を招いて、彼の選択を先んじて行うかのようである。
それに我々が選ぶものを拒めるのが愚かさと盲目だけの場合は、
それを選択と称することもできないのだ。
かくも威厳に満ちた塔の王冠が
神々の偉大なる母(10)を飾る。
神々はその母に敬意を表するが、それでも彼女は、
あまたの天の軍勢に囲まれながらも、
ウィンザーほどは多くの英雄を誇ることができず、
名声の不滅の書にもそれ以上に多くの高貴な名前は書かれていない。
このブリテン島が、このように立派な建造物の最初の栄光を

(10) 自然の女神で、神々の母とされるキュベレのこと。キュベレは古代フリギアを中心に小アジアで崇拝されていた。ギリシャ神話のレアに相当する。
(11) ローマの将軍ユリウス・カエサルは、紀元前五五年と五四年の二度にわたってブリテン島に侵攻した。
(12) ブルートはブリトン人の伝説上の祖で、ブリテン島

誰に負っているかは、それほど昔に遡るまでもない。
それがカエサル(11)であれ、アルバナクトであれ、ブルート(12)であれ、
ブリトン人のアーサー王(13)であれ、デーン人のカヌート(14)であれ、
（これは昔から、ホメロスの出生地を巡って
七つの町が争ったのに劣らず論争を引き起こしたが）
（出生においてだけでなく、名声においてもお前はホメロスに劣らない、
もし私の創作の情熱が彼と同じなら、彼とお前の運命は同じになるのだから）
それが誰であれ、「自然」が考えたのは
最初に素晴らしい場所、次に同様に素晴らしい心の持ち主。
ウィンザーを揺り籠とし墓にもしてきた国王たち、
このような数名の国王については語らずとも、
語るべきは、あなた（偉大なるエドワード）とあなたにも増して偉大なる息子(15)
（その父が身に付けた百合(16)を彼が勝ち取ったのだ）

の名は彼に由来する。トロイの英雄でローマ建国の礎を築いたとされるアエネアスの子孫といわれる。アルバナクトはブルートの息子。

(13) 古代ブリトン人の伝説的英雄王。

(14) デーン人でイングランド王（一〇一六―三五）兼デンマーク王（一〇一八―三五）兼ノルウェー王（一〇二八―三五）。

(15)「偉大なるエドワード」とはエドワード三世のこと。彼の「偉大なる息子」と称えられているのは百年戦争で指揮官として活躍したエドワード黒太子。

(16) エドワード三世は、仏王フィリップ四世の孫としてフランスの王位継承権を主張し、フランス王家の家紋である百合の花（Fleur-de-lis）を自分の紋章として身につけていた。

それにあなたのベローナ(17)。彼女は王妃としてやって来たが、
ただあなたの臥床に来たのではなく、あなたの名声を増すために
　　来たのである。
王妃は、一人の国王を捕虜としてあなたの勝利に捧げ(18)、
もう一人の捕虜をつれてくる息子を生んだのである(19)。
それからあなたは、かの勲章(20)を創設した。
(国王としてのあなたの思いを動かしたのが愛であれ、勝利であ
　　れ)
それぞれが高貴な動機であり、他ならぬその意図《デザイン》が
大きな成功になったのだ。
その勲章を外国の王や皇帝たちは、
自身の王冠に次ぐ名誉と見なす。
もし偉大な運命の女神が、あなたに未来を知る能力を与えていた
　　ならば、
その運命の意志を実行するだけでなく知る能力を与えていたなら
　　ば、

(17) ベローナはローマ神話で戦の女神。マルスの妻とも妹とも言われる。ここでベローナに擬されているのは、エドワード三世の王妃で黒太子の母であるフィリッパ・オヴ・エノーである。

(18) 王妃フィリッパは、夫エドワード三世が大陸で対仏戦争に従事している間にスコットランド軍がイングランドに侵攻してきた際、イングランド兵士を前に熱弁を振るって彼らを鼓舞し、ネヴィルズ・クロスの戦い(Battle of Neville's Cross 一三四六)でイングランドを勝利に導いた。イングランドはこの戦いでスコットランド国王デイヴィッド二世を捕虜とした。

(19) エドワード黒太子は、ポアティエの戦い(Battle of Poitiers 一三五六)でフランス軍に圧勝し、仏国王ジ

そしてあなたが捕虜にしたこの二人の国王から、
後世に、国王夫妻(21)が生まれることを知っていたならば、
その国王夫妻が、あなたの絶大な力や
あなたのもっと大きな欲望が貪った全てのものを所有し、
彼らのもっと幸せな運命が、勝者が望み敗者が恐れる全てのものを
彼らのために残していることを知っていたならば、
あなたとあなたの偉大なる大父(22)が流した血は、
それにその後これら姉妹国家が流した全ての血は、
流されなかったであろう。もしも幸運なエドワードが
自分が流した血が全て自分自身の血であったことを知っていたならば(23)。
戦士でもあり殉教者でもある守護聖人(24)を
彼が選んだ時、そしてその紋章を
青色で縁取った時、彼は一人の人物(25)を
まさに予告し、予言していたようだ。

ャン二世を捕虜とした。

(20) ガーター勲章（Order of the Garter）のこと。この勲章は、ヨーロッパ最古の勲章としてエドワード三世により一三四八年に創設された。

(21) チャールズ一世と王妃ヘンリエッタ・マライア。

(22) エドワード一世。彼はスコットランドに侵攻し、一度は　スターリング・ブリッジ の 戦 い（Battle of Stirling Bridge 一二九七）でスコットランドの英雄ウィリアム・ウォーリスに敗れはしたものの、翌年彼をフォールカークの戦い（Battle of Falkirk）で破り、以後スコットランドに対して徹底的な弾圧を加え、多くのスコットランド人の命を奪った。

(23) エドワード三世は、スコットランド王デイヴィッド二世とフランス国王ジャン

その人物は取り囲む海をその領土に加えたのだ。
海は、「自然」が最初にその領土の国境としたところ。
その国境である海は、それ自身無限なものとして、
そのしなやかに流動する腕《かいな》を世界の果てまで伸ばしている。
またその人物は我々が描くような表象を必要としない。
彼自身戦士であり、聖人でもあるからだ。
私の驚嘆と称賛はこの場所にこそ留まるべきである。
しかし私の彷徨う視線は、私の固定された考えに背き、
近くの丘[26]に向かう。その頂上には、先ごろ
教会堂が建てられたが、あらゆるものの運命として
近くにあった修道院は終に壊崩してしまったのだ。（このような
　嵐が、
廃墟を修復せねばならない私たちの時代を襲わないように。）
教えてくれ（私の詩神《ミューズ》よ）どのようなものすごい、恐ろしい無礼
　が、
一体いかなる罪が、キリスト教徒である国王を

二世を捕虜にしたが、前者からスチュアート家が生まれている。つまりチャールズ一世の祖先である。また後者、即ちフランス王の血筋を、ヘンリエッタ・マライアは受け継いでいる。彼女はブルボン朝を創設した仏国王アンリ四世の末娘で、彼女にはフランス王家の血が流れているのである。結局エドワード三世は、そうとは知らずに、将来のイギリス王家の祖先を敵に回し、彼らを捕虜にしたのである。

(24) 三世紀に活躍したカッパドキア出身の聖ジョージ。伝説によると、キリスト教徒で兵士だった彼が、シレナという町の郊外の沼地を馬で通りかかった時、その土地の王の娘が竜の生贄にされかかっているところを救い、その後シレナの町の人をキリスト教徒に改宗さ

これほどまで怒らせるのか。それは奢侈か、色欲か。
それでは国王は節度を守り、純潔で、義に適っていたのか。
奢侈と色欲が彼らの罪だったのか。それらはむしろ国王自身の罪だった(27)。
しかし豊かさは、困窮している国王にとっては十分な罪だった。
国王は、王室の財産を使い切ってしまい、
自分の贅沢を満たすために、彼らの贅沢を咎める。
しかしこのような行為も、聖所破壊という恥を取り繕うためには
敬虔という名目を持たねばならない。
どんなに大胆であっても、本当は善であると、
少なくとも見かけは善であると思われたくない罪はない。
悪事を働くことを恐れぬ者でも、評判を恐れ、
また良心が痛まなくとも、名声の奴隷となる。
こうして彼は教会を保護し、かつ略奪する。
しかし国王の剣はペンよりも鋭い(28)。
このようにして、彼は過去の時代に償いをし、

せた。彼は三〇三年頃、当時ローマ皇帝であったディオクレティアヌスとマクシミアヌスのキリスト教徒迫害のために現在のイスラエルのあたりで殉教したと伝えられている。エドワード三世はガーター勲章を制定した時、ガーター勲爵位団の守護聖人として聖ジョージを選んだ。

(25) チャールズ一世のこと。

(26) クーパーの丘の南東に位置するセント・アンの丘。その上に、ヘンリー八世の宗教改革によって解体されたチャーツィー修道院の廃墟がある。

(27) ヘンリー八世は生涯で六度も結婚している。また彼は宗教改革で全国の修道院を解散し、その莫大な財産を王室に移した。

(28) 「国王の剣はペンよりも鋭い」と訳出した箇所の原文は "Princes swords are

その彼らの慈善施設を破壊し、彼らの信仰を口先で擁護するのだ。
その頃宗教は、怠惰な庵の中で、
空しい、空虚な瞑想に耽っていた。
そして木片のように、全く活動せずにいた。しかし今の宗教は
逆に活発すぎて、コウノトリのように何でも貪るのだ。(29)
かつての時代の寒帯と今日の熱帯との間に
我々が知りうる温帯がないのだろうか。
私たちは、嗜眠《しみん》に陥って見る夢から目覚めると必ず、
もっと悪い極端な状況で不安にならねばならないのか。
その嗜眠《しみん》に対しての唯一の治療法は、
熱射病に罹ることだけなのか。
人間の知識には限界がなく、ただ際限なく広がり、
私たちに無知を望ませるほど知識が増えねばならないのか。
そして私たちに、日中、間違った案内人で道に迷うより、
暗闇の中を手探りで進むことを望ませるのか。
この荒涼とした瓦礫の堆積を見て、いかなる野蛮な侵略者が

sharper than their stiles" であるが、ここで用いられている stiles (styles) は、「ペン」と「称号」の二つの意味をかけた地口である。ヘンリー八世は一五二一年に、ルターのプロテスタンティズムに反駁して『七つの秘跡の擁護』(*Assertio Septem Sacramentorum* 一五二一)を執筆し、「信仰の擁護者」(*Fidei Defensor*)という称号を教皇レオ十世から授かった。つまり stiles は「ペン」と解することで『七つの秘跡の擁護』の執筆を、「称号」と解することで「信仰の擁護者」の肩書きを指すことになる。「国王の剣はペン(称号)よりも鋭い」とは、国王が執筆によって論陣を張り、その称号の威光によって反論するより、武力で攻撃する方が破壊力があるということを意味してお

この地を略奪したのかと尋ねない者がいるだろうか。
この荒廃をもたらしたのがゴート族でもトルコ人でもなく
キリスト教徒の王であると聞く時、
現代の最も優れた行為と当時の最悪の行為の共通点が
熱狂という名に他ならない時、
現代の聖物破壊を免れるものなど考えられようか。
今日の信仰の結果がそのようなものなのだから。
怒りや恥辱や恐怖を感じつつ、私の視線はこの場所から離れるが、
怒りと恥辱は過去に対して、恐怖は近い将来に対して抱くのだ。
その視線は、丘から下り、眼下の景色に、
テムズ河が肥沃な流域を彷徨うところに向かう。
海の息子である数多くの川の中で最も愛されているテムズ河が、
その太古からの父に抱かれようと、そこに注ぎ込む。
捧げ物を父なる海に献じるために急いで流れるその様は、
私たちの限りある命が「永遠」(30)に向かうのに似ている。
テムズ河は、かの有名な外国の大河とは違って、

り、実際にはヘンリー八世による修道院破壊に言及している。

(29)「木片」と「コウノトリ」の喩えはイソップの寓話に基づく。蛙たちがジュピターに自分たちの王様が欲しいと要求すると、その願いが聞き入れられ、彼らの王として木片が与えられる。しかし蛙たちは刺激のない生活に飽きて、再びジュピターに新しい王を要求すると、今度はコウノトリが与えられ、それによって蛙たちは全て食べられてしまう。詩の中では、木片を崇める蛙たちは、ヘンリー八世の時代のカトリック教徒である。それは情熱のない、全く沈滞した宗教である。それに対して、今日の熱狂的なピューリタンは、コウノトリを崇める蛙に喩えられている。その宗教は、蛙を食い尽くしたコウ

泡沫は琥珀の如く輝かず、川床の砂は砂金ではないが、
テムズ河の真の、さほど罪深くない富を探そうとするならば、
その川底ではなく、その流域を探すがいい。
その流域に、テムズ河はその大きな翼を優しく広げ、
やがて来る春のために多くのものを抱き温めているのだ。
またテムズ河は、赤子に添い寝して窒息させてしまう母のように
溺愛することによってその豊かな恵みを台無しにすることもない。
気前のいい王のようにいったん富を与えておいて、
その後に猛烈な波で突如それを奪い取るようなこともない。
予期せぬ氾濫が、収穫者の希望を台無しにすることも
耕作者の労苦を嘲笑うこともない。
ただ神の如く、弛みなく恵みを与え続ける。
まず自ら行うことを愛し、次に自分が行った善を愛するのだ。
またテムズ河の恩恵は、岸辺だけに限られるのではなく
海や風のように、自由に惜しみなく、遍く行き渡る。
そしてテムズ河は、感謝を示すその流域の豊かな貢物を蓄え、

ノトリのように、人々を飲み込んでしまう。

(30) テグス河（the Tagus）とパクトロス河(the Pactolus)。テグス河はスペイン中部からポルトガルを経て大西洋に注ぐイベリア半島最長の川。またパクトロス河は小アジアにある川で、かつてその流域にリディア王国が栄えた。古来この二つの河は砂金を産出することで有名。

それを誇り、そして広く分け与えるために、
世界を訪れ、そして疾駆する帆船に載せて、
世界の貢物を我が国にもたらし、東西両インドを我が国のものと
　する。
富あるところに富を見出し、富なきところに富を与える。
荒地に都市をつくり、都市に森をつくる。
その結果、私たちに馴染みないものも私たちの知らぬ場所もなく
　なり、
テムズの美しい水面は、世界の取引の場となる。
【ローマは世界の半分しか征服できなかったが、貿易は
ローマと世界から、一つの国家をつくりあげたのだ。
太陽は、その光を全てのものに与えても、
最も惜しみなく浴びせるのは近くのもの。
しかし交易は、神と自然が不公平に見えないように、
全ての場所で、全てのものを増やしていくのだ。(31)】
ああ、私もお前のように流れたい。そしてお前の流れを

(31) 一八八行と一八九行の間に挟まれたこの六行は、デナムが自分の所有していた一六六八年版詩集の中に直筆で書き込んだ詩行である。

私の優れた模範にしたい。お前の流れこそ私の主題なのだから。
その流れは深く、しかし澄んでいて、穏やかながらも澱むことはない。
荒れることなく力強く流れ、溢れることなく豊かに水を湛えている。
天はもうエリダヌス河[32]を誇ることもない。
その名声は、小さな支流さながら、お前の名声の中に埋没するからだ。
より気高いお前の流れは、ジュピター[33]の住まうところに向かい、
星々の中で輝き、そして神々を浸す。
ここで[34]「自然」が不思議で多様なもので喜ばせようとしているのが、
我々であっても自分自身であっても、いずれにせよ、
（というのも、驚異の事物は、それを見る人に対してだけでなく、
それを創った賢明な造物主の目にも同じく喜びを与えるからだ。
尤もこれらの喜びはそれぞれ違った原因から生じる。

(32) エリダヌス（Eridanus）は南天に輝く星座であるが、日輪車を御したパエトンがゼウスの怒りを買い、その電光で撃たれて墜死したギリシャ神話の伝説的な川でもあり、イタリアを流れるポー川（the Po）の古称でもある。
(33) ジュピターはローマ神話の最高神で天の支配者。ギリシャ神話のゼウスに相当。武器として雷を用いる。
(34) ウィンザーの森。

自分の子供に対してと友に対してとでは愛し方が違うのだから。）
賢明にも「自然」は知っていた、事物の調和は
音の調和と同じく、不調和から生じるということを。
かくの如き不調和こそ、形、秩序、それに美を、
最初に全世界に撒き散らしたもの。
乾燥と湿気、冷たさと熱が拮抗する中に
私たちの持つ全てが、私たちの全てが存在する。
ウィンザーの森の、険しく恐ろしい荒々しさが、
テムズ河の流れの穏やかな静けさと鬩《せめ》ぎ合う。
そのような大きな違いを、自然が一つに調和させる時、
そこから驚異が生じ、その驚異から喜びが生じる。
テムズの流れはとても透明で、純粋で、澄んでいるので、
たとえ自分に夢中になってしまった若者がこの川を見つめたとし
　ても、
間違って命を落とすことはなかったであろうに。
彼は、そこに自分の顔ではなく、川底を見ていたであろうから。(35)

(35) 水に映った自分の姿に憧れて溺死したギリシャ神話の美青年ナルキッソスに言及。

しかし天を衝く山[36]は、その傲慢な頭を
雲間に隠し、その双肩と脇腹は、
陰なすマントが覆う。山は眉をひそめ、
麓を静かに流れる穏やかな川を不機嫌に見つめる。
一方風と嵐が、その聳える山の額を打ちつける。
それは全ての高貴なる者に共通の運命。
山の麓に広大な平原[37]が広がり、
その山と川に抱かれている。
平原は、山から日陰と避難所を受け取り、
その一方で優しい川が平原に富と美を与えている。
そしてこれら全てが交じり合う中に多様性が現れ、
その多様性が、その他のあらゆるものの価値を増す。
この場所を、もし想像力溢れる古《いにしえ》のギリシャの、あるいはブリ
　　トンの詩人が
眺めたとしたら、いかなる物語を語っただろうか。
妖精やサチュロス[38]、それにその御供のニンフたち[39]の物語、

(36) クーパーの丘。「天を衝く山」("the aery Mountain") とあるが、クーパーの丘の高さは実際にはわずか二二〇フィートほどである。

(37) クーパーの丘の麓、テムズ河畔に広がるエガム・ミード (Egham Mead)。

(38) 酒神バッカスの従者で、酒と女の好きな半人半獣の森の精。

(39) 山、川、森などに住む少女姿の精。

彼らの宴や酒盛りや愛の炎に纏わるどのような物語か。
それは今日でも変わらぬが、彼らの幻想的な姿は
詩人の素早い視線でなければ捉えることができない。
そこにはファウヌス[40]とシルヴァヌス[41]の宮殿があり、
その場所を、角を持つ全ての動物たちが訪れ、
繁茂した草原の草を食む。その高貴な鹿の
崇高で陰になった額からすっくと伸びているのは
「自然」の優れた傑作。優れたものが如何に早く作り上げられる
　か、
しかしそれ以上に如何に早くそれらが滅びるかを示している。
私はここで国王[42]を見たことがある。王は、国務の合間に
気を紛らわし、心を休める機会を得た時、
年盛りの若者を従えて狩に出かけたのだ。
その若者たちの願望は、より高貴な獲物を貪る。
彼らは、称賛と危険で喜びを得ようとしていた。
そしてただ逃げるだけではない敵を求めた。

(40) ローマ神話で野原・森の神。ギリシャ神話のパンに相当する。

(41) ファウヌスと同じく、ローマ神話で森の守護神とされる。ファウヌスと明確な区別はなく、この神と同じくギリシャ神話のパンと同一視される。

(42) 一六五五年版、六八年版では"the King"となっているが、一六四二年版、四三年版、五〇年版では"our Charles"となっていて、国王チャールズ一世の名前が明示してある。

その牡鹿は、今や宿命的な成長を意識し、
恐怖心と怠惰の両方を満足させようと
ある暗い隠れ場に逃れていた。
そこにいれば、人の目も、また天の目である太陽の光も
穏やかな休息を妨げることはない。しかし猟犬と人間の
予期せぬ物音が、牡鹿の用心深い耳に届く。
その物音で目が醒めた彼は、自分の耳をほとんど信じられず、
自分の恐れによる幻聴が、この間違った警告を
発したのだと信じようとする。しかしすぐに彼の目は
自分の恐れている以上のことが真実であると確信させる。
森は囲まれ、自分の力は発揮できず、
あらゆる武器、破滅させるためのあらゆる手段に直面し、
彼は自分の力を、次に自分の素早さを思い起こす。
翼の生えた脚を、次に武器を備えた頭を思い起こしたのだ。
脚は自分の運命を避けるため、頭はその運命を決するためのもの。
しかし恐れが勝り、彼に自分の足を信じるように命じる。

彼は素早く逃げ、その振り返る目の視界から
追っ手は消え、その吼え声も聞こえなくなった。
彼は喜んでいたが、ついに鹿よりも遅い彼らの足を
より高貴な感覚が補っていることに気づく。
そして彼らに協力してしまった自分の足を呪う。その臭跡が、
その素早い動きが与えてくれた安全を売り渡してしまったのだ。
そこで彼は自分より身分の低い友を頼ろうとする。
彼は、つい先頃まで自分に従い、自分を恐れていた人々の中に、
己の安全を求める。しかしその連中は、本来の性質に反して抜け目なく、
彼をそこから追い返したり、彼から逃げてしまうのだ。
零落していく政治家のように、見捨てられ、
友の哀れみと追っ手の蔑みを受け、
恥ずかしくも思い起こされるのは、自分自身が
同じ仲間の一員だった頃にまったく同じことをしたこと。
そこから隠れ場へと、そして自分の気持ちをわかってくれる森へ

　と逃れていく。
そこは彼のかつての勝利の地であり、愛する人がいたところ。
彼は悲しみを抱きつつ、かつて自分が一人で歩き回ったその場所
　を、
その地の王として、そこの全ての連中を支配していたその場所を
　眺めた。
彼が勇敢な武者修行の騎士の如く、あらゆる人に戦いを挑み、
貴婦人を自分のものとしたのもその地であった。
森には、自分の恐ろしい挑戦の雄叫びと角がぶつかる音を
川に対してこだまするように教えたものだった。
しかし今では弱々しく、運命を決する戦いを避ける身だ。
かつては愛する女性のために命も惜しくはなかったが、
今ではどんな木の葉も、どんなそよ風も
敵に見え、全ての敵は死であるように思えるのだ。
疲れ果て、見放され、追い詰められて、ついには
安全を諦めたところにしか安全を見出せず、

そこから彼は再び勇気を取り戻し、彼らのあらゆる攻撃に
耐える決心をした。恐れても無駄なのだから。
今となっては遅すぎるが、この戦いのために彼は、
これまで不名誉な逃亡で費やしてしまった力があったらと願った。
しかし再び猛烈な追跡が開始され、
自分の後ろに猟犬が、猟犬の後ろに人間が迫っているのを見るや、
彼は直ちにその大胆な決心を取り消し、
以前抱いた恐怖心よりも自分の勇気を後悔する。
彼は、不確かな方法は安全ではないと知り、
迷いは絶望よりも大きな災いであると悟る。
そして彼は川に向かって逃げ下る。
友も力も素早さも術策も、何もかも役に立たないからだ。
追っ手の追撃は、川に飛び込むほど激しくはない、
水は彼らの激しさ以上に厳しい、と彼は考えたのだ。
しかし彼らは大胆にも追撃を続け、また川の水も

彼らの恐ろしい渇きを癒せない。ああ、彼らが渇望しているのは血なのだ。
だから鰭《ひれ》のような櫂を持つ何隻ものガレー船は、一隻の船を攻め立てる。
その船は、乗り出す海も推し進める風もなく、
ただ攻めてくる者に復讐するために立ち尽くす。
彼らは、絶望の中の最後の激しさに敢えて立ち向かうのだ。
そのように牡鹿は猛り狂った猟犬たちの中に突き進み、
その攻撃を蹴散らし、傷を負わされては傷を負わせる。
一人の英雄が自分より劣る敵に集団で囲まれ、
こちらの敵を攻撃したかと思えば、あちらの敵を攻撃する。
命は惜しまないが、卒伍の手にかかって死ぬことは
潔しとしない。しかし高貴な敵が近づくのを
遠くに認める時、その敵に向かって呼びかけ、
止めを刺してくれるように頼み、安んじて倒れる。
そういう英雄のように、牡鹿は、王が決して外すことなく

止めの矢を放った時、喜んで死んでいく。
その傷を誇りとし、その矢に命を委ね、
その深紅の血で、水晶のように澄み切った水面を染めるのだ。
この狩猟は、昔のもう一つの狩猟と比べれば罪がなく幸いであった。
その昔の、しかし同じ場所[43]で繰り広げられた狩猟では、
「正当な自由」が追われ、追い詰められて、
法の及ばぬ力の犠牲になったのだ。
その時、最後の、少なくとも最後であるべきだった解決策に
全ての希望が託されたのだった。
この場所こそ、あのマグナ・カルタが調印されたところ。
それにより国王は、全ての専断的な力を放棄する。
憎しみと恐れの名前である独裁者と奴隷は、
国王と臣下という幸せな名称になる。
この両者が中央に歩み寄る時、幸せとなる。
その時、国王は自由を与え、臣下は愛を与える。

(43) 鹿狩りが繰り広げられたエガム・ミードの一部であるラニミード。この場所で国王ジョンは、一二一五年、反乱貴族の要求に屈してマグナ・カルタに署名した。しかし当時の教皇インノケンティウス三世がマグナ・カルタを承認しなかったこともあり、ジョン王はマグナ・カルタを遵守せず、傭兵を集めて貴族たちに対抗した。マグナ・カルタによる和解は長くは続かず、それによって確認された「正当な自由」は追い詰められた、つまり反故にされる恐れがでてきた。マグナ・カルタは「血によって捺印されねばならなかった」のである(三三六行)。

それゆえに(44)マグナ・カルタの効力は長くは続かなかった。
国璽の捺印がなかったので、血によって捺印されねばならなかったのだ。
臣下が武装することで、国王はより多くを与えた。
臣下はその優位な立場によって、より多くを要求することとなった。
遂に国王は、与えることによって自らを放棄してしまい、
与えてはならない権力すら譲ってしまうのだ。
「強制されて与える者は、ただ臆病な自分自身を罵る。
感謝されず軽蔑されて与えるからだ。それは贈り物でなく略奪品なのだ。(45)」
だからこそ歴代の国王は、持てる以上のものを奪い、
まず圧制によって臣下を大胆にした。
すると人民の力は、受け取るのに相応しくないほど多くを、
無理矢理に国王から奪い取って、
同じように極端に走った。そして一方の極端は、

(44)「それゆえに」(Therefore) が何を受けているのかはわかりにくいが、「『正当な自由』が追われ、追い詰められて、／法の及ばぬ力の犠牲になった」(三二五―二六行) ことを受けている。

(45) 出典不詳。

より大きくなろうとすることで、両者を小さくしたのだ。
穏やかな川が、突然の雨や雪解けの水で水量を増し、
隣接する平原に溢れてしまう時、
農夫たちは、土手を高くすることで、
自分たちの貪欲な希望を守るが、これには川は耐えられる。
しかしもし農夫たちが、盛り土や堰でその川の流れを
無理やり新しい流れや細い流れに変えようとすれば、
その時は、川はもはや土手の内側に留まってはいない。
最初は急流に、次に洪水になってしまうのだ。
川は、抑制されることで、より強く、より獰猛になる。
そして際限なく溢れ、その力が及ぶ限り広がっていく。

ジョン・デナム

解説

『クーパーの丘』（*Cooper's Hill*）が最初に出版されたのは一六四二年八月で、その後四十三年、五〇年、五五年、六八年と、デナムが存命中に少なくとも五回は出版されている。この中で五〇年版まで

の三版はほとんど同じであるが、五五年版とそれに若干加筆変更した六八年版は、それまでの版と大きく異なっている。オヒアによれば、この詩には一三の原本があり、それらを校訂していくと四つの草稿が存在すると考えられる。そして第一と第二の草稿は出版されないまま人々に回覧されていて、第三草稿は四二年版、四三年版、五〇年版の基になり、第四草稿は五五年版、六八年版の基になった。オヒアは、これらの中で五〇年以前のものをAテクスト、五五年以後のものをBテクストと名付けている。また『クーパーの丘』が最初に書かれた時期、つまり第一草稿が書かれた時期については、オヒアは一六四一年中頃と推定している（*Expans'd Hieroglyphicks*）。本書では、第四草稿に基づいて出版された六八年版（Bテクスト）を訳出した。ただし最初の詞書である「読者へ」については、六八年版にはなく五五年版にのみ付されているが、ここではこれも訳出した。

『クーパーの丘』はジョン・デナムの代表作で、文学史の中での彼の地位の重要性のほとんどはこの詩に由来すると言える。ヘリックは「眺望詩を書いたデナム氏に」（"To M. Denham, on his Prospective Poem" 一六四八）という詩の中でデナムに呼びかけ、

他の詩人にとっては、王冠をいただいた詩人であっても、
あなたの下で皇子でいられれば、誉れなのです。
その間、彼らの花冠や紫衣は輝くが、

それは彼らの宝石ではなく、あなたの宝石が発する光で輝くのです。（一五一—一八行）

と賛辞を送っている。またポウプも『ウィンザーの森』（*Windsor Forest* 一七一三）の中で、「クーパーの丘の上には、その丘がある限り、またテムズ河が流れる限り、永遠の花冠が飾られるであろう」（二六五—六六行）と謳い、『クーパーの丘』を称賛している。

デナムは、ロンドンの西方約一八マイルにある小さな丘の上に立ち、そこから眺める風景を描写しながら自身の様々な感懐や思想を吐露する。したがってこの詩は叙景詩的な性格と思想詩的な性格を併せ持っている。詩人が立つクーパーの丘は、それ自体は高さ僅か二二〇フィートの何の変哲もない丘であるが、その麓にはテムズ河が流れ、またマグナ・カルタが一二一五年に調印されたラニミード平原が広がり、東にはロンドン、北西には国王の居城があるウィンザー、そして南東にはヘンリー八世の宗教改革により解体されたチャーツィー修道院の廃墟がある。つまりクーパーの丘を取り巻く場所は歴史的な意味が濃厚な空間なのである。『クーパーの丘』は、それまでの叙景詩や田園詩に見られるような理想化された一般的な風景ではなく、現実の具体的な風景を描写するという点でしばしば地誌詩の嚆矢と見なされる。サミュエル・ジョンソンは、『クーパーの丘』の独創性に注目して、次のように述べている。

『クーパーの丘』は、彼［デナム］に独創的な作家としての地位と名誉を与えている作品である。彼は、少なくとも私たちの間では、地誌詩と名付けることができる文学作品の創始者と考えられている。その基本的主題は詩的に描写されたある具体的な風景であり、そこに歴史的な回想やその時々の瞑想といった装飾が加わる（*The Lives of the English Poets*）。

ここで述べられているジョンソンの地誌詩の定義は、一般的な風景ではなく「具体的な風景」を扱うということと、風景描写の他に思想的内容が加わるということを指摘しているという点では的確である。しかし『クーパーの丘』に関して言えば、このジョンソンの定義には若干の修正が必要となる。ジョンソンは、「歴史的な回想やその時々の瞑想」が風景描写の「装飾」であると述べているが、『クーパーの丘』において詩人の思想は単なる「装飾」とは言えないくらい重要な構成要素となっているのである。またジョンソンは詩人の思想を「その時々の瞑想」（"incidental meditation"）と表現しているが、これは「瞑想」が風景描写に付随したものである、あるいはその「瞑想」の内容が偶然の産物であるということを示唆しているように思える。しかしデナムはその思想と眼前の風景の必然的なつながりを意識しており、また『クーパーの丘』では叙景的な要素と思想的な要素は対等に結びつき、調和しているのであって、"incidental"という形容は適切ではない。

さらに言えば、ジョンソンは『クーパーの丘』が最初の地誌詩であると述べているが、彼の定義に従えば、それ以前に地誌詩と言える詩はあった。ベン・ジョンソンの「ペンズハースト館に寄せて」やドレイトンの『多幸の国』(*The Poly-Olbion* 一五九八―一六二二)などもその定義に当てはまるからである。しかしジョンソンが『クーパーの丘』に独創性があると述べたのは、彼の批評家としての炯眼が、上の定義では適切に表現されていないが、それ以前の叙景詩にはないほど思想性が濃く、しかも瞑想詩あるいは思想詩として括るにはあまりに叙景的な要素が濃いという点を見抜いたからではないだろうか。地誌詩の本質を、叙景的要素と思想的要素の対等で調和的な結びつき、あるいは視覚と精神の協同的な働きと考えれば、『クーパーの丘』はジョンソンの言う通り確かに地誌詩の嚆矢である。もしも詩人が視覚だけで風景を捉えれば、詩は単に叙景的で再現的なものにすぎなくなってしまうだろうし、逆に空想だけで書こうとすれば、現実感を欠いた観念的で独我論的な詩になってしまう。しかし『クーパーの丘』においては、詩人は視覚と精神という対立する働きを協調させながら、風景の中に思想を読み込み、思想の中に風景を見つめるのである。そこには、自身の思想を眼前の疑い得ない現実の風景と結びつけて捉え直すことで、その思想の客観的な真実性を確認するという詩人の戦略を認めることができる。

それでは『クーパーの丘』にはどのような思想が語られているのだろうか。デナムは詩の中で、テムズ河の流れこそ自分の主題であると宣言している。

O could I flow like thee, and make thy stream
My great example, as it is my theme!
Though deep, yet clear, though gentle, yet not dull,
Strong without rage, without ore-flowing full.（一八九—九二行）

ここでは、テムズ河の流れにおける対立する要素が、その独自性を保持しながら協調し調和する様子が見事なヒロイック・カプレットで表現されている。そしてこの「不調和の調和」（*concordia discors*）こそ、この詩全体を貫いているテーマなのである。ピューリタン革命という政治的、宗教的対立のただ中に身を置いていたデナムは、自分自身は政治的には王党派に属しながらも、決して国王による専制政治を望んだわけではなかった。彼は、イングランドが混迷する状況を脱して平和と繁栄を謳歌する国家になるためには、国王と議会という二つの力がそれぞれの力を十全に発揮し、バランスを保ちながら協調しなければならないと考えていた。そしてそれが間違いのない真実であることを確認するために、「不調和の調和」という理念が普遍的な世界原理であることを証明しようとする。しかしただ観念的に、抽象的にその理念を説いたところで何の説得力も持たない。彼はどうしても何か疑い得ない確実なものからその理念の真実性を確認する必要があった。それが彼にとっては眼前の風景だった。従って神話や伝説上の風景ではなく、また外国の有名な風景でもなく、自分の目の前に疑い得ないものとして確かに存在する具体的な風景でなければならなかった。その風景を確実な与件として、デナムは「不調和の調和」を証明しようとしたのである。

『クーパーの丘』の魅力は、無論その内容だけでなく表現形式にもある。随所に見られる対照表現や大胆で効果的な比喩、美しい韻律と巧みなカプリット形式による簡明直截な表現。デナムは、二行ごとに意味を纏めて進んでいくクロウズド・カプレットを用いて、小気味よい律動で、自分の思想と眼前の風景の描写を紡ぎ出している。『クーパーの丘』の文体についてドライデンは、「その文体の壮麗さによって、まさしく優れた文体の模範であり、これからも模範であり続けるであろう」と述べている（"Preface" to *The Rival Ladies* 一六六四）。この詩の文体の流麗さは、当時の詩壇の流れをジョン・ダンの詩に典型的に見られるそれまでのぎくしゃくした文体から、ポウプの均整のとれた文体に向かわせる重要な契機になったと考えられている。しかし残念ながら、翻訳の中でその原文の流麗さを完全に再現するのは不可能である。ただこの翻訳が原文の流麗さのほんの一部でも伝えられればと願っている。

ワッサーマンの『より繊細な言葉』（*The Subtler Language*）第三章はこの詩を詳細に分析していて、大変参考になる。また『伝統と変革――一七世紀の詩泉をさぐる』（中央大学人文科学研究所編、中央大学出版部、二〇一〇）所収の拙論「対立と調和――ジョン・デナムの『クーパーの丘』について」もこの詩を扱っている。『クーパーの丘』の複数の版の詳細な比較については、オヒアの『眼前に広がる象徴的文字』が重宝である。

クルック判事(1)の死を悼む

彼こそ最高の人物、法官の誉れ。
自分自身に、自分の国に、そして国王に対しても公正であった。
我らが自由の偉大な支え手《アトラス》。他の者が悪行で名を馳せれば、
それだけ彼は自由の守り手として名を揚げる。
自分自身の美徳により偉大であり、他の者の犯罪によっても偉大
　であって、
最悪の時代における最高の判事である。
彼が誰よりも先駆けて行ったことは、測り知れない王権を
巧みに探り、その本質を見極めたこと。
しかしもっと喜ばしいことは、彼自身から放たれた夜明けの光線

(1) 一六・一七世紀の法律家ジョージ・クルック。法学院 (Inns of Court) の一つであるインナー・テンプル (Inner Temple) で法律を修めた後、民事訴訟裁判所 (Court of Common Pleas) や王座裁判所 (Court of King's Bench) の判事を務めた。一六四二年二月一六日没。

が
十全たる真昼の光に変わるのを見ること、
そして彼の判決が権威あるものとなり、
三国(2)がその判決をこだまのように繰り返すのを聞くこと。
また彼は法律をただ語るのではなく、法律を生きていた。
その思慮深い口からは威厳ある神託が流れ出たが、
彼の生き方を知る者は、そこから人生訓を得ただろう。
それは法の精神が具体的な法に与え得るようなもの。
また法廷で彼を見た者は、友情や愛情という名目が
決して彼の考えには入らなかったと思うだろう。
法廷から離れた彼を見た者は、彼が絶対に敵を持つことも、
敵と見なされることもなかったことがわかるだろう、
ただ法服と共に厳格さを身に付けただけであり、
その紫衣を脱ぐと同時にその厳格さも返上したのだから。
尊敬の念も軽蔑の気持ちも彼を動かすことはできなかった。
怒りに任せることもなく、その立場は贔屓を許さなかった。

（2）イングランド、スコットランド、アイルランドのこと。原語は"The Kingdoms"となっている。

彼のあらゆる行動の流れは二つの面が調和したもので、
素晴らしい裁判官であり、素晴らしい紳士でもあった。
正義が罪とされた時代も、あえて正義を貫き、
過度の正義が叫ばれる時代には、それ以上正しくあろうとはしなかった。
自らの適切で、確固たる方針に反して、
高位の有力者の力に急き立てられることはなく、(3)
世界が一変しても、自分の立場は変えなかったので、
彼は、回転する世界の軸のようだった。
その「熱意」は、すべてが「氷」と化しても暖かく、
全世界が燃える如く激した時も、変わらず暖かかった。
宗教の瘧《おこり》が、彼の確固たる精神を
あれやこれやの極端に向かわせることは一度もなかった。
安らかに眠れ、幸せな魂よ、最後の審判の日まで。
その審判の日、貴方は創造主に召されて蘇り、
贖い主《キリスト》につきしたがって任務に就き、

(3) クルックが王座裁判所判事であった時、国王チャールズ一世の課した船舶税(Ship Money)の合法性が裁判で争われ、一二名の判事のうち過半数が合法と判断したが、彼はその違法性を主張した。

40　そして雲上に座して人類を裁くのだ。

解説

この詩はデナムの存命中は出版されず、没後の一七九〇年に『一七九〇年の地誌記録者』(*The Topographer for the Year 1790*, London, 1790) という雑誌に収録され初めて出版された。執筆時期は不明だが、内容から考えて、ジョージ・クルックが死去した一六四二年二月一六日から間もない頃と考えられる。この詩には少なくとも二つの手稿が残っていて、ともに大英図書館に所蔵されている。(1) 一つはエジャートン手稿 (Egerton Manuscript) で、題は「クルック判事に寄せて」("Upon Judge Crooke") となっている。もう一つのハーリー手稿 (Harleian Manuscript) では、「クルック判事の死を悼む。詩集未収録のジョン・デナム氏の草稿に基づく」("An Elegy on the Death of Judge Crooke by Mr. John Denham MS. not printed in his Poems") と題されている。ここで訳出したのは、『一七九〇年の地誌記録者』に収録されたハーリー手稿の方である。

この詩で追悼されている「クルック判事」とは、一六・一七世紀の法律家ジョージ・クルックのことである。彼は一五六〇年バッキンガムシャーのチルトン (Chilton, Buckinghamshire) に、国会議員も務めたジョン・クルックを父親として生まれた。父と同名で七つ上の兄も著名な法律家で、庶民院議長を務めたこともある。ジョージ・クルックは、オックスフォード大学クライスト・チャーチ（Christ Church）や法学院（Inns of Court）の一つであるインナー・テンプル（Inner Temple）で学んだ後、一五八四年に弁護士になった。一五九七年にはデヴォンシャー選出の国会議員になり、インナー・テンプルの評議員（bencher）にもなった。さらに一六一四年に上級法廷弁護士（serjeant-at-law）になれる機会があったが、その見返りにお金を支払うという当時の慣習に反発し支払いを拒否したために就任が見送られた。結局二三年に上級法廷弁護士になり、ナイト爵位も授かった。その後、二五年に民事訴訟裁判所（Court of Common Pleas）の判事に、二八年には王座裁判所（Court of King's Bench）の判事に就任した。民事訴訟裁判所判事就任にあたっては、クルックの高潔さと深い学識を国王チャールズ一世が高く評価してその役職に昇進させることを決定したと国事尚書（Lord Keeper）が発表した。(2)

クルックが王座裁判所判事を務めていた時、チャールズ一世が課した船舶税（Ship Money）の合法性が裁判で争われた。一六三四年、チャールズは、イングランドの船を海賊から守り、またフランスやオランダに対抗して海軍力を強化するための費用という名目で、国会の承認を得ることなく海岸沿いの都市や州に船舶税を課した。その後、課税の対象を内陸部の都市や州にまで広げたために全国で反対運動が起きた。特に強行に反対したのがクロムウェルの従兄弟であるジョン・ハムデンである。一六三七年、納税を拒否した彼を裁く裁判が開かれ、結局、王座裁判所判事一二人の内、有罪七、無罪五の僅差で国王側の勝訴に終わった。この時ハムデンの無罪と税の違法性を強く主張したのがクルックである。彼は、制定法によっても慣習法によっても個人の自由と財産権は保障されており、本人の同意かあるいは国会による承認がなければ何人もそれを奪うことはできないということを強調した。この船舶税の裁判でのクルックの姿勢は、いかなる権威にも屈しない彼の強い正義感をよく表しているといえるだろう。この裁判におけるクルックの判断は手稿の形で広く読まれ、また一六四一年には出版もされ、法曹界に大きな影響を与えた。当時、"by hook or by crook"（「何とかして」の意）という慣用句をもじって"Ship money may be gotten by Hook, but not by Crook(Croke)."とよく言われた。船舶税は力づくで（"by hook"）徴収することはできるかもしれないが、クルックの判決では徴収できない、という意味である。因みにこのクルックを支持した判事の一人が、当時王座裁判所にいたデナムの父である。

クルックは、一六三〇年代後半から痛風に苦しみ、四一年に、年齢と健康上の理由により判事を引退し、四二年（旧暦四一年）二月一六日、オックスフォードシャーのウォーターストック（Waterstock, Oxfordshire）で生涯を閉じた。クルックは生前非常に多くの法律関係の書籍を蒐集し、また判例等の裁判に関する記録を残していた。そのノルマン・フランス語で書かれていた記録は娘婿のハーボトル・グリムストンによってすべて英訳され、一六五七年、五九年、六一年と出版され、当時の裁判に関する貴重な資料となった。

イギリスの一七世紀は激動の時代であった。国を二分した内乱では国王派と議会派がそれぞれ相手を否定して自己の権限の伸張を図るばかりで真っ向から対立し、社会は混迷の様相を呈していた。デナムはそのような対立からは憎しみ以外に何も生まれないと感じていた。彼は政治的には王党派に属していたが、国王が議会を無視して恣意的に政治を行うことがいいとは決して考えなかった。彼が理想としたのは、国王と議会がそれぞれの役割を十全に果たしながら、お互いが協調して国家を治めていくというもので、その二つの力の均衡こそが安定した平和な社会を築く礎になると考えていたのである。そして法学院（Inns of Court）で法律を学んだデナムは、そのような力の均衡を可能にするのが法律であると信じ、この詩の中でその法律の公正さを体現する人物としてクルック判事を描いているのである。その中で、クルック判事は「自らの適切で、確固たる方針に反して、／高位の有力者の力に急き立てられ」ない、と述べられている（二九―三〇行）。たとえ国王であっても、船舶税のように議会に諮ることなく一方的に課税することは許されないとクルック判事が判断したことに言及している個所であるが、ここには司法はいかなる権力からも独立すべきであるというデナムの見解を読み取ることができる。しかしそれは議会派を利するということを意味するわけでは決してない。クルック判事の「熱意」が、『すべてが「氷」と化しても暖かく、／全世界が燃える如く激した時も、変わらず暖かかった。』（三三―三四行）とあるのは、彼が、そして彼が体現する法律が、決して一方的で過激な方向には進まないということを表現しているのであり、議会派の過激なピューリタンたちが主張したような、王権の過度の縮小や王制の廃止という考えにも向かわないことを示している。

宗教の瘧《おこり》が、彼の確固たる精神を
あれやこれやの極端に向かわせることは一度もなかった。（三三五―三三六行）

混乱した社会をもう一度立て直し、秩序と平和をもたらすためには、国王と議会という二つの力の調和が必要であり、それを可能にするのが公正な法による支配なのだというデナムの考えが、この詩の中で、クルック判事に仮託して述べられているのである。

《注》

（1）ブレンダン・オヒアは更に少なくとももう二つの手稿があると述べている（Brendan O Hehir, *Harmony from Discord*, 48）。

（2）『英国人名辞典』（*Dictionary of National Biography*）には、ジョージ・クルックがオックスフォードのクライスト・チャーチに入学したと記してあるが、『一七九〇年の地誌記録者』にあるクルックの略伝、及びその略伝を参考にしたと思われる『ジョン・デナム詩集』（*The Poetical Works of Sir John Denham*, ed. Theodore Howard Banks）の注にはユニヴァーシティ・コレッジ（University College）となっている。

ストラッフォード伯(1)の裁判とその死

偉大なストラッフォード、貴方の全ては忘却の淵に沈み、その
　没落のみが
記憶されたとしても、それでも貴方はその名にふさわしい。
貴方は、身に覚えのない反逆罪の重荷に押し潰されて失脚した
　が、
その重荷は多すぎる功績ゆえに増したもの。
錬金術師が火によって真鍮から黄金を作り出す如く、
口実が、法律によって反逆にでっち上げられる。
彼は大いなる知恵者だったので、三国(2)にとって
驚異にも恐怖にも見えた。
彼がひとり進み出れば、三国にとっては、
それぞれ軍隊を持っていても、対等の敵に思えたのだ。
彼の弁舌の力は圧倒的だったので、聴く人に、

(1) ストラッフォード伯はチャールズ一世の重臣だった。枢密顧問官として、ウィリアム・ロードと共に能率的な行政と力による秩序の維持を目指し強権政策、いわゆる「徹底政策」(Thorough)を推進。長期議会により反逆罪で弾劾され、一六四一年五月一二日にロンドンのタワー・ヒルで処刑された。

(2) イングランド、スコットランド及びアイルランド。

演説者以上に直接の当事者であると思わせるほどだった。
各人が、見物しにやって来た当の人物になってしまったかのように思え、
演説者だけが、ただ一人傍観者のように超然としていた。
そのように彼は我々の感情を大いに動かし、聴衆の中には、
その犯罪を自ら引き受け、その弁明をしたいと願う者さえいた。
今や、個人が抱く憐憫の情と社会が抱く憎悪の念、
理性と憤怒、それに雄弁と運命が争い合っていた。
今や、彼が彼らを許すことができたら、彼らも彼を許せただろう。
彼は罪を犯したからでなく、賢すぎたので生きられなかったのだ。
反逆という偽りの名を与えられたいくつかの事実も、
より多くをなし得る能力への恐れに比べれば瑣末なこと。
彼の死後、彼らは、彼を恐れていたと表明し、
彼の無実と彼ら自身の罪を告白する。
彼らは立法府の暴走を後悔し、
このことは先例としないと法律に規定する。(3)

(3) 一六四一年に国会で決議したストラッフォード伯に対する私権剥奪を、王政復古後の一六六二年二月一七日に上院で、二月二七日に下院で撤回することを決めた。

この運命を彼は避けることもできただろうが、
命乞いをして名誉を失うより、彼が気高く選んだのは、
自分が恐れて身の安全を図るより、恐れる彼らが課す死に臨むこ
　とだった、
自分の最後の行動が、それまでのすべての行いを栄誉で飾るため
　に。

解　説

一六六八年に出版された詩集『詩と翻訳』(*Poems and Translations*)に収録。この詩の手稿は二つあり、共に大英図書館に所蔵されている。一つは、この詩で語られているストラッフォード伯の処刑(一六四一年五月一二日)から程なく書かれたと考えられるエジャートン手稿(Egerton Manuscript)で、もう一つは『詩と翻訳』に収録されたものだが一部不完全なストウ手稿(Stowe Manuscript)である。前者は、後者よりも短く、また表現もかなり異なっている。後者は、国会がストラッフォード伯に対する私権剥奪(Attainder)を一六六二年二月に撤回した事実への言及があるので、書かれたのはそれ以後ということになる。ここに訳出したのは二つ目の手稿に基づいて一六六八年に出版されたもので

ある。

王党派だったデナムは、この追悼詩の中で、議会派によって処刑されたストラッフォード伯に対する同情を示すと同時に、その偉大さと影響力の大きさを強調している。ストラッフォード伯は国王チャールズ一世の側近として権勢を振るい、その力はイングランドはもとよりスコットランドやアイルランドでも恐れられた。長老派が多数を占めるスコットランドに監督制（episcopacy）を強制する政策を推進し、それによりスコットランドで反乱が起こると徹底的に弾圧すべきと国王に進言した。しかしストラッフォード伯は単に強圧的というのではなく、策略家でもあった。議会の反対で反乱鎮圧にイングランド軍が使えないとわかると、彼はアイルランドで軍隊を招集してそれに対応することを考えた。そのアイルランドでは、ストラッフォード伯は総督として、イングランドの星室庁裁判所（Court of Star Chamber）に相当する城室庁裁判所（Court of Castle Chamber）を利用して反対者を弾圧し効率的な統治を行うと同時に、アイルランドのイングランド化を推し進めていた。そのようなストラッフォード伯の力を、デナムは詩の中で、「彼がひとり進み出れば、三国にとっては、／それぞれ軍隊を持っていても、対等の敵に思えたのだ」（九―一〇行）と表現している。しかし彼の強引な政策は結果的に多くの敵を作ることになり、イングランド議会で弾劾されることになる。

一六四一年四月一三日、弾劾裁判の場でストラッフォード伯が行った最後の弁明は名演説として知られている。裁判では彼に対する罪状がいくつも列挙され、それを合わせると大逆罪に相当すると訴えられたが、彼はその罪状を一つ一つ取り上げ、そのどれもがそれ自体としては大逆罪に値しないことを指摘し、いくつもの罪を累積して大逆罪と見なす考え方に強く反論した。

貴族院の皆様、この間接的推定に基づく（constructive）反逆罪、というより破壊的批判に基づく（destructive）反逆罪を証明するためにどういうことが主張されているかお判りでしょう。私としては、そのような反逆罪は合理性においても法律においてもしっかりした根拠があるとは考えません。合理性という点では、どの部分をとっても反逆と言えないのにどうして全体として反逆となりうるのでしょうか。あるいはそれ自体として反逆罪ではないことをどうやって反逆罪に仕立てることができるのでしょう。また法的に見ても、制定法においても、慣習法においても、訴訟手続き上も、政府が発足してこのかた、そのようなことを規定したことはありません。貴族院の皆様、ありもしない法律に基づいて尋問されることは大変つらいことです。……私たちは法律の下で生活するのではなく、成立する前の法律によって裁かれねばならないのですか。そのような予想の必要性を押し付けられ法律になる前の法律を犯したかどで訴えられるくらいなら、法律を全く持たず、自然が私たちに与えてくれた美徳と分別に従って生きていく方がはるかにましです。

彼の演説は、その場にいた多くの人の心を動かした。デナムは、ストラッフォード伯の雄弁さについて、「彼の弁舌の力は圧倒的だったので、聴く人に、／演説者以上に直接の当事者であると思わせるほどだった」（一一―一二行）と述べている。しかし議会は、チャールズの王権を縮小させる前に君側の奸である彼をどうしても排除せねばならぬと考え、私権剥奪法を両院で半ば強引に通した。裁判が行われたホワイトホールの外でも多くのロンドン市民が伯爵の死刑を要求して叫んでいた。ストラッフォード伯も覚悟を決め、法案成立に必要な署名をためらうチャールズに書簡をしたため、「恐れ多くも陛下におかれましては、どうかあなた様が拒むことで生じるかもしれない全ての不幸を防ぐためにも、この法案を通過させ給え。」と述べている。

こうしてストラッフォード伯は最後まで毅然とした姿勢を崩さず、刑場の露と消えた。彼は命乞いをして名誉を失うよりも、名誉のために命を捨てることを選んだのである。なおストラッフォード伯に対する私権剥奪は、王政復古後の一六六二年二月一七日に上院で、二月二七日に下院で撤回することが決議された。ストラッフォード伯の訴え通り、列挙された個々の罪状が大逆罪に値しないのだから全体でも大逆罪には値しないとの理由で、私権剥奪法が無効とされたのである。

ロチェスター伯爵ジョン・ウィルモット

略伝

オックスフォード州（Oxfordshire）のディッチリー（Ditchley）に生まれる。父ヘンリーは後のチャールズ二世の側近で、チャールズが一六五一年のウスターの戦いにおいてクロムウェル軍に敗北を喫した後フランスに亡命するのを助けて信頼されるが、王政復古の前に死亡した。母はピューリタンの家系に生まれた聡明な女性だった。

母の家を出て学校にあがったロチェスターは大変な読書家ぶりを発揮したという。当時の貴族が古典語を習得することは稀だったが、ロチェスターはラテン語に堪能で、後にオウィディウス、ホラテイウス、セネカなどの翻訳や翻案を行う素地を養った。オックスフォード大学ウォダム・カレッジ在学中に放蕩を覚え、詩を書き始めた。卒業後、チャールズ二世の選んだ家庭教師とともに一六六一年から六四年にかけてフランスとイタリアを回り、見聞を広める。帰国後は王の寵臣として宮廷才人のグループに加わり、派手な享楽的生活をして名を馳せる。数々の不行跡によって宮廷から追放されては赦されて戻るといったことを終生繰り返した。一六六五年、結婚相手として王から推薦されたエリザベス・マレットを誘拐したが、すぐに捕らえられてロンドン塔に幽閉される。一六六七年に彼女と結婚。彼女と合作した詩や、田園の所領地にいる彼女にあてたロンドンからの手紙が残っている。

一六七〇年ごろから詩で頭角を現し始める。ラテン詩人の模倣作品や、艶笑詩や諷刺詩などを執筆した。創作活動の頂点は一六七四—七六年で、この時期に「理性と人間に対する諷刺」（"A Satyre against Reason and Mankind"）、「ロンドンのアルテミザから田園のクロエへの手紙」（"A Letter from Artemiza in the Towne to Chloe in the Countrey"）、「タイモン」（"Timon"）、「タンブリッジ・ウェルズ」（"Tunbridge Wells"）、「ホラティウス風に」（"An Allusion to Horace"）などの代表作を書く。一六七六—七七年ごろ詩歌集に作品が載り、評判をとる。また、一六七五—七六年にかけてはドライデンとの関係が複雑になる。ドライデンは戯曲『当世風結婚』（*Marriage-à-la-Mode* 一六七三）をロチェスターに献呈するなどして両者は良好な関係にあったが、一六七五年にロチェスターは「ホラティウス風に」でドライデンを諷刺し、ドライデンと対立していたトマス・シャドウェルについてはそれまで与えていた低い評価を一転させて賞賛した。これに対し、ドライデンは一六七六年に「マクフレックノー」を書いてシャドウェルを徹底的にけなした。さらにドライデンは戯曲『全ては愛のために』（*All for Love* 一六七七／一六七八）の序文でも「ホラティウス風に」を批判した。なお、一六七六年はジョージ・エサリッジがロチェスターをモデルとした人物ドリマントを主人公に据えた『伊達男』（*The Man of Mode* 一六七六）を初演した年でもあった。

一六七六年の六月にロチェスターやエサリッジを含むグループがエプソム（Epsom）で不祥事を起こす。ロチェスターたちのために演奏することを拒んだヴァイオリン弾きを毛布で投げ上げて悪質なからかいをしていたところ、治安官や夜警を巻き込んだ騒動に発展し、剣を抜いたロチェスターを引き止めようとした仲間が夜警に刺されたが、ロチェスターたちは彼を見捨てて逃げた。この事件以降ロチェスターの世間的な評判は回復することがなかった。またこの頃からロチェスターは体調が悪化した。それまでの生活を改めて、国会に出たり、神学者と意見交換して宗教的思索を深めたりした。英国国教会に帰依したロチェスターは、一六八〇年、死の床で深く改悛したという。翌年には妻と息子も死去し、ウィルモット家の爵位は絶えるが、三人の娘たちは成人した。

ロチェスターはホラティウスに倣って文壇の諷刺詩を英語で書いた最初の詩人であり、ポウプは終生彼を強く意識していた。ロチェスター風の言い回しを作品で使ったり、ロチェスターの作品を編纂したりした。一八世紀後半から一九世紀前半までは、ジョンソン博士の道徳的審判に代表されるように、ロチェスターの人生に対する批判的な見方が作品の評価を曇らせたが、その詩を高く評価した人としてはヴォルテール、ゲーテ、テニソンの名前が挙がる。二〇世紀に入るとロチェスターの研究は作品が中心となり、詩人としての重要性が正当に認められるようになった。グレアム・グリーンによる伝記もある。

理性と人間に対する諷刺

もし私が（実際私はつらいことに
あの奇妙で不可思議な生き物、人間の一人なのだが）
自身の身の程を自由に選ぶことができる魂で
どのような肉体でも好きなのをまとうことができるなら
犬か猿、あるいは熊にでもなってみたい。
何でもよいが、ただあのうぬぼれた動物だけはごめんだ、
理性をたいそう自慢にしているあの動物だけは。

感覚があまりにも鈍感だから、
六つめを作り出して他の五つを否定する。
そして信頼できる本能よりも
理性を優先させて、五十倍も間違いを犯す。
理性は精神の鬼火であり、
自然の光である感覚は置き去りにして
道なき道、あてどない危険な道をたどって
誤謬の沼地や茨の茂みに迷い込む。
そういうわけだから、誤ってついて行った者は苦労して
でたらめが積み重なった脳内の山また山をよじ登らされる。
思考する度につまずき、まっさかさまに
懐疑という無限の海へと落ちてゆく。そこで溺れそうになるのを
書物が少しの間だけ浮かび上がらせて
哲学の浮き袋を使って泳がせようとする。
遠ざかってゆく光に追いすがろうとするが
蒸気が立ち込め、目は眩んで

視力が失われ、永遠の夜に彼は取り残される。
やがて老年と経験が彼の両手をとって
死へと連れて行き、理解させる。
長く苦しい探索だったが、結局
自分は一生間違っていたということを。
泥にまみれてこの推理する機械は横たわる。
かつてはあれほど誇り高く、才気に富み、賢明だったその精神が。
誇りが彼を引きずり込んだ（ペテン師がカモを捕えるように）、
そして破滅の危険を冒させたのだ。
賢さは彼の幸福を破壊した。
世界を楽しむべきなのに、知ろうとしてしまった。
そして才気は空しく軽薄な衒いであって
他人を楽しませようとして、実は自分を損なうのだ。
というのは、才人はただの娼婦のような扱いを受けるからだ。
まずは遊ばれ、それから外に蹴り出される。
快楽が終わってしまえば、恐ろしい疑念が後に残る。

楽しんだ人は、今度は苦しみが続くのではないかと震えあがる。
才気のある男女は危険な武器のようなものだから
バカみたいに感心していると命取りになる。
面白くて魅了される。だが愚か者は〔諷刺の矛先を〕逃れても
それは好かれているからではなく、ただ幸運だっただけ。
だから彼らは〔諷刺を〕恐れ、本心では嫌っているのだ。
　さてしかし、お堅い牧師さまから(1)
お咎めがあるらしい。さあどうぞ、準備はできている。
それでは、お言葉に甘えて申し上げますが、
才気とかいう調子よく言葉巧みな嘲弄を批判するものなら何でも
私は大好きでして。けれどもお気をつけてください、
あまり手厳しくしすぎないように。
私の詩才の方がこの役目にはふさわしいかもしれませんよ。
なぜなら、断言しますが、私は
才気に対してとても辛口なのですから。心から嫌っているのです。
辛辣な論文を書いてやっつけてやりたいものです。

(1) ロチェスターの論戦相手だった聖職者アイザック・バロウの可能性がある。宮廷で行った説教「愚かな軽口と戯れを批判して」("Against foolish talking and jesting") の中で、理性を擁護し才気を批判した。

しかしあなたはあまりに無謀だから、それはしばらく差し置いて、
ペンの矛先を別の方向に転じよう。
あなたの頽廃した精神は何に沸き立ち、逆上して
理性と人間をののしらせるのか。
栄光に満ちた人間に祝福あれ！　天は唯一人間だけに
永遠の魂を与えてくださった。
創造主は特別な配慮として、
ご自身の姿に似せて人間を作られた。
この美しい体に輝く理性をまとわせて
人間性に栄誉を与え、獣の上に置かれた。
高みを目指す理性の感化力によって
私たちは物質的な感覚をはるかに超えて飛翔する。
数々の謎に深く潜入したかと思うと、次に高く上昇して
宇宙の燃える極限をも貫くのだ。
天国と地獄を探索し、そこで行われていることを見極めて
希望と恐れの真実の根拠を世に示すのだ。

牧師さん、そこまで、と私。今言ったことは全て
インジェロの感傷的な筆[2]で読んだことがある。
あるいはパトリックの『巡礼』[3]、シッブズの『独白』[4]から知って
　いる。
まさにそんな理性を私は嫌うのだ。
この超自然の恵みとやらのおかげで虫けらが
自身を神の似姿だなどと思いこむ。
短くせわしない己の一生を
永遠と永久の祝福になぞらえてしまう。
落ち着きなく、人を困らすこの理性は疑念をかき立て
深遠な謎を作っては、それを発見する。
思考する愚か者たちの血迷った群れを
聖なる精神病院[5]、大学や学校に詰め込む。
理性の翼に運ばれて、どんな愚物でも突き進む、
無限の宇宙の果てまでも。
魔法の塗り薬のおかげで老いぼれ魔女が

（2）ナタニエル・インジェロは『ベンティヴォリオとウラニア』（*Bentivolio and Urania* 一六六〇）という宗教的寓話ロマンスを書いた。
（3）サイモン・パトリックの『巡礼の寓話』（*The Parable of the Pilgrim* 一六六五）。
（4）リチャード・シッブズにはこのような題名の作品はない。
（5）原文では Bedlams。当時の代表的な精神病院はロンドンのベドラム。本作品の制作時には建て替え中だった。

体もろくに動かないのに空を運ばれてゆくようなものだ。
このご大層な力は
ナンセンスやら不可能なことやらが得意分野なのだ。
これのために変人の哲学者(6)は
広い世界よりも桶を選んだのだ。
私たちの時代では、愚か者たちが僧院や大学に
引きこもって考えている。ほかにすることがないからだ。
しかし思考は行動を制御するためのものだから、
行動のないところでは思考はお門違いなのだ。
私たちにふさわしい行動範囲は人生の幸せであり
その先を考えようとするのは愚かというものだ。
このように偽りの思考を私は非難するが
正しい理性ならば私は認め、それに従おう。
その理性は感覚によって判断し、
そこから善悪の基準を導き出す。
意志によって欲望に境界を設け、形を与えて

(6) 古代ギリシアのキニク派の哲学者ディオゲネス。世俗の権威を否定し自足をモットーとして、樽の中に住んだといわれる。

豊かに養うのだ。滅ぼすのではない。
あなたの理性は楽しみを妨げ、私のは手助けする。
あなたの理性が打ち消す欲求を、私の理性は再生するのだ。
私の理性は味方だが、あなたのは嘘つきだ。
空腹が主張すれば、私の理性は食べろと言う。
あなたの理性は倒錯しているから、食欲を無視する。
食欲が食べ物を求めれば、あちらは、今何時？と答えるのだ。
この明らかな違いを見れば、あなたの疑問は解決するだろう。
私が嫌うのは真の理性ではなく、あなたの理性なのだ。
　このように理性は擁護できる。しかし人間については
意見を撤回するつもりはない。できるものなら弁護してみるがよい。
人間がいくら誇りと哲学を持っていようとも
このことは明らかだ。獣は獣なりのあり方で
人間と少なくとも同程度には賢明で、ずっと善良である。
一番賢い生き物とは
最も確実な方法で自身の目的を果たすものであろう。

だからジョウラー(7)が野うさぎを見つけ出して襲う手際が
ミアズ(8)が委員長の職務を果たすのよりうまければ
一方は政治家、他方は犬ではあるけれど
公正に見ればジョウラーの方が賢いことになる。
人間の賢さがどの程度に及ぶか、これでお分かりだろう。
次には人間性がこれを補うか見てみよう。
どちらの道義が寛容で公正か
どちらの道徳性をあなたは信用したいのか。
判断してみなさい。調べてみよう、
最も低劣な生き物とは、人間と獣のいずれだろうか。
鳥は鳥を食べ、獣は獣を襲う。
しかし人間のみが人間を裏切る残酷さを持っている。
必要に迫られて、動物は食べるために相手を殺す。
人間は自分の利益にもならないのに人を破滅させる。
生まれつき牙と爪で武装し、動物は
自然が与えた取り分で空腹を満たす。

(7) 当時よく猟犬につけられていた名前。

(8) トマス・ミアズ。ホイッグ党の有力な国会議員。多数の委員会に所属し、盛んに弁論をし、多くの法案をまとめるといった目立って精力的な活動で知られていた。

しかし人間は微笑、抱擁、友情や賞賛によって
同胞の人生を裏切る非人情を持っている。
意図的に努力して相手の苦難を仕組む。
必要からではなく、気まぐれでそうするのだ。
飢えや愛情のため動物は闘い引き裂きあう。
一方、卑劣な人間は恐怖のために常に武器を身につける。
恐怖するから武装し、さらに武器を恐怖する。
恐怖から恐怖へと次々に誤って導かれる。
卑劣な恐怖！　ここから人間の最良の感情は生まれる。
彼が得意にする栄誉も、苦労をして手に入れた名声も。
人間は権力欲の奴隷であり、
勇敢になれるのはただ権力のためだけだ。
権力に向けて人は数々の計画を立てる。
権力があれば、寛容に、愛想よく、親切にする。
権力のために努力して賢明だと思われたがり、
自分の行動を無理な偽装にねじ込む。

悲惨な思いをして退屈な生活を送り
散々苦労してけちな偽善を行う。
この巨大な目論見の奥底まで見るがよい。
そこには人間の賢さと権力と栄光が集約されている。
善行を行い、不正を耐え忍ぶのは、
全て恐怖からだ。自身を守りたいからなのだ。
ただ安全のためだけに人は名声を求める、
誰だってできることなら卑怯者でありたいのだ。
正直はどんな常識にも逆行している。
人は悪漢にならなくてはいけない。自分を守るためだ。
人間は不正直なものだ。もし正直になろうとして
嘘つきが相手と知りながら行い正しく振舞っていたら
破滅させられる――
頼りない真実もあなたの評判を救ってはくれない。
悪漢どもは全員結託してあなたを悪漢と呼ぶだろう。
不当な目にあい、侮辱され、抑圧されながら生きてゆくのだ、

周囲の者たちほどの悪党にはなるまいという気概のある人は。
　これで分かるでしょう、人間の本性が求めるのは何かが。
人間のほとんどが卑怯者で、人は誰でも悪漢であるはずだ。
違いは、私が見る限り、
性質自体ではなく、その度合いにあるようだ。
　意見が分かれる点はただ一つ、
誰が第一級のワルだろうということだけ。

追　加(9)

憤懣やるかたなく、以上の言葉を私は
驕り高ぶった世界の虚飾に満ちた人たちに浴びせかけた。
彼らは自己本位の虚栄で膨れ上がり、
見せかけの自由権(10)、聖なるいかさま、儀式ばった嘘を作り上げて
は
奴隷仲間に対して君臨しようとするのだ。
　しかしもし宮廷に正しい人がいて

(9) 詩は第二部に入る。第一部が完成した後の一六七五年に、エドワード・スティリングフリートという牧師が理性に対する諷刺を攻撃する説教を宮廷で行った。その中に、既に回覧されていたこの作品の第一部への言及がある。第二部はスティリングフリートへの反論として書かれた可能性も指摘されている。

(10) ある特定の地域・団体・個人に対して認められた社会的・行政的な特権。

（宮廷で正しい人などお目にかかったことはないが）、
やむを得ず口にする追従が
人を制圧し、破滅させるためではなく、守るためという人がいたならば。
（というのも追従は、誰に向けられたものであれ、
あの因果な稼業に課せられる税金のようなものだから）
もし廉直な政治家がいて、
その人の情熱はその公平な精神に従い、
その手腕と政策は
自身の家族ではなく、国を養うために用いられ、
大っぴらな貪欲に誇りが抵抗しながら、
身近な人たちの腐敗した手を通してこっそりと賄賂を受け取らないような人がいたならば。
　もし神に自分を委ねた聖職者がいて、
その人生が彼の信仰と教義を裏付けているならば。
その反対の人というのは、聖職者面《づら》をして偉そうに驕り高ぶり

罪を叱責する代わりに人をあざける。
心に悪意があるから説教といってもうわべだけ、
やかましく分をわきまえない雄弁で
王に苦言を呈し、分別の人を悪しざまに言う。
説教壇からいらいらとぶちまける数々の嘘、
激しい罵倒、醜聞、中傷の数々は
集まってよもやま話をしている
主婦たちが酔っ払い、仲たがいする時に飛び交うものよりたちが
　悪い。
感覚の快に溺れた彼ら、
強欲と虚栄、怠惰と大食[11]にしか能がなく、
よい聖職禄は追い求めても、よく生きることはごめんだと言い、
肉欲があまりに亢進したあまり
妻を相手に姦淫を犯し、
二十年も経たないうちに
高い説教壇から誇らかに見渡すのは

(11) 七つの大罪のうちの四つ。ほかの三つについては、嫉妬（envy）が一九五行、憤怒（wrath）が一九七行、色欲（lechery）が二〇五行で言及されている。

大勢の教区民の半分を占める自分の子供たち。
もうろくした主教[12]は
会議を牛耳って尊敬されたがり、
八十歳にして浮かれた仕事ぶり、
重大めかしたたわごとに有頂天、その気取りぶりは
陽気で派手な二十歳の若造が
はしゃぎたて、けばけばしい服装と恋愛で示すよりもさらにひどい。

　そのような人たちではなく、柔和で謙遜、誠実な思慮の人、
平和を説きながら節制を実践し、
敬虔なその生活が証しするのは
人智を超えた神秘的な真実をまことに信じているということ。
もし地上にそんな神のような人がいるならば
私は今、彼らの前で私のパラドックス[13]を撤回しよう。
美徳の聖堂というべきこれらの人々をあがめ、敬意を表して、
有象無象とともに、彼らの掟に従おう。

(12) カンタベリー大主教ギルバート・シェルドン。この詩の制作当時には七六歳ほどだった。

(13) 広く受け入れられている意見や信念に逆行する所説あるいは信条。ここでは、人間より動物の方が優れているという、詩の冒頭で表明された命題。

もしそのような人がいたとしても、だがこれだけは言わせても
　らおう、
人と人との隔たりの方が人と獣の隔たりよりも大きいと。

解説

理性をめぐる思索が、聖職者や宮廷人、政治家など公の立場にある人たちに対する諷刺という形をとって展開する。人間より動物の方が優れているという冒頭の命題は、メナンドロス、プリニウスやプルタルコスなど古代の作家たち以来連綿と引き継がれてきたものである。他にもボワロー、モンテーニュ、ホッブズの思想にも基本的な議論を借りている。精神活動の基盤として感覚を重視する経験論的な視点も顕著である。形式としては、当時盛んに行われていた宮廷人と聖職者の論戦を彷彿とさせる劇的な構成が用いられていて、白熱した臨場感を醸し出している。哲学や神学にも及ぶ広い学識と、時には詭弁にも陥りかねない理屈っぽさと、それらと対照的に華々しく啖呵を切るような歯切れの良い口調の組み合わせが特徴的である。論敵を痛烈に戯画化してやり込めつつ、どこか高踏的であくまでもエレガントなポーズを崩さない才人としてのロチェスター像が、詩をたどるにつれて鮮やかに浮かび上がってくる。しかし詩の冒頭近くでは、才人が背負う危険と、彼らがたどる哀れな末路が

描かれていて、そこに現れた深い懐疑と憂鬱が作品全体の基調となっている。ロチェスターの真作と認められている。

5

ロンドンのアルテミザ(1)から田園のクロエへの手紙

クロエ、お申し付けだから詩でお手紙を書くわ。
この次は馬にまたがって戦えとおっしゃるのではないかしら。
この種の才能の方が私たちの性には向いているのよ、
高尚な飛翔ともいうべき危険な詩よりはね。
男性、（といっても）才気ある男性のうち
（少なくともそう思われていた人たち、何か書くまではね）
どれほどの人が月桂冠を求めて勇敢に旅立ったことかしら、
（傲慢にも、大きな賞賛を受ける目論見で）
あの嵐たける人跡未踏の世界に乗り出しては

(1) 古代の女性の名前。カリアのアルテミシアは貞淑な良妻として知られるが、ハリカルナッソスの女王アルテミシアは戦争と恋愛において裏切りを働いた。アルテミシアという薬草もある。Artemisa ならばテムズ河のニンフ、タメシラ（Tamesira）の綴り換えになる。

すぐに押し戻され、退屈な岸辺に打ちつけられて大破し
持っていたわずかばかりの財産を失ってしまって。
女性の頼りない船ではどれだけ翻弄されるものやら、
頑丈な船（才気ある男性）でも遭難するならば。
このことを思ったら、私はたちまち分別が出て
自分自身にまじめに忠告するの、こんな風に。
ねえアルテミザ、詩は罠よ。
ベドラム精神病院(2)には部屋がたくさんあるの。気をつけて。
あなたの詩才はあなたを楽しませても、読者をがっかりさせる。
あなたは霊感に打たれたつもりでも、読者は狂っていると思うのよ。
このことも忘れないで。いくら周到にしても、
あなたは町の道化者(3)になってしまうの。
望みどおりのいじわるな喜びを与える羽目になってしまうのよ。
失敗すればやじられるし、うまくいっても鼻つまみ。
ほらね、私は名うての女性、だから

(2) ロンドンにあった精神病院。「理性と人間に対する諷刺」訳注5参照。

(3) 原文はFiddle。酒場などを回る流しのヴァイオリン弾き。

よく分かるの、物を書くことは恥で
売春婦と呼ばれるのと同じくらい白い目で見られるのだわ、
女性詩人というのは。
男性が結婚したり、乙女が言い寄ったりするのと同じくらい
最低のことなのよ。そう分かった途端、
あまのじゃくと罪が楽しくって
いても立ってもいられない、書き始めるまでは。
　これだけは聞きたいでしょう、どんな恋愛模様が
この前あなたと会った時以来、この堕落した都に展開したか。
あれやこれやの密通にどんな変化があったか、
以前の関係が続いているか、誰と誰がくっついたか。
でも、ねえクロエ、どうやって
書き始めたらいいかしら、忘れたいと思っていることなのに。
あの失われたもの（愛）の名前を、涙なしに口にできるかしら。
この町の悪習ですっかり身を持ち崩してしまったのだから。
愛、それは心で最も寛容な感情、

何よりもやさしく無垢を匿ってくれるもの、
迷った若者にとっての信頼できる導き手、
好意に満ち、誠実さに守られたもの。
この滋養の一滴を天が私たちの盃へと滴らせてくださるから、
ようやく胸の悪くなる人生を飲み下せるのだわ。
この唯一の恵みのために神様は
無神論者の土地においても賞賛の上納金(4)を徴収できるの
(だって人はそれほど鈍く愚かではありえないから。
愛の中に神様を感じ、その力を賛美しないほどには)。
この唯一の喜びのために哀れな私たちは作られているのだけど、
それが遊びみたいに、破廉恥な稼業になってしまったの。
ペテン師たちが忍び込み、最近の愛は
それ〔遊び〕と同じようなけちな騙しやごまかしになってしまった。
でも女性の心をこれ以上に乱すのは
私たち自身の性によって行われていることなのよ。

(4) チャールズ二世は第三次英蘭戦争（一六七二―七四）を遂行するために議会から資金を徴収しようとしたが難航した。

バカな私たち。生まれた時は王様のように自由なのに
わざわざ放浪民になって、くだらない自由を追いかけ
束縛を嫌う。醜聞から遠ざけてくれるだけなのにね。
彼女たちは珍しいものは何でも素敵と呼び、
自然の法則や愛の忠告には耳を貸さず、
喜びを捨てて、悪徳を求める。
愛の行為を完璧なまでに練り上げ
愛の精神は置き去り。
彼女たちは言う、心を奪われるなんてもってのほか。
よいと思ってもいないのに、彼女たちは欲望するの。
彼女たちの心の望みは大勢の声に従っていて、
よいと悪いの境目は、選択ではなくて、気まぐれで決まるの。
さまざまな流行が趣味となってゆき、形ばかりの物に飛びつくの。
彼女たちは自分が何を欲しいかは知っていても、何を好きかは知らない。
どこかの数人がそう思うなら、ボウヴィー(5)も美男子になる。

(5) ラルフ・ボウヴィー。ロンドンの商人の子として生まれ、後に法律家になる。一六六九年に立候補した選挙では大枚をはたいたが落選した。

それに同調すれば、他の人たちも真似しているのだわ、
　耳で見ているようなものよね。
　この前の夜、あるお宅を訪問していたのだけど
そこにあるご婦人(6)がやってきたの、腰の低い旦那様と。
旦那様は奥様を説き伏せたの、奥様にそう仕向けられたのだけど、
彼の意向として、本当は全然乗り気じゃないのに、
ロンドンに出てきたいと。
馬車が止まると、彼女の声が聞こえたわ、
妊娠した女性が人だかりの中で叫ぶ(7)のよりもっと響くの。
旦那様に向かって、私は用事があるから
あなたは何時間かおとなしく引っ込んでいて、と言うの。
多分彼女は恥かしかったのじゃないかしら、彼を見られるのが
(夫って気の毒よね)。愛人ならば
病気持ちで人気のないおバカさんでも、入れたのに。
片づけておしまいなさいよ、と彼女。あなたが仕事とか言ってい
　　ること。

(6) ロチェスターに献呈され、ロチェスターも加筆したドライデンの戯曲『当世風結婚』(*Marriage-à-la-Mode* 一六七二／七三)に登場するメランサという女性をモデルにしている。メランサはフランスかぶれで、口癖は「死んでしまいそう」。「ご婦人」の大げさな身振りは、メランサを演じた女優エリザベス・ブーテルの演技を思わせるという。

(7) 人ごみで圧迫されないように注意を促している。妊娠した女性は人に触れると流産するという迷信もあった。

飲んだくれのお友達と下品に過ごしてくれば。
お酒さえあれば本当に上機嫌なんだから！
ワインの匂いでもさせてみたらどうなの。
田舎のお酒ばかり飲んでいるから息が臭くて死にそうよ。
すえたエールをレモンの皮で消したつもりね。
お願い、あっちへ行って——また後でね。
忠実なご主人はお辞儀をして、去っていったわ。
彼女は二階に駆け上がり、大忙しのふりで
五十もの風変りな身振りなどして、
それから一気に話し出したの——まあ奥様、私ほど
変わってしまった存在っているでしょうか。死んでしまいそう、
私ったら途方もなくどぎまぎしているのです、
ロンドンを離れていたから
ぶしつけで、野蛮で、インドの王妃みたいじゃないでしょうか。
私の田舎風の不調法は奇妙に見えるでしょう。
愛はどのように統べられているのですか？　国を統治している

「愛」[8]は？
そしてどんな男性たちが最近一番やつれているのでしょう？
私が結婚した時は、バカが最新流行だったのです、
才気ある男性は厄介と思われていました。
なかなか信じようとしないし、欲望は気まぐれだし、
説得される前に詮索しないと気が済まない、
まるで偵察にきたみたい、首ったけになるためじゃなくて。
底まで探る賢明さは自分の安楽を奪うというのに
彼らはいつも見つけるのです、なぜ、何が、気に入らないかもし
　れないのかを。
いいえ、不当に扱われたと思うのです、私たちが
実際の自分よりもよく相手に思わせたりしたら。
もし私たちが弱点を彼らの目から隠したら
欺瞞的な見せかけだ、偽善者だと言うのです。
私たちの手管をよく思わないから、彼らは思ってもみないのです、
うまくだまされていることの完璧な幸せを。

（8）国を統治する「愛」とはチャールズ二世のこと。国民や国家機構や経済ではなく愛を統治していて、王自身も愛であるという諷刺。

寝とられ男みたいに嫉妬深く、あれこれ知りたがり、
知らないよりは知っていようとする、
知ってしまえば自分が悲しむというのに。
人の中でもこの手合いをこそ女性は避けなければ。
魔法は正確な知識によって消えてしまうのだから。
女性は奔放な夜の鳥だから
薄暗がり、つまり視力の鈍いバカの前では大胆ですが、
理性がまぶしい光をもたらすと飛んで逃げるのです。
一方、心やさしく御しやすいバカは自分に夢中になっているから、
私たちを信用します。彼の愚かさは全て協力して
彼の欲望をおだてあげ、私たちの欲望の味方をしてくれます。
自分の長所にうっとりして、彼はたやすく
信じるのです、自分を最も喜ばせてくれる女性が自分を最も好い
　てくれているのだと。
彼にとっては私たちの陳腐でありふれたお世辞も
この上なく楽しく聞こえるのです。からかわれているというのに。

理解が鈍いから、人々がみんな
私たちを嘘つきと思っているのに、張本人のバカには見えていないのです。
自分に満足しきっているので、
自分の周りの誰でもが、自分と同じ考えだと思っているのです。
　これこそまさに女性のための男性です。——ここで止めざるをえなかった、
息が切れたからよ、黙ろうと思ったからではないの。
そして窓に走り寄った。見つけたのよ、
大切なかわいいお友達のお猿がつながれているのを。
四十回も微笑み、同じだけ風変りなお辞儀をして
まるでそのお猿がこのお宅の女主人とでもいうかのように
その汚らしいキーキー声の怪物を抱きしめて
とうとうこんなやさしい言葉を聞かせたの。
キスして頂戴、おかしなミニチュア人間さん。
なんて奇妙なの。なんてかわいくて、珍しいのかしら。

ああ、あなたと生死を共にしたい――そして
三十分もお世辞を連ねていたわ。
私はこの時間を使って考えたの。自然はどんなつもりで
このなんとも言えない存在を世の中に送りこんだのかと。
とっても賢いのに、とっても愚かなこの人を。
彼女は神様がお許しになったことなら何でも知っているのに
バカなのよ。それも自分が選んだからで、才能がないからではない。
彼女の愚かさは、分別に助けられたからこそ
これほどまでの境地に至ったの。
自然は真の愚者(9)と賢者を
生み出すことができません。
愚かさの頂点と王位を私たちが達成するのは
熱心な探求と脳の労働と
観察と計画と深い思考によるのだわ。
神様は一グロートにでも値する愚か者をお作りになったことはあ

(9) 原文はFopp。この「ご婦人」は王政復古期喜劇に登場する当世風fopの女性版。

　りません。
その名前は勤勉と術策によって与えられるものなのよ。
抜群のバカとは才能あるバカであるはず。
彼女はと言えば、男性と同じだけ
本を読み、恋愛経験も豊富で、学はもっと豊富、
鋭い才気を持っている。
他人の欠点も長所も分かっているけれども、自分のことだけは知
　らないの。
全ての長所、桁違いに優れた
女性に備わったものは全て、
彼女は持っていたのです。ただ慎重さだけを除いて。
でも、さあ、かわいいあなた、大切なお猿ちゃん、さようならと
　彼女は言って、
そして途中だったお話を再び続けたの。
　こちらの皆さんは私を笑っていらっしゃるのね、世間の皆さん
は

私にいくらかの才気があると思いこんでいるけど、これほど
バカの肩を私が持って、
恋愛においては才気ある男性よりもバカを高く買っているものだ
　から。
けれども私たちの性にはあり余るほどの実例があるのです、
才気ある男性が破滅させた人を、バカが修復するというためしが。
私の若い頃には決まりがあったものでした、
ロンドンの女の子には必ずバカが一人はくっついているという。
最もみじめなつまらない女性で、
どんなどうしようもないバカに冷やかされ、からかわれ続けてい
　たとしても、
それでもまだ何かしらの魅力は残っていて、
遊び人を気取りたがっているどこかのバカ者か誰かを手なずけた
　ものでした。
フォスター[10]はアイルランドの貴族をとんまなノークス[11]にできたし、
ベティー・モリス[12]にもシティーの間抜け[13]がいたのです。

（10）ロチェスターの愛人の一人で、面倒を起こしたのでロチェスターは彼女に別の男性をあてがって手を切ったという。

（11）ジェイムズ・ノークスはチャールズ二世にも気に入られた人気喜劇役者。滑稽な役柄を演じ、扮装や女装でも笑いをとり、舞台に歩いて出てくるだけで拍手喝采になったという。Nokesという名前は間抜け者の代名詞になった。

（12）一六六七年から七三年頃に活躍した有名な売春婦。ロチェスターの他の作品にも登場する。

（13）原文はCitty-Cokes。ジョンソンの喜劇『バーソロミュー市』（*Bartholomew Fair* 一六一四／三一）には、だまされて身ぐるみはがされるCokesという人物が登場する。

女性はどんなに身を滅ぼしたとしても
自分を痛い目にあわせた男性というものに仕返しができるのです。
どんなに自身が堕落していても、彼女は
自分のあばずれぶりをしのぐ恥知らずで好色なバカの恋人を見つけます。
あのみじめなコリンナ、彼女は
ありとあらゆる色んな形のひどい目にあってきたのですが、
最初に恋愛でだまされて、それ以降は
高すぎる代償を払って得た手管を男性に用いていました。
楽しい時もあったのです。喜びの翼をつけて時は飛んでゆきました。
彼女の若い頃の美しさをロンドンが初めて知った頃は。
求愛され、褒めちぎられ、愛されて、贈り物もたくさん、
その姿には青春が、ベッドでは快楽が、与えられていました。
しかしとうとう運命の、それとも悪い天使の差し金で、
彼女は一人の才人に熱をあげてしまったのです。

その人は、二日と続けて愛せないほど飽きっぽく、
たちの悪い戯れをして、去ってゆきました。
さて皆に蔑まれ、捨てられ、見下されて
彼女は皆のメメント・モリ(14)になったのでした。
病み上がりみたいにやつれて、半クラウンを手に入れるために
長いスカーフとガウンを抵当に入れなければいけませんでした。
かわいそうに！　彼女は誰にも知られず、まるで蛾みたいに
どこかの暗い穴蔵に冬じゅう身を潜め、
困窮と不潔を半年間耐え忍んだら、
ようやく一カ月の間だけ、けばけばしく現れるのです。
イースター開廷期間(15)になると彼女は新しいドレスを手に入れまし
た。
その頃、お坊ちゃま閣下がロンドンにやってきました。
教師と母親からちょうど解放されたばかりで
ある立派な家系の跡取りであり希望でもある人でした。
この家は強いビールと牛肉の力を借りて地方を治め

(14) 死が不可避であることを忘れるなという教訓。またそれを思い出させる物品。頭蓋骨として絵に描かれることが多い。

(15) 復活祭の一七日後に始まり、キリスト昇天祭の翌日まで三週間あまり続いたロンドンの法廷の開廷期間。田園の所領地で春の植え付けを終えた後、紳士たちはロンドンに出て、法的な用事を済ませる傍ら楽しんだ。

ノルマン征服(16)以来連綿と続くバカたちだったのでした。
さて念入りな見通しに基づいてこの性格を
存続させるために、交雑によって
この間抜けな血統が改良されてしまわないように、友人たちは
彼に従妹を妻としてあてがいました。
そして出かけてきたのです——
屋敷はあり、才気はなし、若い妻はあり
（愚か者の人生における確かな慰め）
堆肥とエンドウ豆の平和な暮らし(17)を打ち捨てて、彼はロンドンに
　やってきました。
洒落者になり、色事を学び、破滅したのでした。
分別の欠如ほど悪徳に似合わないものはありません。
バカが悪事を働けば代償を自分で払うことになるのです。
この体ばかり大きい青二才を、堕落したコリンナが射止めました。
最初の瞬間から、彼を虚仮《こけ》にし始めました。
好きになったふりをするのです、この人を。

(16) 一〇六六年のノルマンディー公ウィリアムによるイングランド征服。

(17) 原文は Dunghill, and Pease。Pease は peas と peace をかけた洒落。

彼はロンドンの虚栄も悪徳もまだ知らず、
若く初々しく、愛情に誠実で、
熱心に楽しもうとするが、めったに達成できはしない。
健康で体力があるから、大好きな美しい恋人が
治してくれない苦痛はない。
ひいきにされて嬉しいから女性を高く評価し、
優しくしてくれるといって女性の悪口を言わない。
すると〔彼女は〕この時代の放埓ぶりを嘆き、
才人と無神論者を批判して、こう主張するのです。
分別や権力や富よりも
汚れのない若さと健康さえあればそれが一番、と。
そのうぶな若造は、今まで一度も
こんなにきれいで、こんなに見事に話す人を見たことがなかったので、
まずは信じ、次に恋に落ち、そして借金に転落し
先祖代々の屋敷も一切合財抵当に入れて

愛人に一生住める家を買ってあげました。
妻から奪ったお皿やら宝石やらを彼女に与えました。
そしていよいよぞっこんの頂点に彼が達したら、
彼を毒殺するのです。全ては彼女のもの。
このように、彼女の下劣な腕に抱かれて彼は死にました。
彼女の生んだ庶子を屋敷の後継者としました。
こんなバカな一族にふさわしく
ぼんやり者の正当な後継者を飢えさせてしまったのです。
自然は無駄なものは決して生み出しません。
どんな虫けらにも何かしらの目的を与えるのです。
心やさしい多産[18]なバカ者たちを賢明にも作り出すのは、疑いもなく、
才人たちが着古した悪徳の継ぎを当てるためなのです。
こんな風に彼女は二時間も話し続けたのよ、ちょっぴりの分別が
矢継ぎ早の不遜に混じっているでしょう。
でもそろそろ潮時ね、クロエが

(18) 原文はkind-keeping。「心やさしい」と、「種族を存続させる」の二重の意味がある。

気の毒だわ。だって私はよく知っているのだもの
書き手が種をまいた退屈を、読者は刈り入れないといけないのよ
　ね。
次の便でお話を教えてあげるわね、
今回のとあわせたら、本ができるわよ。
天国ぐらい真実で、地獄よりも質《たち》の悪いのを。
でもあなたは疲れたでしょう、私も疲れたわ。それではね。

260

ロチェスター伯爵ジョン・ウィルモット

解説

ロンドン社交界の最新事情を、書き手が田園にいる女友達に伝える手紙の体裁をとっている。恋愛ゴシップや恋愛観を中心に、社会批判や世相の諷刺まで話題が次々と継ぎ目なく繰り出され、面白おかしく展開される。演劇に関心を持ち、詩においては仮面を使った独白を好んだロチェスターの真骨頂が遺憾なく発揮されている。洗練と軽薄の極みとも言いたくなる作品だが、全体を貫く怜悧な人間観察には普遍性がある。原文は流麗で、一旦しゃべり出したら言葉が止まらない才気煥発な女性たちの口調を見事にテンポのよい書き言葉で再現している。複雑で込み入った、時に大きく飛躍する内容

も一挙に読ませる勢いが印象的である。「理性と人間に対する諷刺」の語り手である才人や、王政復古期喜劇に登場するような当世風の愚か者（fop）の女性版が続々と登場し、ある時は語りの主体となり、またある時は噂話の対象となるところも興味深い。その一方で、才走った女性たちの賢さと表裏一体となった危うさや傲慢さも描かれていて、「諷刺」で描かれた才人の像とも重なって見える。ロチェスターが自身に向けた懐疑的な眼差しがここにも現れている。この作品は「諷刺」とともにロチェスターの真作と認められている。

第Ⅲ部　個人をうたう

ベン・ジョンソン　一五七二―一六三七　〈上坪正徳〉

『森』（一六一六）より

・わたしはなぜ愛を詠わないか

・ペンズハースト館に寄せて

・ロバート・ロウス卿へ

・俗世に―高潔な貴婦人のための別れの詩

・天　へ

ウィリアム・ドラモンド　一五八五―一六四九　〈兼武道子〉

・歌（一六一四／一六）

・眠るヴィーナスの像（一六一六）

・フクロウに寄せて（一六五六）

ジョン・サックリング　一六〇九―四二〈土屋繁子〉

・歌（何故そんなに蒼ざめて元気がないの？）（一六三八）

・ソネット（あなたに赤や白を求めはしない）（一六四六）

・ソネット（誰か誠実な恋人の幽霊のために）（一六四六）

・歌（何ということか）（一六五九）

リチャード・ラブレイス　一六一八―五七〈土屋繁子〉

・ルカスタへ　戦いに赴くに際して（一六四九）

・踊って歌うグラシアナ（一六四九）

・精　　査（一六四九）

・アルシアへ　牢獄より（一六四二）

・ルカスタへ　海を渡るに際して（一六四九）

エイブラハム・カウリー　一六一八―六七　〈森松健介〉

・春（一六五六）

・美（一六五六）

・燕（一六五六）

・ホッブズ氏に（一六五六）

・ハーヴェイ博士についてのオード（一六六三）

ウィリアム・コングリーヴ　一六七〇―一七二九　〈金子雄司〉

・ローソクに寄す―エレジー（一六九二）

・ドライデン氏の『ペルシウス』翻訳に寄す（一七一〇）

ベン・ジョンソン

略伝

エリザベス朝末期からジェイムズ朝にかけて活躍したイギリスの詩人、劇作家。シェイクスピアと親交があったと考えられる。一五七二年に牧師であった父の死後に生まれた。援助を得てウェストミンスター校に入り、そこで深い古典の教養を身につけた。一五九七年、興行師のヘンズローに役者兼劇作家として雇われ、一五九八年に彼の最初の諷刺喜劇『癖者ぞろい』(*Every Man in His Humour*)が宮内大臣一座によって上演された。その後『月神《シンシア》の饗宴』(*Cynthia's Revels* 一六〇〇)や『へぼ詩人』(*The Poetaster* 一六〇一)などの作品によって、劇作家としての地位を確立した。代表作には『ヴォルポーネ』（*Volpone* 一六〇六）、『錬金術師』（*The Alchemist* 一六一〇）、『バーソロミューの市』（*Bartholomew Fair* 一六一四）がある。一六〇五年からは建築家・舞台装置家イニゴー・ジョーンズ（Inigo Jones）と組んで宮廷仮面劇を製作している。

詩人としても大きな存在であった。生前に刊行された詩集には、二つ折り版の『作品集』（*Works* 一六一六）に収録された『警句詩集《エピグラムズ》』（*Epigrams*）と『森』（*The Forest*）がある。もう一つの詩集『下生え』（*Underwoods*）は没後の一六四〇年に出版された。ジョンソンの詩の特質は、古典ローマの詩をモデルとしながら独自の詩境を切り開いて、のちの詩人たちに大きな影響を与えたところにある。チャールズ一世時代に、ローマの詩風に倣って抒情詩を書いた王党派の詩人たちは、ジョンソンを師と仰ぎ自らを「ベンの一族」（Tribe of Ben）と称した。晩年は不遇で、一六三七年八月六日に没した。

『森』より

私はなぜ愛を詠わないいか

愛の神(1)の行為を語らねばならなくなって、

(1) キューピッドのこと。ギリシャではエロス、ローマではクピドと呼ばれる。愛と美の神ヴィーナス（ギリシャのアフロディーテー、ローマのウェヌス）の子で、恋愛の童神。

私はその神をわが詩に縛り付けようとした。(2)
それに気付くと彼は「離れろ！」と言った、
「詩人たちがぼくに枷をかけられると思うのか。
もうたくさんだ、かつて彼らはマールスと
ぼくの母を網で捕えたではないか。(3)
伊達にこの羽根をつけているのではないぞ。」
こう言うと彼は私のもとから飛び去った。そして
いかなる技を用いても、二度とわが詩に登場させる
ことができなかった。だから不思議に思わないでほしい、
以来わが詩から熱情が消えてしまっていることを、
愛の神は逃げ去り、私は歳をとったのだから。(4)

(2) 「恋愛詩を書こうとした」という意味であるが、キューピッドを拘束して彼の行いを改めさせようとしたという意味も含まれていると思われる。

(3) 火と鍛冶の神ウルカーヌス（ギリシャのヘーパイストス）は、妻のヴィーナスとその愛人である軍《いくさ》の神マールス（ギリシャのアレース）が一緒に寝ているところを網で捕えた。ウルカーヌスにヴィーナスの不貞を告げたのは、詩の神アポロンであった。

(4) この詩を書いたとき、ジョンソンはまだ四〇歳に達していなかった。

ペンズハースト館に寄せて(1)

ペンズハースト館よ、そなたは人がうらやむ
　玄武岩や大理石の造りではなく、また
誇るに足る磨かれた列柱や金色の格天井《ごうてんじょう》をもっていない。
　人の噂にのぼる採光用のガラスの小塔もなければ、
階段や中庭もなく、古びた建物のままで
　敬われている、他の大邸宅は妬まれているというのに。
そなたが享受するのはもっと優れた特質、すなわち土と空気、
　木(2)と水の素晴らしさだ、そなたの魅力はそこにある。
屋敷内の小路は狩りの楽しみだけでなく健康をもたらし、
　森の精たちがしばしば集う「小高い丘」では、
枝を張った橅や栗の木蔭で、
　パーンとバッカス(3)が盛大な宴を開いてきた。
あの高い木はかの人(4)の尊い誕生の時に植えられた団栗《どんぐり》から

(1) ペンズハーストはケント州のトンブリッジにあるシドニー家の館。一六一六年までこの館は、フィリップ・シドニーの弟であるロバート・シドニー（一六一八年に初代レスター伯爵）の邸宅であった。ベン・ジョンソンは『森』の中に、「ペンズハースト館に寄せて」の他に三篇のシドニー家に関連する詩を収録している。この詩は「地誌詩」の先駆的な作品であり、トマス・カルーやエドマンド・ウォラーのような詩人たちに大きな影響を与えた。

(2)「木」は薪としても用いられたため、ここでは四大の一つの「火」も表している。

(3) パーンは牧人と家畜の神。上半身は人間、下半身はヤギで、額に角を生やしている。ローマのファウヌ

　育ったもの、そこにはミューズたち[5]がみんな集っていた。
その木のねじれた樹皮には、かの詩人の情熱[6]に
　心を燃やした多くの村人たちの名が刻まれている。
だから赤ら顔のサテュロスが、しばしば浮薄なファウヌス[7]を
　けしかけて、そなたの貴婦人のオーク[8]の木に行かせるのだ。
そこにある「ガミッジ」と呼ばれる雑木林[9]も
　そなたが友人をもてなしたり、運動に誘ったりする時に、
必ず食べごろの鹿の肉を提供してくれる。
　川の方へと曲がって広がる低地は、
そなたの羊、雄牛、雌牛、子牛に飼葉を与え、
　中間の土地は雌馬と雄馬を殖やしてくれる。
土手はどこも穴兎を育て、頂は豊かな薪を産み出し、
　アショアの林とシドニーの林[10]は、
多くの人に開かれたそなたの食卓を飾るために、
　脇腹に斑点のある紫色の雉《きじ》を供給してくれる。
彩り豊かな山鶉《やまうずら》はどこの野原でも自らうずくまり、

スと同一視される。バッカスは酒の神で、ギリシャではディオニュソスと呼ばれる。
(4)「かの人」とは一五五四年一一月三〇日に生まれたフィリップ・シドニーを指す。
(5) ミューズは文芸・学術を司る九人の女神。ギリシャではムーサ（複数形ムーサエ）と呼ばれる。
(6) フィリップ・シドニーが、作品（特に『アストロフェルとステラ』）の中で書いた恋愛を指している。
(7) サテュロスはバッカスの従者で、酒と女の好きな半人半獣の野山の神。ファウヌスも上半身人間、下半身ヤギの田野や森の神であるが、サテュロスよりも浮薄であると見なされた。
(8) ペンズハースト館の主であるロバート・シドニーの妻バーバラ・ガメッジは、

そなたの会食のために進んで命を捧げる。
メドウェイ川[11]が水嵩《みずかさ》を増して、食材を供給できなくなると、
　代わってそなたの池が貢物の魚を納めてくれる。
歳を重ねて太った鯉は、そなたの網へと急いで泳ぎ、
　他の魚の捕食にあきた川魳《かわかます》は、
二度目の投網を待つのを嫌がるかのように、
　従順に躊躇せず最初の網に己を差し出す。
色鮮やかな鰻は、互いに競って陸へ跳び上がり、
　漁師の目の前や手の中へ飛んでくる。
そして果樹園に実る果物と庭園に咲く花々は、
　そよ風のように爽やかで、巡りくる季節のように新鮮だ。
はしりの桜桃《おうとう》に、おくての李《すもも》、無花果《いちじく》、葡萄、
　マルメロは、それぞれ自分の時節に実をむすぶ。
顔赤らめたアプリコットと和毛に覆われた桃は、
　子供の手が届くように、垣根仕立ての木にぶら下がっている。
そしてそなたの石垣は地元の石材で造られているのに、[12]

屋敷内の大庭園に生えるオークの木の下で陣痛に見舞われたという伝説がある。そのためにその木は「私の貴婦人のオーク」（'My lady's oak'）と呼ばれるようになった。

(9) 訳注8で述べた大庭園の入り口付近にある小さな森も、同じ女主人の名で呼ばれていた。ガメッジ夫人はここで鹿に餌を与えていた。

(10) これら二つの林は今も存在している。

(11) メドウェイ川はペンズハースト館のすぐ近くを流れている。

(12) ペンズハースト館の屋敷の果樹園には、一六一二年五月に新たな石垣が地元の石材で造られている。

その建造のために破産したり、呻き苦しむ人は誰もいない。
近くに住む人々は誰一人それが壊れることを望まず、
　自作農も小作農もみんなそなたを訪れる、
請願のためでもないのに、手ぶらではなく、
　領主様と奥方様へ挨拶にうかがうのだ。
ある者は去勢雄鶏を、ある者は田舎のケーキを、
　ある者は木の実を、またある者は林檎をもって、
チーズ作りが自慢な人はそれを自分で持参し、
　あるいは年頃の娘たちに届けさせる、
こうして未来の夫の気を引くためだ。娘たちの籠に置かれた
　プラムと梨は、娘盛りの彼女たちを象徴している。
しかしこれらは（彼らの敬愛を十二分に表してはいるが）、
　そなたの豊かな食の蓄えに何かを加えることができようか。
その蓄えたるや、歓待の限りを尽くして村人をもてなす、
　あの宴席に必要な食材をはるかに超えたものなのだから。
そこでは客は誰をも畏れることなく、

　領主様自身の食事にあずかることが許され、
私がいただくものも、殿と同じパンとビール、
　そしてまったく同じワインだ。
最近時折あるように、せっかく貴人の食卓についたのに、
　他のどこかでお腹を満たさねばならないなんて真っ平だ。(13)
ここでは誰も私の酒盃を数えず、そばにいる給仕も
　私の並外れた食欲にいやな顔一つしないで、
求めるものをもってきて食べさせてくれる。
　給仕にはわかっているのだ、階下にはたくさんの食物があり、
今日出す料理を明日のために残さなくてもよいことを。
　私がここに泊まるときにも、火や明かりや飼葉を
頼む必要はない、すべて準備ができているからだ、
　まるでそなたが私の屋敷で、私がその主人であるかのように。
欲しいと思って待たねばならないものなどまったくない。
　ジェイムズ王も、最近ヘンリー王子とここで狩りをしたとき(14)
同じ思いを抱いた。どの暖炉にも火が赤々と燃え、

(13) 貴人宅の料理では満足できず、他のところで食べ直さざるを得ないということであろう。

(14) ジェイムズ王がヘンリー王子とペンズハースト館をいつ訪れたかは分からないが、王子は一六一二年一一月に亡くなっているので、一六〇三年から一六一二年の間であったと考えられる。

二人を歓待する家庭の守護神ペナーテース(15)の気持ちが、
まるで炎に乗り移ったかのようであったからであり、また
　村人たちが二人を暖かく迎えようと、熱意に燃えて
集まってきたからだ。まったく予期せぬことであったのに、
　あのときそなたは（大袈裟ではない）なんと心のこもった
もてなしをしたことか！　そしてそなたの高潔な女主人は
　なんと多くの称賛を受けたことか！　それは彼女の優れた
家事の切り盛りに当然与えられるべき褒賞であった。
　彼女は留守をするときも、リンネルや食器その他
必要なものをすべて用意し、どの部屋も訪れた客人を
　待っていたかのように整えているのだから！
これらは、ペンズハースト館よ、そなたへの称賛であるが、
　これで尽きるわけではない。その上そなたの女主人は気高く、
子宝に恵まれ(16)、貞淑であり、そなたの高貴な主人はお子たちを
　自分の分身と呼ぶことができる、この時代にまれな幸運だ。
お子たちは今も以前と同様信仰を教えられ、

(15) 本来はローマの台所や食卓を支配する神々であるが、転じて家の守護神になった。

(16) この館の女主人バーバラ・ガメッジには少なくとも二人の息子と八人の娘がいた。

こうして彼らのやさしい心に無垢が加えられるのだ。
彼らは朝な夕なに屋敷中の人たちと一緒に
　祈るように教えられ、そして
毎日有徳な両親の気高い品性を手本にして、
　作法と武術と学芸の奥義を学んでいる。
そうだ、ペンズハースト館よ、そなたを他の館と比較する人々は、
　後者の誇りに満ちた野心的な建造物を見ただけで
きっとこう言うだろう、あの屋敷の主人たちは建物を造った、
　しかしそなたの主人はそこに住んでいると。

ロバート・ロウス卿へ(1)

ロウスよ、あなたはなんと幸せな方か、自らの選択、運命(2)、
またはその両方によって、田園を愛することができるのだから。

(1) ロバート・ロウス卿はエセックス州の大地主の息子。一六〇四年にロバート・シドニーの娘で、詩人のメアリ・シドニーと結婚。大の狩猟好きで、この

そして首都と宮廷のこんなに近くに住みながら、
　悪習に染まることも快楽に耽ることもなく、
羽振りのよいときも、州長官の正餐や市長の宴席の
　野心にあふれた客になることもない。
豪華な布地、高価な飾り布、王室の金銀食器を
　見に出かけることはなく、
仮面劇があるときも、その夜のつかの間の華やかな
　出しものを見るために、あるいはそこで浪費され、
なかには未だ支払いも済んでいない宝石、衣装、労力、
　詩人の才智を見るために群がることもしない！
そのかわり、あなたは自分の家で気苦労もなく穏やかに、
　買わずとも恵まれた糧《かて》によって生活し、
堂々たる柱廊玄関《ポーチコ》や金色の格天井《ごうてんじょう》はなくとも、
　のどかに鳴く牛や馬に囲まれて、
木々の渦巻く森と色鮮やかな牧場の近くに住んでいる、
　そのなかを曲がりくねって流れる川は、それが

詩の舞台となったエンフィールドのデュランツの広大な屋敷には、国王ジェイムズ一世も狩りに訪れている。一六一四年に二三、〇〇〇ポンドもの多額の借金を残して死去した。この詩はウェルギリウスの『農耕詩』第二歌やホラティウスの『エポドン』第二歌などをモデルにしている。

（2）ここでいう「運命」とは、ロウス卿が多額の借金のために田園地方の館に住まざるを得なかったことを指すと思われる。

自分のものだと主張する、涼しい優雅な木蔭へ流れ行き、
　眠りをいっそう安らかにしてくれる！
もしくはあなたが眠れぬ夜の朝まだきに、寝床で
　耳を傾ければ、雄鹿の大きな鳴き声を聴くことができる、
春にはしばしば国王の狩猟のために心をときめかす、
　王があなたの館を宮廷にして狩りを楽しむからだ。(3)
夏にはあなたは友人たちと一緒に
　小形の鹿をねらって時を過ごし、
秋には鷹に山鶉《やまうずら》を襲わせて、
　見守る客人たちを喜ばせる。
そして冬には逃げ足速い野兎の狩りをする、
　食料を得るというより運動のためだ、
あとに続く人々は誰もが楽しげに耳を傾けて、
　あたり一帯に響きわたる猟犬の勇壮な声を聴く。
あるいは川や茂みで鷹狩りをし
　もしくは大食いのつぐみを撃って、

(3) ジェイムズ一世は時折狩猟のためにデュランツに滞在しているが、一六〇五年八月にはそこに三泊した記録がある。

あなたは一日を楽しく過ごす、
　たとえ一年でもっとも寒い日であろうとも！
その間あなたは移りゆく季節をそれぞれ見てきたのだ、
　野原に花が咲き乱れ、木立に緑が滴《したた》る季節を、
草を刈られた牧場では毛を刈られた羊たちがあそび、
　草を刈る人々や毛を刈る人々が祝祭を迎える季節を、
実った麦穂が盛りの時期に切り取られ、
　収穫の重荷が畝々に積み上げられる季節を、
林檎の収穫がずっと長く続き、
　豚たちが団栗を食べて太って戻る季節を、
木々が切られて丸太になり、かつては日蔭を与えてくれた
　大きな枝々が薪に使われる季節を！
こうして牧神パーンと森の神シルウァーヌス(4)が儀式を終えると、
　宴楽の神コーモス(5)が新たな楽しみを与えんと登場し、
あなたの開かれた広間をご馳走と浮かれ騒ぎで満たしてくれる、
　まるで黄金時代へ戻ったかのようだ。

(4) シルウァーヌスはローマの荒れ地と森の神。ギリシャのパーンと同一視されることもある。
(5) コーモスはギリシャ・ローマ神話に出てくる酒宴や祝祭を司る若い神。

アポロンのハープとヘルメスの竪琴(6)が鳴り響き、
　誰も詩神のミューズたちをよそ者とは見なさない。
村人たちが群がってやってくると、
（彼らの粗野なふるまいも決して無作法とは見なされない）
あなたのこの上なく気高い奥方は彼らを暖かく迎え入れ、
　彼女の一族の偉大な英雄たちも
粗末な服装の、礼儀をわきまえない人たちと一緒に坐る、
　自由な雰囲気が身分・位階を不要にしてしまうのだ。
楽しい酒がつぎつぎと酌み交わされ、
　飲むほどに日頃の憂いごとは消えて失せて、
どちらが訴訟に負けるのか、いかにして弁護士費用を
　捻出するかを彼らはもはや考えない。
黄金時代の起源になったと誇る
　あの古の時代はまさにそうであった。
あなたはかかることに深く満足できるのだから、
　ロウスよ、世俗にまみれず長生きするよう努めてほしい。

（6）アポロンは音楽の神でもある。ヘルメス（ローマではメルクリウス）は、商業・雄弁・盗賊などの神であるが、この神もアポロンと同様に音楽の守護神であった。

罪深い武具をつけて見張りに立ち、
　突然の過酷極まる命令に耐えて、突破口へと突撃し
猛烈な砲弾をあびることなど、他の人たちに任せればよい、
　彼らが老いてもなお傷痕をかかえて眠り、
撃たれた羽飾りや破れた軍旗を同類の者たちに見せながら、
　おれたちが生まれたのはこのためだと自慢できるように。
この男には争いごとがあれば、報酬のためにどこへでも赴かせ、
　法廷で汗水たらして声高に論じさせるのだ、
そして口先だけで、金銭や戦争や死も及ばぬほどに
　財産の所有権を移動させてやれ。
さらに彼にはどんな冷酷な父親よりも多くの子供たちから
　相続権を奪い取らせ、彼のせいで孤児や寡婦が財産を
失ってしまったことを、自分の手柄だと至る所で自慢させ、
　己の力は運命の女神にも匹敵すると思わせてやればよい。
そしてあの男には、盗みよりもっと卑劣な強奪によって
　手に入れた汚れた富を山と積ませ、

それを大事に抱えて目を見開いたまま坐らせておけばよい、
　死ぬとき以外に、何一つ善事を為しえないのだから。(7)
さらに幾千もの者たちには、悪徳に媚を売らせ、
　大罪の道具となったほうびに勝たせてやり、
地位と名誉を与えて、彼らの安眠を妨げる
　さまざまな秘密を喜々として守らせるのだ。
かくして紫衣をつけて馬に乗り、銀の食器で食事をすれば、
たとえ毒を食らおうと、彼らはそれをよき運命と思うだろう。
だが、わがロウスよ、もし私の判断が正しければ、あなたは
　こんな男もあんな男も決して妬んだりはしないはずだ。
あなたの心は安らかなはず、人は己の屋敷に満足できれば、
　そこに住めることがより良いことなのだから。
神は誰もが異国の浅瀬で難破しないようにと望んでおられる、
　神にとって人間は人間自身にとって以上に大切なのだ。
我々がどんなに素晴らしいと思っても、神がお与え
　くださるのは、いつも御自身が相応しいと判断されたもの、

(7) 一五九〇年にパリで出版されたピエール・ピトゥの『警句詩集』に同じような詩行があり、ベン・ジョンソンはその行に印をつけているとのことである。

それを使える人は幸せだ、あなたもそんな人であってほしい。
　願わくは、あなたの朝と夕べの誓願が
神への感謝であり、真摯な祈りでありますように、
　健全なる肉体にさらに健全なる精神が宿り、
祖国のために尽くし、自らを正すことができるように、
　欠乏も死もあなたを恐れさせることなく、
あなたの命の砂時計が流れ尽きるとき、命は神から
　お借りしたものに過ぎないと思うことができるために。

俗世に――高潔な貴婦人のための別れの詩(1)

不誠実な俗世よ、さようなら、そなたはわたしの人生の暁に
　あのような暗い夜をもたらしたのですから、
これからはもうそなたのことは一切考えません。

(1) この貴婦人が誰であるかはわかっていない。ここで詠われる世俗の汚れは、この詩集の題である「森」が暗い世界をも含んでいることを示している。

そなたの舞台でのわたしの役は終わってしまいました。
この心を誘惑できるなどと絶対に思わないでください、
　そなたの喉頸を踏みにじっても、
そなたが広げるあらゆる網から逃れて生きようと
　かたく決意しているのですから。
わかっています、そなたの慣習とは練られた術策であり、
　巧妙な方策とは人を隘路に追い込むことであり、
慇懃な行為とは突発的な発作に過ぎず、
　そなたが贈り物と呼ぶものは獲物を誘う餌であることを。
わたしにはまたわかっています、そなたは厚化粧して気取って
　歩いているけれども、年老いてしなびていることを、
そなたを聖人と見なすのは愚か者だけであり、
　そなたの良きものはすべて売りに出されていることを。
わたしにはわかっています、そなたは単なる売店に過ぎず
　おもちゃやがらくた、わなや仕掛けを並べて、
弱い者を引き寄せたり、立ち止まらせたりしていることを。

しかもそなたはそれらの商品以上にまやかしものなのです。
それを知りながら、わたしがなおもそなたのところに
　留まるでしょうか、黄金の枷に魅せられて
己の人生を投げ捨て、もはや一日たりとも
　取り戻せなくなってしまう者たちのように。
あるいは、やっと逃げ出したにもかかわらず、
　再び舞い戻ってこの首を輪なわに
押し込むでしょうか、つい最近までそれを振り払おうと、
　あらゆる力を振り絞っていたというのに。
せっかく鳥籠から逃れ、あるいは鎖を壊して
　自由な空気を味わいながら、
再びもとのところへ戻ろうとする
　愚かな鳥や獣が一体どこにいるでしょうか。
感覚しかもたないこれらのものでさえ
　自分を苦しめた仕掛けから逃れることができるのに、
わたしがそなたのわなを避けられなければ、

人の理性がなんの役にも立たなかったことになるでしょう。
脅かすなら、さあ、やってごらんなさい、でも無駄なこと、
　わたしは恐れはしません、そなたに期待しないのと同様に。
わかっています、そなたが私に抱く以上の憎しみを、
　他に対して示すことも抱くこともできないことを。
そなたはわたしの傷つきやすい最初の純真な歳月を
　痛めつけたうえに、さらにあざむき、
やがて名分がすべてなくなってしまうと、
　こんどは怨恨と恐怖を掻き立てたのです。
それからわたしをある場所(2)に移しました、
　そなたのもっとも卑劣な道化師どもが生きるところへ、
人を蹴落とす術策が信奉され、高慢と無知が
　それを磨く学校となるところへ、
何ごとも吟味されず、その軽重が問われることもなく、
　噂どおりに信じられるところへ、
率直さはことごとくが裏切られ、美徳もまたことごとく

(2)「ある場所」とは「宮廷」を指すと思われる。

批判され傷つけられるところへ。
でもわたしたちはもって生まれた運命に耐えねばなりません、
わたしたちの情況はかくもはかないものですから、
ここですべての人に起こりうることが、たとえ自分に
起ころうとも、不満を言ってはならないのです。
さもなければ、わたしは自分の立場をすっかり見誤り、
他の人とは異なる思いを抱くことになるでしょう、
わたしのためにきっと奇跡が
起こるであろうなどと。
そんなことはありえません。わたしにはわかっています、
自分が老衰、不幸、病気、悲嘆に生まれついていることを。
しかしこれらに耐えてみせます、そなたの偽りの救済を
潔しとしない強い軽蔑の気持ちを支えとして。
わたしはいつもさすらう放浪者のように、
平安を求めて遠くへ出かけることはせず、
僅かなものであるでしょうが、自分の力を蓄えます、

(3)「家」(home) はしばしば「自給自足の高潔な生活」を表す。

この胸の中に、そしてわたしの(3)家の中に。

天へ

恵み深い偉大な神よ、私があなたのことを熟慮すると、
　すぐにそれは憂鬱のせいだと言われねばならないのですか(1)。
罪を背負った私が安心を求めれば、
　それは病気のせいだと見なされることになるのですか。
すべての人の腎《むらと》(2)と心をご存知のあなたよ、もし私が悲しい
　ふりをしているのであれば、その証人になってください、
そしてあとで裁いてください、もし私が恩寵以外のものを望み、
　あるいは他のなにかを目指しているのであれば。
あなたはすべてですから、私にもすべてであってください、
　最初から最後まで、一にして三なるもの(3)として現れ、

(1) ルネサンスの時代には、憂鬱症（メランコリー）の人が信心深くなるのは、この病が引き起こす気まぐれのためか、あるいはこの病の一つの原因と言われた悪魔の影響のためと言われていた。

(2)「腎《むらと》」(reins) は人の感情や愛情が宿るところと見なされていた。詩編七・九に「ただしき神は人の心と腎《むらと》とをさぐり知りたまう」(文語訳。欽定訳聖書では、'for the righteous God trieth the hearts and reins.') という詩行がある。

(3)「一にして三なるもの」はキリスト教の「三位一体」、すなわち父なる神・子なるキリスト・聖霊を一体として見る考えに触れたもの。

(4)『コリントの信徒への手紙一』一三章一三に「それ

私の信仰、希望、愛(4)であってください。そしてこの状況では
　私の審判者、証人、弁護者(5)になってください。
御許から追われて、私はどこをさ迷っていたのでしょうか。
　いま、私の方を向いてくださり、なんと嬉しいことでしょう。
ここにいつもお住まいください。至る所におられるのですから、
　ここでお会いするのを、どうして疑うことができましょうか。
私は自分の立場がわかっています、恥多く軽蔑の的となり、
　罪のうちに宿され、苦難に生まれついていることを、
不安を抱きつつ立ち、恐怖に慄いて倒れ、そして最後には
　審判を受けるようにと運命づけられていることを。
さらに私は悲しみにくれています、この身体には
　もうこれ以上新たな傷を受ける場所はありません。
しかし私は不平を言わず、また聖パウロとともに
　死を願うこともいたしません(6)、それが不満の声と思われたり、
あるいはこの祈りがあなたへの愛のためではなく、
　人生に倦み疲れたためと思われるといけないから。

ベン・ジョンソン

ゆえ、信仰と、希望と、愛、この三つは、いつまでも残る。その中で最も大いなるものは、愛である」と書かれている。

(5)『使徒言行録』一〇章四二には、「イエスは、御自身が生きている者と死んだ者との審判者として神から定められた者であることを、民に宣べ伝え、力強く証しするようにと、わたしたちにお命じになりました」と書かれている。また『ヨハネの黙示録』一章五ではイエスを「証人」、『ヨハネの手紙一』二章一では「弁護者、正しい方」と呼んでいる。

(6)『ローマの信徒への手紙』七章二四で、聖パウロは「わたしはなんと惨めな人間なのでしょう。死に定められたこの肉体から、だれがわたしを救ってくれるでしょうか。」と述べている。

解説：詩集『森』（*The Forest*）について

ベン・ジョンソンが自ら選んだ一五篇の詩からなる詩集。一六一六年のベン・ジョンソン『作品集』に収録されて出版された。題名の『森』はラテン語の‘silva’の翻訳で、ローマの詩人スタティウスに同じ『森』（*Silvae*）という詩集がある。スタティウスの場合と同じように、この題名はテーマや詩形の異なるさまざまな詩を集めたことを表していると思われる。ジョンソンがこの詩集の冒頭に「私はなぜ愛を詠わないか」という詩を置きながら、あとに「シーリアへ」という有名な恋愛抒情詩を入れているのもその表れであろう（後者の詩は邦訳されて親しまれているのでこの抄訳では省いた）。また「森」は伝統的に人間の生活に必要なものを与えてくれるだけでなく、その暗さによって人々に恐怖を与える場所でもあると見なされていた。この詩集に「ペンズハースト館に寄せて」のような自然の恵みに満ちた田園生活を詠った詩がある一方、「俗世に─高潔な貴婦人のための別れの詩」のような辛い俗世を詠った詩が含まれているのはそのためである。この詩集の重要な特徴は、「ペンズハースト館に寄せて」や「ロバート・ロウス卿へ」のように、エリザベス朝の詩人・廷臣の鑑とされたサー・フィリップ・シドニーの一族に関する詩が多いことである。このことは一見雑録風に見える『森』の根底に、高潔な生き方へのベン・ジョンソンの希求があることを表している。この詩集の最後に「天へ」という宗教詩が置かれていることもそれを暗示している。なお「ペンズハースト館に寄せて」

は、具体的な場所を詠う「地誌詩」（topographical poem）の先駆的な作品で、この詩の影響を受けてエドマンド・ウォラーやジョン・デナムたちが、のちに同じジャンルの詩を書いている。

ウィリアム・ドラモンド（ホーソーンデンのウィリアム・ドラモンド）

略伝

エディンバラに程近いホーソーンデンに生まれ、エディンバラ大学を卒業後、ロンドンからフランスに渡り、ブールジュとパリで法学を修める。大陸に滞在中にデュ・バルタス、ロンサール、タッソーなどの文学に触れ、イギリス的というよりはヨーロッパ的と評される文学趣味を身につけた。詩人としてはフィリップ・シドニーに強い影響を受け、イタリアの流れを汲む形式や文体を取り入れることにかけては同時代のどの詩人よりも積極的だったという。当時のロンドンの流行に逆らってラテン的伝統に与したため、ベン・ジョンソンは彼の作品を古めかしいと考えていた。ジョンソンがホーソーンデンの彼の家を訪ねた時の会話が『会話集』（*Conversations*）として発表されている。ドラモンドはスコットランドの詩人としてはロンドンの英語を使って書いた初めての人である。

歌

ポイボス(1)よ昇り
漆黒の空を
青と白と赤で彩ってください。
メムノーンの母(2)をティートーノスの寝床から起こしてください。
彼女があなたの二輪の戦車《チャリオット》に薔薇の花を撒き
ナイチンゲールがあなたの到来をここかしこで歌うように。
死んで横たわるこの暗い世界に
永遠の春が生命を与えますように。
あなたの黄金色の髪の毛を
以前にも増して遠くまで広げ

ウィリアム・ドラモンド

(1) ギリシア神話のアポローンのこと。「ポイボス」とは「輝ける者」という意味。厳密に言えばアポローンは太陽神ヘーリオスとは区別される。ヘーリオスは毎朝四頭の駿馬に引かせた二輪の戦車を操って東から昇り、天空の道を通って、西に沈む。この詩ではアポローンと太陽神が同一視されている。

(2) ギリシア神話の暁の女神エーオース。薔薇色の指をし、サフラン色の衣をまとっている。トロイアの人ティートーノスを愛し、二人からエチオピア王メムノーンが生まれた。

皇帝のように
真珠の冠であなたの美しい額を飾ってください。
醜い夜をここから追いやってください。
夜はあなたの栄光を引き立てることしかできません。
今日こそは嬉しい朝
長く待ちわびた日
暗い私の人生の
（もし残酷な星々が私の破滅を予言しておらず
運命が希望を裏切らないならば）
この日こそ（単なる白い朝だけれど）印をつけるなら
永遠にダイアモンド(3)で記されるに値する日。
今日の朝、この木立に私の恋人がやってくる
私の愛に耳を貸し、報いてくれるために。
万物を保護する美しい王よ
あたりを紅く染める光を見せてください。
ペーネイオス河の流れのほとりで

（3）古代ローマには、幸運な日や出来事に白い石で印をつける習慣があった。この詩では、ただの白い石よりも一段と輝くダイアモンドがふさわしいということ。

かつてあなたの心を奪ったのよりも
美しい両目を見るはずです。(4)
いや、それは二つの太陽、ローマに
二人のあなたが姿を現した時ほどにまぶしく輝くのです。(5)
さあフローラ(6)よ、最も美しい装いをこらしなさい。
あなたがた風は
アムピーオーン(7)の竪琴の音にもはるかに勝る声を聞きたいならば
猛りを収め
西風《ゼピュロス》(8)の息吹だけに任せなさい。
彼女の髪と戯れ
時にはその死の赤い門(9)に口づけをするのです。
全ての風が静まり
ポイボスが玉座につき
海と大気をサフラン色に染めれば
星は全て消える。
夜は酔っ払いのようによろめいて

(4) アポローンはペーネイオス河神の娘ダプネーに恋をした。彼女は逃げ、父に助けを求めて月桂樹に変えてもらった。この時以来、月桂樹はアポローンの木となった。

(5) ローマに二つの太陽が現れたことをキケローが記している。

(6) イタリアの、花と豊穣と春の女神。

(7) ギリシア神話に登場する竪琴の名手。彼の弾く竪琴の音につれて石が動き、テーバイ市の城壁がおのずからできたという。

(8) ギリシア神話の神。

(9) 彼女の唇。彼女の歌は聞く人を比喩的に殺すということ。

太陽の燃える車輪を避けて山の向こうに去る。
野には色とりどりに花が咲き乱れ
青い空には雲の輝く金色がちりばめられる。
これこそが快い場所(10)
全てを祝福すべき彼女以外の全てがここにある。

眠るヴィーナスの像

私の甘美な休息を妨げないでください
自ら望んで、あるいは偶然ここにやってくるあなた。
この二つの彗星をまぶたが覆ったままにして
その優美な輝きを見ようとしないでください。
私の目をあなたが見れば、あなたの目は見えなくなり
そうしたらあなたの身は去っても、心はここに残るのです。

(10) 修辞的トポスの一つ。理想的景観。

フクロウに寄せて

ウィリアム・ドラモンド

アスカラポス[11]、教えてください
夜の帳があなたを長く隠すように、
ツタがいつまでも
煩わしい日の光からあなたの寝室と寝床を守るように、
そして月の装いをしたあなたが
昼の聖歌隊[12]を蔑むことができるように。
あなたが嘆きの声をあげながら
私の愛しい人の尊い窓辺にいる時
彼女が目を覚まして
眠りから数時間をこっそり盗み出すのを聞くことがありますか?
彼女が目を覚ます時、かすかなため息が

(11) ギリシア神話に登場する人物。冥界の王ハーデースにさらわれたペルセポネーが冥界でザクロを食べたことを彼が証言したため、ペルセポネーは地上に戻ることができなくなった。ペルセポネーの母デーメーテールは怒り、彼をフクロウに変えた。

(12) 小鳥たちのこと。

耳をそばだてるあなたに聞こえますか?
もしあの眠りの神[13]がそれでも彼女を安らかに眠らせておくなら
私とあなたの悲しみをあわせてより大きな声で歌ってください
あなたの叫びで彼女が私の苦悩を思ってくれるまで。

(13) 原文は deaf god。

解　説

「歌」はペトラルカ式カンツォーネの形式にのっとり、フィリップ・シドニーが定式化したマドリガルを三つ組み合わせて作られている。恋人の到来によって理想的風景が完成されるのを待っている男の歌である。「眠るヴィーナスの像」は、彫像に語らせるという遊び心が面白い。「フクロウに寄せて」は、ギリシア神話をモチーフにした小さなセレナードである。いずれの作品にもドラモンドのラテン的な詩風が出ている。

ジョン・サックリング

略伝・解説

ノーフォークの名家の出身で、ケンブリッジに学んだのち、イタリア、フランスに遊んで、一六三二年に帰国。この時代の最高の伊達男と言われ、チャールズ一世の宮廷の花形であった。王党派の指導者であったため、王の政治顧問ストラフォードをロンドン塔から救出する陰謀に加担した。清教徒派が優勢となった晩年はパリに亡命。生活に困窮して自殺したと伝えられる。

戯曲も書いたが、美しい抒情詩で知られる。全作品が *Fragmenta Aurea*（一六四六）に収められたが、一九七一年に二巻本の *Works* が出版された。

歌（何故そんなに蒼ざめて元気がないの？）

何故そんなに蒼ざめて元気がないの？　恋するお馬鹿さん。
　ねえ、何故そんなに蒼ざめているの？
恰好よく見えても彼女を動かせないからといって
　病んでいると見せかけて功を奏するの？
　ねえ、何故そんなに蒼ざめているの？

何故そんなに元気なく無口なの？　若い罪人さん。
　ねえ、何故そんなに無口なの？
うまく喋っても彼女をものに出来ないからって
　何も喋らなければものに出来るの？
　ねえ、何故そんなに無口なの？

おやめ、おやめ、みっともない！　こうしても彼女を

　動かせないし、ものにも出来やしない。
彼女が自分から愛するのでなければ
　何ものも彼女を愛させられない。
　悪魔が彼女をさらってしまう。

ソネット（あなたに赤や白を求めはしない）

あなたに（優しい若者よ）[1]赤や白を求めはしない
　私の楽しみを作り上げようとて、
　奇妙に似合っている淑やかさや
黒い瞳や、何やかやを、顔《かんばせ》に求めはしない。
ただ私を思い切り狂わせてほしい、愛の
沢山の貯えを与えてほしい、私が慕う彼女のために。
　それ以上はいらない、

（1）愛の神キューピッド。

楽しみとなるのは愛する人への愛なのだ。
われわれが美と呼ぶようなものなどありはしない
それはみな単なるごまかしだ、
というのも、以前には
あれこれ混ぜ合わせた色が好まれてもいたが、
今は私が別の色を選ぶことは自由なのだ。
もし私が黒と青を思いついたら、
その思いつきがそれを美にするのだ。

食べることを楽しくするのは、
食材ではなく食欲であり、
もし私が他のもの以上に
好む料理があるとしたら、それこそがキジだ。
われわれが見るものは、われわれの内部にあるのだ。
だから極限までも決定的瞬間にまでも

　われわれはネジを巻き上げられる。
どのような手や企みによろうとも。

ソネット（誰か誠実な恋人の幽霊のために）

おお、誰か誠実な恋人の幽霊のために
　地下の蔭から送られた
優しい無形の郵便を。
　奇妙にも私は知りたいのだ
いっそう高貴な花冠を身につけるのは
　恋人の軽蔑を身に受けた男たちなのか
　　それとも優しく扱われた男たちなのか。
何故ならその苦しみを貴重なものにするために

ここで彼らがわれわれに何を語ろうと、
あちらでわかってしまうのをわれわれが恐れるのは、
　冠を授けられた者にとって
独りで愛しただけでは十分ではないことだ、
われわれもまた賢かったのでなければ、
　そして愛を享受したのでなければ。

彼がどのような状況にあると考えられようか。
　ここで愛し返されることなく
去り、それぞれが一人で座すあちらへ
　行ってしまうなんて？
あるいはどのようにあの理想郷が、
他人の腕に抱かれているわが恋人を
　なお見なければならぬ場であり得るのか？
何故ならあちらでは裁く人は全て正しく、

ソフォニスバ[1]は自分の愛しく思った
　男のものであるに違いない。
　ここで彼女を愛した男のものではなく。
美しいフィロクリア[2]は亡くなってからこのかた
彼女のピロクレスの傍らに横たわる。
　アンフィアラスではなく。
（恐らくは）月桂樹や天人花の枝が
　ここでは高貴な殉教者であった
あの優しい魂の人々の額を
　飾って際立たせるのだ。
そしてもしそれが唯の見込みであるならば
（誰にもわからないだろうが）あなた方、前にも増して優しい
　神々よ
　ここで私にその女性を与えたまえ。

（1）カルタゴの将軍ハスドルバルの娘で、婚約者ではない男性と結婚した。
（2）シドニーの『アルカディア』の二人のヒロインのうちの一人。

歌（何ということか）

何ということか、丸三日も続けて
　私は愛してきたのだ。
だからもう三日愛しそうだ、
　もし良い天気だとわかるなら。

時はその翼の羽毛も損なうだろう
　広い全世界に再び
それほど貞節な恋人を
　見つけるであろう前に。

けれど忌々しいことに、どのような褒め言葉も
　全く私の功績ではない！
愛は私のところに留まりはしないだろう

15

それが彼女以外の人であったなら。

それが彼女以外の人であったなら
そしてあの顔《かんばせ》でなかったなら、
少なくともこんなことになる前に
彼女の代わりに何ダースもの女がいただろう。

ジョン・サックリング

リチャード・ラブレイス

略伝・解説

王党派抒情詩人。オックスフォードを出て宮廷に仕え、一六三九年にスコットランド遠征に従軍したが、内乱となったために王党派として参戦。捉えられたて、ゲイトハウスに投獄される。「アルシアへ　牢獄より」は、その時に書かれた。釈放後、再びチャールズ一世のために戦い、次いでフランス軍に加わり、ダンケルクで負傷。帰国後一六四八年に再び投獄。王の処刑後釈放されたが、余生は悲惨であったという。ルーシーという女性を愛し、ルカスタという名で二篇の恋愛詩を残した。そのルーシーは、彼の戦死という誤報を信じて、他に嫁いだと言われる。詩集の題名も彼女に因んで『ルカスタ』とつけられた。その *Lucasta : Epodes, Odes, Sonnets, etc.*（一六四九）の他に、死後に編まれた *Lucasta : Postume Poems*（一六五九）がある。

ルカスタへ　戦いに赴くに際して

言わないで下さい（可愛いひとよ）、私が薄情だなどと、
　貴女の貞節な胸もとと静かな心の
聖域を見棄てて、私が
　武器を取り、戦いへと急ぐからといって。

なるほど、新たな恋人を今私は追うのだ、
　最初の敵（1）を、戦場で。
そして今まで以上の強い誠意を持って
　剣を、馬を、楯を抱く。

（1）貴女にとっての最初の恋敵。

けれどもこの不実は
　貴女も崇めてくれるであろうものなのだ。
私は貴女（愛しいひと）をそんなには愛せないだろう
　もし名誉を貴女よりも愛さなかったならば。

踊って歌うグラシアナ

ごらん！　滑らかで、太陽のように輝きのある、
何という不断の動きで、
　グラシアナはあの高貴な躯体を操ることか、
胸のように柔らかく、声のように甘く
あらゆる回転に法則と安定を与え、
　名声の持つ翼よりも素早い。

彼女という見事な星によって天空と化した
幸せな舗道を踏んで拍子をとり、
　今ではもはや屋根を羨みはしない。
アトラスとともにさえ高く上昇し、
床より輝いて高貴である天を担い、
　彼女の内には、全ての神々が宿っている。

ステップごとに愛するものの思いが放たれ
その彼がもたらす野心的な望みは、
　見事な技で彼女の見事な足に縛り付けられている。
そのような甘美な命令と、優しい恐れは、
彼女が終えた時に、われわれが溜息とともに
　床が破れた心で敷き詰められているのを見るようなもの。

そのように彼女は動いた。そのように彼女は歌った。
回転に音楽で助けをもたらす

調和的な天体たちのように。
彼女はそれほど見事に演じたので、
魅せられた全世界はこう言うであろう、
　三美神が舞った、そしてアポロが奏でた、と。

精　査

何故貴女は私が偽誓したなどと断言するのか?
　私が貴女のものだと誓ったからといって。
お嬢さん、既に朝ですよ、
　私が貴女に誓ったのは昨夜のこと、
あの馬鹿げたあり得ないことを。
飽き飽きする十二時間ものあいだ

私が貴女をじっくり長く愛さなかっただろうか？
私は他の全ての美女たちを不当に扱い、
　貴女から他人の抱擁を奪わねばならないのか。
私は変わらずに貴女の顔を溺愛出来るならば。

いや、他人は全ての歓びを
　貴女の茶色の髪に見出すのかもしれない。
だが私は黒色や金色を求めねばならない。
　耕されていない土地にも宝を探る
熟練の探鉱師のように。

だから、もし私がひとめぐり愛し尽くして
　貴女が楽しいその人だと証明するなら、
冠を頂いてはいても劣る美女たちという戦利品を
　積んで、私は貴女の許へ帰ろう。
まさに多様な美女に飽きて。

アルシアへ　牢獄より

愛が自由な翼を以て
　私の牢獄のなかをさまよう時、
そして私の聖なるアルシアを
　鉄格子のところで囁くべく連れて来る時、
私が彼女の髪に捉えられ
　彼女の眼に縛り付けられ横になる時、
空中を飛び回る鳥たちも
　そのような自由を知りはしない。

盃が鎮まることのないテムズ川とともに
　素早くめぐる時、
私たちの安らいだ頭が薔薇に取り巻かれ、
　心が一途な炎に取り巻かれる時、

渇えるほどの悲しみをワインに浸す時、
　健康への乾杯が大いに進む時、
深淵でちびちび飲む魚も
　そのような自由を知りはしない。

私が（閉じ込められた紅雀のように）
　前より鋭い喉で、美しさや
慈悲や壮大さを歌う時、
　そしてわが王の栄光を歌う時、
いかに王は善であり、いかに偉大であるかを
　声高に述べる時、
洪水を渦巻かせる、とらわれない風も
　そのような自由を知りはしない。

石の壁が牢獄となるのではなく、
　鉄が檻となるのでもない。

無垢で穏やかな心が
　それを隠者の庵とするのだ。
もし私が愛する自由を持ち
　魂において自由であるのなら、
天上を駈ける天使たちだけが
　そのような自由を享受するのだ。

ルカスタへ　海を渡るに際して

もし不在であることが
　貴女から去ることであるなら
あるいは私が行ってしまったら
　貴女や私が独りぼっちになるということなら、
それなら（わがルカスタよ）私は

荒れる風や呑み込む波に憐れみを乞うかもしれない。
けれども帆を膨らませる
　一陣の突風や強風ほどの溜息を私は吐かないし
泡立つ海神の怒りを和らげるために
　涙を流したりはしない。
神が私を見逃そうと見逃すまいと
私はこれまで通り変わらず幸せなのだから。
二人のあいだに海や陸があろうとも
　私たちの信頼と約束は、
　隔てられた魂のように
　あらゆる時空を支配する。
最高天の上で私たちは出会うのだ
見られず、知られず、天使たちが挨拶を交わすように。

25

だから二人は後の運命を
　先取りして、
天にあっても生きるのだ。
もしこうして二人の唇と眼とが
自由な霊のように、その肉体を地上に残して
天国で制限なしに語れるのであれば。

エイブラハム・カウリー

略伝 二

他の詩編の箇所ですでに略伝が記されているので、ここでは「ホッブズ氏に」、「ハーヴェイ博士についてのオード」の二作品を書いたころのカウリーについて触れるにとどめる。彼は『様ざまな詩編』を出版する一六五六年にパリからイングランドに帰還し、隠棲するように見せて国家の成り行きに眼を見張った。だが王党派の残党として捕えられ、スカーバラ博士による三千ポンドの保釈金によってようやく釈放された。一時はアメリカへ渡ってイングランドと縁を切ることも考えたカウリーだったが、一六五八年九月三日のクロムウェルの死の直後に二度目の渡仏を行い、王政復古の年一六六〇年春に再び帰国するまでに「実験哲学の進歩のための提案」（'A Proposition for the Advancement of Experimental Philosophy'）を起草し、これを「実験哲学進歩促進協会」に贈った。この時までにカウリーの、軽妙な形而上詩人としての作風は終わりを告げ、世界と宇宙の真理の追究を意図する詩人魂が彼のなかに大きく育っている。この「提案」のなかで彼は若い自然科学者養成のための《カレッジ＝Colledge, *sic*》について、その地理的条件、予算の規模、人員構成、給料、その建物の構成、教授と研究者のなすべきことなど、全てを極めて具体的に述べている（Gough：24ff；241-45；Hurd vol.3, 239ff.）。この「実験哲学進歩促進協会」は、その萌芽として二つの研究会をすでに持っていた。一つは、一六四五年に作られた、自然科学の研究を行う（ロンドンのグレシャム・カレッジで集まった）小さな私的グループ、すなわち《眼に見えないカレッジ》と呼ばれた研究会、もう一つはオクスフォードで作られた同様な研究会であった。これが合流して、一六六〇年にできたのが「実験哲学進歩促進協会」であった。「王立協会」は今日、一六六〇年に設立とされているが、実際に国王特許状によって正式に「自然科学の知識増進のためのロンドン王立協会」（The Royal Society of London for improving Natural Knowledge）として発足したのは一六六二年のことであった（Gough：243）。カウリーはその設立当初からの会員となった。「物質主義」、「キリスト教世界での異端者」などの名で貶められるホッブズを、真理探究の政治学者として認識できたのも、カウリーのこの「王立協会」への賛同に見られる自然科学への尊重の念が大きく関わっている。

カウリーは自己の旧来の詩編を集めた『様ざまな詩編』（一六五六。最初に掲げる三作品に見るとおり、軽妙な詩が多いが「ホッブズ氏に」も所収）だけではなく、その後も詩作を続け、『いくつかの出来事についての歌草』（一六六三）には、リプリントのほかに王政復古を讃える歌と「ハーヴェイ博士についてのオード」を新たに収録した。その後バーンズ（Barnes）に隠棲し、一六六七年に世を去ったが、後年の著作のなかでは『植物誌』（ラテン語。全六巻英訳は没後の一六八九年に出た）が特に注目に値する（しかし『ブリタニカ百科事典』にも言及がない）。植物に見られる自然の美しさと驚嘆すべきその営為を描いて、これはエラズムス・ダーウィンの二部からなる植物誌（一七八九、一七九一）の先駆をなし、王侯に比すべき花の美しさは、権力の暴虐ではなく優しい権威にこそ似ると歌っている。

「ご婦人、あるいは恋愛詩数編の写し」（『様ざまな詩編』所収）より

春

あなたがここには居ないのに、木々と花々は昔のまま

その姿を現していると語らざるを得ない、
　木々はいつものとおりに美しい、花々も年ごとの華やかさのまま。
いや、鳥たちの田園的な音楽もいつもの春と変わりがない、
メロディといい、のびやかさといい、全てそのまま、
彼らがあなたを喜ばせて歌ったときと変わらない。
今朝私は《薔薇の蕾》が開くのを目撃。誓って言わざるを得ない、
頬を染める《朝》(1)が、これほどに麗しく明け初めたことはない。

あなたが居ないのに、なぜ《朝》はかくも麗しくていられるのか？
いかにして木々は美しく、花々はかくも華やかでいられるのか？
　木々と花が、ほんの昨年の春、あなたが彼らをどう見たかを、
　彼らがあなたをどう喜ばせたかを、覚えてさえいれば、
　ここであなたを見た芽ぐむ春の葉の群れ―他の葉と花を、
　自分の共連れを、その情景を見よと呼び出した葉の群れは

(1) 朝顔を思わせ、また『ロミオとジュリエット』のジュリエットの言葉を想起させる言葉遣いである。

今、辺りを見まわしてあなたの居る情景を見つけようとして見ら
　れないから
押し黙る《樹皮》のなかへ再び身を隠しそうなものなのに。
あなたが歩んだ場所の全てで、木々さえ尊いものになったのだ、
それは大昔、神々が全ての木陰に住みたもうた時と同じだったの
　だ。
この春にも彼らがこのように笑み、繁り栄えていられるとは
彼らは気づかずにいられるということなのか？
今もなお昨春と同じく誇らしげに芽吹き、咲き出でていると
　は
どれほどの栄誉を失ったかを知らずにいるということなの
　か？
愚鈍なる木々！　智の神（アポロン）に求められながら、この神に身
　をあずけない
あの女（ダプネー）(2)が、木に変えられたのも故あることと断ずるしか

（2）ダプネーはアポロンに愛されて追いかけながら、父（河の神）の助力で月桂樹に変身した。絵画や彫刻の題材でもある。

ない。

古代において木々は、確かに今より遥かに賢かったものだ、
あの頃は、トラキアびと(3)の歌を耳にして木々は喜んだものだ、
《自然》は木々にその場を動くなと命じて虚しく終わった、
詩人オルペウスが竪琴で歌を奏で始めたあの頃、
木々は音楽に酔う根を揺り動かし、根たちも聴衆に加わった、
木々が根たちに声をかけ、黙って詩人の許へ駆け寄らせたあの頃。
こんな学識ある木々なら、どんなにあなたを追いかけたことだろう、
あなたは木々を惹きつけ、あの《詩人》をも惹きつけたことだろう。
だが今だれが木々を非難できよう？　なぜならあなたが去ったのだから

（3）木々や野獣をも感動させた竪琴の名手、詩人オルペウス（オルフェウス）を指す。

ここでは木々が唯一の美女、だから木々だけが輝いているのだから。
あなたは去年木々の《自然的権利》を侵害していたのだ、
あなたが歩むところ、座するところならどんなところでも
こんもりした大枝さえも木陰を作れないでいたのだ、
太陽が木陰を作る権利を木々に許諾していた状況下でも。
この上なく美しい花々も、隣に置かれた造花や絵のなかの花にできなかったと同様に
人を喜ばすことはできなかったのだ、あなたの傍に居るかぎり。
あなたがここに来るときならいつでも、今が他のものたちにとっては
春であるその季節、喜びの春となるでしょう、私にとっては。
　今ここに見える小型の美景たちは
《罰》という名をさえ帯びているのです、
なぜなら、小型の美の姿でもってこのものたちは

いかに大型の美景を私たちが奪われているかを示すのです。
最善の季節を身に帯びてもたらしてくれるのはあなたにほかならぬ、
今春は獣たちの春、あなたとともに来る春こそ、人間にとっての真の春にほかならぬ。

「アナクレオンに倣いて」(『様ざまな詩編』所収)より

美

気前の良い《自然の女神》は全ての被造物に
防御のための《武器》を分配した。
あるものたちには女神は筋力たくましい躯《からだ》を、
またあるものたちには疾走の際の早さを与えた。
あるものには硬い蹄を、あるいはギザギザのかぎ爪を、あるものには角を、あるいは牙《きば》のある顎《あご》を。
またあるものには鱗、あるものには翼、
あるものには強い歯、あるものには毒針を。
《人間》には《英知》を女神は恵んでくれた、
楯として《英知》を、剣として《才知》を。
だが《美しい女性たち》には、女神は何を、
どんな《武器》を、どんな《甲冑《かっちゅう》》を割り当てたのか？
実は《美》こそがこの《武器》にして《甲冑》。なぜなら《麗しき女性》に
どんな《武器》、どんな《甲冑》が敵することができるのか？
いかなる鋼、いかなる黄金やダイヤモンドが
《女性の美》ほどに鉄壁でありえようか？
それでいてどんな炎が、どんな稲妻が　これまでに
これほど激しい攻撃力を発揮しえたであろうか？
麗しき女性たちは全身これ《武器》そのもの、ちょうど
ヤマアラシのように五体の全てが針を発することができる。

だが彼女らが、身から衣服を脱いで、頭から足のつま先まで
《裸体性》という《武器》で私たちにまみえたときには
もう降参だ、だれがいったい彼女らの力を表現できようか？

「アナクレオンに倣いて」（『様ざまな詩編』所収）より

燕

愚かにも饒舌な奴よ、お前は何をしでかしているのか、
こんなに朝早くから、この私の窓の下で、
調子はずれのお前のセレナーデを歌うとは？
テーレウスが、ピロメーラの舌を切ったように[1]
お前の舌も切って黙らせたならどんなに良かったろうに。
それならテーレウスの刃もむしろ良き業をなしたことになっただろうに。

（1）トラキアの王テーレウスは、妻プロクネーの妹ピロメーラを凌辱し、黙らせるためにその舌を切った。プロクネーは復讐として夫テーレウスに我が子の肉を食

お前のほうはだれにも知られない巣に籠もって
冬中いっぱい、休息をむさぼり耽って
嵐のすさぶ季節の騒がしさを避けて
お前の夏の喜びの夢を見ているではないか、
お前が私にしでかしたような邪魔に煩わされることもなく。
だれがいったいお前の邪魔をしたり、見出そうとしたりするものか？
かりにお前が、森の全ての《詩的歌声》が響かせる《調べ》を――
全ての魅惑的な音色を持っていたところで、不可能なことだぞ、
お前が私から奪っていったものを弁償できたりするものか。
お前は残酷な鳥、お前は私の両腕のなかから一つの《夢》を
奪い去って、朝の光のなかに消え去ってしまったのだぞ。
その夢は、《目覚めている眼》が見る全てをもってしても及ばないもの、
決して類するもののない姿だったのに。

わせた。テーレウスは神によってヤツガシラに変身させられ、プロクネーはのちに燕に変えられた。したがって「お前」も舌を切られていてほしかったという部分は、姉妹ともに同じ運命なら声で邪魔されて、両腕に抱いたはずの恋人を失わなかったろうにとの意味。

20

この損害を償おうとしたところで、お前は
この《夢》の半分の甘さや美しさを有するものを捜すだろうけれ
ど、
この《夢》の半分の良さを有するものもお前は持っては来られな
い、
人間どもは《燕は春を持ってきてくれる》と諺《ことわざ》に言うけれど。(2)

『ピンダロス（紀元前五世紀のギリシア抒情詩人）ふうの歌草《オーズ》』より

ホッブズ氏に

私が幾たびも眼にし、また読みもしたのは
《哲学》（自然科学）の莫大な集まり《ボディズ》、
だがこれらは全て死体《ボディズ》の塊《かたまり》、(1)
もしくは人が勝手に考え出した事物《ボディズ》の誤り。

(2)「美」と「燕」は恋と酒の古代ギリシア詩人アナクレオンの書き直しだが、カウリーが「ピンダロスふうの歌草」の「序文」で述べたとおり、翻訳詩では完全な原作への忠誠は不要。現代にも理解可能なものにすべきだという主張(Gough：二〇参照)に基づいて書かれたカウリー自身の作品と呼べるだろう。

(1) 一七世紀中葉までの《哲学》、すなわち自然科学の大部分〈古代アリストテ

生きた魂《ソウル》を、私がそこに見出したのは
　ホッブズ氏よ、あなたとあなたの書物が始まり！
　あなたが示されている美しい思考《イデア》活動が、
《神》自身のお考えに完全に一致するかどうか、
これを判断されるのは《神》のみではあろうが、
　だが私は敢えて断言できると思う、
これは真実に極めて近いので、人間の役に立つことができると思う。
あなたの記述規模は、《自然》におけると同じく正しいようだ、(2)
その多様性も同じくらい呼応・協和しているかのようだ、
個々の部分が中心に確乎として立脚しているように見える。
中身が全て充実しているので、少なくとも《自然》が唱える
空虚・空白への嫌悪を、読む人に訴える。
強大なスタゲイロス人（アリストテレスのこと。スタゲイロスは地名）は長期にわたり

レスやスコラ哲学〉は、直接《自然》を観察することなく人為的・観念的に考え出された演繹法による想念だったことを歌う。

（2）以下の四行は、《自然》と同じ良き性質を「あなた（ホッブズ）の記述が有していることを歌う。

全世界の知的領域に知れわたり
彼自身の国が、命短き豹のごとく滅ぼされるのを見届けた。
さらに強力なローマの鷲を凌駕して、アリストテレスは飛翔、
時代をしばしば革新し、その時代の死滅をその眼で検証。
マホメットの興隆にもかかわらず、彼はメッカ自体さえも手に入れ、
やがて東方からの野蛮な民の洪水に追われ
西方にアリストテレス王国を新たに建設したのだ。
だが時とともに全て偉大な帝国の民は退化する、
そして何か新たな帝国に道を譲る。
　それと同じくこの高貴な知的帝国も荒廃したのだ、
　過去の偉業から次第に沈滞したのだ、
そしてスコラ哲学者の不毛な議論が多いなかで、ついに最終的に
　衰廃したのだ。
するとこの哲学は、用語の羅列に変質、
　用語たちもまた全て野蛮性がその特質。

そこではこの学問は潰え、消失し果てた、
命も魂もまるごと吐き出され、空虚な空気になり果てた！
古代賢人の鋤鍬には見事に応じた野畑は、今は応じず、(3)
疲弊し荒れ果ててもはや収穫をもたらしもせず、
不毛の時代に、枯渇し栄光を失って横たわっている。
　そして過去の豊饒だけを誇りとしている、
これが現今の貧困の、貧弱な慰めとなっている。
　食物と果物に、今や我々は欠乏を感じずにはいない、
新たな土地を開墾せねばこの状態は変わらない。
　我々は聖所侵犯の手でもって墓暴きをしている、
　　古い瓦礫を盗み取っている。
我々は充たされない幽霊のように廃墟に入り込むのを好み、
　そして愚かな幾本もの鉱脈探索棒を思い頼み、
　我々は死者たちのあいだから探し出そうとする、

(3) 以下の一五行は、廃墟と言うに等しい不毛な《哲学》に検証を加えて、「新たな土地を開墾せねば」ならない、すなわち新時代の科学を打ち立てねばならない、と歌い、「物惜しみしない大地は、まだ多くの処女鉱脈を、未発見の金塊を埋蔵している」から自然科学の新たな勃興こそ望まれることを歌う。王立協会設立にも一役買ったカウリーが、自然科学的発想の基礎となるのがホッブズの唯物論であることを主張する前提である。なお言うまでもなく、西欧社会は《唯物論《マテリアリズム》》を、現代に至るまで反宗教主義として忌み嫌ってきた。

　埋葬されていた宝物を掘り出そうとする、
　だが実は、物惜しみしない大地は、まだ埋蔵している、
かくも多くの処女鉱脈を、未発見の金塊を我らに捧げる。

ホッブズよ、あなたにはバルト海、黒海、カスピ海、
ほっそりとした肢体の地中海、(4)
これらは狭すぎる入り海にしか見えなかったのだ、
これらは知性の貧弱な漁船にだけ相応しい場だったのだ、
他を凌ぐあなたの高貴な船舶は、巨大な海原を試みるのだ、
　大海《おおうみ》の波と大空が、船から見える唯一のものだ、
　だがやがて未知の大陸が船の前途に光るのだ、
あなたこそ、新しい哲学の黄金の土地を見た偉大なコロンブス！
　この仕事はコロンブスより困難、彼の偉業も塗りつぶす！
なぜならあなたの学問上のアメリカは、あぁホッブズ、
　あなたによって初めて発見されただけではない、
そして未来の開拓に、荒れ地のまま　ゆだねられただけではない。

(4) これらの海は、些末な自然観察を象徴する。

あなたの雄弁、あなたの知恵が働き掛けたのだ、
学問上のアメリカ[5]に植樹し、人を住ませ、建設し文明化したのだ。
私には以前は考えつきもしなかった、
（また我が身はあまりに貧弱でしかなかった、
だからこれほど膨大な蓄えを心に把握できなかった）
豊かな《修辞法》の持ち衣装全てをもってしてすら
あなたの巨人的に強大な思想の体躯を覆うに半分だけすら
充分に、輝かしい、新たな、恒久的な思想を表現するための
衣装を与えることができないのではないかなどと考えつかなかった。
あなたの充実度の高い理性は、トロイでの英雄（アイネイアース）のための
天から与えられたと伝えられる楯[6]の如く、
人間の放つ矢からは傷跡さえ残さないほどに強く、
矢を受けてなお全ての部分が金と宝石、また技も鋭く

（5）ピルグリム・ファーザーズの入植は一六二〇年で、この詩の発表はその三六年後。

（6）鍛冶の神ウゥルカーヌス（ヴァルカン）がアイネイアースに与えた絶対的な護身の楯。

人の手によって彫琢された楯の見事な彫刻――これらで今も輝
く！
　敵どもが、この楯のゆえに闘いに敗れると確信しても
　これは敵の眼から見てさえ、どうしても
喜びを感じざるを得ない美しい楯なのだ、そんな時でも。
冷酷な《時代》があなたの尊い頭部に積もらせた雪、
　この白雪（白髪）さえ、あなたが内部にたぎらせた
高貴な霊感の火を、消しも鎮めもせず(7)、
　なお元のままなのだ、あなたがこれまで探索した全ての深さ
は、
　また、なおあなたが望みうる全ての若さは！
　この深さ若さと同じ豊かさでなおあなたは享受できるのだ、
壮年期（この詩のあとホッブズは二三年生存）の英知の華やぎを、
また全ての自然的な熱気を。しかも病熱は排除できるのだ！
これと同じなのはエトナ火山頂上での相反物の協働、

(7) 白髪を白雪に譬えたので、本来なら「火を消す」はず。白髪の老齢になっても、なお学問への情熱は消えぬ。

(8) 万物を破壊する《時》であると同時に、ホッブズに敵対する《時代》をも指す。一七世紀には、ホッブズの考えは伝統的なキリス

こちらでは純白の霜、そしてその傍で火山の火の脈動!
信義厚く、この二人の隣人は確かな平和を保ち続ける、
雪は、炎の横に積もったまま、平然と眠りに耽る。
　そしてもし私たちがあなたと同じ力を得た場合には、
《自然》と《諸原因》を同じように考察できる場合には、
　こうなるに違いないと判るだろう——不死である者には
《時の翁》(8)も何一つ悪しき手だてを用いることができないと、
決して死することのないものは永久に若いに違いないと。

ト教に敵対するものとして激しく嫌われ、在フランスのホッブズは、イギリスからフランスに避難していた亡命政権からさえ睨まれていた。二〇世紀においてさえ、彼の考えは物質主義《マテリアリズム》として、あるいは人間の性質を一方的に悪と戦闘本能だとした偏見として嫌悪されたのは、以下の、この詩についての「解説」にも書くとおりである。

解説

　従来一般に考えられてきた後年のカウリー像は、詩歌ではなく自然科学に傾倒したことを非難した、極端に歪曲された虚像だった。二〇世紀前半の批評一般によれば、後年のカウリーは「新たな科学と合理主義に騙されて、詩歌を非難し、想像力と想像力の産物全てに対して侮蔑的な態度を取る人びとを称賛する輩である」とされ(Hinman: 九二参照。なおヒンマン自身はこの虚像を正そうとする)、極論すれば「自然科学の悪魔に自己の詩的霊魂を売り渡してしまった自称《想像力ある文人》」(同: V)

であり、「一七世紀後半に次第に強まった、想像力への不信を反映した作品」（同：一）に陥った作家ということになっていた。ダグラス・ブッシュのような優れた批評家も、カウリーがホッブズの理性主義・唯物論を導入して、人生の経験と取り組まない冷淡な文人となった（Bush：一六七）として彼を低く評価したのである。

一方ホッブズもまた、生前から敵の多い人物であった。主著『リヴァイアサン』（一六五一）は公然と既成教会批判を繰り広げたから、彼がまだフランスに逃れているあいだにもイギリス国教会から敵視され、異端視され、当時フランスにあった、のちのチャールズ二世による《亡命宮廷》への出入りも禁じられる。こうして国王の敵とされた彼が、明らかな国王の味方であったカウリーとフランスで知りあい、その尊敬を得たのは、二人が共通して持っていた真理への接近姿勢と、想像力と詩への尊重の念であった。実際、ホッブズが詩論を書いたことはあまり知られていない。彼は「全ての詩人が公言するように、《自然》を模倣するのであれば、自己の詩編のなかで《自然》への無知を露呈させることほど大きな欠点は、ほかにありえようか？（中略）《自然》をよく知悉する証は、明瞭さ、妥当性、上品さである。（中略）また《自然》を多く知悉する証は、表現の新鮮さ、精神の高揚によって喜ばせることである」（Hobbes：四五三）と真実に基づく新たな詩歌待望論を述べているのである。

二〇世紀においてもホッブズは、嫌というほど悪評を浴びせられてきた。文学批評の分野では、二〇世紀半ばの主流的『リア王』解釈が、エドマンド、ゴネリル、リーガンなどの悪役をホッブズ的世界観の実行者とした（Danby 及び Duthie 参照）。政治の分野でも、全体主義国家の依拠する理念が、ホッブズの万人戦闘論に源泉を持つかのように考えられた。

しかしこんにち、この誹謗はほとんど払拭され、筆者の乏しい知識で日本のこの数年を見ただけでも、本田裕志訳の『市民論』と『人間論』（二〇〇八、二〇一二）、水田洋訳『ホッブズの弁明／異端』（二〇一一）、梅田百合香著『甦るリヴァイアサン』（二〇一〇）など、ホッブズを正当に評価する書物の刊行が相次いでいる。当然、カウリーのこの作品も再評価されてよい。カウリーはこの作品の途中で、ホッブズの理性を天与の楯に譬えて、俗人が放つ非難の矢にもびくともしないと歌う。実際カウリーは「ホッブズの業績の規模の大きさを無条件に褒め称えた、彼の同時代人のなかでは実質上ただ一人の人物」（Trotter：一二八）だったのである。

『いくつかの出来事についての歌草』より

ハーヴェイ博士(1)についてのオード

はにかむ《自然》は（齢《よわい》闌《た》けていながら、麗しき処女(2)のまま、
今なお、だれにも賞味されることのないまま、
　またまだれにもヴェイルをはがされることのないまま）――
この《自然》が、ハーヴェイの激しい情熱を眼にしたとき、青ざ
めた、
この女神は震えだし、そして逃げまどい始めた、
そして聖域を求めた、ダプネー（アポロンの凌辱を逃れ月桂樹になった妖精）と同じく木の
なかにだった。
ダプネーを恋うアポロン自身は、ここまで追うと立ち止まった、
　そして彼女の木の葉を愛撫するだけで満足したと思った。
だが我らがアポロン・ハーヴェイ博士は、立ち止まらなかった、
彼女（《自然》）を追って木の皮、木の根にまで突入していった！

(1) ウィリアム・ハーヴェイ博士はイギリスの医師・解剖学者で、血液の循環を発見し、動物の誕生原理を研究した自然科学発展上の巨人。

(2) ギリシア神話には、神に追われて処女性を奪われようとした人間の女や妖精が多い。ここでは《自然》をこのような女に、ハーヴェイ博士を神に見立てる。女や妖精が木になってしまうとギリシアの神は追跡を諦めるが、博士はなお《自然》の探索を断念しない。

眼の光の尖った先でさえ、鋭利には見分けられなかった
植物の極微の繊維――この細い繊維すら博士には狭すぎなかった、
　つまり彼女を追うハーヴェイの足どりを、阻止できなかった。
女神《しぜん》はどうすればよいのか？《感覚》を与えられた
生ある者たちが棲む、うごめく森じゅうを女神は逃げまどった。
ハーヴェイは追いかけ続け、なお彼女の姿を見失わなかった。
だが鹿が長らく狩の手に追われたあと、川に逃げ込むように、
彼女はついに飛び込んだのだ、うねり曲がる血液の流れに、
全ての深紅の広がりが作りだしていた人間のマエアンデル河(3)の渦
　中に。
　最後には人の心臓に彼女は身を休めたのだ、
　そして振り向いて見た、その先の逃げ場を失ったからだ、
そして清め研ぎ澄まされた耳には、彼女が言うのが聞こえたのだ
――
(《自然の女神》は言った)「ここならきっとわたしは安全でしょ

(3) マエアンデル河はトルコ西部からエーゲ海に注ぐメンデレス河の古代名。曲がりくねる流路を持つ。「人間のマエアンデル河」は複雑に曲がりくねる人間の血管を指す。

う、
どんな者も見つけることはできないでしょう、
このわたしの隠れ家を――《あの方》（キリスト教の神）のほかには、
この心臓とわたしの二つを創造された方以外には。
人間の心の臓器《ハート》なんて、どんな人の技《わざ》が明るみに出せるという
の？[4]
二つの部分の互いを隠す一つの壁が立ちふさがり、
その内側の二つの部分を互いに隔てる壁があいだに跨《またが》り、[5]
その心自体にも見えないという人の心《ハート》を、だれが見出せるとい
うの？」
彼女は言った。だが彼女がそれと気がつきもしないうちに、
ハーヴェイが彼女の傍に居たのだ、その心臓の内に。
そしてハーヴェイはこの変幻自在の女神を捉え、鎖に託した、
そして最後には、女神の大いなる神秘《ミステリイズ》の全てを眺め尽くした。
そうなる前にこの神秘を、彼の英知の眼から隠そうとしたこと、
このことが、女神の試みのなかで、初めて虚しく終わったこと。

（4）この一行は心臓（ハート）の複雑な構造と、人の心（ハート）の複雑さの双方を指すウィット。

（5）心臓の「内腔は心中隔によって左右に分けられ、さらに弁膜（左僧帽弁、右三尖弁）により上方の心房と下方の心室に分けられる」（広辞苑）。

　彼は新たな生命の幼き営為も見極めたのだ(6)、
　生命が、まだ貧弱ゆえの努力を隠しているさまを、
懸命に内密のまま、生きるために働いている(7)ときのありさまを。
　肝臓がまだ理解もしないうちに突き止めたのだ、
　肝臓が血液の高貴な朱色を理解しないうちに、
　肝臓によって一滴の血液も作られないうちに、
むしろ生命の業を始めるために肝臓に血が持ちこまれないうちに。

教えられてもいない心臓が、まだ脈動し始めないうちに——
命を燃やす熱へと規則正しい行進曲を奏で始めないうちに、
地の上、海上、大気中——どこに生かしめられるかに拘《かか》わらず、
生命ある建物を築く全ての魂から、情報が確かめられた——
生命が、胎生であるか、あるいは卵生であるかを問わず、
厳密な情報が、刻々と彼の手許にもたらされた、
　偉大な生命の構築物がいかにして育成されてゆくかが、

(6) ここからは、ハーヴェイ博士が生命の発生原理を探求した側面を歌う。
(7) 原文は「食うために働く」(work for a living) という言葉で、《生命を育て上げるために活動する》の意と二重になるおかしみを添えて用いる。

　それにはどんな時間と素材が必要とされるかが。
彼はいとも厳格にこの作業を調査し監督した、まるで
作業員を日当で雇い入れているかのような姿勢で。
このようにハーヴェイ博士は《真理》自体の書、被造物のなかに、
　——つまり神自身がお書きになった書物のなかに
《真理》を求め、《真理》についての論議を
読むのではなく、《真理》の現物そのものに眼を向けることを
賢明にも、適切なことと考えていた。

思うに、他の人びとは《人為》の巨大な輪のなかに立っていた、(8)
　互いを輪のなかに閉じこめ、手をつなぎあい、
だれもが、自分が導かれるとおりに他を導きあい、
　草木も生えぬ同じ道を踏みしめあい、
妖精たちのように、気まぐれな踊りを踊るだけ、
動きを変えようともせず、旧態依然の道筋を辿るだけ。
もしハーヴェイもこの道筋に自己の英知を閉じこめていたら

(8) ここからの六行は、それまでの科学者が《自然》そのものを探求せず、《人為》的に作りあげられた当時の常識を墨守したありさまを歌う。

高邁な彼の血液循環の道筋もまだ辿られてはいなかったろう。
偉大なる博士よ！　あなたによって治療術が治療された[9]のだから
《治療術》君の患者《治療術》が治されるのを我々は見るだろう、
君の治療法によって古い誤謬から切り離されて、
全ての長患い[10]から解き放たれて。
新たな食事療法を施され、より綺麗な空気のなかへ解き放たれて
《医術》は今や次第に成長するだろう、強靱・健康なものに。
以前は《医術》自身が昏睡に陥り、動くこともできなかったのに！

これらの有用な秘密を我々は彼の筆のお蔭で授かった！
そしてこの万倍もの秘密を彼の筆は明らかにするはずだった。
だがそれを奪い去ったのだ、野蛮な戦争[11]の無知蒙昧な狂気が、
荒廃した時代からこれを収奪したのだ、戦争という病気が。
おぉ何という損失！　これはちょうどあの黄金の羊毛（ギリシア神話でイアソンが

（9）「治療術が治療された」とは、間違った医術が正しく治（直）された意味。

（10）医術が、長い病のように非正常な状態にあったことを指す。

（11）クロムウェルの暴力革命（清教徒革命、一六四九年）を指す。王の侍医であったハーヴェイ博士の居宅を革命派の暴徒が襲い、貴重な研究成果を記した書類を荒廃させた。

あれほどのコストと労力とを費やして獲得されながら
獲得した）さながら、
一人の英雄によって遠方から持ち帰られながら
まさにギリシアの港湾まで来て海に沈んだ純毛さながら。
あぁ呪わしい戦争よ！　だれがお前のこの業を許せるというの
　か？
家々、街々は再び立ち直るかもしれない、
　だがハーヴェイの仕事を再興できるというのか？
それよりもセント・ポールを再建するほうが、まだ十倍も簡単か
　もしれない、
あの偉大なる研究は、彼自身以外のだれにもできはしない、
それどころか、今となっては彼自身にさえほとんどできはしない、
なぜなら時代《エイジ》の悪しき力に彼の知力は対抗できるが、悲しや！
老齢《エイジ》の力は、彼の肉体と《時》を支配するに違いないからだ。
そして長期にわたって彼が恣《ほしいまま》にしてきた《自然》が、(12)今や
ついに彼に対して、かならずや報復をするだろうからだ。

（12）《老い》もまた《自然》が作りだす状態だから。

解　説

この詩はハーヴェイ博士を讃えつつ、同時に中世的思考を排して帰納法的な真実の認識を称揚する作品でもある。

自然科学に深い関心を有していたカウリーは、前に述べたとおり、自然科学推進のための《王立協会》に強い関心を抱き、詩作の上でも「《王立協会》に寄せる」（'To The Royal Society' 初出は一六六七年。Gough：xxi；Korshin：21参照）を発表している。この詩のなかでは、従来の自然科学の「守護者たち、教導者たちは／怠惰な者たち、あるいは野心を持つ者たちだった。／彼らは決して《科学》を自由にさせようとしなかった……《科学》に見させたのは人が勝手に描いた絵、／好奇心はあるが強欲ではない《彼《かがく》》の眼を向けようとしている／人の頭脳の産物でしかない、見世物的な言の葉」に過ぎなかったと過去を総括する。そしてF・ベイコンを讃え、「彼は探求し、我々の役に立つように真実を収集した」と近代科学の基礎ができたことを歌い上げる。

「《王立協会》に寄せる」はまた詩論でもある――

「自己の空想や記憶から出てきた観念や虚像類によく似た作品、
それで自己を満足させようなどとは考えとして極貧。

大切なのは自己の眼の前に実物を置き添えることだ、
自然のままの、生きたかんばせを見据えることだ。
現実の事物が見せる姿こそが総司令、
これこそが作者の眼の判断、絵筆の動きの良き法令。」（八二—八七）

「ハーヴェイ博士についてのオード」もこの考えに基づいて書かれている。

ウィリアム・コングリーヴ

略伝

イングランドの劇作家。父親がアイルランドの陸軍駐屯部隊司令官であったため、教育を同地で受けた。中・高等学校からダブリン大学トリニティ・コレッジを通じてジョナサン・スウィフトと同窓生であり、交友は生涯にわたった。大学卒業後ロンドンで法律家を志すが、文学に転向する。一六九三年に喜劇『老独身者』を書いて大評判を取る。これにはドライデンの助力もあった。その後、喜劇『二枚舌』（一六九四）、『愛には愛を』（一六九五）、『世の習い』（一七〇〇）を発表し、王政復古期演劇界での名声を不動のものとした。一六九七年には悲劇『喪服の花嫁』を発表。劇作家としてはこれら四篇と仮面劇『パリスの審判』が作品すべてである。コングリーヴは習俗喜劇（comedy of manners）

作家として傑出した才能を発揮した。習俗喜劇は、社交界の恋愛・結婚に対する社会の圧力を、機知溢れる巧妙なセリフと複雑なプロットで描くことをその特徴とする。一世を風靡したジャンルであったが、コングリーヴは『世の習い』でそのジャンルの極地に到達した。

ローソクに寄す――エレジー

眠ることなきローソクよ、きみの無言の光で
ぼくは愁いに満ちた心を抱いてひとりきりで夜を過ごす。
きみはぼくの胸の奥に宿る苦しみの忠実な証人だから、
きみにだけは思い切って苦しい思いを打ち明けよう。
どうかぼくと一緒に叶わぬ恋を嘆いてみてくれ、
きみのとそっくりのぼくの命を憐れんでみてくれ。
きみのと同じに、ぼくの恋の炎はわが身の破滅に向かうのだ――
芯《ハート》を浪費しながら、その芯の補給によって炎は燃え立つのだ。

きみのと同じに、炎はぼくの喜びと苦しみを照らし出す――
命のしるしであると同時に滅びのしるしを。
そして、きみの臆病な炎は太陽を拒み、
夜の間だけ光り輝くさだめなのだ――
燃ゆる思いの源である太陽の前では
炎のつつましい光明はもっと輝こうとする勇気もないのと同様に。
ぼくの炎もそうなのだ。自分の恥ずかしさと畏れで
夜の影と孤独の中に引き籠もるのだ。
あるいは、かの人の眼前にその光を放つことを敢えてしないのだ
――
その輝く光線から最初に命は生まれたというのに。

ウィリアム・コングリーヴ

ドライデン氏の『ペルシウス』翻訳に寄す[1]

　いにしえの英雄叙事詩が
魔法の呪文により永きにわたる幽囚の身となった騎士を物語り、
ついに「未来」が運命づけられた英雄を遣わし、
その手により悲惨な魔法を解くことになるがごとく、
この訳業こそそのように思われるし、まさにあなたのために取っておかれた――
読解困難なる詩[2]の偉大なる解読者よ。
　あの暗雲は――過ぎし長い年月の間、
ペルシウスの我慢強い詩神に懸かっていたのだが――
跡形もなく霧散して、あなたの聖なるペンの眼前を飛び去っていく。
そして、その代わりに輝く光の路が見える。
たしかに、アポロン自らあなたの高鳴る胸に

(1) ペルシウス作六篇の風刺詩の英語訳は一七世紀にたびたびなされた。ドライデン訳出版は一六九三年。

(2) ドライデンが訳詩に付けた献辞の中で、ペルシウスの風刺詩には解釈困難な箇所が多々あることを述べている。

音楽の神、詩的霊感、を息を吹き込んでいる。
さもなければ、この大いなる光明という不意打ちはどこから生じているのでしょうか！
夜の腹からどのようにして今日という日は生まれるのでしょうか！
いまや、わたしたちの驚嘆の的である訳業は過去の愚かさを明らかにしている——
知らないことを、自惚れて、蔑視するという愚かさを。
同様に、不信心者は不遜にも
神秘的教義における神命を侮る。
ペルシウスはこれまでわずかな価値しか与えられてこなかった——
古典に対して与えられる価値以外には(3)。
だが、聖書外典を躊躇いながらも読むことにより
(これまで、わたしたちは無知であり、信仰心も欺かれていた)
ついに、アポロンのお気に入りの神官であるあなたは

(3) 一六一六年にホリデイによる最初の英訳が出版されたが、評価はそれほどではなかった。

この詩を詩人の聖典に収めるのが相応しいと考えた。
　畏れおおき君主の顔が刻まれている硬貨は
その貨幣価値以上の価値で流通するものであるが、
あなたの栄光に満ちた顔は、この訳業に表されているとおり、
元の価値に新たな価値を付け加えて、金貨の価値をさらに高めた。
この訳業という宝——岩からまことに湧き出たこの詩神の霊泉(4)——を
あなたにわたしたちは負うのだ。
　粗野な詩行に身を包んだ古びたストア派の美徳が
あなたの手で磨きをかけられ、現代の光彩を身に纏って輝いている。
そして、いにしえより、ペルシウスについてのわたしたちの評価は
その古さに対してのものであり、詩人に対してのものではなかった。
だから、いまわたしたちの賞賛すべては

(4) ヒッポクレーネー（ギリシャ神話）。ペガサスの蹄の一撃でヘリコン山の近くにこの泉が生じ、詩神ミューズに捧げられた。詩的霊感の源泉とされた。

いにしえのペルシウスに対してではなく、この新たなペルシウス
　に対するものなのだ。
というのは、彼はいつも暗く、光を与えてくれることがないから
だ。
詩人ペルシウスは死んでおり、あなたの訳業の中でのみ彼は生き
　ている。
かくのごとく、硬い火打ち石(5)はうちに熱を秘めているのだが、
詩人の技と力により強情な火花が打ち出されるのだ。
だが、あなたの見事な手腕により、ちいさな火種から
栄えある炎が立ち上り、しかも決して消えることはない。

(5)「冷たい火打ち石の中に熱い火が宿る」という諺は一六世紀末からさまざまな文学作品に見られる。

解説

かなりの数に上る詩作の制作年代は概ね不明である。「ローソクに寄す―エレジー」について、一九世紀初めの批評家は、恋人の完璧さに思いを巡らす男の前で光を放つローソクのように取るに足らない物にさえ至上の美を与えている、として詩人の技量を称えている（*The Works of William Congreve*, ed.

D. F. McKenzie, OUP, 2011, vol. II, pp. 651-2. 参照)。

「ドライデン氏の『ペルシウス』翻訳に寄す」は敬愛するドライデンの訳業への讃ではある。だが、コングリーヴ自身もホメロス、ピンダロス、オウィデウス、ホラティウス、ユウェナリスの英訳を手掛け、一七一〇年に詩集として出版している。英訳者としての視点からもドライデン訳を見ているものと考えてよかろう。

第Ⅳ部　女性がうたう

エミリア・ラニア　一五六九―一六四五〈安斎恵子〉

・徳高き読者へ（一六一一）

・「ユダヤ人の王、神、万歳」（一六一一）

レイディ・メアリ・ロウス　一五八七頃―一六五一／五三〈上坪正徳〉

『パンフィリアからアンフィランサスへ』（一六二一）より

・夜の黒いマントが

・まだ希望があります

・愛よ、無理強いしないでください

・おお、眠りよ、わたしに取り憑かないで

・暗黒の夜よ、はやく来て

・この前あなたに逢ったとき

・太陽に肌を焼かれたインド人のように

・誰もが気晴らしを懸命に求めるときに
・愛しい人よ、わたしの心を大切にしてください
・悲しみよ、胸を刺す悲しみよ
・天の栄光を示す神聖な星々よ
・夫のジュピターに絶えず嫉妬していたジュノーは
・どんな時もどんな場所も、また何を思い何を書こうとも
・いまや幸せなわたしの詩神よ、静かに憩いなさい

キャサリン・フィリップス　一六三二―六四　〈清水ちか子〉
・ウィストン納骨堂（一六五〇年代前半）
・国王チャールズ一世の二重の殺害（一六五〇年代前半）
・素敵なアン・オウエン夫人に（一六五一）
・友情（一六五〇年代中頃）
・友情の神秘―最愛のルケイジアへ（一六五〇年代前半）

アフラ・ベーン　一六四〇―八九〈石原直美〉

・故ロチェスター伯爵の死に寄せて（一六八〇―八二）

・反逆に対する解毒剤―あるいはコーヒーとティーの対話（一六八五）

・私と私の詩神の近況についてお尋ねくださった神学博士バーネット氏へのピンダロス風の詩（一六八九）

エミリア・ラニア

略伝

エミリア・ラニアは、エリザベス女王の宮廷音楽師であったイタリア人の父（Baptist Bassano）とイギリス人女性（Margaret Johnson）との間にロンドンで生まれる。七歳で父を亡くし、一八歳で母が没した後、エミリアは、エリザベス女王の宮内大臣で四五歳年上のハンズドン卿ヘンリ・ケアリーの愛人となる。一五九二年、彼の子をみごもったエミリアは、宮廷音楽師のアルフォンソ・ラニア（Alfonso Lanyer）と結婚し、男児を出産する。浪費家のアルフォンソとの結婚生活は窮乏し、彼女は夫の出世（ナイト爵位を与えられること）と自らの社会的地位向上を願っていたとみられる。身分のある女性たちからの庇護を求めて、一六一一年、唯一の著作である詩集『ユダヤ人の王、神、万歳』(*Salve Deus Rex Judaeorum*)を出版する。この詩集は多様なジャンルの作品で構成されるが、個々の作品は、ラニアの主たる庇護者カンバーランド伯爵未亡人マーガレット・クリフォードをはじめ、当時の多くの高貴な身分の教養ある女性たちに捧げられ、詩集全体が女たちへの讃歌となっており、女性詩人が女性の庇護者に捧げた献呈詩集として英文学史上画期的な詩集である。ここで訳出した表題の宗教詩のほか、詩集の最後を飾る「クッカムの描写」("The Description of Cooke-ham")は、ベン・ジョンソンの「ペンズハースト館に寄せて」(一六一六)に先立つ、最初のカントリーハウス・ポエムとして注目されている。

エミリア・ラニアに関する伝記的資料は乏しく、公的な記録以外では、彼女が一時期(一五九七)相談に通っていた占星術師フォーマンが遺した日記や臨床記録から、当時の彼女の状況を垣間見ることができるばかりだが、一九七〇年代に歴史家ラウスが、彼女をシェイクスピアのソネット集の「ダーク・レディー」だとする説を唱えたことから一躍注目を集める。この説は一般に受け入れられていないが、その後多くの研究者によって彼女の著作そのものの価値が探求されるようになり、今日では、女性擁護を高らかに歌い、またオリジナルの詩を収録した詩集を出版し、プロ意識をもって詩人を目指した草分け的な女性として、彼女の名はイギリス・ルネサンス期を代表する女性詩人の一人に挙げられている。

徳高き読者へ

一部の女性は、その性状として、他の女性たちの美徳や才芸に張り合おうとするばかりか、悪口の才能を最大限に発揮して、彼女らに与えられるべき名声の輝きを失わせようとする、という話をよく耳にします。これは男性方の不当な告発だと思うのですが、このような習慣に反して、私はこのささやかな書物、小本を、この王国のすべての徳高き淑女・貴婦人《レイディーズ&ジェントルウィメン》の皆さまに遍く読んでいただけるよう、そして私たち女性のなかの幾人かの特別な方々を讃える形で著しました。その方たちは概ね、私ばかりでなく他の人々にもよく知られ、世評ではこれ以上優れた人はいないと断言できる方々です。そして私がこのような本を著したのは、たとえ一部の女性たちが女であることを忘れ、自分の口から出た言葉で自分が非難を浴びる危険を冒して、他の女性に思慮を欠いた批判を向けるという大きな過ちを犯すとしても、必ずしもすべての女性が責めを負うべきではないことを世の人々に知っていただくためです。たとえ一部の女性の過ちが真実であっても、そのような女性たちが自らの不徳を示しうるのはせいぜいこれくらいの点においてだと私は確信しています。それゆえに彼女らが（自らの慰め、慎み、信用のために）、そのような愚行は邪悪な性質の男たちに任せることを私は願いたい。彼らは、自分が女から生まれ、女に育てられたこと、女がいなければこの世からすっかり消滅することを忘れ、挙句の果てに、自分を産んだ子宮を蝮のように汚し、己の思慮と善の欠如を露呈する。このような男たちこそ、キリストやその弟子たち、預言者たちの名誉を汚し、彼らを不名誉な死に追いやった者たちだった。それゆえ、私たちは男たちによって不当に向けられたいかなる非難も、ただ一つの目的以外では気に留めるべきではありません。それは、そうした非難を、美徳への推進力として、私たち自身のためになるよう利用して、男たちの不当な言説をさもありなんと思わせるような機会をことごとく避けることです。何より、彼らが神の寛容さえも試し

（1）デボラは、カナンの王ヤビンの圧制下、イスラエルの指導者であり預言者であった女性。バラクを招き主の言葉を伝えてイスラエル軍を鼓舞し、カナン人の将軍シセラを追い込み、イスラエルを圧制から解放する（『士師記』四章一〇―二四）。

（2）ヤエルは、バラクに追われたシセラを自分の天幕に招き入れ、彼が睡眠中に天幕の釘を取って彼のこめかみに打ち込んで殺す（『士師記』四章一七―二二）。

（3）美貌ゆえに古代ペルシアのクセルクセス王の妃に選ばれたエステルは、いとこで養父のモルデカイと共

たことを考慮すること。神は賢明で徳高い女性たちに力を与えて、男たちの驕慢と尊大を挫こうとなさった。たとえば、イスラエルの士師にして預言者、高貴なるデボラの賢明な忠言によって、[1]さらに、ケニ人（カイン人）ヘベルの妻ヤエルの決断力によって、[2]残忍なシセラが挫かれたように。邪悪なハマンは、美貌のエステルの神への祈りと思慮深い行動によって、[3]不敬なホロフェルネスは、ユディトの不屈の勇気、類まれなる知恵と自信に満ちた態度によって、[4]そして不法な裁判官たちは、貞淑なスザンナの潔白によって挫かれた。[5]その他無数にある例は、簡潔のために割愛します。それからまた、私たちの主であり救い主であるイエス・キリストは、男の助けを得ることなく、原罪その他のすべての罪を免れつつ、その受胎の時から最期の瞬間に至るまで、女によってもうけられ、女から生まれ、女に育てられ、女に従順であることを選ばれたという点。そしてキリストは女性を癒し、赦し、慰めました。苦悶の絶頂で血の汗を流し、十字架にかけられようとするときでさえも。また、死を迎えるときにも、女の身の

に、邪悪な大臣ハマンによるユダヤ人大虐殺の陰謀からユダヤの民を救う（『エステル記』二―八章）。

(4) 信仰心篤き女性ユディトは、アッシリア軍に包囲され士気を失ったイスラエル人のなかにあって、町の指導者に神への信頼を説き、アッシリア軍の陣に自ら赴き、軍総司令官ホロフェルネスの寝首を掻いて町を救う（『ユディト記』八―一三章）。

(5) バビロンのヨアキムの妻スザンナは、彼女に邪な欲望を抱いた裁判官で長老の二人の男たちの要求を拒否し、彼らの偽証で不貞の罪を着せられるが、彼女の潔白を訴える呼びかけは神に聞き届けられ、若きダニエルを通して真実が明らかにされ、二人の長老は死刑に処せられる（『ダニエル書』補遺「スザンナ」）。

振り方を案じました。(6)復活の後には、まず女の前に姿を表し、他の弟子たちに彼の輝かしい復活を宣言すべく女を遣わしました。(7)あらゆる時代において、イエス・キリストへの証聖者(8)だけでなく、痛ましい殉教者になったさまざまな信心深く徳高い女性たちの数多くの例を、他にも引用することができましょう。こうしたことのすべては、善きキリスト教徒であって高潔な精神の持ち主である男性方すべてに、女性について、そしてとりわけ徳高く善良な女性について、敬意をもって語らせるに足る事実なのです。そうした両方の性の穏当な判断に、私はこの不完全な試みを委ねます。美徳の放つごく小さな火花をそのなかに見出したとき、彼らなら、誤った解釈でそれを消したりはせず、彼らの優れた性質に従って、むしろそれを慈しみ、育て、大きくしてくださるだろうと思います。その方たちに、美徳のますますの繁栄と最善のご判断を願うものです。

(6)『ヨハネによる福音書』一九章二五―七。
(7)『ヨハネによる福音書』二〇章一一―八、『マタイによる福音書』二八章八―一〇、『マルコによる福音書』一六章九―一〇。
(8) 殉教はしなかったが、迫害や拷問に屈せず信仰を宣言しそれを守った信者。

「ユダヤ人の王、神、万歳」（抄）

＊詩行下側に付した（　）内ゴシック体部分はエミリア・ラニアによる欄外注。

かの月の女神《シンシア》(1)は、すでに天上にあって
終わりなき喜びと永遠の、あの休息の地、
滅ぶべき衣をまとう者には言い表す術《すべ》もない
あの輝かしい場所で、安らいでおられます。
その絶大なる愛において大きな祝福を受け、
永遠《とわ》に続く支配の王冠を戴いて。
　そこでは聖者と天使がその玉座に侍り、
彼女《かのかた》は、神のみを讃える天上の方。
（カンバーランド伯爵未亡人マーガレットに(2)）
だから今、貴き伯爵夫人よ、あなたのために
私はこの筆で、その滅びることなき名声を記しましょう。

(1) エリザベス一世のこと。シンシアはギリシャ・ローマ神話で月と狩猟の女神（アルテミス、ダイアナの別名）。

(2) カンバーランド伯爵未亡人マーガレット・クリフォードは、徳高き女性として知られ、娘アン（Anne, Countess of Dorset）の教育にも熱心だった。夫ジョージが亡くなる際に、不当な遺言によってその弟に所領が遺贈され、娘の相続権を取り戻すべく長年にわたって法廷闘争を続けた。この母娘が一時期身を寄せていた荘園クッカムで彼女らと共に過ごした経験が、エミリア・ラニアを創作へと突き動かしたと考えられる。

あなたの幸いなる魂がいつか天に昇るときに
この詩行があなたの尊い名を刻む地上の記録となるように。
そしてこの務めに私の詩神を専心させましょう、
技量を欠くがゆえ非難を買うだけだとしても。
　親愛なる奥方さま、女の才知の不足をご容赦ください、
　あなたへの賛辞を記す力量の持主が少ないのですから。

そしてどうぞお許しください、あの美しい夜、
あなたが私に使命を与えてくださった、あの場所について
賛辞を書き綴るのを控えさせていただくことを。(3)
あの夜、輝ける月の女神《ポイベー》(4)が大きな恵みを与え、
麗しいあなたの眼前に《楽園》を現し、
心地よい森、丘、小道、堂々たる木々を照らし
　その面《おもて》の美の全貌を現した。
　それは隠棲の心と喜びを調和させる光景。

（3）マーガレット・クリフォードから、荘園クッカムの美しさを描くよう依頼されたという事実（あるいは想像上の設定）を指す。これをテーマに書かれたのが、ラニアの詩集で「ユダヤ人の王」の後に置かれ、詩集の最後を飾る作品「クッカムの描写（"The Description of Cookham"）」。

（4）詩語としては「月」の意。ポイベーは、ギリシャ神話のウラノスとガイアの娘で、巨人族の一人。ギリシャ神話のアルテミス、ローマ神話のダイアナと同一視された。

月の女神の鷲のごとき目が、万物を創造する神、
輝ける太陽を見つめて反射するのは、
神が創始したすべてのものに注ぐ神の祝福の光。
それはこの世の被造物すべてを増やし、力づけ、
教え導いて正しい道を歩ませ、
神の力強い意思に従わせる。
　そして親愛なる奥方さまは、神の特別な恵みによって
　これら被造物のなかに神の面ざしを見るのです。

そのすべてを蘇らせる美は、苦悩の波に投げ込まれた
あなたの沈んだ魂に、大きな喜びを与え、
世俗の喜びをつまらぬ玩具と思わせ、
あなたは一心に永遠を知ろうと求め、
サタンが数限りなく悩みの種を示そうとも、(5)
あなたの揺るがぬ心は、注意を奪われることもない。
　サタンは、「恵みの霊」をあなたの中から消し去ることも、

(5) カンバーランド伯爵未亡人マーガレットの法廷闘争をめぐる苦悩に言及していると考えられる。

天の輝く面《おもて》を仰ぐあなたの視線を逸らすこともできない。
あなたの心は、造物主によって完璧に造られ、
その胸には、虚しい喜びなど宿りようもない。
造物主の甘美な愛に燃えるあなたは
世俗とは何の関わりもない様子。
ならば、神を常に愛して、恥ずることはありません、
彼こそあなたを――過去と現在のあなたを造られた方、
　彼こそ、孤児《みなしご》の目から涙を拭い去り、
　痛ましい寡婦の叫びを天から聞き届ける方なのだから。

彼こそが、あなたの心の憂いを見つめ、
魂の悲しみを気にかけてくださる。
サタンの罠にあなたが捕らわれぬよう導き、
その知恵であなたの歩みを支配される。
苦悩を通して常にあなたの心を整え、

栄光に至る試練のすべてを記録に留めてくださる。
　恐怖の暗い日々が訪れるときも、あなたが
　太陽のごとく、いいえ、それにも勝る明るさで輝くように。(6)

……………（約九〇行省略）

（カンバーランド伯爵夫人に）

ご容赦ください、奥方さま、あなたについて
記そうと意図したことから逸れましたが、
あなたの最愛の御方の栄光を示そうとしてのこと。
その驚くべき御業《みわざ》は、人の目には見えぬもの。
祝福を与えた者たちへのその特別な御心、
いかにその方が、彼らを邪悪な俗人から解放し、
　　邪悪な俗人たちにその力を知らしめるべく、
　いかに彼らをそれぞれの行ないに応じて打ち倒されるか。
この君主の愛についての瞑想のおかげで

（6）この後の五七―一四四行は、『詩編』を引用しつつ、神の栄光と創造についての瞑想を歌う。

あなたはこの俗世がもたらしうるものを思い煩うこともない。
あなたは喜びも悲しみも同じものとして経験し、そのどちらも
信仰の戦いからあなたを撤退させる力を持たず、
キジバトのごとく(7)忠実なあなたの信仰は、戦い続け、
決して屈することはないでしょう、
　卑しい苦悩にも、また、愚か者を激しく燃え上がらせる
　高慢な虚栄を求める欲望に対しても。
あなたは宮廷から田舎へと退き、
俗世があなたから去る前に、自ら俗世を離れられた。
俗世は、愚か者が崇拝する強大な魔女、
すべてを魅惑するその魔力は、放埓をきわめる俗人には
ただ心地良く、この魔女をひたすら求めるのは
永遠の世など気にもかけずに
　自ら肉欲と罪の餌食となり、
　天国の希望を失い、地獄の苦痛を勝ち取る者たち。

（7）キジバトは雌雄が仲睦まじく、情愛の深い鳥とされ、誠実な愛の象徴。

だがあなたは、この放埓な時代の驚異、
すべての歓びを捨て、天界の王に仕える。
これほど賢明な、思慮深き者がありえようか、
情欲を服従させ、俗世を追い求めることも
サタンの激情を煽ることもなく、
全能の神の翼に守られて
　年月を、日々を、時々刻々を
　神聖なる権力に仕えて過ごす女《ひと》ほどに。

あなたは清《うつくし》き模範、生き方は比類なく
胸には名誉ある勝利の数々が座している。
蒼ざめた嫉みがあなたの名を傷つけることはない、
かくも尊き客人（キリスト）がこころに住まわれているのだから。
悪意は永遠に絶望のうちに生きねばならない、
美徳が常に身を置くところ、復讐は存在しないのだから。

すべての心が、あなたに敬意を表さねばならない、
　すべての目が、かくも類まれなる完徳を見出すのだから。

（美徳を伴わない外面の美への非難）

世間が誉めそやす外面の美は
私が記そうとする主題ではありません。
期限が来れば、すぐさま「時」という暴君が終わらせ、
その派手な色合いもすぐさま消え失せる。
しかしあなたに付き添う清《うつくし》き徳の数々は
常に瑞々しく、一体であり、
　繁栄誇るトロイアを犠牲にした王妃(8)の美よりも
　あなたの美貌を引き立たせる。
あの比類なき色彩の赤と白、
移ろう顔の申し分ない造作、
見目心地よい正確な均整といった類について言うなら、
これらはみな危険と不名誉を引き寄せるだけ。

(8) ギリシャ神話の絶世の美女ヘレネー。ゼウスとレダの娘。ギリシャ中の英雄たちから求婚された末にスパルタ王の妃となるが、その美貌に魅せられたトロイアの王子パリスが彼女をトロイアに連れ去り、これがトロイ戦争の発端となる。

美徳で高められた心は、より明るい輝きを放ち、
永遠に続く美を付与し、真の優美を与え、
　地上における不滅の女神を造り、この女神は
死しても、名声によって安らぐべき新たな寝台を授かる。

美しき者たちを飾る自然の精華は
見る者すべてを魅惑する燃え立つ彗星に似て、
危険なものこそを大いに誇る美しき者たちの
憂いの網を織り成す糸にすぎない。
最大の危険が美しき女《ひと》たちを待ち受ける——
男たちが、最も貞潔な乙女を求め、誘惑し、
　いかにして征服するか、謀り企むときに。
　その美貌は彼らが狙う白き的[9]なのだから。

美貌こそ、トロイアにおいて十年の戦を生み、
ヘレネーを、法の認める夫のもとから連れ去った。

(9)「白き的」は、宮廷風恋愛をテーマとする詩においてよく使用される鹿狩りのイメージで、猟師が狙う鹿の胸を連想させる。

美貌ゆえに、貞潔なルクレティア[10]は命を失い、
そのために、驕り高ぶるタルクイニウス[11]の行為が憎悪された。
美貌が原因で、アントニウス[12]は妻を裏切り、
この決着は、剣をもってつける他なかった。
　高貴なるクレオパトラの美貌と欠点ゆえに
オクタビアは不当に遇され、彼に捨ておかれた。

その美しい禁断の樹が、どんな果実を生んだというのか、
流血と不名誉と悪名と恥辱以外に。
哀れ、盲目の女王よ、もっとよく見ることはできなかったか、
名誉の代わりに不名誉を抱くとは。
そのような企みが君主にふさわしいものか、
その血を汚し、女王の名を傷つけるとは。
　この罪悪をよしとした同じ心が、
自らを殺すことをよしとした。

(10) 王政期ローマの伝説的美女、貞節の鑑。貴族で政治家のタルクイニウス・コラチヌスの妻。紀元前六世紀ローマ最後の王タルクイニウス・スペルブスの息子セクストゥスは、いとこのコラチヌスが妻の美貌と貞淑を自慢するのを聞き、コラチヌスの留守中に彼女を陵辱する。彼女は父と夫に復讐を約束させて自害。

(11) 「驕り高ぶる」と訳した原語は"prowd (proud)"。「スペルブス」（傲慢の意）の異名をとる王の血を引くセクストゥスの驕慢は明らかであるが、同時にproudには「欲情した」の意もある。

(12) 古代ローマの軍人・政治家マルクス・アントニウスは、カエサルの暗殺後、オクタビアヌス、レピドスと共に第二次三頭政治を行なう。エジプトの女王クレオ

（ロザモンドについて）

美しきロザモンド(13)は、時代の驚異
外面の美がなければ、もっと清《うつくし》かったものを。
美貌が彼女の思いを惑わし、空へと舞い上がり、
不安定な空中に強固な楼閣を建てようと試みさせ、
そこで淫らな罪の感染が
失墜を招いた——最初に毒、次に絶望、
　二重の死が、誓いを破ったその魂を殺した、
　天の正義が彼女の罪を制したときに。

（マティルダについて）

信心深きマティルダ(14)は、不運にも、
悲嘆と不満のもとに生まれ、
美貌が災いし、その甘美な喜びは辛酸に変わる、
貞潔が愚行を阻止せんとしたときに。
好色なジョン王は、拒まれると権力を用い、

パトラの魅力の虜になり、妻の死後、オクタビアヌスの姉オクタビアと結婚するが、再びエジプトに戻り、オクタビアとの離婚でオクタビアヌスとの対立は決定的となり、アンチウムの海戦に敗れ、自害。クレオパトラも後を追う。

(13) ヘンリー二世の寵愛を受けたが、王妃エレナーの嫉妬を買い、最後は毒殺されたという。彼女の伝説は、サミュエル・ダニエルの『ロザモンドの嘆き（*Complaint of Rosamond* 一五九二）』で知られていた。

(14) ジョン王の求愛を受けた女性で、その身の上はマイケル・ドレイトンの『マティルダ』（*Matilda* 一五九四）などで語られている。

火と剣で自らの満足を得ようとした。
　身内の失脚、父親の追放、死の代償を払ってさえ、
　　彼女は同意を与えなかった。

彼女の場合は、あらゆる完徳の絶頂にある美が
この清《うつくし》き被造物の永遠に続く名誉を飾った。
彼女の高貴な心は、自らの名誉を傷つけて
恐怖あるいは寵愛に屈することを潔としなかった。
天の恵みによって、彼女は真に目指すべき道を得た、
恥のうちに生きるより、名誉と共に死すという道を。
　そして晴れやかな心持ちで毒を飲む。
それによって彼女は、あらゆる天の恵みを授かった。

（カンバーランド伯爵夫人に、キリストの受難への導入）

貴き奥方さま、この天の恵みがあなたの魂を支配し、
あなたを、創造主の目を喜ばす者とする。
それは、至らぬ考えをことごとく制御し、

神に正しく仕えるようあなたを導く。
そしてあなたは常に神を魂の夫として思う。
それは神の輝かしい目には、何より貴重なもの。
　代わりに進んで死に賜うた方のためにこそ
　あなたの魂はこの世の歓びを退けるのだから。

またその方は、死してあなたの魂を、全財産を相続する未亡人に、
いえ、天使たちが失い、アダムの堕落で私たちが失った、
あの永遠なる至福の共同相続人になさった。
ユダの接吻(15)によって生まれた、完全に見捨てられし者たち、
キリストの血の汗、酸いぶどう酒、苦味(16)、
槍、海綿、釘、こぶしによる殴打、
　その苦い受難、苦悶、死によって
　彼の息が絶えるとき、私たちは天国を授かった。
（受難物語に先立つ著者の序言）

これらの讃えるべき事柄が、私の未熟な詩神《ミューズ》を促して

(15)『マタイによる福音書』二六章四七―四九、他。
(16)『マタイによる福音書』二七章三四では、イエスを十字架につける前に、兵士たちは「苦いものを混ぜたぶどう酒」をイエスに飲ませようとしたとあり、同四八節では、イエスの死の直前、居合わせた人々のうちの一人が、「海綿を取って酸いぶどう酒を含ませ、葦の棒に付けて」飲ませようとしたとある（共同訳）。なおこの詩に付した語注における聖書の引用はすべて共同訳に拠る。

《かの方》について記し、このように時を費やす許しを
あなたに懇願させますが、弁明は無用でしょう。
あなたの清き心にかなうものと承知しています。
あなたは、かの方への愛に喜びを与えるいかなる労苦も
拒むことはなさらない方なのだから。
　キリストの死と受難を、私は記したい。
　そして読んでいただきたい、幸いなる魂の歓びを。

だがわが詩神《ミューズ》よ、おまえはどこへ飛翔するのか、
おまえに定められた調子の高さを超えて。
イカロス(17)と共に、おまえが今試そうとするのは
蠟でできた翼ではなく、その哀れにも貧しい頭だ。
その脆弱ぶりは、このお粗末な詩行が語るところ。
それでもなお、おまえの逸る心はこれを止めようもなく、
　哀れにも赤子同様の詩文は、舞い上がらずにいられない、
危険が幾度となく迫り来るのを恐れることなく。

(17) ギリシャ神話のダイダロス（建築・工芸の名人）の息子。父と共に蠟付けの翼でクレタ島から脱出したが、父の忠告を聞かずに太陽に近づきすぎて蠟が溶け、海に落ちて死んだ。

考えてみよ、知者の目に留まったときのことを。
這うことも覚束ないおまえの虚弱な詩神が
飛び立ち、宙を舞っていようというのだ、
おとなしく巣に籠もり眠っていてもいいだろうに。
彼らは考えるだろう、パエトン(18)同様、おまえは進路を制御できず、
なすすべなく、その哀れな若者同様、泣くはめになろうと。
　おまえの弱い才知が生んだちっぽけな世界は炎上し、
自らの欲望に呑まれて、おまえは滅びるだろうと。

それでもおまえが、性別あるいは分別において
弱者に見えれば見えるほど、神の栄光は輝きを増し、
この慎ましく粗末な詩行におまえの愛を示すように
おまえに力強い恵みを吹き込んでくださる。
これは貧しき寡婦の寄進(19)と同じこと。
そのなけなしの全額は、金の鉱脈より価値があり、

(18) ギリシャ神話の太陽神アポロ（ヘリオス）の息子。父の馬車を御しそこね地球に接近しすぎて大火事になるところを、ゼウスが電光を放って殺した。

(19) 『マルコによる福音書』一二章四一―四、『ルカによる福音書』二一章一―四。

私たちの愛情深き主にとっては
　諸王国の与えうる富のすべてよりも尊い。
それゆえに、私は身を低くして神の恵みを祈ろう、
書く力と強さを与えたまえと。
神の偉大な栄光がさらに輝きを増して見えるよう、
書き始めたものを書き終えることができるようにと。
そして、この詩行のなかで、神の聖なる霊が
光を与えるところから、私が迷い出ることがないように。
　何よりも、愚鈍な盲《め》しいである私が
　キリストの受難を表すにあたって身の程を忘れぬように。
神の汚れなき教義や聖典の記述に
必ずしも一致しない表現を使って、
天の明晰な目と全世界に見ていただけるよう、
私は神の栄光を求め、世間の賞賛や

虚栄の種を得ることを求めはしない。
名声の喧しいラッパも断じて気にかけはしない。
　むしろ、手がけようとする題材を
　最も平明な言葉で示すように努めたい。
この題材は私の乏しい技量では手に負えず、
この「死」の図像、世界を書物で満たすほどの物語に
「命」を与え、わずかな詩行で示そうとすれば、
私は息を切らすことになるだろう。
信仰の目をもって眺めるために
この巨大な「丘」を急いで駆け登ろうとするならば。
　この清らかな汚れなき小羊を示すには
　とうてい力不足と認めねばならない。
それでも、彼の輝ける偉業の一端を記すよう
私の精神に彼が光を与えてくださるなら、

その聖なる「丘」[20]から知恵を授けてくださるなら、
私たちの心を満たす終わりなき喜びを
私たちに受け継がせる彼の死を示すべく
この手とペンを彼が導いてくださるなら、
　私は語ろう、喪の外套で天の光を覆い隠した、
　あの悲しみに沈む黒い面ざしの夜のことを[21]。

……………

今やポンティウス・ピラト[22]が、咎なきイエスについての訴えに
審判を下さんとする。彼の眼前に立つイエスは
こうして恥ずべき一団のなかに引き入れられてはいるが、
君主にも、法にも、背いたことはなかった。
ああ、気高い総督よ、なお踏みとどまれ。
罪のない血であなたの手を染めてはならぬ、
　あなたの有徳の妻の言葉[23]に耳傾けよ、

(20) シオンの山。エルサレム東部にある丘で、ダビデが宮殿を建てた。
(21) 続く三二九―七四四行では、ピラトに引き渡されるまでのキリスト受難の物語が語られる。
(22) ローマ領ユダヤの総督。本意ではなかったにもかかわらず、キリストの処刑の最終決定を下し、判決に際しては自らの責任はない印として手を洗ってみせた（『マタイによる福音書』二七章二四）。

彼女の救い主の命を乞うために使いを遣す妻の言葉を。
野蛮で残忍な性《さが》を遠ざけ、
真の正義の心をもって、苦悩の側に立ちなさい。
真実が見えるよう、その目を見開いて、
自らの心情《こころ》に反することをしてはならない、
自らの救世主となるべき者に有罪の判決を下してはならない。
その方の神聖な命を、賞賛すべき価値を見よ。
　女に対する支配権を与えられた男たちの失墜を
私たち女が喜ぶことを許してはならない。

（イヴの弁護）

今や、あなたの無思慮が私たち女を解放し、
女のかつての過ちをずっと小さく見せる。
私たちの母イヴは、禁断の樹の実を味わい、
この上なく尊いと思ったものをアダムに与えたが、
彼女は無邪気に善良で、見通す力を持たず、

(23) 次に続く連以下（七五三行以降）に展開されるイヴ弁護は、ピラトの妻の言葉と捉える見方もある。ピラトの妻の言葉は、聖書では『マタイによる福音書』二七章一九にのみ記述があり、裁判中のピラトに伝言としてもたらされた形で「あの正しい人に関係しないでください。その人のことで、わたしは昨夜、夢で随分苦しめられました」とある。

やがて来る危害が見えなかった。
　私たち女に過ちを犯させた狡猾な蛇は
　　私たちの堕落の前に、確実な陰謀を仕掛けていた。

だから善悪の見分けのつかぬ無知には
蛇が意図した策略、悪巧みは看破できなかった。
私たちが何を奪われるかを彼女が知っていたなら、
蛇の求めに応じることもなかっただろう。
しかし、彼女は（哀れにも）悪知恵に欺かれたが、
彼女の無邪気なこころに悪気はなかった。
　食べれば死ぬという神の言葉で彼女は抗したが、
　蛇は否定し、神々のように賢くなれると言ったのだ。

だがアダムは、断じて罪を免れず、
イヴの過ちは大きいが、彼こそ責めを負うべきだ。
「弱さ」が差し出したものを、「力」は拒むこともできた。

万物の主たればこそ、彼の不名誉はいっそう大きい。
蛇の悪知恵はイヴを騙したが、アダムの行ないは
すべて神の聖なる言葉に規定されるべきところ。
　哀れなイヴが命の息吹を得る前に
　彼は地上のすべての主、王であったのだから。

アダムは、神の永遠の手で形を与えられ、
地上に生を受けた最も完璧な人間《おとこ》。
そして神の口から厳格な命《めい》を受け、
背けば即座の死だと知っていた。
実に、海と陸の両方を支配する力を持ちながら、
それでもひとつの林檎に動かされ、
　神が彼の麗しい顔に吹き入れた息吹を失い、
　人類に危険と不名誉をもたらした。

そして、「忍耐」の背に責任を負わせ、

私たち（哀れな女たち）がそれを耐えねばならぬ。
彼が判断力を欠いていたことは明白だ。
彼はそうするように説き伏せられたわけではなかった。
イヴが過ちを犯したとしたら、それは知恵を求めてのこと、
その果実の単なる美しさが、彼を堕落へと説き伏せた。
　彼は、狡猾な蛇の欺瞞に欺かれたわけではない。
　彼が食べようとするなら、誰に制する力があっただろう。
イヴにその力はなかった——その過ちは
溢れる愛ゆえの過ち、自分が食べたものを
愛しい人にも同じように味わってもらい、彼の知恵が
より明晰になることを願ってこの贈り物をしたのだ。
彼は、神から聞いた激しい言葉で
彼女の弱さを咎めることはなかった。
　だが男たちはやがて知恵を誇る——学問書から授かるように
イヴの清い手からアダムが授かった知恵を。

もし、悪の片鱗がイヴのなかにあるとすれば、
アダムから造られたがゆえ、彼こそがすべての起源。
サタンの狡猾な策略によって、数ある世界のひとつが
私たち女を汚し、惨めな男たちに
それほど大きな堕落をもたらしうるなら、
この汚れた過ちは、あなたたちすべてに何をもたらすのか。

　イヴは、弱さゆえに蛇の言葉に従った。
だがあなた（ピラト）は、悪意で神の愛しい御子を裏切る。

神の御子に不当な死刑の判決を下すという
あなたが犯す罪に比べれば、イヴの罪はささやかだった。
報いを求めるあらゆる赦されざる罪も
それには比べようがない。
あまたある世界がこぞって、そのすべての罪をもって
神の怒りを買おうとしたとしても、

　あなたが犯すこの罪は、それらすべてをはるかに凌ぐ。
　それは太陽と小さな星を比べるようなもの。
ならば、私たちが再び自由を得て、あなた方の支配に
異議を唱えることを許していただきたい。
あなた方は、女の痛みなしにはこの世に生を受けなかった――
この事実をもって、その残忍な行為を阻止させよう。
女より大きな過ちを犯しながら、女たちがあなた方と対等で
圧制から自由であることを、なぜ潔としないのか。
　ひとりの弱い女が無邪気に罪を犯したとしても
　あなたの罪は、釈明の余地はなく、終わりもない。
それには（哀れな男たちよ）私たちは決して同意しなかった、
見よ、（ああ、ピラトよ）あなたの妻が皆の代弁者だ。
夢を見ただけとはいえ、伝言を送り、
あの正しい人に関わってはならぬと伝えたが、

もしこれがあなたの心を溶かすなら、なぜ
サウル[24]同様、神に見放されし者になろうとするのか。
　かくも善なる者の死を求め、その尊い血を流して
　自らの魂の安泰を得ようとは。

実に、あなたは罪深い人たちを喜ばせようと
真理と正義のすべてに背いて、自分に心の安楽を
もたらすであろうこの行為を、血と不正、
暴虐と権力をもって裁可するのを厭わない。
あなたは、この天の光を卑しく貶めることで
群衆を宥めようと試みる。
　強盗と、ユダヤの王キリストと、
　どちらを釈放すべきかと彼らに尋ねて。[25]
群衆は皆、下劣なバラバの釈放を望み、
さらにいっそう下劣なあなたは、群衆の意志を実行する。

（24）サウルは、イスラエルの最初の王で、主の言葉に背き、またダビデを妬み殺そうとした（『サムエル記上』二一—三一章）。あるいは、『使徒言行録』九章一—一九のキリスト教徒を迫害し、後に回心したサウロ（サウル）か。

（25）『マタイによる福音書』二七章一七、二一他。

それでも、落ち着いて考えてみたとき、
あなたはこの悪を為すことに抵抗を感じもする。
ああ、あなたが慈悲の心を持とうと願うことができたなら。
あなたの汚れた唇によって
　正しき裁きが常に授ける「名誉」を死なせ、
　真の価値を汚す恥を手に入れずに済むものを。

それでもあなたは裁判官か、何の咎も見つからぬ者を
どう処分すべきかと問うとは。
いかなる原因、理由、根拠も見つからぬまま
キリストの死に同意しようというのか。
彼を鞭打ち、磔刑にまで処するつもりか、
そしてあなたの裁きで、彼の悲痛は増さねばならぬか。
　だが、恥ずることなくあなたは、この男は何をしたかと問う、
　自らの良心がこの罪の回避を求めているときに。

あなたは三度尋ねた、どんな悪事を彼が働いたかと、
そして彼には死に値する理由を見出せないと言う。
それでも神の愛しい御子を懲らしめようとする。
あなたに向かって悪口《あっこう》を発することもないその御方を。
悪意が始めたものは、怒りが終わらせねばならない。
彼の罪なき息を止めることに同意せざるを得ない。
　この粗暴な騒々しい群衆の要求はあまりに激しく、
　あなたは、崇めるべき御方に有罪の判決を下す。

それでもピラトよ、自分の権威を行使しても
あなたは安堵を得られない。
イエスをヘロデのもとに送らねばならない、
暴虐によって彼との折り合いをつけるために。
これが正義における最善を意図したものだったか、
彼には何の咎も認めていないというのに。
　和睦に美徳の犠牲が必要だとしたら、

友にならないほうがずっとましだった。(26)

だが、あなたの険しい顔の詰問も、ヘロデ王の地位も、
聖なる者からひとつの返答も引き出せない。
虚偽で糾弾する者たちも、与えられる大いなる屈辱も、
ヘロデの愚弄もまた、その御方にとってはすべて同じこと。
皆から蔑まれ、嘲られても、自らの苦境を
気にかけることも、恐れることもなく、
　ヘロデ王の喜び(27)を、慰めとすることもなく、
　ヘロデの怒りを鎮めようともなさらない。

けれども、これは奇妙なことだ、卑劣な不敬が
然るべき名誉の外衣を与えるとは(28)。
純白の衣なら、彼の尊き高潔さ、清浄無垢を示し、
最低の貧困のうちの完徳の極みを、
彼らが決して知らなかった、栄誉ある貧しさを、

(26) ローマのユダヤ総督ピラトとユダヤの王ヘロデは敵対し合っていたが、イエスの死をめぐる合意をきっかけに和解した（『ルカによる福音書』二三章一二）。

(27) ヘロデはイエスに会うことを非常に喜んだ（『ルカによる福音書』二三章八）。

(28) 『マタイによる福音書』二七章二八他。兵士たちがイエスをなぶりものにするために着せた衣の「赤(scarlet)」は、王のみが着用を許される色。これに続く、純白の衣装なら誰の目にもわかりやすく潔白の証になるのだが、という仮定法の表現は、自らの不敬が着せた衣の持ちうる預言的意味——この連の結びで、「紫と赤（purple and scar-let)」はキリストに「まことに似つかわしい色」としてその意味が述べられている——など見えない輩への

全世界がそこに見ることもできるだろうが。
　紫と赤は、まことに似つかわしい色。
　その尊い血は、全世界を救済するのが定めだから。

そして、彼が戴いた茨の王冠は
それまでに、あるいはそののちに存在した
いかなる王の冠に比してもはるかに尊く、
貧しくありながら、天の王国を買い入れた
彼の永遠の栄光に比べれば
諸王の名誉は夢にすぎない。
　この王国では神がすべての天使と共に平和に暮らし、
　不幸も悲しみもなく、喜びはいや増すばかり。

卑しい群衆の前で見せしめにしようと
彼らが蔑み彼に与えた王の外衣は、
この天の港の避難所に生きる定めの魂に

辛辣な皮肉である。

恵みの光を与えるもの。
彼らには大きな喜びで、いっそう大きな悲しみだ、
その神聖な顔にこの上なく鋭い茨が突き刺さり
　彼らの命であるその御方の死が、敵どもの慰みになることは。
　私たちの喜ばしき悲しみ、その御方のより大きな恵みが。

ピラトのこころを、同時に三つの恐れが捕らえた。
一つは、あまりに明白に見える、キリストの無罪、
さらに、今この苦痛を感じているはずの者は
聞くところでは、神の愛しい御子だという。
だが最も深くこころを突き刺す矢は
民衆の脅し――この恐ろしさは強大で、
　優しきイエスを死に追いやらねば
皇帝《カエサル》（ローマ皇帝ティベリウス）の忠臣ではいられない。
今や証明された、ピラトよ、あなたは

虚飾に塗られた壁、腐った骨を納める金ぴかの墓、
正から転じた邪、公正から転じた堕落。
あなたを叱責する者が誰もいないとしても
物言わぬ石でさえ、あなたに刃向かい、
彼の血、涙、嘆息、苦いうめきに抗議するだろう。
　　これらすべてが最後の日の証人となるとき
　　あなたの罪を水で洗い流すことはできない。
無実でありえようか、すべての正義に背き
良心の逆らうことに屈しようとするあなたが。
あなたは、知識も力も、権力さえ持ちながら、
あのように邪悪な者の思うままにさせ、
眼前の天のまばゆい光に覆いをかけて
群衆の要求に屈してしまう。
　　手を洗っても良心の曇りはとれず、
　　この汚れは必ずや衆人の目に現れる。

なぜなら、見よ、罪ある人が正しき人を糾弾し、
有罪の裁判官が無罪の者を裁く。
そして片意地なユダヤ人たちは、ほしいままに
鞭や嘲弄を彼らの主《しゅ》に向ける。
彼らは私たちの天の王を下劣に扱い、冒瀆し、蔑み、呪い、
私たちのために死ぬべく送った。
　非難、中傷、顔に吐きかけられる唾、
　悪意があらん限りの力を振るって彼を辱める。
（死に向かうキリスト）
そして今、長らく待たれた時が近づく、
祝福された聖者が天使と共に悼むその時が。
彼の聖なる行進、静かな足取り、憂いに沈む面持ち、
その真価によって、最も汚れた罪を取り除くために
慎ましく、その輝ける魂を差し出そうとなさる。
そして天の永遠の書に贖いを記録するために――

過去の、そして未来のすべての罪について
　万人に下される審判のときまでの贖いを。

ピラトの公邸からカルヴァリ山[29]までの
この哀れみを誘う行進を見た者たちは、
そのような恐ろしい様子で死刑となるからには
彼は何か由々しき罪の報いを受けたと思うだろう。
彼ははっきりと示された——彼自身が説いたのは
美徳、忍耐、慈悲、愛、敬虔であることを。
　そしていかにして彼が、受難を通して
　歴代の諸王よりも多くを征服しえたかを。
最初に触れ役の廷吏が大声で不正の重刑を宣言し、
続くは死刑執行人——その下劣な務めによって
死することなき罪人たちがいる地獄に
居場所を保証された者として。

(29) キリストが磔にされた丘（『ルカによる福音書』二三章三三）。「カルヴァリ」は、「ゴルゴタ」のラテン語で「されこうべ」の意。

群衆は、釘を運び、あらゆる不敬の手段を駆使して
彼らの創造主を冒瀆し続ける。
　強盗たちが彼の両側に付き、
　兵士たちが番をするあいだ、女たちは泣き喚く。

（エルサレムの娘たちの涙）

三重の幸福を得た女たちよ、これほどの恵みを
この世には収まらぬ価値を持つ方から与えられるとは。
わが悲しみや苦痛を忘れたかのように
その方は即座に顔を向け、あなたたちを慰める。(30)
するとあなたたちの涙は、四月の驟雨のように
たちまち花の女神《フローラ》の岸辺に注がれる。
　あなたたちの叫びが、慈悲と情けと愛を引き出す。
　偉大な君主たちには心を動かさなかった、その御方から。
彼らには何も語らず、高慢なピラトにも、王ヘロデにも、
その方は一度たりとも目を上げなかった。

(30)『ルカによる福音書』二三章二七―三一。ただし、「エルサレムの娘たち、わたしのために泣くな」というイエスの言葉の後には、来るべき災いの預言が続く。

彼らの知恵をしぼった尋問をもってしても
その方からの答えは、何ひとつ引き出せなかった。
それなのに、この哀れな女たちは、痛ましい叫びで
彼女らの主、恋人、王である方を動かし、
　今にもこころ張り裂けそうな彼女らに
その方は哀れみ、顔を向け、語りかけたのだ。

幸いなるエルサレムの娘たちよ、
救い主のまなざしにこのような寵愛を見出したとは。
あなたたちが彼を哀れむとき、彼が顔を向ける。
あなたたちの涙に濡れた目は、彼の目が輝きを増すのを見る。
あなたたちの信仰と愛は
この天の光を反射するほどの高さに達した。
　あなたたちの鷲のごとき目は、この太陽を見つめ、
こころは考えた、この方が死ねばこの世は終わる。

悪意に満ちた男たちが、この無垢の鳩の
苦しむ体を責め苛んだそのときに、
哀れ女たちは、男たちが犯す罪の大きさを見て、
涙と溜息と叫びの懇願によって、ひしめく群衆のなか
何ができるかを探し求めて、
これら暴君たちのこころを絶えず動かそうと努め、
　鞭打ち、足蹴、彼の髪をむしるようなことは
　哀れみと同情をもって、やめてほしいと訴えた。

しかしその甲斐もなく、暴君たちの悪意は際限なく、
彼らのこころは火打石よりも、大理石よりも固い。
今や悲痛にも、偉大なる方を彼らが見張る。
（誰知ろう）独りでいることを望まれているその方を。
彼らは護衛でありながら、あらゆる手立てで彼を傷つけんとする。
その方が悲嘆に暮れ、嘆息し、うめくのも無理はない、
　重たい十字架を背負わされ、弱々しい足取りで

御身の喪失を彼らの益とするために進んでゆかれる。

（聖母マリアの悲しみ）

苦悩する母君は、御子のそばにいて
慰めもないまま、悲しみの深みに呑みこまれ、
その悲痛は、始まったばかりながら極限に達し、
血を流す彼の体を見て、幾度となく気を失う。
これをわが身の破滅と思わずにいられようか、
彼の栄光を授かったというのに、その彼が死ぬのだ。
　彼女の喪失ほど大きな喪失はなかった、
御子であり、かつ永遠界の父を失ったのだから。

彼女は涙で彼の尊い血を洗い流した。
罪びとがその血を足で踏まないように。
それは彼を崇めるためであり、また公道の上であっても
跪いてそうすることが、せめてもの慰めになったから。

彼女にはわかっていた、彼はエッサイ[31]であると、
最も香り高いときに摘まれねばならぬ花と蕾だと。
　彼は息子であり夫、父、救い主、王にして、
　彼の死は「死」を殺し、その棘を取り去った[32]。

……………

（カンバーランド伯爵夫人に）

ここで止《や》めるのをお許しください。
ああ、奥方さま、このように美の描写を試みましたが、
これほど深い川は渡りきれず、岸辺に着く前に
自分を裏切ることになりましょう。
それゆえ、あなたのこころに、かの方の完璧な姿を預けます。
そこで、その姿は、常に立ち続けるでしょう、
　神聖な愛と思いに囲まれ、
その聖なる社に深く刻まれて。

（31）エッサイはダビデの父（『サムエル記上』一六章）。キリストが古代の樹エッサイの家系の末裔であり完成であるということ。

（32）続く一〇二五―一三二〇行は、聖母マリアの祝福、キリストの死、復活、『雅歌』をふまえたキリストの美しさの描写。

そこであなたは、栄光に包まれた神としての彼を、
そして悲惨な状況に置かれた人としての彼を見る。
あなたは彼の真の正確な物語を読むでしょう。
血を流す彼の体を抱きしめ、
悲しみの涙を流し、死にゆく彼の頬に口づけ、
喜びに満ちた悲嘆をもって、恵みを乞う。
　そしてあなたの祈りと施しの行ないすべては
　彼の痛ましい傷から流れる血を止めるでしょう。

幾度となく、彼はあなたの愛を試し、
あなたの信仰に少なからぬ歓びを得ておられる。
十字架と苦悩によって彼は試しますが、
あなたのこころはいつも揺るがず正しい。
愛の強さゆえ、夜も昼も彼に向けられるあなたの思いは
何をもっても動かすことはできません。
　あらゆる栄光が存するこの格別な喜びを

　　あなたの変わらぬ魂は、その胸のうちに住まわせる。
彼は、あるときは羊飼いの衣をまとって現れ[33]、
羊の群れに草を食ませに出かける
善良な老人の姿を、あなたに見せる。
あなたの顔色は変わり、こころは高まり、
あなたが呼ぶと彼は来て、それが彼だとわかる。
あなたの魂は、彼が真に賢いことを理解し、
　それればかりか、彼が書物であってほしいと望む、
　　絶えず眺めることができるように。
ときには捕らわれの身で、裸かで、貧しく、何ひとつ持たず、
さまざまな病に冒され、無力で、足は萎え、
盲目で、耳も口も不自由な体で、彼は恋人のもとに赴き、
それでも恋人が変わらぬままかを確かめる。
いやむしろ、病に冒され傷を負っているからこそ、あなたは

（33）羊飼いとしてイエスは、『ヨハネによる福音書』一〇章七―一八参照。

愛しい恋人の名にかけ、進んで彼の世話をする。
　実にあなたは、彼が元気と健康を取り戻すよう、
　　あらゆる労、犠牲、配慮を惜しまない。

命と愛の主である彼にとっては
こうした慈悲の行ないは、甘美で、尊いものゆえに
彼はあなたの祈りのすべてをお聞きくださり、
天から彼の聖霊を遣わす。
あなたの目は見開かれ、明瞭に見えるようになり、
俗世のものがあなたの清き心を動かすことはできない。
　あなたの信心、祈り、そして彼の特別な恵みが
　　天を開き、そこにあなたは彼の面ざしを見る。

これらは聖ペテロが手にしていた鍵(34)、
　霊的な力と共にあなたに与えられたもの。
罪を犯す者たちの魂を、その清き徳によって癒すために。

(34)『マタイによる福音書』一六章一九。

あなたの美徳をひとたび見れば、
彼らは同様の美徳に心を向けて
あなたのような人になりたいと願う。
　あなたは目の見えぬ者に視力を与え、耳の聞こえぬ者を
聞こえるようにし、足の悪い者を真っ直ぐに立たせる。

また、悪しき霊に憑かれた者があれば、
あなたの清き模範は、悪霊を追い払う力を得て
キリストの純粋なる偉業を用い、
それを縛り、あらゆる危害を抑制する。
もし、分別も理性も欠き、狼狽する者があれば、
あなたの信仰が、苦しむ彼らの魂に向けられて
　いかなる瑕も彼らを長く悩ませぬよう
　すべての悲しみを癒し、彼らを強く育てる。

あなたはこのような豊かさゆえに富を重んじず、

外面を気にかけることもない。
地位を求めて清き美徳の規律を顧みぬような
高慢な者たちを、あなたは下に見る。
あらゆる富と栄誉をあなたは拒む、
それが美徳、学識、神聖な諸力の敵だと
　ひとたび明らかになるのを見れば。
　あなたは、改心させることはあっても、

決して汚れた無秩序や放縦に向かうことなく、
慎ましいベールで、その他の罪の穢れを
優しく被い、自然に立ち直らせ、
このような手段で、長らく道を誤っていた
その弱き迷える羊たちをやがて引き戻し、
あなたの大切な恋人に会わせることができるようにする。
　彼の囲いに彼らを連れ戻すとき、
　彼らの改心のなかに、彼は見るだろう、

太陽よりも明るく輝くあなたの美を、
いかなる君主が勝ち得たものにも優るあなたの栄誉を、
諸国から得た君主の富を凌ぐあなたの富を、
彼の花嫁へのあなたの愛、嘘偽りのない信仰心を、
あなたが彼の天の王国を手に入れるまで
始めたことを貫くあなたの志操堅固を。
　あなたは、俗世の富をくず同然とみなす。
　悪用されれば、所有者の損失となるものだから。(35)

……………

（カンバーランド伯爵未亡人に）

清らかな思いの御方よ、この全能の
不滅の王を選ばれたあなたに、幸いあれ。
彼の聖者と天使たちは、あなたを喜んで
あなたへの完璧な賛辞を高らかに

(35) これに続く一四〇九―一六七二行には、クレオパトラの俗愛と対照される聖愛、聖書のなかの女性たち（デボラ、エステル、スザンナ、シェバの女王）、『ヨハネの黙示録』の記述への言及がある。

彼らの天の主に向かって日々歌う。
そして彼らは、竪琴の音色と、甘美な香り溢れる
　黄金の小瓶、それにあなたの神聖な祈りまでも、
　万人を癒す汚れなき子羊のもとに届ける。
子羊の愛の影にすぎぬものに栄誉を与えたことで
かの異教の女王（シェバの女王）[36]は、彼から大きな恵みを受け、
あの大いなる審判の日に、不信仰と判明する者たちを
糾弾する地位を与えられる。
キリストを知らぬ不運な者たちのなかで、彼女は幸運。
尊い救世主が彼女のために便宜をはかり、
　その記憶すべき行為が、真の永遠の手によって
　記録に残されるのだから。
それでも、過ぎ去りし時代の類まれなる不死鳥、
この高貴で威厳を備えた女王も、あなたには及ばない。

(36) シェバ（シバ）はアラビア南部にあった王国の名。シェバの女王はイスラエルのソロモン王の名声を聞き及び、その知恵を試しに訪れた（『列王記上』一〇章一―一三）。

彼女はそのとき、地上の君主に
こころの欲望、愛、自由を傾けたのだから。
弱く、儚く、脆い舞台に立って
彼女は、その輝かしい役を演じただけ。
　自らが決して知ることがなかった創造主に帰すべき
　すべての栄誉を、一人の被造物に与えて。

だが、なんとあなたは、王威を誇るソロモンよりも
さらに偉大な方を求め見出された。
そして信仰心をその方に堅く結びつけ、
絶えず彼に仕え、彼を崇める。
あの栄光の神、その脅威は
不正を働く者すべてを破滅に追いやる――
　その方に、あなたはこれまでずっと忠実に仕え、
　その愛を求めて、俗世との闘いを生きてこられた。

この偉大な主を、あなたは一途に愛したが、
その方は、華麗な装いも王威もまとわず、
粗末な衣服に身をつつみ、卑しい身分で現れた。
滅ぶべき衣をまとった王、神として、
彼はあなたの愛を得て、あなたは彼に導かれ、
彼の歩んだ確かな道は、清《うつくし》き謙虚さだった。
　彼は天と地と海の君主でありながら、
　あらゆる迫害に耐え、誰ひとり傷つけなかった。

ならば、あなたは、格段の賞賛を受けてしかるべき。
卑しい羊飼いの身なりの恋人を求めているのだから。
彼は、上辺は職人の息子、[37]貧困と困窮のうちにある
数少ない人たちを除けば、彼に仕える者もなく、
哀れな漁師たち[38]が、彼の愛に仕えた、
幾千もの人々に血を流させる彼の愛に。
　かくして彼は現れた、なおさら私たちの信心を試さんと、

(37) イエスの母マリアの夫ヨセフはナザレの大工（『マタイによる福音書』一三章五五他）。
(38) 使徒のペテロ、ヤコブ、ヨハネを指す（『ルカによる福音書』五章一—一一）。

　　幾多の世界を所有しつつ、極貧に身をやつして。
彼は、私たちの魂を拡大するために
巡礼者の旅と羊飼いの世話をその身に引き受けた。
驕慢が失ったものを、謙虚さが償う。
その栄光の死によって、彼は、血と涙で書かれ、
深く刻まれた文字で、私たちを
あの祝福された永久不滅の巻物に記すのだから。
　　彼の両手、両足、体と顔から
　彼の恵みの川が惜しみなく流れる。
甘美で聖なる川、清らかな天上の泉は
私たちの命の泉から湧き出る。
救済をもたらす、すばやく甘い水流、
すべての罪と争いを浄化する、澄み切った水晶のような流れ、
清き川――それは魂が、真の永遠の生へと旅立つ前に

その雪のように白い翼を浸すところ。
甘い神酒《ネクタル》と、聖者の食す神饌《アンブロシア》、
それを味わった者は、衰えを知らない。

聖なる愛のこの蜜の滴る露、
甘い乳によって、私たち弱き者たちは回復し、
それを口にするものは、世間に動かされることなく、
すべての地上的喜びを嫌悪する。
この愛ゆえに、数多くの殉教者たちは、死して
彼らが崇める彼の甘美を味わおうとする。
　この甘美ゆえに、肉体は私たちの重荷となる、
　それは私たちを破滅させるばかりと知るからだ。[39]

………………

（証聖者と殉教者の色）

奥方さまよ、どうぞご覧ください、

(39) 続く一七四五—一八二四行は、聖ステファノ、聖ラウレンティウスの殉教などが語られる。

あなたがその価値ある歩みを辿りたいと願う人々を。
彼らは救い主が選ばれた色に飾られている。
それは白と赤両方の、この上なく清らかな色、
救い主に栄誉を与えたその瑞々しい美しさを
示したい気持ちはやまやまですが、
　私のか弱き詩神は、今や休息を望んでいます、
そうした美のすべてを、あなたの胸のなかにたたんで。

あなたの卓越性に精神を引き上げられて
私の思考では理解しがたいことについて記しました。
あなたの稀有の美徳が魂を歓ばせてくださいました。
こころよりお慕いする奥方さま、誰の目にも清らかな
あなたを賞賛せずにはいられません。
あなたの真の価値に私の詩神は仕えます。
　あなたは私の手を導く北極星、
私のすべてを、あなたの命ずるままに。

解説

エミリア・ラニア

「ユダヤ人の王、神、万歳」は、キリストの受難物語をテーマとする一八四〇行に及ぶ大作で、同名の彼女の詩集の中核を成す作品。詩集のなかでこの直前に置かれているのが、ここに訳出した「徳高き読者へ」と題された散文である。これは長大な宗教詩の序文の役割を果すとともに、ラニアの詩集出版の意図として、男性優位のイデオロギーへの反発を表明するフェミニスト的宣言となっている。

ジェームズ一世の欽定訳聖書と同年に、厳密にはひと足先に発表された「ユダヤ人の王、神、万歳」において、ラニアは、女性の劣性の根拠を聖書に求める古来より根強かった女嫌いの伝統に一石を投じるべく、女性の視点から聖書の記述の修正を試み、視覚に関わる隠喩・象徴を豊かに用いながら、信仰心と結びついた女性特有の知恵の卓越性をのびやかに歌い上げる。宗教・信仰は、当時の女性にとって安全で望ましい文学のジャンルではあったものの、中産階級出身の女性が、家父長制の根本的な前提に異議を唱えつつ、厳然とキリストの受難という畏れ多い主題について書くことは、大いに革新的な試みだったと考えられる。キリストの受難物語を記すにあたってラニアが依拠した聖典は、『マタイによる福音書』二六章三〇―二八章一〇の他、『マルコによる福音書』、『ヨハネによる福音書』など。表題のラテン語は、イエスを十字架にかける前に、総督官邸で兵士たちが、イエスに赤い（紫の）マントを着せ、茨の冠をかぶせ、葦の棒を持たせてなぶりものにしたときに発した言葉である（『マタイによる福音書』二七―九他）。そもそも不敬の輩の発した言葉をタイトルに据える大胆さとしたたかさは注目に値するだろう。

この翻訳では、一八四〇行に及ぶ原詩のうち、受難物語の語りのなかでも特にラニアの独自性が発揮されていると思われる脱線――イヴ弁護論（七六一―八三二行）、エルサレムの娘たちの涙への言及（九六九―一〇〇八行）、聖母マリアの悲嘆の描写（一〇〇九―四〇行）など――を含む部分を中心に拾った。また、献呈詩の性格も強い作品なので、詩を捧げる相手への献辞の部分もなるべく拾って訳出している。そこには女性詩人としてのラニアの自意識を読み取ることができて興味深い。なお大幅に省略した箇所の概要については、脚注のなかで示した。

レイディ・メアリ・ロウス

略伝

一七世紀初頭に活躍した女流の詩人・作家。一六二一年にイギリス文学初の女性による散文ロマンス『モンゴメリー伯爵夫人のユーレイニア』（*The Countess of Montgomery's Urania*）を出版した。ソネット集『パンフィリアからアンフィランサスへ』（*Pamphilia to Amphilanthus*）はこの本の巻末に収録されている。正確な生没年はわからないが、一五八七年頃に初代レスター伯爵ロバート・シドニーとサー・ウォルター・ローリーの従妹バーバラ（旧姓ガメッジ）の第一子として生まれた。父方の伯父は著名な詩人・廷臣のサー・フィリップ・シドニー、伯母は文人や芸術家のパトロンとして知られたペンブルック伯爵夫人（メアリ・シドニー）である。子供時代はケント州のペンズハースト館（ベン・ジョンソンの詩を参照）で過ごしたと思われる。一六〇四年大地主で田園と狩猟を愛するロバート・ロウス（ベン・ジョンソンの詩を参照）と結婚した。演劇の熱烈な愛好家であったアン王妃を囲むグループの一人となり、ベン・ジョンソン作の『黒の仮面劇』（*The Masque of Blackness* 一六〇五）や『美の仮面劇』（*The Masque of Beauty* 一六〇八）に出演している。詩人としてのメアリ・ロウスはベン・ジョンソンに高く評価されていた。彼にはメアリ・ロウスを詠った詩がいくつかあるが、「高貴なレイディ・メアリ・ロウスへ寄せる」というソネットの中で「あなたのソネットを書き写して、私は立派な恋人になり、そしてさらに立派な詩人になった」と書いている。一六一四年に夫のロバート・ロウスが多額の借金を残して他界したため、その後は借金の返済に苦労を余儀なくされた。

メアリは娘時代から従兄の第三代ペンブルック伯爵ウィリアム・ハーバートと恋愛関係にあったと言われている。ロバート・ロウスの死後二人の関係は深まり、彼らの間に二人の子供が生まれている。このスキャンダルもメアリ・ロウスがのちに宮廷内で不評を買う原因の一つになったと思われるが、それ以上に重要な原因であったのは、出版した散文ロマンス『モンゴメリー伯爵夫人のユーレイニア』の登場人物や出来事が、当時の有力な貴族と彼らの私生活をモデルにしていると見なされたことであった。ロマンスを書くこと自体が女性の美徳に反すると思われていた時代に、宮廷内の人物や出来事を素材として一種の実話小説を書いたことは、当時の貴族社会の人々にとってどうしても許されないことであった。事実この書の刊行以後彼女に関する記録は少なくなり、正確な死亡年月日も不明で、一六五一年か一六五三年に他界したとされている。メアリ・ロウスが再評価されたのは二〇世紀の後半になってからであり、一九八〇―九〇年代にかけてジョセフィン・A・ロバーツらの編集による彼女の作品の新しい版本が出版されている。

『パンフィリアからアンフィランサスへ』より

夜の黒いマントが〔P1〕(1)

夜の黒いマントがあたりを漆黒の闇でおおい、
　死の似姿である眠りがわたしの感覚を奪って、
自分がわからなくなったとき、様々な思いが駆けめぐった、
　迅速を何よりも必要とするものたちよりも速く。

(1)〔P＋数字〕は翻訳の底本であるジョセフィン・A・ロバーツ編のテクストの作品番号である。

眠りの中で、翼ある恋の願望に曳かれた二輪戦車《チャリオット》を見た、(2)
そこには愛の女王、麗しいヴィーナスが坐り、
その足もとでは息子のキューピッドが
母のかざす燃える心《ハート》に絶えず火を注いでいた。

すると愛の女神は他のどれよりも赤く燃える心を手に取り、
それをわたしの胸に押しつけ、彼に向かって言った、
「息子よ、矢を射なさい、(3)我々は勝たねばなりません。」
彼は母の命令に従い、わたしの哀れな心を生贄にした。
目覚めたとき、それが夢と消えればと願ったが、
ああ、その時からわたしは恋する人になっていた。

(2) 愛と美の女神ヴィーナス(ギリシャのアフロディーテーで、ローマのウェヌス)は伝統的に鳩の曳く二輪戦車《チャリオット》に乗った姿で描かれる。

(3) 恋愛の童神キューピッド(ギリシャのエロス、ローマのクピド)は矢をたずさえ、その矢に射られると恋に落ちると言われる。

まだ希望があります〔P3〕

まだ希望があります、だから、愛の神よ、あなたの役を演じ、
自分の務めを思い出して、わたしのことを考えてください。
この心を征服したあの目の中で輝いて(1)、わたしの目が
あなたの求めに応じていないかどうかを見てください。

あの胸の中に留まって、そこで確かめてください、
わたしの胸で燃えさかり、激しい苦痛をもたらす炎を
哀れむ気持ちがあるのかを、この炎こそ移り気や
貞節を装っても消えない浮気心を追い出しているのです。

わたしの眠りを観察し、あなたのことを思いながら、わたしが
憩えるかどうかを見てください、心があまりに苦しむために、
青ざめて食も摂れず、ひたすら慈悲を求めているのです。

(1) フィリップ・シドニーの『アストロフェルとステラ』（一二・一）に「キューピッドよ、そなたがステラの目の中で輝いているから」という詩句がある。

あなたは自分に仕える者を見捨てるのですか。考えてください、
愛の王冠をつけたお方は(2)、そのような理不尽なことはせず、
あなたの力に頼る者たちの幸せを求めるはずです。

愛よ、無理強いしないでください〔P8〕

愛よ、無理強いしないでください、あなたは自分が勝ったと
わかっているのですから。抵抗しないのに攻めるのは
卑怯というもの、どうかやめてください、わたしは
あなたに服従します、いつまでも力に頼らないでください。
ほら、わたしは降服しています、軍勢を解散してください、
わたしはあなたの臣下、征服されて従わざるを得ないのです、

(2) 絶対的な支配者としてのキューピッドの権威を表すために、「愛の王冠をつけた」と表現している。絵画などでこの童神が王冠をつけた姿で描かれるわけではない。

あなたの敵であったことはなく、あなたの要求を支援して、
逆らう者たちに当然の服従を求めてきました。

しかしいま、あなたはわたしの愛を欲しがっているようです、
はっきり申します、わたしが自由を捨てて苦難を選んだとき、
その選択をさせたのはあなたの意思でした、
あなたの汚れのない外見がわたしを恋人にしたのです。

でも、美童子の神よ、実はあなたの子供っぽさが嫌いです、
あなたの魔力《チャーム》(1)には負けますが、目のない姿(2)を好きになれません。

おお、眠りよ、わたしに取り憑かないで 〔P18〕

おお、眠りよ、わたしに取り憑かないで、

(1)「魔力」と訳した原語は‘charms’であり、この詩行の中では「魅力」「呪文」という意味も含めて遣われていると思われる。
(2) キューピッドは絵画ではよく目隠しをした姿で描かれている。これは恋の不合理性を表している。

死に似た重苦しい力でわたしを脅かさないで、
偽りの死は本当の死よりも厭わしいものであり、
わたしの心はそのような偽りをいっそう嫌うのだから。

そなたは人を欺く幻影を使ってわたしの魂を怯えさせる、
時には希望を与える妖精の似姿で、もっと多くの場合は、
まるで侮蔑するかのように、わたしの恋人の姿をとって
喜々としながら、悪意によって歓びを殺すことさえする、
そんなときわたしは（そなたによって哀れな道化にされたのに）
歓びが湧き出るのを感じる、そなたの愚かな影たちが、感覚を
失ってそなたの意のままになったわたしを破滅させているのに。

でも、いまはお願い、わたしを永遠に眠らせて
あの愛しい面影を永遠に抱かせておくれ、さもなければ
この五感が自由に働くように、目覚めたままにしておくれ。

暗黒の夜よ、はやく来て〔P22〕

暗黒の夜よ、はやく来て、そなたは悲しみに一番よく似合うから、
明かりよ、消えて、そなたは陽気な魂にこそ相応しいから。
ふさぎ込むわたしに何よりも適しているのは暗闇、
彼の不在が力ずくでわたしの明るい気持ちを奪うから。

木々でさえ頭を垂れていとしい夏との別離を嘆き、
死の色に染まった枯れ葉で
悲しみに満ちた布地を作る、
ああ、木々はそれほど悲嘆にくれているのだ。

こうして別れの絨毯が枯れ葉によって作られる。
落ち葉と裸の枝は、葉が落ちたむき出しの幹とともに
彼らの弔意を表し、こうして木々を彩った希望の緑は

色あせて、愛しながら消えていく。
木々と葉が夏の不在をこれほど悼むのであれば、わたしが
嘆くのも当然だ、わたしも同じ別離を経験しているのだから。

この前あなたに逢ったとき〔P24〕

この前あなたに逢ったとき、わたしが見たのはあなたではなく
あなたの似姿《イメージ》であった(1)、その姿が脳裡にあまりにも
生き生きと刻まれたので、いくら長く時が経っても
わたしの心をあなたから引き離すことはできなかった。
それに眠りはわたしに好意を寄せてくれるから、
いとしいあなたの思い出を、どこかへ迷わせたりはしない、

（1）恋人の出てくる夢はルネサンス期のソネットでよく詠われている。

目覚めたわたしに嘆く原因を作らないためだ、
あなたのことを一分間も忘れていたと。
わたしの信頼がこんなに厚いので、眠りもわたしに親切だ、
喜んでわたしの心にあなたの姿を送り届け、
いつもあなたの顔を誠実な恋人のように見せてくれる、
歓びとは影のようなものなのだから。

哀れんでください、いとしい人よ、いや、道理からいえば
報酬をください、あなたはわたしの中に住んでいるのだから。

太陽に肌を焼かれたインド人のように〔P25〕

太陽に、神と崇める太陽に、肌を焼かれた

インド人のように、(1) わたしも愛の神から
無情な扱いを受けている、わたしがこの神を崇めれば
崇めるほど、ますます恩寵を得られなくなるのだから。
苦にせずに肌を黒く焼く彼らはまだ幸せだ、
白さが失われるのをただ嘆くだけだから、
それに比べてわたしは、積もる悲しみに青白く憔悴し、
なんの希望もなく、希望が壊れるのを見ているだけだ。
しかも、彼らの生贄は崇拝する神の目に見えるのに、
わたしのそれは無価値な儀礼として隠されてしまう。
認めてください、わたしが供犠の場所を知ることを。
そしてこの心にキューピッドの力の印を付けさせてください、
彼らが皮膚に太陽神の光の印を付けているように、
わたしは生きている限り、愛の神への供犠をやめません。

(1) このソネットに出てくる黒い肌のインド人への言及は、メアリ・ロウスが一六〇五年にベン・ジョンソンの『黒の仮面劇』に出演したことと関連があると思われる。

誰も気晴らしを懸命に求めるときに〔P26〕

誰も気晴らしを懸命に求め、ある人は狩猟[1]を、ある人は
鷹狩りを、ある人は賭け事を、ある人は愉快な会話を好み、
なかには音楽に酔いしれる人がいるけれども、わたしが
そんなことより大事にするのは、いろいろな心の思いだ。

わたしが味わう喜びは、人々の目から離れて坐り、
彼らが太陽の下で暗闇に迷い、他にやるべきことが
ないかのように、つまらぬ無価値なことに精を出し
真の喜びを捨てているのを不思議に思うことだ。

他の人が狩りをするとき、わたしは自分の思いを追いかけ、
彼らが鷹狩りをするとき、わたしの心は望む獲物へ飛んで行く、
彼らが会話を楽しむとき、わたしは自分の魂と語りあい、

(1) メアリ・ロウスの夫のロバート・ロウスは大の狩り好きだった。ベン・ジョンソンの詩「ロバート・ロウス卿へ」を参照。

他の人が音楽を最高の恩寵とするとき、わたしはこう叫ぶ、
おお、神よ、そんな愚かしい喜びが心を動かせるでしょうか、
音楽は甘い恋の思い以外のどこに存在しうるでしょうかと。

愛しい人よ、わたしの心を大切にしてください〔P30〕

愛しい人よ、わたしの心を大切にしてください、(1)それと一緒に
魂の願いも。逃げてきたからといって、虐げないでください。
ああ、その心は惨めなわたしを見捨て、あなたの胸を
選んだのです、いつまでも留まりたい聖なる神殿として。
だから温情を施してください、逃げてきた心を
無慈悲に殺さず、許してください、悪いものを拒んで

(1) 恋人同士の心の交換や愛する人へ心を移すことは、ルネサンス期のソネットでよく詠われている。

より良いものを求めたのですから、それが叶うならば
わたしは嬉しい、心を失くして命は衰えていますが。

でも、もしあなたが本当に親切な公正なお方ならば、
あなたの心をここへ送ってください、それはこの胸の中で
深い恩義を忘れない忠実な愛を糧にして生きるでしょう。

そこであなたの心が目にするのは、汚れない純粋な愛で
作られた捧げ物、その愛は魂と肉体が一体である限り
決して色あせることはありません。

悲しみよ、胸を刺す悲しみよ 〔P32〕

悲しみよ、胸を刺す悲しみよ、わたしの責め苦は

まだ十分に酷いものではないのですか、それなのに
そなたは喜び勇んでわたしの苦しみを増し、
新たな苦難のあとに、さらに新たな苦難を加えるのですか。

わたしはそなたが勝ち取れる唯一の戦利品なのですか。
わたしは絶望の淵に沈むようにと定められていたのですか、
それとも、歓喜の平地に住めないわたしには
不幸の山を登ることが一番相応しいのですか。

もしそうならば、悲しみよ、そなたを喜んで迎えましょう、
この身は人の安らぎのために苦しまねばならないのですから。
でも、親愛なる悲しみよ、次の願いは聞き入れてください、

そなたがいくら力を振るっても構いません、でも愛する人たちが
わたしを痛めつけ、長く苦しめることは許さないでください、
それさえ避けられれば、そなたのどんな仕打ちも受け入れます。

天の栄光を示す神聖な星々よ〔P47〕

天の栄光を示し、我らの目にその輝きを
賛美させる神聖な星々よ、妬まないでください、
下界に住むわたしが、この胸にもっと多くの火を
燃え立たせる、輝く眼差《まなざ》しを享受しているからといって。

正直に申します、あのような美しさは願望を生み出すのです、
あなた方は天で煌《きら》めき、下界の我々に澄みきった光を与えます、
でも地上の眼差しは、愛するわたしの魂にいっそう強い
熱情を吹き込みます、あの方の気高さを知るようにと。

あなた方は明るく燦然と輝いていますが、わたしの喜びの光は
しっかりと固定され、その光がわたしから離れることはなく、
わたしも彼の愛から心を移すことはありません、

彼の光はわたしの喜びの極みとなって、絶えず増えています。
あの方の眼差しは、愛に支配されたわたしの目には命を、
わたしの愛には満足を与えます、彼の目に愛があるからです。

夫のジュピターに絶えず嫉妬していたジュノーは　〔P97〕

夫のジュピター(1)に絶えず嫉妬していたジュノー(2)は
天上から地上へくだり、夫をしばしば
天界から誘い出す彼の最愛の恋人が、
そこにいるかどうか捜してみようとした。
彼女は夫を追ってわたしが横たわる木蔭の近くまで
やってくると、わたしが身を動かすのを見て

(1) 神々の王で天の支配者であるジュピターは、ギリシャではゼウス、ローマではユピテルと呼ばれる。
(2) ジュノーはジュピターの妻で、ギリシャではヘラ、ローマではユノと呼ばれる。

「あなたはこのあたりで見ませんでしたか」と言った、
「美徳から完全に見放された男が駆けていくのを、
愛によってますます多くの憎しみを掻き立てるその男は、
己の快楽のために淫らなニンフに言い寄っているのです。
彼の名前はジュピター、運命によってわたしの夫になりながら、
その美少女のために、わたしと天と玉座と光を見捨てたのです。」
「その男は見ていませんが」とわたしは言った、「でもここには
愛ゆえに心を戦場にした同類が大勢います。(3)」

(3) この行はジュノーのような嫉妬深い女を皮肉ったものである。

どんな時もどんな場所も、
また何を思い何を書こうとも 〔P101〕

どんな時もどんな場所も、また何を思い何を書こうとも、
人を愛するこの心に憩いや安らぎを与えることはできません。
さらにわたしの記憶も想像も、絶えず新たに生まれる
痛みの強さを推し測ることはできません。

でも、敬愛する愛の神よ、わたしから離れないでください、
この情熱に、それが生まれた時のように、わたしを支配し、
傷つけ、喜ばせるようにしてください。不安を与えるのは
あなたの得意技、不安なんて男には平気なことでしょうが。

独りぼっちになると、わたしはあなたの労苦を考えます、
最良のわたしたちを生み出すために、どんなに

骨を折っているかを。だからわたしは絶えずあなたから学び、
あなたの栄光を考えます、それは世界の最後の時まで
高まり続けることでしょう、その時になってわたしたちは
あなたの永久不変の力を認めることになるでしょう。

いまや幸せなわたしの詩神よ、静かに憩いなさい 〔P103〕

いまや幸せなわたしの詩神よ、静かに憩いなさい、
誠実な愛の安らぎの中で眠りなさい、もう詠うことはやめて、
いろいろな想像は他の人の心にゆだね、
目覚めて不安に陥ることのないようにしなさい。

しかし、もし何かを学びたいのであれば、

10

その思いを永遠の善である真理に、
真の歓びであり、最大最善にして、
決して消えない無限の収穫の享受に向けなさい。

ヴィーナスとその息子の話は若い初心者たちに
まかせなさい、彼らの心に偉大な愛の物語を
吹き込み、燃えあがる熱情に書かせるのです、
彼らが勝ち取った幸運を。

このままでよいのです。書いたことが示しています、あなたが
人を愛せることを、変わらぬ愛を名誉の証しにするのです。

パンフィリア

解説

ソネット集『パンフィリアからアンフィランサスへ』について

一六二一年に刊行された『モンゴメリー伯爵夫人のユーレイニア』の巻末に収録されたソネット集。この版の他に詩の数、配列、内容がやや異なり、メアリ・ロウスの修正の跡のある原稿がワシントンのフォルジャー図書館に所蔵されている。このソネット連作が書かれた時期ははっきりしないが、一六一三年にはすでに彼女の詩の原稿が友人たちの間で回覧されていたとのことである。

このソネット集は『モンゴメリー伯爵夫人のユーレイニア』の主人公であるパンフィリアが、恋人であるアンフィランサスへの愛の想いを詠った八三篇のソネットと二〇篇の歌（songs）からなっている。従来パンフィリアはメアリ・ロウス自身を、アンフィランサスは彼女の愛人であったウィリアム・ハーバートを表していると言われてきた。しかし詩の中にはアンフィランサスは登場せず、彼のモデルがウィリアム・ハーバートであることを暗示する詩句もほとんどない。

メアリ・ロウスのソネット連作は、テーマや韻律配置の面でペトラルカの伝統に沿っており、伯父フィリップ・シドニーのソネット集『アストロフェルとステラ』（一五九一）や父ロバート・シドニーの詩からの大きな影響が指摘されている。ルネサンス期に流行したペトラルカ風のソネットでは恋愛は理想化され、恋をする主人公は愛する恋人の冷たい反応に苦しみながら、葛藤と不安感を通して自己意識や自己省察を深めていく。このことはメアリ・ロウスのソネットにも当てはまるが、両者の決定的な違いは言うまでもなく、『パンフィリアからアンフィランサスへ』では女性が愛の想いを詠っていることである。ヴィーナスとキューピッドに支配されたパンフィリアは（冒頭の「夜の黒いマントが」を参照）、恋人の「不在」を嘆き（「暗黒の夜よ、はやく来て」などを参照）希望と絶望の間を揺れ動きながら、自己の感情の真実を探り、やがてある種の諦観に達する（「いまや幸せなわたしの詩神よ、静かに憩いなさい」を参照）。劇の展開を思わせるこのようなソネットの配置にも、メアリ・ロウスの詩人としての優れた才能が見られる。閉ざされた世界に生きる孤独なパンフィリアに、当時のメアリ・ロウスの姿が投影されているのは確かであろう。このソネット集が書かれた一六一〇年代は、エリザベス朝時代に高まったソネットの人気が衰えかけた時期であった。にもかかわらず決して古びた感じを与えないのは、メアリ・ロウスが情熱的な女性主人公の願望や葛藤を冷静に見つめ、彼女の心の動きを太陽と火、夜と闇、星と目などのイメージを遣って、あるいは擬人化された悲しみ、嫉妬、希望、恐れとの対話によって、瑞々しく詠いあげているからであろう。

キャサリン・フィリップス

略伝

キャサリン・フィリップスは、三二年余の生涯のほとんどを、ピューリタン革命の混乱期の中で生きた。英語で詩を書いて世に知られたのが最も早い女性詩人である彼女の詩は、生前に広く読まれて高い評価を受けたが、当時の女性作家の多くがそうであったように、以後長い間、文学史やアンソロジーにその名が載ることはなかった。しかし二〇世紀になって、その作品は注目され、いろいろな視点から論じられるようになっている。

キャサリンは、長老教会派の裕福な織物商人ジェイムズ・ファウラーと妻キャサリンの間にロンドンで生まれた。四歳頃には聖書をすでに通読し、いくつかの外国語も話すことができた。一六四〇年から四五年まで、長老教会派の寄宿学校に在籍した。プロテスタントの家に生まれ、プロテスタントの学校教育を受け、信仰篤かった彼女だったが、その関心は、にわかに王党派に向けられる。学校には、王党派の家庭の子女も入学しており、その中の、メアリー・オーブリー、メアリー・ハーヴィーと親しくなったキャサリンは、二人を通じて王党派の人々の文学作品を知り、英国国教を高く評価するようになった。女性が詩を書くことに男性の偏見の眼があった時代だったが、少女たちは、宮廷の文芸サークル風に、劇の登場人物の名によって詩を書いて見せあっていた。キャサリンは自らを〈オリンダ〉と称し、詩作には将来もずっとこの名を使った。彼女が一〇歳の時に父が亡くなり、母は再婚相手とも数年後に死別し、さらに、ウェールズ・ペンブロウクシャーの準男爵リチャード・フィリップスと結婚する。キャサリンは学校を退学し、母に従ってロンドンを離れてペンブロウクシャーに移る。二人目の継父も亡くなり、一六四八年、彼女は彼の遠縁にあたるジェイムズ・フィリップスと結婚して、カーディガンシャーでの生活が始まる。夫は再婚で、幼い娘が一人いた。彼は議席を持ち、一六五〇年代は、クロムウェル配下の議員として「福音書普及条例」のもと、ウェールズにおける広報担当の責任者となった。議会の会期中夫妻はロンドンに住み、カーディガンののどかな田園生活にもどると、オリンダは詩作に励んだ。

空位時代の初頭に、キャサリンは「交友の会」（Society of Friendship）をつくって主催した。この会は文芸の同人であり、人とのつながりを持つ交友の場であった。会のメンバーは、王党派の文人、オリンダの学友、ウェールズの知人などの男女であった。宮廷の崩壊によって活動の場を失った王党派の詩人の中には、この会に投稿して文芸活動を継続した者がいたのである。この会のメンバーには、オリンダが劇中から選んだ登場人物の名を呼び名として贈った。彼女は、自作の詩の原稿を会員の間に回し、やがてそれを読む人の範囲が外へも広がり〈オリンダ〉の名が世に知られるようになり、著名な文人の賞賛を受けるに至った。家庭生活にあっては一六五六年には生まれて間もない男子が、一六六〇年には継娘が亡くなり、悲しみの詩が残されている。

王政復古によって、夫ジェイムズは、地位も財産もすべてを失った。キャサリンは、夫の身分保全の為に王党派の知人の中を奔走した。この間にも、彼女は詩作を続け名声は高まっている。フランス語に堪能だった彼女は、一六六二年、依頼を受けてコルネイユの悲劇「ポンペイ」を完訳し、ダブリンで上演して成功をおさめた。一六六四年の春から、ほぼ完成したコルネイユの「ホラチウス」の翻訳原稿を携えてロンドンに滞在していたキャサリンはそこで天然痘にかかり、これから円熟期に入ろうとする時に急逝した。死後三年たって、カーディガン出身の議員チャールズ・コタレル〈ポリアーカス〉の指示でキャサリンの『詩集』が出版された。彼女の生きた西欧では、まだ男女の間にいろいろ差別があり、古典語を読み書きすることや友人を持つことは、男性だけが享受するものだった。キャサリンは、女性も古典から知性や知恵を学び取り、不安の多い混乱期にあっては支えあう友人を持つべきだと考えた。彼女の詩には、プラトン時代に確立された友情の観念を基盤として、友人、友情をテーマとしているものが多く見られる。

ウィストン納骨堂

ではなぜ、この墓石ある納骨堂なの？　私たち皆同様に
差別を取り払い、遺骨を置かなければならない。
壮麗な建物で覆っても、
普通の墓の崩壊は救いようもなく
遺骨が宙に向かって撒かれるならば、
これ以上の復活の準備はない。
ではなんなの？　私たちが、思い出として不滅になりたいという
野望をいだくのはもっともだと言う人もいる。
ああ、誤った空しい技巧の仕事よ！　ああ、哀れな弱い人間よ！

記念碑は、功績が果たせる以上のことをするものだ。
人は友人たちによって最高の気遣いと愛情をののしられる。
友人たちが、彼の名声が地に落ちるだろうと思ってもいないなら、
墓誌なんて全く必要としないでしょう。
でも、私は死後も生きている。
私の〈ルケイジア〉が生きていれば、
私は生き続けるでしょう。
こんな死の虚飾は放棄して、満足して、
彼女の心を私の記念碑として。
それは、石ではないけれど、
特別な愛の奇跡が起こって
私の爲の石碑になるでしょう。
そこには、どんな墓にもないような
碑文が刻まれているでしょう。
〈ここに、オリンダ横たわる〉ではなく
〈ここに、オリンダは生きる〉と。

解　説

一七世紀のペンブロウクシャーには、憲法制定権のある議会選挙区が九区あり、ウィストンはその一つである。オリンダは、結婚するまではペンブロウクにいたし、親しくなったルケイジアはペンブロウク在住だったから、ウィストンの納骨堂は親しんだ場所だったかもしれない。心が融合している、他ならぬ友人の心を墓石として、死後もそこに生き続けることをオリンダは願っている。

国王チャールズ一世の二重の殺害
ヴァヴァサー・パウエルの
中傷詩に応えて

私は国を想うこともなく、政権の大舵輪が
どんな方向をとろうとも、なんの関心もない。
だが、父親(1)に危険が迫った時
生来の声帯障害が強制されて、

(1) リディア王クロイソス(在位紀元前五六〇—五四六)。

枷のかかった発声器官が解放されたあの息子(2)のように
それは自然の掟破りを許す理由になるだろう。
今こそ沈黙は罪。それどころか、今は賢者でさえ、
激怒を功績として許すだろう。
瀕死の獅子が、すべてのロバどもに足蹴にされる(3)のを
どんな高潔な眼なら眺められようか、〈まして無頓着に見過ごせ
　ようか〉?
〈チャールズは、かくも神の掟を破った〉、だから
平穏に王冠を戴くこともならず、いまだに平穏な墓も許されない
　のか?
古来、墓所は聖域だ。そこでは盗人だって
刑罰や恐怖のすべてから守られて横たわる。
不実な味方(4)、見下げはてた敵(5)、これこそ
偉大な〈チャールズ〉の二重苦の種だった。
異教徒が、この王者の敵であろうと、
王がそんなに傷つけられるのを見れば涙を流しただろう。

(2) ヘロドトスの『歴史』によると、クロイソスには、生まれつき声の出ない息子がいた。そして、「その声を初めて聞く日こそ、禍の日となるであろう」というデルフィーの神託があった。ペルシャとの戦争で、彼の城が陥ちようとする時に、敵兵がクロイソスとは知らずに、殺そうとして近づいてきた。するとそれまで声の出なかった息子が突然、「クロイソスを殺してくれるな!」と叫んだ。クロイソス王とわかるとペルシャ軍は、彼を捕虜にし、大国リディアは終わりを告げた。

(3) ローマの寓話作者パイドロスは、ギリシアのイソップが伝えた寓話をラテン語の韻文で書きとめ、五巻の寓話集を残した。その第一巻に、「老獅子と、猪、牡牛、ロバ」という話があ

彼の〈王位〉が〈罪〉であると、彼らが今まで
はむかってきた〈王権〉を攻撃するいい理由ができた。
〈彼は神の掟を破った。だから死ななければならない〉、
とすると、あなたや私は、どうだというのだ？
大逆のあとには、虚偽の宣伝がされるもの。だが待って。
我らの王と共に、我らの理性まで持ち去らないでほしい。
あなたは、我らの弁護論をすべて襲撃しているが
我らの常識まで引きこもらせないでほしい。
〈キリストが王になるだろう〉、だが
キリストの臣下は、自らの血を流すことでしか
彼の王国を築かないはずなのに、
自己防衛であっても、彼が何の命令も出さないとは、
私には理解の及ばぬことだった。
おお！　王冠を引きずり落とし、墓を暴き返すほどの者たちは、
どんな恐怖の極致に至っていることか？

る。老いた獅子が弱り果て、息をひきとろうとした時、牙をむいた猪がやってきて、この仇敵を一撃した。そのあとに牡牛が来て、怒り狂った角を突き立てた。猛獣の獅子が、痛めつけられても反撃しないのを見たロバが、獅子の顔を蹴り上げた。瀕死の獅子がロバに言った。「勇敢な奴の攻撃には憤りもしたが、おまえのような自然の面汚しは我慢もしよう。この死に際に、わしは二度死ぬように思われる。」キャサリンは、この獅子に国王チャールズの姿を重ねた。ロバは議会派である。

(4) 王党派の人々。

(5) 議会派の人々。

解説

この詩は『詩集』の巻頭に置かれている。一六五〇年、キャサリンの夫ジェイムズは、福音書普及広報の最高責任者として新しいポストにつくと、ウェールズの過激なピューリタンの人々と知り合うことになった。その中に、説教者で作家でもある狂信的なヴァヴァサー・パウエルがいた。彼は、第五王国派で至福千年説を信じ、一六四九年のチャールズ一世の処刑を、キリスト再来の時期が迫っている徴として歓迎していた。一六五〇年代初めの一時期、パウエルはフィリップス夫妻の家に滞在したが、その時に「亡き先王チャールズについて」(“Of the Late King Charles of Blessed Memory”)を書いた。この詩を読んだキャサリンは激怒し、日ごろの沈黙を守ることなく、怒りを抑えることもせず、パウエルの中傷詩に応える詩を書いた。彼女としては、数少ない政治に関わる作の一つである。後に、パウエルはこの詩を取り上げて、ジェイムズの立場を危うくしようとした。

素敵なアン・オウエン夫人に
〈ルケイジア〉の名を受けて、
私たちの「交友の会」に入られた際に
一六五一年一二月二八日

私たちは完全です。そして今運命は、
これ以上ない大きな祝福をしています。
それに、愚鈍な世界は、今こそ、私たちがすべての価値あるものを、
すべての幸を手に入れたことを認めなくてはなりません。
国家の年代史など、私たちの名声に比べればつまらぬもの、
今、それは〈ルケイジア〉の名にかけて、聖なるものとなるのです。

まるでレンズを通したように
力強くなった陽の光が通り抜ける。

しかも広く自由に輝いている。
それは、親しくなっても制限することは無いから。
あの人の光は、ここで陽の光によって定着するけれど、
なお彼女は、至る所に栄光を放散する。

あの人の心は完璧に明るく、
その輝きは、私たちの視力を傷めつけるほどです。
そしてなにか変化あれば、甘んじて受けるに違いない
さもなければ、私たちが尊敬はできないでしょう。
この間柄になることで、私たちにも光が与えられます。
それは〈ルケイジア〉にとっては、雲にすぎないでしょうが。

全人類が、今、私たちを
神殿として認めるでしょう。
これからいく時代も、私たちの墓に
巡礼者を、恭しくぬかずかせましょう。

そして、このような喜びをもたらした時を
永久に聖なる日として、私たちが守っていけますように。

解説

〈ルケイジア〉を歌った詩は数多いが、おそらくこの詩が最初のものである。〈ルケイジア〉の名は、ウイリアム・カートライトの劇中から選んで贈られた。オリンダより一歳若いルケイジアは、入会時一八歳で、すでに結婚しており、夫ジョンはペンブロウクシャーの地主階級であった。一六五五年、オリンダは生まれて間もない男子を亡くし、ルケイジアは夫に先立たれ、二人は、慰めあい、互いに支えあった。一〇年続いたルケイジアとの交友は、彼女の再婚を機に途絶した。結婚式に出席したオリンダは、一六六二年七月三〇日、ポリアーカスに宛てて書いた手紙の中で、「友人の結婚式は、友情の葬式になる」と述べている。

友情

キャサリン・フィリップス

愛を知らぬ、愚鈍で野卑な世の人々には
反論を続けさせ、あの高貴な炎を
否定するままにさせておこう。だが洗練された人々は、
それは、ここ下界でも
われわれが手に入れられるだけの天国だと知っている。
自然は愛によって存続し、人々はただ
共感することによってのみ、自分たちの主張と事態を結びつける。
愛は異質な要素を鎖でつないで
一つの大きな調和をかもしだし、それは天の玉座につなぎとめら
　れている。
地上と同様、天上でも、聖者や天使の
楽しい聖歌隊は、愛によって歌い続ける。
それが彼らの仕事で、至福で、

未来永劫続くだろう。
それは大海だ。地上の私たちの愛情は、
天の泉から引いている流れにすぎない。
美しい心が愛し方を知っているのを
証明することは、この上なく高貴な主題だ。
運命もどうしようもない、あのやさしい感銘は、
有徳の魂に与えられる天からの報奨だ。
愛はすべての技の凝縮、
神性なものすべての集合体だから。
愛することのできない者は、野獣にも劣る。
心の痛みや機知は、金では買えない。
愛の永遠性以外は、チャンスや計画があっても
精神を動かすことはできないのだから。
そして二つの魂が変化して、混ざり合った時、
それだけがなし得て、それ以外は
なすすべがないのが愛の永遠性だ。

これが、これこそが〈友情〉だ。卑屈な人間には
どう呼んでいいかわからない抽象された炎だ。
愛はすべて神聖なもの。結婚の絆にも、
おおいに名誉と神性はある。
だが、そこには、欲望、企み、あるいは
なにか卑しい目的が混ざっているかもしれない(1)。
それが友人たちの軽蔑するところだ。
熱情は、力強い両極端を持っている。こうして
あらゆる障害と隣り合わせている。
だから、もし〈友情〉が愛をもっと幸せにしないと
目的が遂げられると愛は弱まる。
〈友情〉、それは、ますます高く燃えるから
ますます明るく燃える、あの愛の精髄、あの純粋な火だ。
愛はといえば、現実の火のように（それは物質的な燃料が絶えると
消えるだろうが）不快な煙を伴うもので

(1) 結婚に対する、キャサリン独自の嫌悪感がうかがえる。三人の親しい女友達との交友が、すべて彼女たちの結婚問題を原因として終ったことによるものとみられる。

抵抗することでしか補給されない。
だが〈友情〉は四元の火のように
自らの熱と栄養で事足りる。
外からさしのべられる援助の手をいさぎよしとせず
そこには、害もなく、煙もなく、音もたてない。
〈友情〉は（家紋のように）
最も単純な時に最も豊か、独りでいる時に最も勇敢。
処女のように物静かで、眠っている鳩よりも無心、
そして幻影の聖者のように満ち足りている。
夜のように静かだが、夏の陽ざしのように
明るくて開放的だ。
精霊の能力よりも統一がとれ、
思考力は鷲の眼よりも高尚だ。
何と言ったらいいのだろうか？　私たちが真の友になる時には、
私たちは、まるで……ああ、私たちはただ、まるでそっくりになる。

解説

ここでは、オリンダ特有の友情論が述べられている。〈友情〉とその他の愛情、特に〈結婚の絆〉との相関関係を分析している。彼女が、夫に「友よ」と呼びかけることがあるが、自分と夫とは、夫婦愛より上位に位置づけられる純粋な〈友情〉によって結ばれている友人であることを表明している。

友情の神秘―最愛のルケイジアへ

1

さあ、私のルケイジアよ、
奇跡が、不思議な力で、脅威の力で、
男たちの信仰を、愚鈍な荒れた世界へ追いやるのが
見えるから、私たちの愛にこそ

キャサリン・フィリップス

宗教があることを証明してやりましょう。

2

私たちは、気持ちを一つにするようになっているといっても、
　その決まりは、自由をそこなうものではなく、
選択することは、天使のように自由です。
　彼らは、貪欲に選り好みして、
　喜んで決めるのです。

3

私たちの心は、失うことがあると二倍になり、
　ここで混ざり合うと、量が増える。
私たちは二人とも拡散し、また二人とも凝縮する。
　そして、心がぴったり一つになっている私たちは
　決して孤独ではないが、いつも独自でいる。

4

私たちは、君主よりも、もっと偉大で
　純潔な囚われ人でありたい。
釈放されることは、まさに放逐だ。
　私たちがつけている足枷の目的は、
束縛ではなく、装飾なのだから。

5

独りで喜んでも退屈なもの、
　一緒に悲しめば気は楽になる。
反発する時だけ、自我になる。
　そして私たちの肩書きには、すべて差別がない。
どちらも王侯で、どちらも家臣だ。

6

私たちの心は互いに犠牲を捧げる。

キャサリン・フィリップス

30

それは、祭壇にも、聖職者にも、供物にもなる。
（友情には、そんな力がある。）
こうして穏やかに死んでいくそれぞれの心は、
　犠牲によって、不死身となる。

アフラ・ベーン

略伝

彼女の生涯についてのはっきりとした記録はほとんどなく、これまでの研究である程度明らかになってきた経歴によれば、カンタベリーの理容師バーソロミュー・ジョンソンの娘として一六四〇年に生まれた。一六六三年に当時英国の植民地であった南米のスリナム（Surinam）へ渡り、一年ほど過ごして帰国し、一六六四年から六五年頃に商人のベーンと結婚、死別している。一六六六年から一年ほどチャールズ二世のスパイとしてブルージュ（Bruges）、アントワープ（Antwerp）へ行き、その間およびその後、多額の借金を抱えて友人に送金依頼状を書いたり、借金返済のため王に仕えたりした。

一六七〇年から八七年までの間は、彼女の劇作品が一七作ほどロンドンで上演されていた記録がある。また、一六八〇年代には詩と小説を出版し始め、亡くなる頃には、彼女は劇作家、詩人、小説家としてロンドンの文壇ではよく知られた存在となっていたようである。一六八九年四月一六日の没後、ウエストミンスター寺院（Westminster Abbey）に埋葬された。

文学上の業績においては、劇作品『強いられた結婚』（*The Forc'd Marriage*）や『放浪者』（*The Rover*）などが代表的である。また、『オルノーコ』（*Oroonoko*）は黒人を主人公にした初めての小説として注目される。詩作では、一六八四年に『種々の機会に寄せての詩集』（*Poems Upon Several Occasions*）を出版し、同じ頃に国王崩御や新国王即位に関する詩を多数書いている。また、『イソップ寓話』の翻訳・韻文訳を一六八七年出版したほか、翻訳詩も多く、英国初の女性職業作家として幅広く文筆活動を行っていたと言えよう。

故ロチェスター伯爵の死に寄せて

喪に服せ、喪に服せ、詩神たち、あなたたちのあらゆる喪失を悼

みなさい、
かの若者、かの高貴なストレフォン(1)はもういない。
そう、そう、彼は去りゆく光の如く素早く飛び去ってしまい、
そして決して死者たちの永久の夜から甦ってくることはない、
あれほど貴重な珠玉を、ステュクス川の神々(2)が有したことはかつてなかった、
あのような機知、あのような美貌が、彼らの岸を飾ったことは決してなかった。
彼はただこの退屈な世界をよりよくするために用立てられたのだった、
詩のあらゆる魅力、そして愛において活気づけるためだった。
いずれも彼の天賜で、彼はふんだんにそれらを費やした、
そして神の如く、感嘆する群衆たちに分け与えた。
名声のつまらぬ虚栄心を冷笑していたのだ、
その一方で心ならずも輝かしい高名を獲得していたのだ。
しかし　おお！　彼の気難しい誇りすべてが無駄になってしまっ

(1) ストレフォンはフィリップ・シドニーによる『アーケイディア』（*Arcadia* 一五九〇年出版）に登場する羊飼いの名前。恋人ウラニアを失って嘆く純朴な求愛者を示す表現として受け入れられている。

(2) ステュクス川の神々（Stygian Gods）とは、ギリシア神話のステュクス川（Styx）、三途の川で、黄泉の国を七周するという川。死者は渡し守カロンの舟でこの川を渡り死者の国に入ったとされる。

た、
太陽は彼の広大な栄光をすぐに隠してしまいたかった、
鋭く、矢のような光線で、そしてより永続的な輝きゆえに、
夜の周期的変化を受けないがゆえに。
　喪に服せ、喪に服せ、詩神たち、あなたたちのあらゆる喪失を悼みなさい。
かの若者、かの高貴なストレフォンはもういない。

今や霊感も受けずにあなたがた詩神の土手に我らは横たわる、
我らが彼の哀歌を詠うときを除いてである。
彼はまさに天分であり機知を分け与えたものだった、
そして主題に魂を与え、言葉に意味を与えたのだった。
しかしあらゆる優れた思想が語らんとするときに心奪われた、
あの柔和な若者とともに永久の暇を取った。
魂を圧倒した類まれな機知は、
ストレフォンの崇拝される墓にすべて埋葬されている。

諷刺はその手腕を欠き、その刺もないのである、
しゃれ者やうすのろは今や破滅してしまうかもしれないのである。
あの愛すべき教示的憤りは今や弱められている、
また鋭いペンも敢えて人々にどのように堕落してきたかを伝えないのである。
神のように大胆であったのが彼の取った鞭であった、
しかし切諫する一撃は優しく穏やかであった。
　喪に服せ、喪に服せ、若者たち、運命はあなたたちを裏切ったのだから。
あなたがたの悪徳を非難しなかった者が死んでしまったのだから。
喪に服せ、すべてのご麗人方、糸杉を身につけながら、
あなたがたをいつもあがめていた最も誠実な羊飼いが逝ってしまったのだから。

考えなさい、どのように彼が愛し、書き、ため息をつき、そして語ったかを、
思い出しなさい、彼の物腰、彼の伊達、そして彼の容貌を。
なんと立派な手段を用いて彼は女性の魂を驚嘆させたのか、
彼の声のように柔らかく、目のように魅力的なものがあったか。
お持ちなさい、決して枯れない花々でできた花輪を、
降り注ぎ続きける涙の雨で濡れている花々を。
あなたがたの麗しい目を向けなさい、あなたがたの犠牲になった奴隷に、
快活で若くして時ならぬ墓へ送られた彼に。
見なさい、気高い若者が体を伸ばして横たわっている場所を、
悲しすぎるあなたがたの勝利の戦利品を。
天がかつて与えしすべての魅力で飾られていた、
偉大で、柔和で、美しく、並はずれていたものすべてであった
その具現だった彼をあなたがたは早すぎる記念碑に供えてしまった。

喪に服せ、喪に服せ、ご麗人がた、あなたたちの悲しい喪失を悼みなさい。
かの若者、かの素敵なストレフォンはもういない。

喪に服せ、すべての小さな愛の神々よ、
その矢は心を射抜く例の力を欠いてしまっているのだから。
そのきらびやかな矢筒と矢を傍らに置きなさい、
その使い物にならぬ玩具は今やいたずらもできないのだから、
あなたがたの矢先のすべてに霊感を与えたその目は、
あなたがたに炎をもたらしたその光を今や失い、
彼の墓のように冷たく、あなたがたの母の鳩たちのように白い。
ああ、あなたがた小さな愛の神々よ、彼を悼みなさい、
これまでいつもあなたがた神々が誇ることのできた者のうちで、
最も従順な信者が失われたのだから。
あなたがたの手のうえにその泣いている頭を傾けなさい
そしてあなたがたの翼で彼の聖堂の周りを飛びまわりなさい。

(3) ルクレティウスはローマの哲学者・詩人。言い伝えでは、妻から与えられた媚薬による狂気の発作がもとで自殺したとされる。

花々の代わりにあなたがたの折れた矢でいっぱいにしなさい、
そして彼の足元に使わなくなった弓を置きなさい。
　喪に服せ、すべての小さな神々よ、あなたがたの喪失を悼み
　　なさい。
あの優しい、魅力的なストレフォンはもういない。

大きかったのは彼の名声だが、短かったのは彼の輝かしい生涯で
　あった、
若きルクレティウス[3]のように早く死んでしまった。
そのように早く薔薇の花々はしおれるが、すべてのもののうえに
薔薇は良い香りを振りまき、そっと静かに散る、
そして香りが散り広げられたすべての花びらが表すのは、
咲き誇っていたときには、どれほど美しく、甘美で、麗しかった
　かということだ。
もしも彼がローマ帝国において知られていたなら、
偉大なアウグストゥスが平和的な王座を占めていた頃なら、

（4）オウィディウスは晩年、アウグストゥスにより黒海のトミス（現在のルーマニアのコンスタンツァ）への流刑を言い渡される。その理由として『悲しみの歌』第二巻二〇七行でオウィディウスは「二つの罪—詩と過ち—が私を破滅に陥れた」が、その過ちについては「沈黙を守らねば」と語っている。そのため、中世以降、様々な推測がなされ、なかにはアウグストゥスの娘ユリアとの情事があったためという説もある（木村健治『悲しみの歌／黒海からの手紙』解説四五九ページ）。「詩」については、オウィディウス自身が『恋愛術』が処罰の対象とされたことを『悲しみの歌』第二巻二三九—四四行で言及している。綱紀粛正を目指すアウグストゥスは、その詩の官能的描写が

もしもアウグストゥスがかの素晴らしき詩人に会っていたなら、
そして彼の天資を知り、また彼の品行を見聞したなら、
（賢者たち、そして英雄たちが聖なる寺院に祀られていた頃に）
彼はローマの神々の数を増やしていただろうに。
詩の目利きである王が彼の高名のために寺院を建立しただろうに、
そして彼を彼の名声のように不滅なものとしただろうに。
愛と詩において彼はオウィディウスを凌いだだろう、(4)
また、あらゆる栄誉を受けて彼のユリアを勝ち得ただろう。(5)
　喪に服せ、喪に服せ、不幸な世界よ、彼の喪失を悼みなさい、
あの偉大な、魅力的なストレフォンはもういない。

風紀を乱すとして流刑を言い渡したようである。

（5）ユリアはローマ皇帝アウグストゥスの一人娘。後継者を求める父アウグストゥスによって三回政略結婚させられた。結婚相手、つまり後継者候補のマルケルス、アグリッパはそれぞれアウグストゥスに先立ち、三度目の結婚相手であったティベリウスはロドス島に隠棲、ユリアはユルス・アントニウスと浮気したため、アウグストゥスは彼女をナポリ沖のパンダタリア島に追放した。

解説

ロチェスター伯爵は一六八〇年に三三歳の若さで病気により死亡した詩人である（ロチェスター伯爵の略伝〔二六四―六七頁〕を参照）。彼はチャールズ二世の庇護を受けつつ宮廷で詩人として名を馳せる一方で、奔放な私生活で注目される人物でもあったようである。彼の死に関しては、ほかにも彼の死

の床を訪れたギルバート・バーネット司祭が、彼の悔い改めについて書いた本を後日出版し、また、彼の姪アン・ウォートンが挽歌を書いている。年齢的にはロチェスターの七歳年上となるベーンは、当時文壇で活躍していた詩人たちとともにロチェスター伯爵とも交友していた模様で、一六八五年に出版された詩文集（*Miscellany*）にこの詩が収められているが、おそらく一六八〇年から八二年の間に書かれたものと思われる。

この詩の詩形は英雄詩体二行連句（英雄詩に多用された連続する二行ずつが押韻する弱強五歩格の対句詩形）で、ロチェスターを詩人として英雄視しているとも取れる。第一連と第五連が一八行、第二連と第四連が一六行で、第三連のみが一七行で構成されている。第三連では、三行連句となっている箇所があり、それはロチェスターの夭逝を強調する箇所である。

内容としては、恋人を失った若き羊飼いストレフォンに彼を譬えつつ、そのストレフォンの死を悼むというもので、生前の彼の評判や才気、諷刺に富んだ彼の詩を、この詩の中で読者に思い出させるような哀歌となっている。また、詩の終盤においては、ローマ時代に一世を風靡し、皇帝アウグストゥスからも注目され、『恋愛術』等の作品で愛を詠っていたオウィディウスと重ねて、その絶大なる人気を想起させる。

反逆に対する解毒剤—あるいはコーヒーとティー[1]の対話

ティー：ごきげんよう、優しき友 我が時代の甘美な香油よ、
なぜそのような悲劇的な格好をしているか教えてください。
コーヒー：ようこそ親愛なる妹よ、わが命の拠り所よ、
善より良く、妻より愛しいものよ
聞かないでください、悲しみに満ちた我が目から
涙を大洪水のごとく溢れさせてしまうといけないから、
わが嘆きはそれほどであり、わが残酷な運命も
舌はとてもとても厳しい状態を表しきれないのです。
ティー：すべての呪いに優るような呪いが
そなたの悲哀をまさに生み出す人々にかかるとよいのですが——

(1) *OED* によれば、コーヒーという表現は一六世紀末から一七世紀に見られるようになり、ティーのほうは英国では一六五〇年から五五年頃に見られるようになった。したがって、コーヒーのほうが英国では歴史が若干長いこととなるため、ティーに対する sister という呼びかけの訳語は「妹」を当てた。

死、地獄そして危害がふりかかりますように
そなたの運命をそれほど悲劇的にしている者に。
コーヒー：賞賛には賞賛を、ほら今や私はわかっています、
そなたは私の命を意のままにしてもよいということです。
そなたのお好み通りになさい、私が断ることはないのです。
そなたの親切に私は感謝しているのです。
それにディドー(2)のように我が悲しみについてそなたが命じるなら
私はアエネアス(3)同様すべて手短におまとめいたしますから。
ティー：私が求めているのはただ理由だけです
そなたの顔つきを場にそぐわぬものにしてしまう理由のことです。
コーヒー：国家の狂乱と狂気が
我が心のみならず同情をも動かし、

(2) ディドーは、カルタゴの創設者と言われる女王。詩人ウェルギリウス作の『アエネイス』(*Aeneis*) において、トロイ戦争のトロイ側の武将で戦後漂着したアエネアスに恋をするも、彼がイタリアに去った後に悲しみ嘆き自死したとされる。

(3) アエネアスは、トロイ王家のアンキーセースと女神アプロディテ（アフロディーテー）の息子。

私はあまりにも恐れおののいてしまい、
心にもない表情はできかねるのです、
なぜなら今やまさに世界のすべてが
狂気と放蕩とに浸ってしまっているからなのです。
あれほど不道徳で無分別な傾向へと
まるで再びまた呼び覚ますかのようです。
つまり呪わしい混乱の残忍な混沌、
我らの大いなる幻想の産物にほかなりません。

ティー：誤りのない真実は誓いを必要としないのです、
あなたが言ったことは包み隠しのない真実です。
そこまで言ってしまいましたが、どうぞ教えてくれませんか、
死と地獄の誘因は何なのですか。
どこから我々の悲しみは湧き出ているのでしょうか、
この地獄の呪いを動かしている源は何なのでしょうか。

コーヒー：それはワインとエールと葡萄こそが

この不純で獣的な強奪を多産してきたのですが、
これらのもの以外が作り出すものは一体何でしょうか、
どのような恐ろしい罪をワインとエールとビールが実行させるのか、
死と地獄の審判がそれらとそれらのとりこになっている人々と
手に手を取って共にいつも立っているのです。
強奪、殺人、窃盗、そして千もの犯罪が
悪臭漂うエールやワインによって生み出されるのですが、
これらはただワインとエール、そしてビールが生み出す
悲痛に対しては些細なことに過ぎないのです。
こういった飲料からでなければどこから日々湧き出すのでしょうか
反乱、大逆、そして詐欺の陰謀を企てる罪は。
要塞に砲火を浴びせ悪魔を中に入れるのはこれらなのです。

サタンが長として支配する場所でその影響を判断しなさい。
そのときには泥棒止まれ、泥棒止まれと叫んでももう遅い。
ティー：これらの窮境において私が見つけた唯一の方法があります、
つまり私の命はあなたの命のためにあります、
それは徐々に悪魔自身を吹き飛ばし、あなたを笑い出させて、
聖水によって悪魔の危害を駆逐して、
満ちている騒乱の海を鎮めるでしょう、
混合飲料(4)の一杯が悪魔を追い出すでしょう。
コーヒー：そなたは的を射ています、混合飲料は飲み物の王様なのです
潮流を変え、酒場の女将の大洋を押し返します。
神、バッカス(5)よ、吐き出しなさい、舞台を準備しなさい、
そしてもう一度黄金時代を迎え入れなさい。

（4）混合飲料（Twist）は二種類の飲み物を混ぜたものをいい、ここでは紅茶と珈琲の混合されたものが該当すると考えられる。また、*OED*においてもその二種を合わせたものが例として挙げられている。

（5）バッカスは、ゼウスと人間の女性セメレとの間に生まれた葡萄酒と演劇の神。ギリシア神話ディオニュソスの別名。

ティー：このご報告について紳士であるそなたに感謝します
報復のためになります。
私は我が詩神に高く昇るよう命じましょう、
そなたに相応しい遊戯折句を書きましょう。

来られよ、狂気のたわけたち、やめよ、酔っ払いの興奮状態を
おとなしく従えば私が思い出させましょう、あなたがたの機知を。
不足なき狂気から謙虚な調子にしてみせましょう。
ファージング硬貨(6)四枚で私はあなたを再び呼び戻しましょう。
いかなるあなたの物腰も立派なものに変えてみせます。
いらしてすすってそしてあなたの運命を待つのです。
来られよ、酔っ払いもしらふもわずかな心づけでよいで

(6) ファージング硬貨(farthing)は、ペニー硬貨(penny)の四分の一の価値の硬貨。

しょう、
来られよ、どんなに狂った人でも私が医者になりましょう。

アフラ・ベーン

解説

この詩は一六八五年にブロードサイド（折りたたみ印刷物）の形で出版され、そこにJ, C, B. という署名とA. B. という署名がなされている。A. B. がおそらくアフラ・ベーンに該当すると考えられ、ジャネット・トッド編纂の『アフラ・ベーン全集』第一巻に収められている。

詩形は二行連句、紅茶と珈琲が対話している形で、一見すると戯曲の脚本のようにも見える。詩の終盤では、詩の文章中でも遊戯折句（アクロスティック）であることが提示されており、行の冒頭の文字をつなげると coffee と読めるようになっている。この言葉遊びを示すため、本書の翻訳においても、行冒頭の音が「こおふふいい」となるようにした。

内容としては、当時の社会の混乱状況が紅茶と珈琲の嘆きにおいて語られており、その混乱を招いている原因は酒類だと珈琲は弾劾している。また、紅茶と珈琲は自分たちのほうが優れた飲料であると自賛しているのだが、当時、コーヒーとコーヒーハウスはホイッグ党および陰謀と連想され、酒類や酒場は王党派のトーリー党と連想される傾向があった。一六八五年は嫡子がいなかった国王チャールズ二世の死亡後、弟のジェームズ二世が国王となったが、カトリック教徒であったため、チャールズ二世の庶子であったモンマスがプロテスタント派で後のホイッグ党の人民の支持を得て王位に就こうとした謀反があった。そのような社会的かつ政治的混乱を、この詩は紅茶と珈琲という人間ではないものたちの対話として描いたものと考えられる。

私と私の詩神の近況についてお尋ねくださった
神学博士バーネット氏(1)へのピンダロス風(2)の詩

Ⅰ

古代ローマの候補者たちが名声を切望し、
　そして何らかの偉大な執政官、あるいは皇帝の
　　称号を求めて
　市民たちの賛成票を得たときでさえ、
その勝利者も、あなたに選ばれた名誉を与えられたときの
私の半分ほども喜びうぬぼれることはありませんでした。

(1) バーネットは、英国の聖職者で、歴史家かつ政治家でもあり、著作も多数であった。オレンジ公ウィリアムとメアリーに仕えていたため、王位をはく奪されたジェームズ二世に忠誠であったベーンに対して、オレンジ公ウィリアムを讃える詩を依頼したようである(Todd, *The Works of Aphra Behn*, 440)。

(2) ピンダロス風というのは、ギリシアの抒情詩人ピンダロスによって創作された、韻律が不規則かつ精巧

あなたのあのただ一つの声で認めていただいたときほど。
　その声からは、不滅の機知が常にほとばしり出ます、
厳かそのものかつ甘美な機知が。
　そこには最も気高い雄弁さと見識が、霊感を与える精神を
輝かしく、豊かで、そして偉大なものとして示しています。
すべてにおいて完璧かつ荘厳なるものの中において、
　それは、あなたの素晴らしいペンを動かすことのできる精神です。
そして人類の機知を超えた技巧をもって、
　どのような主題、どのような偉大なる構想においても
あなたのペンは、かの聖書のように、権威ある力を持っています。

Ⅱ

極上の良識を身にまとった強力な論理とともに
　千通りの方法であなたは私の心に入り込み、
私の意に反して、あなたは私の意見のか弱き反論にもかかわらず、

で凝っている詩形という意味である。内容としては、王侯貴族の栄華衰退、政治的状況を主題に詠われることが多い。ベーンによる本編も、バーネットを詩人として讃えつつ、王権交替に関連しており、詩形および主題としてピンダロス風の詩の典型と言えるであろう。

　　打ち勝ち納得させます。
愛の神のように柔和なあなたの言葉は、私の胸の弱点をつき、
一節ごとに抵抗できない矢で貫くのです。
　一方、操を失った乙女のように、その愚かな聞き手は、
　　彼女が認めるのを恐れる優しさで霊感を受け、
彼女の自由を取り戻そうと試みても無駄なのです。
その優れた観念は彼女の心の中に留まり、
それらが悲しませ苦痛を与えるときでさえ、喜ばせ、また魅了し
　ます。

Ⅲ

けれども、あなたが以前くださった歓迎すべき痛手すべてに
この賞賛はどれほど十分に報いることができることか！
　あなたと天を除いては、ほとんど何物も
　　永遠の生命が与えうるような
快い贈り物を施すことができないのです、

あなたにこれほどの名声を与えられ、私の詩は永遠に存続します。
今までは、私ののんきな詩神は
パルナッソス山(3)の木立の下で
　羊飼いたち(4)や彼らのつつましい恋を詠う以上には
高くその栄光を拡大し、その翼を広げようと奮起しませんでした。
カウリー(5)のように、その弦の調子を合わせ
　英雄たちや王たちについて敢えて詠おうとはしませんでした。
しかし、あなたの神聖な権威によって以来ずっと
私の詩神はより高邁な詩想を与えられています。
今や彼女は世に通用する貨幣のように重んじられるでしょう、
たとえ粗悪な金属から鋳造されても
その刻印だけで価値が出るのです。

Ⅳ

しかし、ああ！　もしあなたの賞賛から私が

(3) ギリシアの聖なる山で、詩の神アポロと詩の女神ミューズが住んでいたと伝えられる。

(4) 牧歌、田園詩においては、詩人が最初に羊飼いたちを主題として扱い、その後に英雄等について詠うというのが一般的であった。

(5) カウリーは、英国で初めて不規則な韻律のピンダロス風オードを創作した詩人たちの一人で、聖書の世界や国王たちを讃える詩を書いた。

比類なき喜びを感じるなら
あなたの優しさ、あなた特有の寛容な流儀に報いられない
　ときに、
また私の頑固な詩神をあなたの公正なるご命令に従わせら
　れなければ、
私はどれほど苦しまなければならないのでしょうか。
喜んで滑り行きたいと願う私の詩神に
　穏やかな順風と、満ちゆく潮流とともに
しかし、忠誠心(6)のみが忠誠な力を持って命じ、
　それが私を繁栄の航路に乗るのを妨げてしまうのです。
人の群がる国々のうえをそよ吹く微風が
　見捨てられた不毛の岸に
　私を同情されないままに置き去るのです。
こだまとうなる風とともにため息をつくように。
あらゆる魅力的な光景を見渡しながら、
私が憂鬱な日で平野を見ると、

（6）ここでベーンが言う忠誠心は、ジェームズ二世に対するものである。

そこに見えるのは魅惑的かつ陽気なもので、
そして聞こえるのは最もにぎやかな調べの浮かれ騒ぎだけです。
そうして選ばれた血統が約束の地を所有する一方で、
　私は行く手をさえぎられた預言者[(7)]のように立ち、
その実り豊かで幸せな魂を眺めることだけしかできません、
　私は運命の定めによって、
その喜ばしき勝利の盛大な祝いを分かち合うのは禁じられている
　のです。

V

偉大なる師よ、あなたのペンにこそ、
この壮大な変化が生み出してきたすべての善を国家は負うている
　のです。
膨大な務めが完成に至らされる以前に既に
その驚くべき構想が実際に決定していたのです。[(8)]
ああ天使のような羽ペンの不可思議な影響力よ！

（7）行く手をさえぎられた預言者とは、モーセを指す。モーセは子どもたちを連れて約束の地に着くが、自身は入国を拒否された。

（8）王朝の交替が起こる前に配置してあった。

それは知覚できないほどかすかに
あらゆる概念、あらゆる原則を
その偉大なる筆記者が好むどんな形態にも変えられます。
それに比べれば剣も弱々しい力にすぎず、
より気高いペンの支配下にあって、
国家の最も華々しい局面で役に立たないものとなります。
剣が血や殺戮に頼る一方で、
ペンは穏やかな支配的力で心を征服します。
だから賢さで優るギリシア人たちが敵に打ち勝つときには、
攻撃の野蛮な力によってではなかったのです。
十年の長きにわたる破壊的な戦でもうまくいかなかったときに
より大きな幸運に恵まれた智慧を持って彼らは最後に攻撃し、
智慧と分別だけが勝ったのでした。
かの名高い都市を勝ち得たのは数のうえの優勢ではなく、
征服者を中に入れたのは、より優れた戦略だった(9)のです。

(9) トロイの木馬のこと。トロイ戦争の際、ギリシア連合軍が敵トロイを欺くために、贈り物として置いて行った大きな木馬で、中に兵士が潜み、夜に忍び出て城の内側から門を開け、味方の軍勢を引き入れてトロイを陥落、占領した。

VI

私を無益で孤独にするあの驚くべき変化を、
　私は嘆いていますが、
しかし私は偉大なる天の意向を礼賛します、
世の転換[10]において私は破滅させられましたが。
また我が赤貧と失われた安らぎ、
すなわち私をしっかり取り囲む貧相な復讐の女神さえ、私の感情
　と理性を
　この先例のない企て[11]へと転向させることはできないでしょ
う、
あなたほど偉大で、見識があり、賢いお方が、
この立派な功績を認め、かつ高潔に正当化されているほどに
は。
偉大なるお方、天によって守られ、
　その導きがよく国家に奉仕したあなたなのです、
あなたこそ子孫たちに

(10) いわゆる名誉革命を指す。一六八八年、カトリック重視のジェームズ二世に対して、議会がプロテスタントの王女メアリーとその夫オレンジ公ウィリアムに助けを求めた。ジェームズ二世は国外に逃亡し、二人は翌年メアリー二世、ウィリアム三世として王位に就いた。

(11) ジェームズ二世に忠誠であったベーンがバーネットに詩作を依頼されたこと、そして、王がオレンジ公ウィリアムに変わったことを指す。

この時代の驚異と、その歴史を伝えていただきたい。
そして偉大なナッソウ[12]はあなたの年代記の中で
　未来永劫に生きるでしょう。
あなたのペンが彼の誉れ高く著名な名声をさえ上回って
さらにその名を不滅のものとすることでしょう。

(12) ナッソウ家は、一九世紀まで主にドイツやオランダを支配していたヨーロッパの王家。ここでは、ジェームズ二世に代わり王位に就いたオレンジ公ウィリアムのことを指す。

解　説

この詩は、ベーンにとって生涯最後に公にされた作品のひとつである。詩形としては、ピンダロス風の独自の韻律であり、インデントも不規則なものである。六連それぞれの行数が異なり、前半三連が奇数の一五行、一一行、一七行、後半三連が偶数の二二行、二〇行、一八行となっている。詩の内容に即して奇数と偶数の連を置いたと考えられる。

内容としては、前半で新たな王ウィリアムを讃えるようバーネットに望まれ依頼されたことについて、詩神に言及して謙遜しつつ断り、後半ではバーネットを讃えて、彼こそが適任者であると指摘している。ベーンはもともと王党派トーリー党支持者であった。その初志を貫き、前の君主に忠誠であろうとする態度がこの詩において強調されている。

第V部　内なる世界へのまなざし

リチャード・クラショー　一六一二―四九　〈安斎恵子〉

・聖マリア・マグダレン―涙する人（一六四八／五二）

・希望について―カウリーとクラショーの問答形式による（一六四六／五二）

ヘンリー・ヴォーン　一六二一―九五　〈坂川雅子〉

I『火花散らす燧石』（一六五〇）より

・寓意画《エンブレム》―著者の心

・献　辞

・再　生

・探　索

・ラ ン プ

・せわしなく

・朝の祈禱

・ひそやかに

・堕　落

リチャード・クラショー

略伝

リチャード・クラショーは、形而上詩人の一人で、バロック的奇想で知られる反宗教改革の詩人。ロンドンに生まれ、七歳のときに母を失い、その後まもなく父が再婚するが、継母もまた第一子の出産時に他界、一四歳で父親も亡くなった。チャーターハウス校で教育を受けた後、ケンブリッジ大学ペンブルック学寮に学ぶ。大学を卒業した一六三四年、ラテン語の宗教詩集『聖なるエピグラム』（*Epigrammata Sacra*）を発表。翌年ピーターハウス学寮フェローに選ばれ、国教会派の聖職に就いたが、清教徒革命下で国教会・王党派が弾圧を受けるなか、一六四三年ケンブリッジを去り、ヨーロッパに渡ってカトリックに改宗。四九年、聖職に就くべく赴いたイタリアのロレットで病死する。

彼は、熱烈なピューリタンの説教師であった父（ウィリアム・クラショー）がカトリシズム論駁のために収集した膨大なカトリック・神秘思想の書物からカトリック的素地を養ったとみられ、イエズス会士らラテン語詩人が培ったエピグラム芸術、ルネサンス期以来のエンブレムの伝統、イタリア・スペイン詩人や聖テレジアらの神秘思想などに大きな影響を受けたと言われる。一六四六年にロンドンで出版された彼の宗教詩集は、ジョージ・ハーバートの『聖堂』（*The Temple* 一六三三）に敬意を表し『聖堂へのきざはし』（*Steps to the Temple*）と名づけられた。その冒頭を飾った「涙する人」の他、聖テレジアに対する熱烈な賛歌「燃える心」（"The Flaming Heart"）などの敬虔な抒情詩がよく知られている。宗教詩集『聖堂のきざはし』と併せて出版された、世俗詩集『ミューズの喜び』（*Delights of the Muses*）収録の作品にも味わいがある。彼の死後、一六五二年にパリで『我らの神への賛歌』（*Carmen Deo Nostro*）が出版される。奇想、逆説、オクシモロンの多用に加え、そのバロック的な性質、非英国的な特質も影響して、彼の作品は二〇世紀の始め頃まで十分に理解されなかったが、情熱と理知の拮抗が繰り出す研ぎ澄まされた表現、そのイメージの豊かさと、賛美歌のような音楽的な美しさを、彼の詩の特長として挙げることができよう。

聖マリア・マグダレン――涙する人

見よ　そこに　傷を受けた心臓《こころ》と血を流す目とが結び合う。
その女《ひと》は　燃え立つ泉か　涙流す炎か。

1

幸いあれ　泉の姉妹たち
　銀色の足もつ小川の生みの親たち
　　常に沸き立つもの
　　溶けゆく水晶　雪の山々(1)
絶えず注ぎつつ枯れることなきもの――それは
あなたの美しい目　愛しきマグダレンよ。

2

あなたの美しい目は　天空

(1) 一七世紀において「水晶」は氷や凝結した雪の一種として捉えられていた。硬い水晶と冷たい雪の溶解は、頑なな罪深い心の悔悛による劇的変容を表す。ここで注目されるのは、「悔悛者」としてのマグダラを象徴する表現はあっても、伝統的なマグダラ像に付き物の「罪」や「罪びと」の刻印がないことである。また「水晶」(原語はcrystall)は、ロザリオの祈りを構成する珠であり、さらに言えば「キリストのように」(Christ-like)の地口として、祈りを暗示するものとも読める。

絶えることなく星降らす天空
あなたにあっては　いつも種蒔く季節[2]
あなたは星たちを撒き　その刈り入れは
敢えて大地に約束する――天の額を美しく飾るものなら
そのすべてにふさわしい輝きを照らし返そうと。

3

だが私たちは　みな惑わされている。
実は　星たちは不動の存在
落ちるように見えるだけ
天空の他の輝くものたちと同じこと。
この大地や私たちが　かくも高貴なもののうちに
輝くわけではないのだ。

4

あなたの涙は　天に向かう。

(2)「涙と共に種を蒔く人は　喜びの歌と共に刈り入れる」(『詩篇』共同訳、一二六章五)を想起させる。

天の胸は　その穏やかな流れを飲む。
そこには　乳の流れる川がゆったりと流れ
あなたの流れはその川の上を漂い　それこそが乳の精髄。(3)
天の上の水(4)　それがいかなるものかを
何よりも教えてくれるのは　あなたの涙とあなたその人だ。

5

この源から　毎日
元気な智天使《ケルビム》が朝食をする。(5)
その聖なる作用で　智天使の
甘い唇はいっそう甘くなる。
すると彼が奏でる音楽も。そしてその歌は
一日中　この朝食の味わいを湛える。

6

沈みゆく太陽ゆえに

(3)「乳の精髄」の原語は"the cream"で、最上の部分、精華、神髄といった意の他、教会に関する用語としては、「聖香油」(ふつうオリーブ油と芳香性のバルサム油を混ぜたもので、洗礼や堅信の秘蹟などの儀式に用いる)の意がある。「乳」は、「乳と蜜の流れる土地」(『出エジプト記』三章八)としての約束の地、また信じる者が「生まれたばかりの乳飲み子のように」慕い求めることを促される「混じりけのない霊の乳」(『ペトロの手紙一』二章二)、主の恵みの象徴をも連想させる。

(4)『創世記』一章六―七。

(5)「一人の罪人が悔い改めれば、神の天使たちの間に喜びがある」(『ルカによる福音書』一五章一〇)。悔悛者の涙は、天使たちにとって喜ばしく好ましい滋養

赤く泣き腫らすときの
夕べの目のなかでも
かくも美しき面持ちで　悲哀がおさまることはない（6）。
かくも悲しき甘美が　かくも甘美な悲しみが
出合うところは　ここをおいて他にない。

7

悲哀が　女王として
その最も輝かしき威厳を湛えた姿で
見えるとすれば　それは他ならぬ
あなたという衣装を身にまとうとき。
そのときに　そのときにだけ　悲哀は
その最も高価な真珠　そう　あなたの涙を身に付ける。

8

露は　サクラソウの青白い頬を飾るために

物になる。

（6）沈みゆく（辺りを染める）太陽ゆえに（For the Sun that dyes）赤く染まった夕焼けの風景を引き合いに出して、十字架上で死する（自らの血で赤く染まる）神の息子ゆえに（For the Son that dies）涙するマグダラの涙を、悲しみと甘美さの合体の極致として讃えている。

涙することを　もはや望まない。
露は　百合のうなじで添い寝することを
もはや望みはしない。
むしろ　あなたの涙になりたいと願い
花のもとを去ってこの涙のなかで震えていたいと願う。

9

バルサム[7]を滴らせる大枝が
その薬効ある涙を
はにかみながら落とす必要は
もはや少しもなくなった。いまや
自然は　もっと効能ある甘美な露を
あなたから抽出することを学んだのだから。

10

それでも　哀れな者たちの涙の雫は流させておこう

(7) バルサムは、樹木から採られる香性含油樹脂の総称。香油や香膏などに使用される。

（涙することは　苦悩の慰めだから）
静かに涙の雫を滴らせておこう
あまりの悲しさに　涙がおさまるように。
彼らの涙は　他のものには救いにならずとも
それ自身の悲痛にとっては　バルサムになろう。

11

こうして　紫がかった蔓が身につける
乙女の宝石(8)は
親である幹から覗き見て
花婿である太陽に　頬を赤らめる。
あなたの目という　このたっぷりと水を含んだ花は
熟せば　それだけ芳醇な葡萄酒になるだろう。

12

新たな光り輝く客人であるあなたが

（8）葡萄の実。葡萄畑や葡萄の樹は選ばれた民の象徴、特に『雅歌』では花嫁が花婿を誘い、そこで愛を捧げようと歌うのが葡萄畑（七章一三）。太陽が花婿に喩えられていることからも、『雅歌』の花嫁と花婿（キリスト）の連想が促される。

星たちのあいだに座を占めるとき
そのとき　天は祝宴を催し
天使は　水晶の小瓶を持ってやって来て
涙をいっぱいに湛えたあなたの目から
彼らの主の水　彼ら自身の葡萄酒を汲み出す[9]。

13

黄金の川でありながら　黄金《こがね》色のタホ川[10]は
ぶつぶつと呟きながら流れる。
もしあなたの傍を流れていたら
心満たされ　静かにもの言わず流れていくだろうに。
自分の金の流れよりも　あなたの銀の涙を
はるかに高価なものと　見なすことだろう。

14

あなたの頬は　あたかも五月の花々が

(9) イエスが水を葡萄酒に変えたカナの婚礼の奇跡（『ヨハネによる福音書』二章一―一二）が想起される。

(10) タホ川（Tagus/Tajo/Tejo）は、スペイン中部に源を発し、ポルトガルを通ってリスボンで大西洋に注ぐ、イベリア半島最長の川。砂金が採れることで知られていた。

微笑んでいるかに見せるが
その目は　四月の雨をみごとに告白する。
四月の目と五月の頬は　互いに優しさを示し合う。
あなたの目ほど　情け深く雨降らす四月はなく
その頬ほど　誠実に雨に応え花咲かせる五月はなかった。

15

おお　その頬は　あなた自身の驟雨によって
ほどよく水を撒かれた　貞潔な愛の花床。
その目は　あなた自身の泉で洗われ身を整えた
乳のように白い鳩の巣。[11]
おお　愛の才知よ　このように
泉[12]と庭とをひとつの顔に置くことができるとは。

16

おお　これは甘美な戦い

（11）『雅歌』のエコー。花嫁の美しさを讃える「その目は鳩のよう」（一章一五）、花婿の美しさを讃える「目は水のほとりの鳩　乳で身を洗い、形よく座っている。／頬は香り草の花床、かぐわしく茂っている」（同五章一二―一三）。

（12）『雅歌』の「封じられた泉（fons signatus）」に結びつくことが示唆される――「わたしの妹、花嫁は、閉ざされた園。閉ざされた園、封じられた泉」（四章一二）、「園の泉は命の水を汲むところ　レバノンの山から流れて来る水を」（四章一五）。

苦悩が愛と　涙が微笑みと　論争する。
おお　公正でしかも友好的な敵同士が
口づけを交わしつつ　反駁し合う。
そして　雨と陽光　あるいは頬と目は
最後は　愛ある対立のうちに歩み寄る。

17

だが　かくも美しき洪水が
あなたを満たす胸の火の味方となりうるものか
かくも大きな炎が　同意しうるのだろうか
永遠の涙が　このようにあなたを蒸留することに。
おお　洪水が　炎が　陽光が　驟雨が
愛の美しき諸力によって　混ぜ合わされて友となる。

18

あの方が射た　鋭くねらい定めた矢[13]こそ

(13) キリストは、エンブレム芸術においても伝統的に矢を射る愛の神として描かれる。ここには園丁としてのキリスト（『ヨハネによる福音書』二〇章一五）の他、葡萄の樹（同一五章一）、生きる水を与える井戸（同四章一四）といったキリストへの引喩が豊富。

この井戸を掘り　この葡萄の木の枝を整えたもの。
そして傷を受けた心に
この涙する目へと至る道を教えた。
虚栄の恋人たちよ　去るがいい　無作法な手よ　慎むがいい。
子羊がここに　その白き足を浸されたのだから。

19

　そしていま　あの方がさ迷うところにはどこでも
ガリラヤの山中であれ
あるいは　もっと敵の多い道であれ
あの方のあとを　二つの忠実な泉が追ってゆく。
それは二つの歩く浴槽　二つの涙流す装置
どこにでも運べる　簡潔な大海。

20

　おお　あなたは　あなたの主の美しき蓄えだ

あなたが費やす豊かにして稀有な富のなかに
極貧の姿で現れたときでさえ　主は
君主・諸侯の富を引き出せる。
いかなる君主の華美この上ない飾りであろうと
銀で洗い　金で拭うことができようか。(14)

21

あなたのものと呼ばれることを
自らの名誉の証とみなさぬ王がいようか。
行く先々で　暖かな銀の雨を撒く
さすらう鉱脈　自ら貨幣を生み出す
造幣所に仕えられる身を
こうして誇ることができることを。

22

おお　尊い浪費家よ

(14)『ルカによる福音書』七章三六―八に依拠する表現（イエスがファリサイ派の人の家で食事の席に着いていたときに、ある「罪深い女」が「香油の入った石膏の壺を持ってきて、後ろからイエスの足もとに近寄り、泣きながらその足を涙でぬらし始め、自分の髪の毛でぬぐい、イエスの足に接吻して香油を塗った」）。聖書にはマグダラの髪色についての言及はないが、マグダラのマリアの髪は、美術・文学の伝統においては金髪でイメージされることが多い。

自らを惜しみなく費やす美しき人よ　あなたの適量は
（情け容赦なき愛！）　ある限りを使うこと
あなたの富の最後の真珠一粒までも。
あらゆる場所　時　対象が
あなたの涙の甘美な好機となる。

23

　陽が昇ろうと
常にあなたの星たちは落ち続ける。
昼が目を閉ざそうとも
常にその泉は　すべてのもののために涙する。
夜と昼には　好きなことをさせておけばいい
あなたにはあなたの務めがあり　あなたは常に涙する。

24

あなたの歌は　大気をなだめて眠りに誘うだろうか。

あなたの落ちる涙は忠実に時を刻む。
あなたの香しい息の祈りは
香を炊く煙の雲に乗り　天に昇るだろうか。
いつも　吐息をひとつ吐くたびに　そう　休止ごとに
祈りの珠がひとつ　そう　涙がひと粒　落ちるのだ。

25

この　あなたの涙の水門で
（その水の動きを見守りながら）
翼をもった一瞬の時の精たちが控え
自分の涙を受け取ると　次々に飛び立っていく。
あなたの目の色合いで　このように高められ
「時」は自らを積み上げ　価値高きものになる。

26

あなたの墓が伝えることになるのは

あなたが生きた時の長さではなく
あなたが生きた悲痛の長さだ。
そのようにあなたの記憶の年月を刻まねばならない。
他の者たちは　年　月　時間で齢を数えるが
あなたの齢は　涙の数で数えるのだから。

27

かくして　芳香は放たれる。
かくして　威勢よく容赦のない炎に責められて
溜め息吐く拷問を受けた甘い香りが放たれる。
苦難の薔薇は無慈悲な炎で痛めつけられて
あまりに熱い寝床で汗をかき
これほどに涙を落とす[15]。

28

教えておくれ　輝く兄弟たちよ

(15) この連の発汗のイメージは、『ルカによる福音書』二二章四四における、オリーブの山での祈りで苦しみ悶えるキリストが流した汗、「汗が血の滴るように地面に落ちた」を想起させる。

あの美しい日　多産な母たちから生まれた
放浪する息子たちよ。
ここで何をしようとするのか　いかなる希望に誘われて
生まれてくるのか。　いかなる大義が　おまえたちを
高貴な悲しみの巣から　借り出すことができるのか。

29

そんなにすばやくどこへ行くのか。
卑しい大地は　おまえたちの甘美な味を
味わうことなどできはしないし
塵は　おまえたちの生まれにふさわしくない。
ならば　甘美なるものたちよ　どこへ急ぐのか。
教えておくれ　なぜそれほど速く行こうとするのか。

30

「私たちが出かけていくのは

曙の女神《アウロラ》の寝床のいとし子たちや
薔薇のはにかむ頬やスミレの慎ましい頭を
探すためではありません。
野原の目である花々もまた　涙を流すけれど
それは　私たちのような涙を求めているからです。

31

ましてや　どこかの高貴な顔に献上される
あるいは　恐れられる王の冠におさまっている
価値の劣った宝石の富を
見つけ出すつもりはありません。
王や王妃の頭に乗った冠など　玩具も同然。
会いに行くのは尊いもの　われらが主の足なのです。」

解説

この詩は、一六四六年出版の詩集『聖堂へのきざはし』の冒頭を飾った「涙する人」（"The Weeper"）と、その素描的な性格の「涙」（"The Tear"）などを基に四八年に改訂を施したもの。中世以来、マグダラのマリアの罪と悔悟は、繰り返し説教や劇等で語り続けられ、この美しくも罪深い女性の改宗のドラマは絶大な魅力で人々を惹きつけた。マグダラの涙は、聖ペテロの嘆きと共に、悔悛の涙をテーマとする「涙の文学」を形成し、一六、一七世紀のヨーロッパで一世を風靡する。イギリスの宗教詩の多くもこの文学の流行に参与するが、独特の奇想を交えつつマグダラのマリア像を「涙」に集約させて歌い上げるクラショーのこの詩は、確実に異彩を放っている。悔悟と苦行の日々を送るマグダラという一般に受け入れられていた伝説を踏まえつつ、クラショーが特に依拠するのは、『ルカによる福音書』七章三六―八の記述、マグダラのマリア（ある「罪深い女」）が香油の入った壺を持ってやってきて、イエスの足を涙で濡らし、自分の髪で拭い、接吻して香油を塗るという記述である。キリストの足という受肉の神秘の象徴を契機とし、罪と汚れの逆説を中心に据えながらも、「涙する人」は、マグダラの肉体にほとんど輪郭を与えて描いていないことは注目に値する。悔悛の涙の美しさを際立たせる視覚的イメージの連鎖に留まりながら魂の変容を歌うという離れ業が、この詩の醍醐味と言っていいかもしれない。

希望について
―カウリーとクラショーの問答形式による

〔1〕 カウリー

希望よ、おまえの存在は脆く、
かなっても、かなわなくても、滅びるのは同じ。
結果がよくても悪くても、等しく挫かれ、
運命の女神のジレンマのどちらの角《つの》にも傷つけられる。
虚しい影よ、おまえは日の盛りにも
寝静まる夜中にも、姿を消してしまう。
運命の女神たちが、おまえを祝福することなど
あり得ない。
だから状況を結末から見て幸福を判断すれば
希望ほど希望のないものはないのだ。

〔2〕　クラショー

親愛なる希望よ、大地の持参金にして天が人に負う借財、
まだ存在せぬ諸事の実在よ。(1)
最も捉え難く最も確かなる存在。おまえは
我らの《無》に輪郭を与えてくれる。
美しき火の雲、影であり光であるもの、(2)
我らにとって死中の生、夜のなかの昼、
運命の女神たちは、おまえを傷つける力を
見出しようもない。
鈍《なまく》らな角のうすっぺらなジレンマ(3)は
健やかな朝の病んだ月のように、おまえの前で身を縮める。

〔3〕　カウリー

希望よ、喜びの大胆な味見役よ、
いや味見するというよりは、食い尽くしてしまう。
財産をもたらしはしても、

(1)『ヘブライ人への手紙』一一章一の「信仰」の定義を想起させる――「信仰とは、望んでいる事柄を確信し、見えない事実を確認することです」。

(2)『出エジプト記』一三章二一、「主は彼らに先立って進み、昼は雲の柱をもって導き、夜は火の柱をもって彼らを照らされたので、彼らは昼も夜も行進することができた。」

(3) 希望は、運命がどちらにころんでも（つまり、成就する結果となっても、実現しない結果となっても）必ず消失するという見方から、カウリーは運命が希望にジレンマの二本の角を突きつけるイメージを歌った。「角」(horn) とは、両刀論法 (dilemma) の角。

これまでのよからぬ遺産が邪魔をして、我らは貧しいままだ。
我らが純潔のまま娶るべき喜びの乙女は
花散らされた姿で婚姻の床へやって来る。
おまえに支払う関税があまりにも莫大なので
立派な財が輸入されても、利益にはならない。
喜びは酒《ワイン》のごとく、密閉されると風味を増し、
空気に触れれば、酒精《スピリッツ》は失せる。

〔4〕 クラショー

おまえは信仰の錠をおろして守られた愛の遺産、
我らの増えゆく資産を管理する者。
我らの王の領土は天上にあるが、毎度の食事は
王の子らにふさわしい糧を与えてくれる。
我らが娶る喜びの乙女が、傷ついた姿で
婚姻の床へやって来ることもない。
祝福された花嫁の頬からおまえが盗むのは

これに対しクラショーは、「鈍《なまく》らな角のうすっぺらなジレンマ」(their dilemma with blunt horne)という表現で、運命の脅威を象徴する二本の角のイメージを、押韻(最後の二行のhorne/morne)の必要もあってか、ひとつの、欠けて細く青白く、弱々しい月に変貌させている。

遠くからの遠慮がちな口づけだから。
慎みある希望の口づけが、喜びの純潔を汚すことはない。
婚礼が、婚姻の床を損なうことにはならぬように。

〔5〕クラショー

美しき《希望》よ、我らの天の先触れよ。おまえのおかげで
若き《時》は、「永遠」に仕える味見役(4)となる。
おまえの芳醇な酒は、古くなるほど強さを増すが酸味は増さず、
おまえの花の香りを嗅ごうとして果実まで殺す必要もない。
その黄金色の頭《こうべ》は、決して垂れることはない、
愛の日盛りの膝に抱かれて、落ちて死ぬときまでは。
いや、死ぬのではなく溶けてゆくのだ、
暁が昼の光のなかに溶けゆくように。
砂糖の小さな塊が、溶けて姿を失い、
その目に見えぬ精《エキス》が、酒の魂と絡み合うように。

（4）三連目のカウリーの「希望」には、「喜びの味見役（taster of delight）」が、味見（毒見）と称して食べ尽くしてしまうという滑稽なイメージがあった。クラショーの"taster"は、人間の過ごす時間としての「若き時」が、「永遠」という主人に仕えつつ、希望（信仰）をもって生きる者にとっては、「永遠」を少しだけ味わうことを許してくれるという意味か。味利きのために差し出される杯のイメージも重ねられているものと考えられる。

〔6〕　カウリー

希望よ、運命の女神のいかさま籤よ、
一つの当たりに、はずれは百だ。
たわけた弓の射手たる希望よ、おまえが狙う的は遠すぎて
おまえが射る矢は、飛ばず、届かず、外れるばかり。
そのうすっぺらな虚しい雲は、我らの勝手な空想が与える形で
人の目を欺き、そうかと思えば、
金ぴかに上辺を飾って現れるが、
たちまち涙となって落ちる定め。
おまえの偽りの輝きが《理性》の光にまさるなら、
我らは北極星ではなく狐火を標《しるべ》に航海することになる。

〔7〕　クラショー

運命の女神とは、嘆かわしい。卑しい世俗の争いの頭上で
謀《はかりごと》する星たちのもじゃもじゃ頭を、蹴り飛ばすのが希望だ。
希望の船がかき分け進むのは、地上の風が動かす波ではなく、

希望にとっては、《運命》の籤は全部まとめてはずれ籤。
希望の矢と希望自身は、遥か上方を飛翔し、
光と愛の平原から糧を手に入れる。
甘美なる《希望》よ、優しき詐欺師、美しき虚像よ、
おまえのおかげで我らは、現実の居場所や存在の代わりに
心に願う存在と居場所を得る。かくしておまえは
我らの不在の存在、そして未来の現在なのだ。

〔8〕　カウリー

《恐れ》の兄弟よ、二人のうちでは服装は派手、
性格は陽気な道化だが、狂気の度合いはほぼ同じ。
悔恨の父よ、浅はかな欲望の子よ、
錬金術師や恋する者たちの炎を煽り、
「いつかそのうち」の不可思議な妖術で
気づかれずして常に彼らを導く。
おまえのせいで、一方は、変化する自然を追って

その果てなき迷宮をめぐり、
もう一方は女を追いかける、狩り立てられる自然さえ
知らぬほど、多くの道や迂回路を行く女のあとを。

〔9〕 クラショー

《信仰》の姉妹、清き欲望の乳母よ。
恐れに対する解毒剤、冷たい絶望と灼熱の喜びの
均衡を保つ、賢くも安定した炎。
幼き恋が未成年のときの摂政王妃よ。
心乱された錬金術師が、自然のあらゆる顔をめぐって
捉え難い金を捜し求めても虚しく、あるいは
それらすべて以上に捉え難い一つの顔に
恋する者たちのより激しくも無益な炎が迫ろうとも、
真の《希望》は、光り輝く狩の女神だ。彼女は追う、
恩寵の平原に、自然の神の姿を求めて。

解　説

クラショーとカウリーは、共にケンブリッジ大学出身。二人の繋がりを示す他の作品としては、クラショーがカウリーに寄せて書いた詩が一篇あり、またカウリーはクラショーの死を悼みエレジーを書いている。

対話形式の詩は古来存在し、古典文学では牧歌や諷刺詩、哲学詩において盛んに用いられ、中世にはしばしば「論争」や「攻撃の応酬」の形をとり、「魂」対「肉体」といったテーマが人気だった。ルネサンス期においては哲学な対話詩が大いに盛んになり、シェイクスピアやスペンサーをはじめ、問答を含む抒情詩もよく見られた。一七世紀では、本叢書で訳出されているアフラ・ベーンの詩のほか、例えばマーヴェルが、「決然たる魂と創造された快楽の対話」（"A Dialogue, Between the Resolved Soul, and created Pleasure"）など、対話で構成された詩をいくつも書いている。ここに訳出した「希望について」は、テーマとしてはこうした例と通ずるものがあるが、一人の詩人が架空の人物や立場を設定して対照的な感性や考えを表現するのではなく、友人関係であったが明らかに性質の異なる二人の詩人が競作している点で注目に値する。辛辣で才気縦横な機知を駆使してカウリーは世俗的な希望を歌い、篤い信仰心に裏打ちされた機知でクラショーは宗教的な希望を歌う。カウリーは、「希望について」の自作の詩を、「希望を批判して」（"Against Hope"）として、一六四七年出版の詩集（*The*

Mistresse）に収録しているが、併せて「希望を擁護して」（"For Hope"）と題する一見希望を肯定的に歌った詩も制作している。その歌い出しだけ紹介すると、「希望よ、人間が耐えるあらゆる病の／唯一の安上がりにして普遍的な薬よ」という具合である。

訳出した二人の問答の配列については本翻訳で依拠したWalton版の順に従い訳者が便宜的に連の番号を付した。ちなみに、一九五七年出版のL. C. Martin編全集では、この翻訳の連の配置とは異なる順番で収録されている。

ヘンリー・ヴォーン

略伝・解説

ヘンリー・ヴォーンは、一六二一年に南ウェールズのブレコン州ニュートン・アポン・アスクで生まれた。彼には、二人の弟――ヴォーンと双子であるトマスと、七歳年下のウィリアム――がいた。一六三八年に、ヴォーンはトマスと共にオックスフォード大学に入るが、一六四〇年に中退して、法律の勉強のためロンドンに移る。しかし、清教徒革命が勃発したため、彼は一六四二年に法律の勉強を中断してロンドンからウェールズに戻り、その後は、ウェールズで詩作と医療に専念して、一生を送った。

ヴォーンの詩には、聖書とジョージ・ハーバートの詩の影響が色濃くみられるが、このほか、ヘルメス思想の影響も見過ごせない。ヘルメス思想によれば、「世界霊魂」（anima mundi）が、多様な形をとって万物を作り出し、（いわゆる無生物を含む）あらゆるものが生命をもち感覚をもっている。神は生命・光・叡智《ヌース》であり、神が自分に似せてつくった人間は、本来は不死の「霊」である。この霊は、この世に生まれると、「魂」として肉体のとりこになり、肉体が死ぬまで肉体の奴隷になる。幼児はまだ、この世の穢れに染まっておらず、無垢の存在である。また、あらゆるものが全体につながっており、世界は循環的に発展し、時間も空間も円環を描いて回帰する。

ヴォーンはしばしば、神を光として表わし、円形や輪で「永遠」や「完全さ」を表わす。また、木々や石などにも生命や感覚を認めている。そして、幼な子の穢れのなさを歌う点で、ワーズワスに比せられることが多い。彼が医療を学んだのも、ヘルメス医学の書物の翻訳に関わったことがきっかけとなっている。

ヴォーンの訳詩集としては、丁寧な解説のついた『ヘンリー・ヴォーン詩集』吉中孝志（訳・注）（広島大学出版会、二〇〇六年）が出版されている。既訳のない作品を取り上げることが本書の基本的編集方針であるが、解釈が異なるものについては、別の訳を試みる意味があると考え、既訳がある作品も訳すことにした。

ヴォーンには、王党派詩人の系譜につらなる世俗的な詩もあるが、本書では、『火花散らす燧石』

(Silex Scintillans) に収録されている宗教的な詩を取り上げた。一六五〇年の初版から九編、一六五五年の増補版から三篇の詩を訳出する（増補版は、一六五〇年版の七三篇に五七篇を加えたもの）。なお、注にある聖書の引用は、新共同訳に基づく。

I 『火花散らす燧石』（一六五〇）(1) より

寓意画《エンブレム》―著者の心

あなたは何度も、傷つけることなく私を捕えようとなさいました。どこまでも追ってくるあなたは、声なき声で私の注意を促そうとしました。あなたは、声よりも尚神聖な息で私に働らきかけ、しずかに忠告しましたが、その囁きは無駄でした。私は、耳の聞こえぬ口を閉ざした石――頑固な硬い石だったのです。

ご自分の民を思いやるあなたの心はなんと偉大でしょう。あなたは、私の再生のために愛による説得をやめ、怒りを発し、力を

(1) 初版の巻頭には、エンブレム（いかづちを握る手が心臓の形をした硬石を打ち、その石から涙のしずくが滴り落ち、石の上方から炎が燃え上がっているように見える）が描かれていた。その序文は、ラテン語で書かれていたが、一六五五年の第二版では、これらは削除され、別の序文（英文）がつけられた。

もって力を制しようとなさったのです。あなたは近づいてきて、石の塊だった私の心をうち砕きました。そして、心は血の通う肉になりました。(2) ばらばらになり飛び散ったそのかけらは、ついにあなたの天を輝かせ、いまは石から流れでる涙が私の頬をぬらしています。以前にも、そういうことがありました。あなたが、岩から水を噴き出させ、(3) 崖から水を迸らせた時です。ああ、ご自分の民をつねに思いやる神よ。あなたの力の偉大さは計り知れません。私は、死ぬことによって新しい生命を獲得しました。俗世の富はくだけ散り、より豊かな富を私は得たのです。

ヘンリー・ヴォーン

献辞

神よ　あなたは私のために生命を捨ててくださいました
あなたの死がもたらしたこれらの果実を　ここに捧げます

(2)『エゼキエル書』三六章二六。
わたしはお前たちに新しい心を与え、お前たちの中に新しい霊を置く。わたしはお前たちの体から石の心を取り除き、肉の心を与える。

(3)『出エジプト記』一七章六。
見よ、わたしはホレブの岩の上であなたの前に立つ。あなたはその岩を打て。そこから水が出て、民は飲むことができる。

(1)『マタイによる福音書』二一章三三―三九。

私にとって生命であり光であったその死は
あなたには　暗く深い苦しみでした
すべてを息づかせるあなたの血の数滴が　私の心に落ちたとき
それらは心を芽吹かせ　そこに実がつきました
主よ　以前この畑は呪われた不毛の地でした
私が雇っていた者たちは
長い間あなたのご意志にそむき
あなたが遣わしたしもべを石で打ち
あなたが　その愛のために殺されるように謀ったのでした(1)
しかし主よ　私は彼らを追い出しました
ですから　どうかお受け取りください
あなたの土地の地代である　これらの詩を。

(1) ある家の主人がぶどう園を作り、……これを農夫たちに貸して旅に出た。さて、収穫の時が近づいたとき、収穫を受け取るために、僕たちを農夫たちのところへ送った。だが、農夫たちはこの僕たちを捕まえ、一人を袋だたきにし、一人を殺し、一人を石で打ち殺した。また、他の僕たちを前よりも多く送ったが、農夫たちは同じ目に遭わせた。そこで最後に、「わたしの息子なら敬ってくれるだろう」と言って、主人は自分の息子を送った。農夫たちは、その息子を見て話し合った。「これは跡取りだ。さあ、殺して、彼の相続財産を我々のものにしよう。」そして、息子を捕まえ、ぶどう園の外にほうり出して殺してしまった。

再生

ヘンリー・ヴォーン

1

囚われて　つねに拘束されていた私は　ある日
　　　　　　　　獄舎《ひとや》を脱け出した
外は春たけなわで　道には
　桜草が咲き乱れ　木陰がつづいていた
　だが　私の心は凍りつき
　　　　　吹きすさぶ風が
私の開きはじめた蕾を枯らし　罪が
　雲のように　私の心を翳らせた

2

胸中を吹く嵐は　すぐに私に悟らせた　私の春は
　　　　単なる舞台の仕掛け　幻であることを

私の行く手には　険しい山道がつづき
　厄介な岩や雪に覆われていることを。
　そして　行きくれた旅人の目が
雲行きのあやしい空を見上げては
　下を向き　嘆きの雨を降らせるように

3

私はため息をついた　だが　そのまま登りつづけ
　いくども転びながら　どうにか
頂上に着いた　そこには
　一対の秤が置かれていた
　私はそれを取り上げて
　　その片方に　登ってきた苦労を
もう一方に　快楽を載せた　すると　煙のような快楽でさえ
　苦労よりも重かった

4

そのとき　誰かが叫んだ「来たれ」と　すぐに
　　私は従った　真東に
導かれていくと　美しく爽やかな草地が見えた
　誰かが「ヤコブの臥所《ふしど》だ」と言った
　そこは聖域で(1)　むやみに
踏み荒らされたことはない。
そこを訪れたのは　ヤコブの後は
　神の友や預言者たち(2)だけだった

5

ここで　私は休息し　腰を落ろすやいなや
　　木立を見つけた
荘厳に立ち並ぶ木々——枝は互いに触れあい
　縦横にからみあっていた
私がそこに入った途端

(1)『創世記』二八章一一—一七。
　ヤコブはその場所にあった石を一つ取って枕にして、その場所に横たわった。すると、彼は夢を見た。先端が天まで達する階段が地に向かって伸びており、しかも、神の御使いたちがそれを上ったり下ったりしていた。……「ここは、なんと畏れ多い場所だろう。これはまさしく神の家である。そうだ、ここは天の門だ。」

(2)『知恵の書（外典）』七章二七。
　知恵は……神の友と預言者とを育成する。
『ヤコブの手紙』二章二三
　「アブラハムは神を信じた。それが彼の義と認められた」という聖書の言葉が実現し、彼は神の友と呼ばれたのです。

　　　　　　　　　　（驚いたことには）
すべてが一変し　新しい春が
　私の五感をとらえた

6

太陽は惜しみなく　金色の力強い光を放った
　　　　何千という光を。
そして　天には蒼穹が広がり
　白雲が　まだら模様に浮かんでいた。
　大気には　香りがみち
　　すべての茂みが
花冠をつけ　私の目を楽しませた
　だが　耳にとどく音はなかった

7

ただ　小さな泉が　かすかな音を

響かせて
黙した木陰に　語りかけていた
それは涙の調べ
近寄ってみると
泉には　たくさんの
石があった　明るく丸い石や
　いびつな　くすんだ石　様々な石が 65

明るい石は（気をつけて見ると）きらめきながら
　　　　　　　　　　水の中で踊っていた
しかし　くすんだ石は　夜よりも重く 70
　　中心に　釘づけ(4)になって　動かなかった
　　私は　その意味をあれこれと考えた　しかし
　　　　　　　　　　ついに　考えるのに疲れ
絶えず求める　私の目は 75

8(3)

(3)『ペトロの手紙第一』二章四―五。主は、人々からは見捨てられたのですが、神にとっては選ばれた、尊い、生きた石なのです。あなたがた自身も生きた石として用いられ、霊的な家に造り上げられるようにしなさい。
(4)地獄は地球の中心にあるとされていた。

　　　　ふたたび奇妙なものをとらえた

9

それは花の土手だった　そこには
　　　　真昼間にもかかわらず
眠り呆けている人々がいた　また　大きく目を見開いて
　　光を取りこんでいる人々もいた
ここでしばらく考えに耽っていると
　　激しい風の音(5)が　聞こえた
その音は次第に強くなったが　風がどこから吹いてくるのか
　　どうしても分からなかった

10

私はあたりを見回し　あらゆる木陰に
　　　　目を向けた
少しでも　そよいだり　私に答をくれる

（5）『使徒言行録』二章一―二。
　五旬祭の日が来て、一同が一つになって集まっていると、突然、激しい風が吹いて来るような音が天から聞こえ、彼らが座っていた家中に響いた。

木の葉がないか　確かめるために
しかし　風の在りかを突き止めて心をしずめようと
私が耳をすませていると
　風が囁いた「私は思いのままに吹く」(6)と
そこで私は言った　主よ　あなたの息吹をお与えください
そして　死が訪れる前に　私を死なせてくださいと。

雅歌四・一六
　北風よ、起これ。南風よ、来たれ。わたしの園を吹いて、香りを振りまけ。

(6)『ヨハネによる福音書』三章八。
　風は思いのままに吹く。あなたはその音を聞いても、それがどこから来て、どこへ行くかを知らない。霊から生まれた者も皆そのとおりである。

探索

晴れ渡った朝が来た　バラが
東の空に萌え出で　巡礼者太陽の訪れを
告げている　私は一晩中
無我夢中で　さまよっていた
救い主を求めて。
私はベツレヘムまで行き
あの馬小屋《やどや》と飼い葉桶《ゆりかご》を見た　そこで
「学者たち」に会ったので　尋ねた
どこに行けば　あの方に会えるのか
どの星が　成人されたあの方を指し示してくれるのか、と
そこから　私はエジプトに飛び
乾いた大地をくまなく巡り　毎年この地をはぐくむ
ナイル川の岸辺まで行った

ふたたび戻ると　ラビたちに
「神殿」を見たいと言った　だが見せられたのは
僅かな瓦礫だった　そして　町の代わりに
灰の山を見せられた　そのとき誰かが言った
その中に　輝く小さな火種が眠っている
それはやがて　北極星の下で目覚め
すべてのものを清めるであろう、と
その地に疲れた私は　サマリアのシカルに向かい
そこから　ヤコブの井戸[1]に行った
井戸はヤコブの子らに譲られていた
（彼らはよく　金色にかがやく静かな夕べ
傍らに寝そべって　羊に水を飲ませ
純白の一日を終えると　豊かな毛に覆われた群れを
幕屋に追い立てていったのだった）　いま私は（おお、何という
　運命！）
かつて救い主が坐られたこの場所に　坐っている

（1）『ヨハネによる福音書』三章五―六。（シカルというサマリアの町に）ヤコブの井戸があった。イエスは旅に疲れて、そのまま井戸のそばに座っておられた。

怒れる泉は激しく泡立ち　溢れる泡は
溜息をついて砕け　ささやく
イエスがここに来られた時に
ヤコブの子らは聞こうとはしなかった、と
立ち去りがたい気持ちをおさえて　ついに私は立ち上がる
泉は　いまは　私の目のなか。
そのとき　新しい探索の旅が　命じられる
あの方は　血を流された場所で見つかるはずだ、と
私はゲツセマネの園を歩き　目のあたりにする
あの方の苦しみと
尊い御顔を血の汗でぬらした　痛ましい苦悶を。(2)
私はあの丘をのぼり　あの十字架を見つめる
あの方からすべてを奪い　私にすべてを与えた十字架を。
このような実をつけた木は　かつてなかった
魂のバルサム　肉体の至福である実を。
だが　その墓は！

（2）『マタイによる福音書』二六章三六―三九。
それから、イエスは弟子たちと一緒にゲツセマネという所に来て、「わたしが向こうへ行って祈っている間、ここに座っていなさい」と言われた。……（イエスは）悲しみもだえ始められた。そして、彼らに言われた。「わたしは死ぬばかりに悲しい。ここを離れず、わたしと共に目を覚ましていなさい。」少し進んで行って、うつ伏せになり、祈って言われた。「父よ、できることなら、この杯をわたしから過ぎ去らせてください。しかし、わたしの願いどおりではなく、御心のままに。」

あの方を祀る墓がなかったので　代わりに
汚れなき新しい建物《モニュメント》が　貸し与えられていたが(3)
そこには　隅の親石《キリスト》(4)はない。
結局　私の探索は無駄だった
あの方は　殺された場所では見つからない
あのように柔和な子羊は　おびただしい流血と
残虐の場にいるはずがない
荒野に行こう　そこには
人間よりも情け深いけものたちが住んでいる
あの方は　そこで安全に暮らされた
ヘロデの追跡と猛々しいユダヤ人から逃れて。
そして　地獄の恐ろしい誘惑を　四十日間耐え
父なる神の使者である炎の天使セラピムと
語られたのだ。
あの方は　彼らが通る道を天国に変え
その眼差しで　荒野の木陰を　楽園に変えられた。

(3)『マタイによる福音書』二七章五七―六〇。
（アリマタヤ出身の金持ちである）ヨセフがピラトのところに行って、イエスの遺体を渡してくれるようにと願い出た。……ヨセフはイエスの遺体を受け取ると、きれいな亜麻布に包み、岩に掘った自分の新しい墓の中に納め、墓の入り口には大きな石を転がしておいて立ち去った。

(4)『使徒言行録』四章一一。
この方こそ、あなたがた家を建てる者に捨てられたが、隅の親石となった石です。

こうして　荒野は聖別され
あの方の花嫁の隠れ家となった。
だから　そこに行こう　ごらん　朝だ
太陽が姿を現わし　私を導いてくれる
いかなる喜びが　私の旅の最後を飾るのか
さまよう私の行く手には
いかなる静かな小道が　いかなる木陰や庵や
美しく清らかな花や　神聖な井戸があり
親愛なる主が　すべての危険を
甘く溶かしてくださったその場所で
私は憩うことができるのか、と
私がこのように　道を急ぎながら認《したた》めているとき
私は誰かが　次のように歌うのを聞いたような気がした

1

捜しまわるのは　やめるのだ

外ばかり
みつめて
探る者は
内には　何も
見出さない

2

たとえそれが美しいものであったとしても
事物の　外皮と殻は
お前が
望むものではないし
願うものでもない
ただ　翼を断念することによって
得られたものに過ぎない

3

古びた事物を捜しまわり
　その瓦礫を漁って
きっと彼は
　ここにいるはずだ、と言うのは
大きく道を外れた
　誤りだ

別の世界を探すのだ　この世界を捜し回るのは
マナなど存在しない雲の中で　マナを捜すのに等しい。

『使徒言行録』一七章二七―二八

これは、人に神を求めさせ、神を見いだすことができるようにするためである。ただし、神はわたしたち一人一人から遠く離れてはおられない。我らは神の中に生き、動き、存在しているのである。

ランプ

ヘンリー・ヴォーン

あたりは　夜の闇に閉ざされ
しのび寄る恐怖と影が　うごめいている。
星々は　うとうとしながら
暗い空中に　光の糸を紡ぎ出し
怠惰なほたるの寝所を　金色に照らす
　だがお前は ここで 真昼のような光を放ち
あかあかと燃えている
一方私は　休息の時にも思い煩い
自分の炎を　暗い世界に提供する
お前が　お前の炎を　私に与えてくれるように。
そして　私は待ち受けている
お前と私の一生に　決着がつけられる時を。
だがお前は　つねに私の先を行く　お前の炎には

神に仕える行為の　すべてがやどっている
お前の光は「慈悲《カリタス》」　お前の熱は神への「熱情」
その燃えさかる炎は　たえず天に向って飛翔する「祈り」
お前は燃えながら　つねに涙を流す
その熱い涙はゆっくりと這い
お前の長さを指し示す　それは　自分に残された分量と時間を
お前が知ろうとしているかのようだ
お前の涙は一滴も無駄にはならない
お前が溶けて涙となり　その涙がしたたり落ちるとき
それらは受け皿に蓄えられて　そこに留まる
すべてが溶け去った最後のときの　確かな備えとして。
まことの悔い改めも　そのようなものだ
悔悟の溜息のひとつひとつが　死後の宝になるのだ。
ただ一つ　お前が見落としていることがある
お前の油がたえず　炎とともに失われ
そのために　両方がなくなるのは同時だということ

（1）マタイによる福音書二五章一—一三。
「そこで、天の国は次のようにたとえられる。十人のおとめがそれぞれともし火を持って、花婿を迎えに出て行く。……賢いおとめたちは、それぞれのともし火と一緒に、壺に油を入れて持っていた。……ところが、花婿の来るのが遅れたので、皆眠気がさして眠り込んでしまった。真夜中に『花婿だ。迎えに出なさい』と叫ぶ声がした。……愚かなおとめたちが（油を）買いに行っている間に、花婿が到着して、用意のできて

だが　私がいなくなる時には　かならず
お前の油と炎は　ここにある
そして　お前が終わるところから　私は始まるのだ

『マルコによる福音書』一三章三五

この故に目をさましていなさい。家の主人が帰るのが、夕方か、夜中か、鶏の鳴くころか、夜明か、いつなのかわからないからである[1]。

いる五人は、花婿と一緒に婚宴の席に入り、戸が閉められた。その後で、ほかのおとめたちも来て、『御主人様、御主人様、開けてください』と言った。しかし主人は、『はっきり言っておく。わたしはお前たちを知らない』と答えた。だから、目を覚ましていなさい。あなたがたは、その日、その時を知らないのだから。」

せわしなく

主よ、あなたは　何と忙しくせわしない生きものに
　人間を造られたことでしょう
人間は一日中飛びまわり

　いっときも休みません
それから　突然現われた雲に
　太陽と光を奪われても
暗闇のなかで　実体のない相手と
　取引するのを止めないのです
あなたがこの動き回る塵を疲れをしらぬ存在に
　なさっていたなら
あの放蕩息子は　豚の餌の豆莢を捨てて
　故郷に戻ろう(1)とはしなかったでしょう
それが　あなたの深慮でした
　それは慈悲でもあるのです
というのは　あらゆる手立てが尽きたときに
　ひとは神にすがるのですから
ああ主よ　何という御はからいでしょう
健やかであれば　あなたにすがらないはずの
私たちを　病ませて　すくいあげるとは。

（1）『ルカによる福音書』一五章一三―一九。
（放蕩の限りを尽くして財産を使い果した弟は）豚の食べるいなご豆を食べてでも腹を満たしたかったが、食べ物をくれる人はだれもいなかった。そこで、彼は我に返って言った。……ここをたち、父のところに行って言おう。「お父さん、……雇い人の一人にしてください」と。

朝の祈禱

溢れくる喜び！　果てしない幸せ！　かぐわしい花をつけ
栄光の新芽を芽吹かせて　私の魂は解き放たれる
　休んでいた夜の間に
眠りと雲が織りなす
静かな経帷子を通り抜けて
この露は　私の胸に　降りた
そして土である私の全身に　血を通わせ
精神を吹きこむ。　聴け　甦った世界は
賛美の歌を　つぎつぎに響かせて
　目覚め　歌う
　風は巻き起こり
　泉からは水が溢れ落ち
鳥　けだもの　すべてのものが

ヘンリー・ヴォーン

　それぞれのやり方で　彼をたたえる
　　かくして　万物が渾然一体となり
聖なる賛歌と秩序をつくりだし
自然の偉大なチャイムとシンフォニーを響かせる。　祈りは
　　世界が和して奏でるメロディー
　　魂の発する声
　　喜びの歌
　祈りへの返答《こだま》は　天の祝福。
ああ　臥したときにも
みもとに　昇らせてください　敬虔な魂は　夜には
雲に覆われた星に似ている　その星の光は
　　雲の中で輝いている　という者もいるが
　実際には　霧の経帷子の遥か上方で
　　輝き　動いているのだ　それと同じく
　　ベッド――あの天蓋のついた墓――のなかで

眠りが　灰のように　私のランプと命を覆っても
私の光と命は　あなたと共にあるのだ

ひそやかに

日々が　ひそやかに過ぎていく　すでに
　お前（1）が逝ってから
千二百時間が過ぎた　だが
　額《ひたい》の雲が　晴れることはない。
どこかの洞穴の　光を通さぬ
　深い霧のなかで
ただ一つのランプを据えて
　闇に立ち向かい
彼の太陽《ランプ》を背にして進んでいき

（1）弟のウィリアムのこと。彼は一六四八年に亡くなった。

　　　　そのゆらめく光が届かない所まで行くと
慌てて　深い霧をかきわけて
　　　　その光のもとに戻っていく者のように
私は　すぎ去った時間をとび越えて
　　　　戻っていく
お前が最期を迎えた時に向かって
　　　　お前の光と力を奪った　あの時に向かって。
私が　胸を焦がして　追い求めるのは
　　　　あの光を再び見ること
だが　たち現われるのは
　　　　燃えかすばかり
光をもたぬ　死せる肉体は
　　　　周知の場所　ありきたりの墓に眠る
しかし　創り主の御座《みくら》に昇る魂たちは
　　　　そこで輝き　燃えたつ
ああ　彼らの後を追うことは　できないものか！　だが　魂の

後に続くものは　魂でなければならぬ
だから今　お前の兄も　塵ではなく
霊魂になっていなければならない
それでも私には　「一粒の真珠」がある　その光によって
私には　すべてのものが　見える
そして　大地と闇の中心に
天と　お前を見出すのだ

堕落

確かにそうだった　最初　人間は
石ころや土くれだけで　できていたわけではない
彼は　かすかに輝いていて　その弱々しい光で
自分が生まれた場所を　おぼろげに見ることができた

彼は　はるかな天をのぞみ　自分が
　どこから（追放されて）
この世にやって来たのかを　知った
　愛の力は　最初の愛が　もっとも強い
だから　彼の心は　この世から
　そこへと向かった
この世のものはすべて　よそよそしく
　汗と鍬が　彼にもたらすのは
いばらや　雑草ばかり
　それらは短命で　（彼と同じように）
実をつけるとすぐに　死んでしまう
　それらは　彼に刃向かっているように思われた
彼を罪に落とした　あの「行為」が
　すべてのものを　駄目にしたのだ
彼は　世界に「呪い」をもたらし
　彼の堕罪は　全世界を打ち砕いた

そのために彼は　故郷を恋しがるのだ
　そしる者や敵のなかに居続けるのは　辛いから
彼はエデンを懐かしみ　ため息をついた
「あのころは　何と輝いていたことだろう」
天はやさしかった　彼は　毎日
　谷間や山に　行くことができた
緑の木陰や泉は　つねに　楽園だった
　そこには　天使たちの住まいがあった
どの　茂みも　庵も
　樫の木も街道も　天使と　ともにあった
野原を歩いても　井戸端に坐っても
　きっと　彼らに出逢うのだった
全能なる「愛」よ　あなたはいま　いずこに?
　狂える男が　坐って　凍えている　そして
ぜったいに　火をおこしたり　煽ったりするものかと喚き
　運命の糸が紡がれることを命じている

40

あなたの幕は　ぴったりと閉じられている
　あなたの虹も　雲のなかに　かすんで見える
つねに　罪が勝利をおさめ　ひとは大地の経帷子に包まれ
　すべてが深い眠りと夜の内にある　深い闇がひろがり
あなたの民を覆っている
　しかし聞け　あれは何のラッパなのか
いかなる天使が叫んでいるのか
　「起て　刈り取りの鎌を入れよ[1]」と。

この世

1

先夜　わたしは永遠を見た
清らかな無限の光が　巨大な輪をなして

（1）『ヨハネの黙示録』一四章一。
　すると、……火をつかさどる権威を持つ別の天使が出て来て、鋭い鎌を持つ天使に大声でこう言った。「その鋭い鎌を入れて、地上のぶどうの房を取り入れよ。ぶどうの実は既に熟している。」

　音もなくひっそりと　輝いていた
その下方では　時が　大きな影となって
　一刻一刻　一日一日　一年一年が
天球に駆り立てられて　回転していた　その渦に
　世界と　それに従うすべての者が　のみこまれていた
そこでは　恋に溺れた若者が　凝った調べの曲をつくり
　叶わぬ恋を嘆いている
その傍らには　リュート　空想　ひねくれた夢想
　リボン　手袋が　散らばっている
恋人の気を引くための　他愛のない小道具だが
彼にはかけがえのないものだ
　一方　彼の眼は　一本の花にじっと注がれていた

2

陰鬱な顔つきをした政治家が　重荷と苦悩に　うちひしがれて
真夜中の厚い霧のように動いている　あまりにもゆっくりなので

進むとも　止まるともつかない
後ろめたさが　光を覆いかくし
　彼の魂を　翳らせる
外には　泣き叫ぶ証人たちが　雲のように押し寄せ
　声をあわせて　彼を追う
しかし　このモグラは　穴を掘り
　跡をつけられぬように　地中を進み
えじきを捕える　しかし神は見ているのだ
　その策略を。
教会や祭壇が　彼を養う
　偽証が　そこここに飛び交う
それは　彼のまわりに　血や涙を降らせる
　しかし彼は　それを存分に飲み干す

3

怯える守銭奴は　錆びついた財宝の上にすわり

やせ衰えて　一生を終える　錆びた塵を守り続ける彼は
　自分の手も信じられない
彼は　天には一文も蓄えず
　盗人を恐れて　暮らすのだ
金《かね》の亡者は　ほかにも何千とおり
　それぞれが　自分の金《かね》を抱きしめている
根っからの享楽主義者は　感覚を至上のものとし
きれいごとを　さげすむ
一方　他の連中でも　極端に走れば
　結局は　彼らと同じことを言う
愚かな女性たちは　くだらないものに心を奪われ
　それらを立派なものと思い込む
そして　軽んじられた　哀れな真理は
　敗北の数を数えながら　傍らに座る

4

しかし　何人かは　その間中　涙を流しては歌い
歌っては涙を流し　あの「巨大な輪」のなかに　飛んでいく
　翼を用いる者は　ほとんどいない
ああ　愚かものよ（と私は言った）　真理の光よりも
　暗い闇を　好むとは
ほら穴や洞窟に住み　道を示す昼の光を憎むとは。
それは　この暗い　死せる住処から
　神へと導く道
その道を行けば　道は太陽となり
　人は　太陽をこえて　輝くのに
私がこのように　彼らの愚かさを嘆いていると
　誰かが　ささやいた
「この輪は　花婿が　ほかならぬ花嫁のために
　用意したものなのだ」と。

『ヨハネの手紙第一』二章一六―一七

なぜなら、すべて世にあるもの、肉の欲、目の欲、生活のおごりは、御父から出ないで、世から出るからである。世も世にある欲も、過ぎ去って行く。しかし、神の御心を行う人は永遠に生き続けるのだ。

人間

1

音もなく過ぎる月日と　途切れのない時間を
時計のように正確に測る　鳥たち
　日暮れになると　巣に舞い戻る　ミツバチ
朝《あした》には太陽とともに起き
夕べには木陰に憩う花々

地上に住む卑小な生きものが
確固として揺るぎなく生きているのを思うとき

2

私は　願わずにはいられない
神が　人間にも　彼らと同じ揺るがぬ姿勢を
お与えになることを
彼らはつねに　神に課せられた務めを守り
新奇なものに心をかき乱されることはない
鳥は　種も蒔かず　刈り入れもしないが　飢えることはない
花々は　衣をまとわずに生きているが
着飾ったソロモンよりも美しい(1)

3

人間は　心配しているか
気晴らしをしているかの　どちらかだ。

(1)『マタイによる福音書』六章二六―二九。
空の鳥をよく見なさい。種も蒔かず、刈り入れもせず、倉に納めもしない。だが、あなたがたの天の父は鳥を養ってくださる。……

人は　根なし草　一つ所に留まらず
　たえず　落ち着かず　この地上を
　あてどなく　さまよい歩く
故郷があるのを　知ってはいるが　どこにあるのかわからない
　遠すぎて　戻り方を忘れてしまった
と言い分けをしながら

4

彼は　あらゆる扉をたたき　あちらこちらを彷徨う
　ある種の石は　隠れた感覚を造物主から与えられ
　闇夜でも　故郷の方角を知ることができるのに
彼は　その石ほどの智恵も持ち合わせてはいない
人間は　縦糸を求めて　織機のなかを行き来する杼《ひ》
神に　動くように命じられ　休むことを知らない

野の花がどのように育つのか、注意して見なさい。働きもせず、紡ぎもしない。しかし、言っておく。栄華を極めたソロモンでさえ、この花の一つほどにも着飾ってはいなかった。

II 『火花散らす燧石』（一六五五）より

鶏　鳴

光の父よ　太陽のいかなる種を
昼のいかなる輝きを　あなたは
この鶏のなかに　封じこめたのか[1]
あなたは　すべての鶏に　このせわしない光を与えた
　鶏たちの磁力は　夜通し光を引きよせ
　彼らは　まばゆい楽園の夢を見る

彼らの眼は　夜が明けそめるのを待ち受ける
彼らの光の種は　闇を追い払い
あたかも　光の館へつづく道を
知っているかのように　輝き　歌う
　彼らのランプは　どうやって作られたにせよ

（1）『ヤコブの手紙』一章一七。
　良い贈り物、完全な賜物はみな、上から、光の源である御父から来るのです

その火種は　太陽の火だ
もし　その火をもらったことで
それほど強い願望が　掻き立てられるとすれば
あなたご自身の似姿である人間が
あなたの再臨を待ち受けるのは　おこがましいことだろうか
　単なる風が　帆を　かくも膨らませるのであれば
神の息は　それに勝るのではないだろうか

ああ　不滅の光であり　熱である　あなた
その御手は　この身をあまねく輝かせる
あなたの御座の美しさによって
われわれには　はっきりと分かる　それを作ったのが誰なのか
　あなたの種が　私に宿り
　あなたが私のなかに　私があなたのなかにいることが

あなたによらない眠りは　死ぬのと同じこと
それは　地獄に通じる死
あなたが閉じるのでなければ
その目は　二度と開くことはないのだから
　その暗闇は　エジプトの地を覆った　あの暗闇(2)
　そこにあるのは　死の蔭と無秩序のみ
喜び　希望　たゆまぬ努力　そして
つねに光を求めて脈打つ心　それらが
鳥に与えられているとしても　愛に飢えた魂の高き飛翔は
あなた以外の誰に　わかるだろう
　目で魂を追うことが　出来るだろうか
　飛ぶための翼を魂にお与えになったお方以外に。
あなたが裂いた　この覆い(3)
そして　私自身も裂かねばならぬ

(2)『出エジプト記』一〇章二一。
　主はモーセに言われた。「手を天に向かって差し伸べ、エジプトの地に闇を臨ませ、人がそれを手に感じるほどにしなさい。」

(3)『コリントの信徒への手紙第二』三―一四。
　しかし、彼らの考えは鈍くなってしまいました。今日に至るまで、古い契約が読まれる際に、この覆いは除かれずに掛かったままなのです。それはキリストにおいて取り除かれるものだからです。

この覆い　それだけが
あなたを私から隠す　衣であり　雲である
　この覆いは　あなたの　惜しみない愛を　否定し
　かすかな光と　断片のみを　覗かせる
ああ　覆いをとり去ってください　すみやかに
私を　あなたの光で磨いてください
私が一点の曇りもなく　輝くことができるように
そしてあなたの栄光にみちた眼で　私を温めてください
　ああ　覆いをとり去ってください　あるいはそれが消え去る
まで
私と共にいてください　ユリはここになくとも。(4)

(4)『雅歌』二章一六。
　恋しいあの人はわたしのもの／わたしはあの人のもの／ゆりの中で群れを飼っている人のもの。

夜

『ヨハネによる福音書』三章二

おとめマリアが宿した御子の肉体——
あなたの輝かしい昼をおおう聖なるヴェール(1)——を通して
人々が　神を知り　ホタルが輝くように生き
月と向かい合うことができるように(2)
賢いニコデモは　光を見た
夜　彼に神を知らしめた光を
　信じたがゆえに　最高の祝福をうけたニコデモ(3)
彼は　盲《めしい》たちの住む　あの闇のなかで
久しく待ち望まれていたあなたの
癒しの翼(4)を見ることができた

(1)『ヘブライ人への手紙』一〇章二〇。
イエスは、垂れ幕、つまり、御自分の肉を通って、新しい生きた道をわたしたちのために開いてくださったのです。

(2)『出エジプト記』三三章二〇。
（主は）また言われた。「あなたはわたしの顔を見ることはできない。人はわたしを見て、なお生きていることはできないからである。」

(3)『ヨハネによる福音書』三章一―六。
さて、ファリサイ派に属する、ニコデモという人がいた。ユダヤ人たちの議員であった。ある夜、イエスのもとに来て言った。「ラビ、わたしどもは、あなたが神のもとから来られた教師であることを知っています。神が共におられるので

あなたが　現われたときに。
　そして彼は　二度とない奇跡を起こす
　真夜中に　太陽《サン》と言葉を交わしたのだ
ああ　誰が教えてくれるのか　すべてが寝静まった
あの時刻に　彼はどこで　あなたを見つけたのか
人里離れた　いかなる聖地が
　かくも　類まれな花を　咲かせたのか
その聖なる葉陰には
欠けるところなき神性が　宿っていたのだ
　純金の贖いの座
埃をかぶった死せるケルビム　十戒を刻んだ石板(5)
そのいずれにも　わが主は存《いま》さず
自らの生ける作品のなかにのみ　主は宿り給うのである。
　ユダヤ教徒たちが　眠りこけているときに

なければ、あなたのなさるようなしるしを、だれも行うことはできないからです。」イエスは答えて言われた。「はっきり言っておく。人は、新たに生まれなければ、神の国を見ることはできない。……だれでも水と霊とによって生まれなければ、神の国に入ることはできない。肉から生まれたものは肉である。霊から生まれたものは霊である。

(4)『マラキ書』三章二〇。
　しかし、わが名を畏れ敬うあなたたちには／義の太陽が昇る。その翼にはいやす力がある。

(5)『出エジプト記』二五章一七―二一。
　次に、贖いの座を純金で作りなさい。……。一対のケルビムを贖いの座の一部としてその両端に作る。……この贖いの座を箱の上に置いて蓋とし、その箱に

主を待ち受け　見つけ　驚嘆したのは　木々や草花だった
　夜よ　この世の営みをくじき
せわしない愚者たちを押しとどめ　心労から解放する　夜よ
霊たちの昼。私の魂が静かに憩うのを
　　かき乱す者は　いない
キリストが　山に登り　祈りを捧げるとき(6)
至高の天が　鐘を鳴らして　応えるとき
　　神は無言で　探し尋ねたもう
主のこうべは露に満ち　その髪は
清らかな　夜のしずくで　ぬれそぼつ(7)
主は　やさしく静かに呼びかけ
扉をたたく。(8)　魂は　無言で夜通し眠らず
霊たちは　気高い仲間に出会う。

わたしが与える掟の板を納める。

(6)『マルコによる福音書』一章三五。
朝早くまだ暗いうちに、イエスは起きて、人里離れた所へ出て行き、そこで祈っておられた。

『ルカによる福音書』二一章三七。

イエスは、日中は神殿の境内で教え、夜は出て行って「オリーブ畑」と呼ばれる山で過ごされた。

(7)『雅歌』五章二。
眠っていても／わたしの心は目覚めていました。恋しい人の声がする、戸をたたいています。「わたしの妹、恋人よ、開けておくれ。わたしの鳩、清らかなおとめよ。わたしの頭は露に／髪は夜の露にぬれてしまった。

(8)『ヨハネの黙示録』三章二〇。

喧騒と邪悪さに満ちている私の日々が　もし
あなたの幕屋――その静寂が　天使の翼と声以外のものによって
　破られることのないあなたの薄暗い幕屋――
のように　つねに静かで
なにものにもかき乱されることがなかったとしたら
　私は　一年じゅう　天上で過ごし
　ここで彷徨うことは　ないだろう
だが私は　太陽が万物を目覚めさせ
すべてのものが混ざり合い　互に疲弊させる
所に住んでいる　だから私は　皆と同じく
　様々なぬかるみに　はまり
この世の惑わす光によって　闇の中では起こりえないほどの
　多くの　過ちをおかすのだ

　神には　深い　目をくらませる暗さがある

見よ、わたしは戸口に立って、たたいている。

　と言う者がいる
この世の人間が　ものがよく見えなくなると
　もう遅い　暗くなってきた　と言うのと同じ。
ああ　夜を！　私が　主のなかにあって
目立たずに生きられる　その夜を　与え給え。

滝

時が　ひそやかに　音もなく過ぎてゆくなかを
汝の　冷たく透明な　恵みに満ちた水は
低くささやきながら　ここで流れ落ち
　仲間を咎めて　急きたてる
仲間が　この険しい崖を恐れて　本流を離れ
ぐずぐずと上にとどまっている　とでも言うように。

これは　すべてのものが通る道だ
ガラスのように　透き通って
落ちていかねばならない
だが　それで終わりではない。水は
この深い岩底の墓で　新しい生命を与えられ
より明るく美しい　長い行路を登っていくのだ

尊い流れよ　愛する堤よ
私はよくここに座り　汝を眺めながら　考えた
汝の　いのちの水(1)の一滴一滴が
以前流れていた場所に　駆け戻っていくというのに
なぜ魂が　影や夜を恐れる必要があろう
魂は　明らかに　光の海からやってきたのだから。
また　すべてのしずくが　間違いなく
汝のもとに送り返され　一滴も失われることはないのだから。
なぜ　か弱い人間が　疑うことがあろう

ヘンリー・ヴォーン

(1)『ヨハネの黙示録』七章一七。
玉座の中央におられる小羊が彼らの牧者となり、／命の水の泉へ導き、／神が彼らの目から涙をことごとく／ぬぐわれるからである。

神は　取り上げたものを　元に戻されるということを。
ああ　恵みにみちた　澄明な水よ
この世で　私を洗い清める　聖なる液体よ
「小羊」の　命の泉に
私を最初にみちびいたものよ
汝の　深い神秘の流れには
崇高な真理と　有益なメッセージが宿っている
それは　愚鈍な人間には決してわからない
あの霊――原初　水の面を動いており
生命をはぐくむ愛で　全てのものを誕生させたあの神の霊(2)――
が　彼の心を導かないかぎり　決して。
音を立てて　絶え間なく流れ落ちる　この滝は
すべての水を　流れる輪にして　ふたたび淀ませる
そして　その輪はやがて土手に達して　見えなくなる
そのように　人間も　消えて行くのだ
ああ　見ることのできない　はるかな国よ

(2)『創世記』一章二。
地は混沌であって、闇が深淵の面にあり、神の霊が水の面を動いていた。

はるかな　輝かしい自由よ(3)
汝こそ　私の魂が求める道
この世の滝や淀みではなく……。

(3)『ローマの信徒への手紙』八章二一。
　つまり、被造物も、いつか滅びへの隷属から解放されて、神の子供たちの栄光に輝く自由にあずかれるからです。

トマス・トラハーン

略伝・解説

トマス・トラハーンは、一六三七年にイングランド西部のヘレフォードで生まれ、オックスフォード大学ブレイズノーズ・カレッジで、ＢＡとＭＡの学位を取得した。一六五七年にクレデンヒルの教区牧師になり、一六六九年に国璽尚書サー・オーランド・ブリッジマンのチャプレンとなった。話好き世話好きな牧師として人々に愛されたトラハーンは、終生独身を通し三七歳で死去した。クレデンヒルの彼の家は、遺言により、寄贈されて救貧院になった。

トラハーンは多くの詩や散文を書いたが、彼の著作で生前出版されたのは、カトリック教会を批判した『カトリック教会の文書偽造』(Roman Forgeries 一六七三) ただ一点である。その後は、一六七五年に『キリスト教倫理』(Christian Ethics) が出版されただけで、長い間、トラハーンの著作が日の目を見ることはなかった。一七世紀と一八世紀に公けにされたいくつかの作品は、作者不詳(あるいはヘンリー・ヴォーンやスザンナ・ホプトンの作)とされた。その後、紆余曲折を経て、多くの著作がトラハーンの手になるものであることが明らかになっていくが、最初に彼の作品が発見されたのは、一九世紀末になってからである(それ以後もトラハーンの著作の発見はつづき、一九九七年にも、ワシントンとロンドンの図書館で、彼の著作が見つかっている)。

トマス・トラハーンの作品は、しばしばブレイク、ワーズワス、ソロー、ホイットマンなどとの類似性を指摘されるが、彼らはトラハーンの作品を目にした事はなかったのである。

最初の発見は、一八九六年の冬のことだった。ある男性が、ロンドンの古本屋の店先で、数ペンスを支払って二つの手書き原稿を手に入れた。その一つには三七篇の詩が収められており、もう一つには瞑想録がしたためられていた。彼はそれをある収集家に譲り渡した。その収集家は、これらの原稿はヘンリー・ヴォーンのものに違いないと考え、ヴォーンの作品として出版することにした。だが彼は、出版の準備をしている途中で急死し、原稿はバートラム・ドーベルの手に渡った。ドーベルは、三七篇の詩のひとつが、トラハーンの『キリスト教倫理』の中の詩と同一のものであることを見つけ出し、照合作業を行って、これらの原稿がトラハーン自身の手になるものであることを立証した。

ドーベルは、三七篇の詩を収めた『トマス・トラハーン詩集』（*The Poetical Works of Thomas Traherne, B.D.*）を一九〇三年に、『瞑想録』（*The Centuries of Meditation*）を一九〇八年に、出版した。少し経って、H・I・ベルが、大英博物館に一八一八年から死蔵されていたバーニー・コレクション（Burney collection）の中に、トラハーンの詩の原稿が入っていることを発見した。この原稿は、トラハーンの弟フィリップが、一部修正を加えながら、書き写したものである。その原稿には、ドーベル編の詩集に収められている詩の多くと、それ以外の詩四〇篇が書き写されていた。

ベルは、一九一〇年に、これらの詩を収録した『トラハーンの至福の詩』（*Traherne's Poems of Felicity*）を出版した。このドーベルとベルの詩集が、その後出版されるトラハーンの詩集の底本となった。

I　『三十七篇の詩』より(1)

あいさつ

1

この　小さなからだ
ここにある　この目と手
ぼくの命の始まりを示す　このバラ色の頬
きみたちは　どこにいたの？　どんなカーテンのうしろで
これほど長い間　隠れていたの？
どこに　どんな暗闇にいたの？　ぼくの話をする舌は？

2

ぼくが　無言で
ものすごく長い　何百万年ものあいだ
土の下で　混沌のなかで　横たわっていたとき

（1）（I）の詩は、ドーベルが編纂した『トマス・トラハーン詩集』とベルが編集した『トラハーンの至福の詩』の両方に収録されている詩。

どうやって　ぼくは　微笑や涙や
唇や手や目や耳を　認識することができただろう?
ようこそ　ぼくが今受け取る　きみたち宝よ

3

果てしなく　長いあいだ
永遠の昔から　無であったぼくは
夢にも思わなかった。　耳や舌を
称えたり見たりする　このような喜びがあることを
このような音を聞き　このような手に触れ　大空のもとで
大地を踏みしめる　このような足に出会うことを

4

光かがやく　新しい喜びよ
それは　黄金や真珠にまさる。
そのような聖なる宝なのだ　少年の四肢は。

　そこには　魂が宿っている。
その精巧な関節や　青い静脈には
全世界の富にもまさる富が　潜んでいる

5

　ぼくは　塵から現われる
そしていま　無から目覚めて　ぼくは受け取る。
ぼくの目に挨拶をする　より明るい世界を
　神からの贈り物として。
地も　海も　光も　日も　大空も
太陽も星ぼしも　ぼくのものだ　ぼくにその価値がわかるならば

6

　ぼくが母親の胎内に宿る　ずっと以前に
すべてを備えたもう神が
栄光に満ちたこの場所　この世界を

　ぼくのために飾って下さっていた。　ぼくは
神聖で美しく　広大で輝かしい　このエデンに
あの方の息子　世継ぎとして　やってきたのだ

7

　この初めての地で　ぼくは
不思議なものに出会い　不思議な栄光を見る　そして
この美しい世界に潜んでいた不思議な宝が　姿を現わす
　すべてが　ぼくには新しく　不思議なものだ。　しかし
　　何よりも不思議なことは　それらが
無であったぼくのものに　なること
そして　それが実際に起こったということ。

驚き

1

私は地上に降りてきた　天使さながらに！
ここにある全てのものは　何と輝いていることか！
神の創造物の間に　はじめて降り立ったとき
私は　それらの光輝に包まれた
この世は　あの方の「永遠」に似ていた
私の魂が歩んでいたあの「永遠」に。
そして　私が目にしたものすべてが
私と言葉を交わしてくれた

2

荘厳な大空も
活気にみちた　こころよい大気も

トマス・トラハーン

ああ　何と神聖で　何とやさしく　何と甘美で
　何と美しいことか！
星ぼしが　私の感覚を楽しませ
神の創造物のすべてが　輝かしく　清らかに
　豊かに　偉大に感じられた
あたかもそれらが　私の心の中で色あせることは
　決してないかのように。

3

持って生まれた健全さと　純真さが
　私の体内で　大きく育ち
そして神が　そのすべての栄光を示していたとき
私は　自分の感覚の中に　力を感じた。
それは「霊」で満ちていた。　私の体内には
　生命の海が　葡萄酒のように溢れた
私の知る　この世のもので

神聖でないものはなかった

4

不快なもの　いびつなものは　隠され
抑圧も　涙も　叫び声も
罪も　悲嘆も　不満も　衝突も　そして涙を流す目も
覆い隠されていた。そして　目に見えるのは
聖霊や天使たちが称えるものだけ。
金もうけや貧しさとは無縁の
無垢と　至福の状態が
私の感覚を満たしていた

5

通りには　金色の石が敷きつめられていた
少年や少女たちは　私のものだった
彼らの愛らしい顔は　どんなに輝いていたことか！

　人の子らは　聖なる存在だった
喜びと　美と　幸福が　姿を現わした
　　ここにあるすべてのものが
　大地を飾っていた　そして私は
　　　天使のように　それを見ていた

6

　豪華なダイヤモンド　真珠　黄金が
　　あらゆる場所にあった
黄、青、赤、白、緑の　たぐい稀な輝きを
　私の眼は　至る所に見た
大いなる驚異が　栄光に包まれて姿を現わし
　驚嘆した私は　無上の幸福に包まれた
　私の富は　至る所にあった。
　　これに勝る喜びがあるだろうか

7

羨望や　貪欲や　欺瞞——
　楽園をも損なうあの悪鬼たち——ともに
人間が生み出した　呪うべき「所有」は
　目の前の素晴らしい世界から　逃げ去った
垣根や　側溝や　限界や　境界も　消滅した
　　それらを夢に見ることすらなく　私は
　あらゆる人間の土地の　あちこちを旅して
　　　安らぎを見つけ出した

8

　人々の所有物は　私のものだった
そして垣根は　飾りだった
塀も箱も櫃《ひつ》も　その豊かな中身も
　　私の喜びを区切ることなく　輝いた
衣服　リボン　宝石　レース

他人が身につけているそれらのものは　私の喜びだった
すべての人が　私のために　それらを身につけているように
　思われた　私がこの世に生まれた時に。

私の精神

1

何もまとわぬ単純な私の生命　それが私だった。
　大地や　海や　大空を
強力に照らしだす　あの働き
それが　私の心の本質だった。
　その感覚自体が　私だった。
私の魂のなかには　不純物や物質的なものは感じられなかったし
容器にあるような縁《へり》や境い目も　見えなかった。

私の本質は　あらゆるものを感じとる
　　　能力だった
　　　そこから生ずる思考は
それ自体であった。それは　それ以外に
　広げる翼も　ものを見る目も
　　触れる手も
　　　ひざまずく膝も　もたないで
神のごとく単純であり
　その中心には　球体がある
その球体は　ここだけではなく　至る所に広がっている

2

それは　ものを見るとき
　中心から　遠くにある対象に向かうのではなく
そこに現前している。
それは　認識する対象と共にあるのだ。

　それは　何をするにせよ
別の手段を用いることはなく
その作用の中に潜んでいるそれ自体によって行う。
その本質は　真の　そして完全な働きに
　変えられるのだ
　そしてこの神秘的な事象に
神がつねに　確実に現われるので
それはすべて　目となり　見る働きとなり
見られる対象となり
　そして　それが望むものとなる。
　それは　見たりなしたりするだけではない。
それは　光よりも変幻自在で
　一万もの形をとるのだ
それ自体が作り出す飾りを身に纏って。

3

そのために　私はいつも
自分の見るものすべてと　共にあった
目の前にある事物は
　母なる自然の掟によって
　私の魂の中にあった。彼女の富は
同時に　私のなかに存在した。彼女の宝はすべて
すぐに　私の内なる歓びとなった
それは　私の心を満たす　実体的な喜びだった
　　私の魂は彼女が作りだす
　全てのもので溢れていた
私のこころの中の　すべてのものは　それぞれが
　一つの思考を生み出した　あるいは一つの思考であった
　私には　わからなかった。本当は
　　私の精神の中に宿っているように思われた事物が
それ自体　そこに現われたのか

あるいは　私の造形する心が
　そこで輝いていただけだったのか。

4

しかし　私は　確信していた
　私の魂は　もっとも遠くのものに対しても
この上ない力を発揮し得る　ということを
（それは　どこまでも届くことができた）。
　その働きは　非常に素早く　非常に純粋なので
私の心すべてが　至る所にあった。
それが何かを見るとき　それは常に　完全にそこにあった
一万レギオン彼方にある太陽も　すぐそばにあった
　　はるかに見える
　　　さいはての星も
私の瞳のなかにあった
　そこに　私の視野　私の生命　私の感覚

私の本質　そして私の心があった。
　私の精神は　まさにそこで輝いていた
外部からの影響を受けることなく。
その働きは「内在的なもの」でありながら
　そこにもあった。
対象は　遠くにありながら、正にここに感じられた。

5

ああ喜びよ！　ああ驚きよ　そして歓喜よ！
　ああ　聖なる神秘よ！
私の魂は　無限の精神！
神の似姿！
　純粋な　本質的な光！
無に見えるものこそ　もっとも偉大なもの！
ああ　それは私のすべてだった
それだけが　私の尊ぶものだった

不思議な　神秘的な球体！
　深い暗黒
それはすべてを見る　そして
　天の至福の　唯一の適切な在りかとなる。
　　それは　愛と　卓越性と
　　　生命と　感覚と
偉大さと　価値と　性質において
創造主に類似し　彼に愛でられている
そこに　誇張なく　神の御子と神の友を　我々は見る

6

内部から生じ
　大きく広がった　不思議な喜びの球体
それは　四方に伸び
そして　神と同じ性質によって
　一瞬にして　拡大し

永遠のすべてを　とり囲みつつ
分かち難い中心として立つ。
それはもはや　球体ではなく
一つの無限のように見えた
それは　そこかしこに　あった
それには　さらに多くのものを見る力があったが
たえず輝きつづけ
そして　一つの心として　機能していた
それは無限を見ていたのである
それは　球体ではなく
目に見えない力であり
しかも　一つの館《やかた》であった

7

ああ　不思議な自己よ　光の球体よ
この上なく美しい　喜びの球体よ

ものを存在せしめるものよ　無限の力よ
　ああ　捕えがたく　限りない大気よ
　　ああ　ものを見る　生ける球体よ
私の中にありながら　私自身であるきみ
きみは　神の無限なる全体の目であり
それを宿す聖堂でもある
　　　ああ　きみは　何とすばらしい世界だろう！
　　きみという　内なる世界は。
　きみのなかで生きている　類まれなそれらのものは
あらゆるものが出現し　あらゆる事物が
　　超物質的で　自らを超越し
　　　世界の創造主の偉大な心の中に見いだされる
あの穢れなきものと同類のものだ。
　今は　罪によって翳らされているが　そこに上げられた時
それらは　有益で神聖なものであり　必ず輝いているのだ

Ⅱ 『四十篇の詩』より(1)

貧しさ

1

私は　独りさびしく
家の中に坐っていた
ほかには誰もいなかった。
燃える火と私と　暖炉と腰かけが　あるだけだった。
私は　目を上げて　壁を見た
ひっそりとした部屋のなかには
私の物は何も見えなかった
ほのかに光る　数個のカップと数枚の皿と
みんなで食事をした食卓と
木の腰かけ以外には。

(1)(Ⅱ)の詩は、『トラハーンの至福の詩』のみに収録されている詩。

しかし　そこには　絵入りの掛け布があった
ガラス越しに差し込む光が
古い物語を描いたその布を照らし出し
私の心は少し慰められた

2

このように小さな部屋にあるものだけが
私の富のすべてであることを
私は　理不尽に思った。
それ以上の物を　敢えて望もうとは思わなかったが
　このように僅かな家財しかないことは
私をひどく悲しませた
　私は　自分が無事で健康であることを
　忘れていたのだ
手や目が備わっていることを思うこともなく
魂や身体に　感謝することもなかった

私は太陽や
月や　星ぼしや　人々を
自分に与えられているものとは思わなかった
それらは　私の周りで輝いていたのに。
私は　本当にみじめな人間だった

3

何か　もっと立派なものが　私のために
用意されるべきだ　と私は思っていた
それらを見て満足することができるまで
私は自分の貧しさを　嘆きつづけるだろう、と
　だから　み恵みによって
与えられるものは　何であれ
　喜んで受け取りたい　と考えた
それらがなければ　愛も神もあり得ない、と
なぜなら　そのみ手で私を創ったお方は

無限であるはずだから。
そして　何千というものの欠如が
私の　貧しく粗末な頭を悩ませた
それは　私がもはや　盲目でなくなるまで
「王の王」を　私に見させなかった

4

彼の愛は　明らかに
豊かで　無限で　自由なものであるに違いない
何故ならば　慈悲と力が　彼の住まう聖なる宮殿を
恵み深く　惜しみなく　満たしているのでなければ
　彼が　慈悲と力の神と　思われるはずがないからだ。
　喜びや楽しみ
　　多くの宝石　品々や宝が
（貧しい者を豊かにし　孤独な者を元気づけるために）
彼の宮殿を　飾っているに違いない

そして　そのすべてが
私に与えられているはずだ
何故ならば　彼の創造物が私の富であることに気づくまでは
いかなる愛も　平和も　私を燃えたたせることは
なかったからだ。
だが今　私は神を得たのである。

水に映る影

1

経験の少ない幼児期には
いろいろ　無邪気な間違いをする
それは誤っているのだが
真実だと思うのだ

見かけのほうが　観察したものよりも　価値がある
　それは　奥に潜むものを心に教え
われわれが　後に知ることになる
多くの秘密を　われわれに示すのだ

2

たとえば　私は水辺に立って
別の世界が　水中にあると考えた
上方に広がる大空が
逆さに映って　私の目を惑わしていたとき
　私は　誰かの足がやって来て
　私の足に触れて　重なりあうことを　想像した
水たまりのそばで遊ぶ時
水の中には　別の世界があった

3

水の下で溺れた人々は
なおも　別の天を仰ぎ
広大な領域を　自由に
行き来しているように思われた
　明るく開けた空間に
　私は　彼らの顔を見た
彼らには　私と同じ目や手や足がついていた
別の太陽が　彼らを照らしていた

4

人々が　そこを歩いていること
それなのに　彼らが話す声は聞こえないこと
牛や馬が喉をうるおすための
小さな水の裂け目を通して
　別の世界が見えること

　それなのに　中には入れないこと
そして　そこに　光と闇の　熱と冷気の　別の国が見えること
それらはすべて　不思議なことだった

5

私は何度も　彼らに呼び掛けたが　無駄だった
話を交わすことはできなかった
だが私は　そこに別の世界がある
と考えるだけで　満足した
　私は　水の中に　新しい鏡像たちを
　はっきりと見たのだ
彼らは　明らかに見えるのだが
間にある皮膜によって　こちらの世界と隔てられていた

6

逆さまになった人々の足を辿って

私は　もう一つの世界に出会った
それは　目に見える幻覚にすぎないのだが
確かに　一つの世界なのだ
　そこでは　空が　下方で輝き
　不思議なわざによって　大地が
もう一つの顔をこちらに差し出す。
人々の足は　私たちの足と裏合わせになって　進む

7

美しい天に囲まれた
大気の広がりのなかに
豊饒な野　肥沃な土地に恵まれた
広大な領土があるのではないだろうか
　その遥かな岸辺には　おびただしい数の人々が
　輝かしく偉大な　異なる目的のために
住んでいるのだ

私の　未知の友人たちが。

8

ああ　水辺に立っている　君たちよ
裂け目の向こうの君たちは　不思議なことに
私のすぐ傍に見える　そこには
どのような顔があり　君たちは
　誰の足　誰の体をもっているのか
　私は君たちの中に私の仲間や　そしてもう一人の自分を見る
彼らは　別の人間に見えるが　我々なのだ
そこに映っているのは　我々の第二の自分なのだ

9

見るがよい　下方の空が　どんなに遠くまで
広がっているのかを。
私の目では　その果てに　ほとんど届かない

ああ友よ　その果てには
　いかなる秘密がひそんでいるのか
　　君たちの下方の世界にも
高い天が巡っているのか
君たちは　遥かな異国の生を伝える使者なのか

10

私の記憶にある　すべての遊び仲間の面影を
ここで　別の私たちのなかに見るというのは
どういうことなのだろう
さらさらと流れる水の下に
　ある未知の喜びが
　　私のために備えられていて
あの薄い被膜がやぶれるとき
そこに入るのを　許されるということではないか。

あとがき

研究会経緯と本書企画次第

「十七世紀の英詩とその伝統」チームは、二〇〇三年四月から二〇〇九年三月まで行われた第一期の終わりに活動の成果として、研究叢書第四七巻『伝統と変革——十七世紀英国の詩泉をさぐる』（中央大学出版部、二〇一〇年）を出した。

ここでひとつ書き添えたいのは、本書刊行を準備している最中の二〇一四年一二月四日に亡くなられた川口紘明さんのことである。第一期チームの創設者の一人で、病を得て実質的な活動から退かれるまではずっと中心的メンバーとして活躍された。すぐれた歌人でもある川口さんが今回の翻訳に加わっていたら、どんな詩人をとりあげどんな訳を我々に見せてくれたろうかと、詮無い夢想を抑えることができない。

研究会は若干のメンバーの入れ替わりを伴いつつも継続し、二〇〇九年四月からは第二期に移行し、月に一回（時に二回）の活発な研究会活動を現在まで行って来た。

そのような活動を続けて毎月の研究会で発表をする一方で、上記研究叢書においてはテーマや論の都合で扱わなかった面白い詩が他にもあり、その面白さを伝える場があればという要望がメンバーの中に強まった。併せて、さらにこれまで日本で紹介されてこなかった作品やジャンルにも視野を広げて一七世紀イングランドの姿をさらに的確かつ丁寧に知りたいという気持ちも生まれた。こういう次第で自然に、翻訳叢書の実現を目指すことが第二期の活動の中心になった。

研究会は、もともと研究叢書の時から、精読に基づく研究発表が主であった。第二期は、翻訳叢書を目指すというので、同様の精読をベースとしつつも、訳文作成に特化した作業を行った。訳原稿を作って事前に配布し、そのすべてにわたって皆で一行一行、一語一語吟味し議論し、適切な表現を探った。

本書に含まれている訳詩はメンバー全員の目が通り、手が加わっている。厳密な意味で、また良い意味で、共同作業の結果であり産物である。「凡例」で述べた「担当者」の意味は、このように理解していただきたい。すべての詩をすべての者が読み、解釈し訳を考えた。「担当者」は、個別の詩についてまとめる責任を負った代表の謂いである。そうは言っても、二〇人に近い詩人たちそれぞれがそれぞれのスタイルで書いている詩を一律のベースで訳すのは、詩を殺すにも等しい。愚かであり、そもそも無理である。そのさまざまなありように対応するためには訳者が異なるのはひとつのメリットともなりうる。したがって、研究会での検討を生かし、議論の成果を取り入れて訳文を最終的に仕上げるのは各担当訳者に任せるのが、自然でもあり、また有効でもあると考えた。それに伴い、訳語や表記等の全体的統一は理解のための最小限の範囲にとどめ、それ以外については、それぞれの詩人

（場合によっては詩）の中における統一をはかることに各訳者ができる限りの注意を払った。

このアンソロジーを成立させているひとつの条件は、本邦初訳を基本とするという人文研翻訳叢書の方針であり、実際この選集に納められた詩の九割はその条件（我々にとっては言わば「外的条件」であるが）を満たしている。無論初訳ということ自体の価値には小さからぬ意義がある。その意味で、日本の英文学研究者や一般読書人に対して本書が貢献をなしうるだろうし、またなしてほしいと期待しているが、この選集の存在意義はそれだけではないと、我々は考えている。

アンソロジーを作るというのは、意識的であれ非意識的であれそれ自体でひとつのパラダイム（「ストーリー」と言ってもいいかもしれない）を前提としている。

一七世紀の詩についてなら、人口に膾炙してしまった「形而上詩」なる主題系、あるいはグループ化も、そのようなストーリー、それも相当に大きな一つである。形而上詩というパラダイムの専制時代はすでに過ぎ去っているだろうが、一七世紀の詩についてのキーワードの一つとしては確立していると言えるだろう。しかし、それに代わる（少なくともそれがかつて果たしていたような）基軸的な代替物は現れていない、あるいはそのようなものなどもはやないのかもしれない。あるいは、〈ない〉という「ストーリー」なのかもしれないが。

なぜ一七世紀英国か

一七世紀英国（より特定的にはイングランド）は、内戦（市民戦争）、国王（チャールズ一世）処刑、共和国《コモンウェルス》あるいは共和制（クロムウェルを護民官／護国卿として）樹立というプロセスを経て、一六六〇年、チャールズ二世が亡命先のフランスから戻って君主制（王政）回復に至る。ただ、それで安定とはならず、その後を継いだ弟ジェイムズ二世は一六八八年に亡命を余儀なくされ、娘のメアリーとその夫オレンジ（オラニエ）公ウィリアムが替わって統治することになった（名誉革命）。自己改変の運動を始めた王国が、アナーキー的な動乱の時期から、革命によって共和国への変身ののち、一巡展開して「元」（前と全く同じではないが）に戻ったと言える。政治的社会的な激動、控えめに言っても不安定の時代である。

一八世紀になれば（近づけば）近代という呼称がためらいなく使える時代になるし、一四、一五世紀ならばはっきり中世と呼べる時代である。すなわち一七世紀は、その中間の移行期・混在期である。二分すれば近代寄りとは言えるだろうが、近代というのは、後になってから割り当てられた名称にすぎず、当時の人々にとっては、形の定まらない「現代」に他ならなかった。

そのような不安定な時代を生きた者たちの思考・言葉が多く批評的（無論ここでこの語は最大限に広い意味で捉えてほしい）なスタンスのものになるのは自然なことである。一七世紀は、思考・言葉において批評的な時代であったと言えるだろう。実際、「批評」という概念や語が、その時代には（後半になると特にだが）、重視された。当然ながら詩にもそういう側面が大きく影響している。（いささか脱線になるが、この批評性は、二一世紀を生きる我々にも他人事ではない。一元化の進行する時代であればこそ、それに対する距離の意識の重要性はますます強まっている。）

したがって、本詩選にドライデンの政治的風刺詩が複数入っていることの意義は、批評の時代としての一七世紀を捉えるために大きいと言える。初訳という条件によって、たとえばミルトンやダンなどのきわめて有名な詩人のアンソロジーピースが自然と省かれることになったが、それにより逆に一七世紀詩人三巨星の一人であるドライデンの長詩を収めることが可能になったのだと考えれば、今回の外的制約に感謝してもいいのかもしれない（ただ、ドライデンのこれらの詩が、少なくとも刊行本レベルにおいて本邦初訳であるという翻訳史的事実には、驚くべきであるのかもしれないが）。

しかし、それでは、批評性が一七世紀のあらたな基軸的「ストーリー」になるのだろうか。

なぜ鉱脈か——立体的理解のために

当人たちが気づいていなくてもひとつの枠に入っているという事態はままあるだろうが、こと一七世紀では、すでに述べた移行期・混在期であるがゆえ、不安定さや変化が、そしてそれに伴いまたそれらへの対処としての変革が、多く生成した。今言った批評性もそのような事態における、また事態に対する当然の産物だろう。一七世紀だけが移行期であるわけではないが、（西欧的）近代がその前の時代に対して、自己差異化をしつつ「近代」として成立する変化の時期として、他とは異なる独特の変化の様相を示したとは言えるだろう。政治と詩（文学）の領域だけの話ではない。言語自体も、経済活動も、科学も、宗教も。

そういう、この時代における多発的な事態の一端が、本選集からも見えてくるはずである。たとえば政治的な面についても、ドライデンだけでなく、クリーヴランドやカウリーもまた、それぞれの形での社会批判を展開している。

人間（性）も批評――批判も礼讃・讃美もそこにはあるわけだが――の対象として当然ながら相応しい。ロチェスター伯爵、ジョンソン、サックリング、ラブレイス、カウリー、ベーンなど、詩人自身そして詩の対象の両方に応じて異なる独自なありようの詩が見られる。

ラニア、ロウス、フィリップス、ベーンといった、女性たちの詩を多少ともまとめて示したのも、二〇世紀後半からの女性詩人へのめざましい関心の強まりを反映させるためだけでなく、一七世紀自体の多様性を表す目的からである。それはまた、ウォラー、デナム、ジョンソンらの、これも近来大きな関心が寄せられてきている地誌詩についても同様である。

劇作家コングリーヴの詩人としての側面に目が向けられているのも、やはりある広がりへの意識からである。

さらに、詩的伝統あるいは古典への意識という面で、ドライデン、ドラモンド、コングリーヴ、ロウスの詩が一方に存在し、ある面でそれに対するひとつの対極になるところに、宗教的な面とも連関しつつ個人の内的世界を探る、ラニア、クラショー、ヴォーン、トラハーンらの詩が位置している。

本アンソロジーの構成は、そこここに例外も含みつつ、大きくは、詩の語る対象が、外的世界である社会、場所、人間たちから個人へ、そして個人から、さらに個人の内側、つまり内的世界へ、という流れになっている。この流れは時代の直線時間的なものではなく（その意味での補完として、年表を巻末に付してある）、むしろ一七世紀英詩の多様なありようを示すために、時間枠から一度自由になって立体的再構成を試みたと言えばいいかもしれない。クロスレファランス的な、主題・題材索引を付録として設けたのも、その目的のための工夫のひとつである。

立体的あるいは複数的視点の具体的な一例を（私が比較的深く関わった箇所を例にするのを許していただきたい）挙げれば、カウリーが、二つの章に別れて入ることになった点がある。その社会的な批評性を示す詩（第I部）だけでなく、そもそもの「形而上詩人」としての面目躍如の詩に加え、現代にも通じる科学者（ハーヴェイ）や哲学者（ホッブズ）の仕事に目を向けていた、あらためて今評価されるべき視点がうかがえる詩も入っている（詳しくは第Ⅲ部の彼の詩の略伝と解説を参照してほしい）。さらにそれだけでなく、クラショーのところ（第V部）にカウリーとの対話詩が収められ、またベーンの詩（第Ⅳ部）等でもカウリーへ言及がなされる、また詩自体は本書に収められていないが、第Ⅱ部デナム略伝に記されているように、デナムによってカウリー追悼詩が書かれているなど、同時代人だから当然と言えばそれまでだが、詩人としての幅の広さと多様な達成とがこの構成の全体で示されている。
時代についての遠近法の重要性がよく口にされる（されてきた）が、遠近法の力は錯視を利用しての平面的理解の補完と言うに尽きる。遠近法（だけ）ではない多様なあるいは多角的なアプローチ＝接近法が必要である。政治、権力、風景、女性、信仰、社会、伝統、個人、内面等々。「名所」や「名物」だけでない、多種多様なところへの探訪・探索をし、地にある鉱脈に触れ、採ることが、一つの時代を立体的に捉えることには欠かせない。むしろ、もっと気楽な散策からこそ、特に一七世紀特有の、揺れる未確定《アモルファス》な顔が垣間見えるかもしれない。本書がその誘いの手の一つになることを切に希望する。

最後になるが、本書刊行にあたって大変お世話になった人文科学研究所事務室と中央大学出版部のスタッフ、わけても柴﨑郁子さんに心からの感謝を捧げたい。その努力なしでは本書は今ここにこの形で存在していない。

研究会チーム「十七世紀の英詩とその伝統」
責任者　秋　山　嘉

・ 探索　The Search
・ ランプ　The Lamp
・ せわしなく　The Pursuit
・ 朝の祈祷　The Morning-Watch
・ ひそやかに　'Silence, and stealth of days!'
・ 堕落　Corruption
・ この世　The World (I)
・ 人間　Man

II『火花散らす燧石』 *Silex Scintillans* (1655) より　1655
・ 鶏鳴　Cock-Crowing
・ 夜　The Night
・ 滝　The Water-fall

A : Martz, Louis L., ed. *Henry Vaughan*, Oxford : Oxford UP, 1995.

トマス・トラハーン　Thomas Traherne　1637-74

・ あいさつ　The Salutation
・ 驚き　Wonder
・ 私の精神　My Spirit
・ 貧しさ　Poverty
・ 水に映る影　Shadows in the Water

A : Bradford, Alan, ed. *Thomas Traherne : Selected Poems and Prose*. Harmondsworth : Penguin Books, 1991.
B : Rudrum, Alan, ed. *Henry Vaughan : The Complete Poems*, Harmondsworth : Penguin Books, 1995.

——. ed. *New Casebooks Aphra Behn*. Basingstoke : Macmillan Press, 1999.

〔 第V部 〕

リチャード・クラショー　Richard Crashaw　1612-49

・ 聖マリア・マグダレン—涙する人　Saint Mary Magdalene or the Weeper　1648/52
・ 希望について—カウリーとクラショーの問答形式による　On Hope, By way of Question and Answer, betweene A. Cowley, and R. Crashaw　1646/52

A : Williams, George Walton, ed. *The Complete Poetry of Richard Crashaw*. New York : Norton, 1974.

B : Cummings, Robert, ed. *Seventeenth-Century Poetry : An Annotated Anthology*. Oxford : Blackwell, 2000.

Low, Anthony. *Love's Architecture : Devotional Modes in Seventeenth-Century English Poetry*. New York : New York UP, 1978.

Martin, L. C., ed. *The Poems : English, Latin and Greek of Richard Crashaw*, 2nd ed. Oxford Clarendon Press, 1957.

Praz, Mario. *The Flaming Heart : Essays on Crashaw, Machiavelli, and Other Studies in the Relations Between Italian and English Literature from Chaucer to T. S. Eliot*. New York : Norton, 1973.

Young, R.V. *Richard Crashaw and the Spanish Golden Age*. New Haven : Yale UP, 1982.

ヘンリー・ヴォーン　Henry Vaughan　1621-95

I『火花散らす燧石』 *Silex Scintillans* (1650) より 1650

・ 寓意画—著者の心　The Author's Emblem (concerning himself)
・ 献辞　The Dedication
・ 再生　Regeneration

her receiving the name of Lucasia, and Adoption into our Society, December 28. 1651.　1651

・ 友情　Friendship　1650年代中頃
・ 友情の神秘—最愛のルケイジアへ　Friendship's Mystery, To my dearest Lucasia　1650年代前半

A : Philips, Katherine. *Poems By the most deservedly Admired Mm Katherine Philips*. London : Herringman, 1667.

アフラ・ベーン　Aphra Behn　1640-1689

・ 故ロチェスター伯爵の死に寄せて　On the Death of the late Earl of Rochester　1680-82
・ 反逆に対する解毒剤—あるいはコーヒーとティーの対話　Rebellions Antidote : OR A DIALOGUE between COFFEE and TEA　1685
・ 私と私の詩神の近況についてお尋ねくださった神学博士バーネット氏へのピンダロス風の詩　A PINDARIC POEM TO THE Reverend Doctor Burnet ON THE Honour he did me of Enquiring after me and my MUSE　1689

A : Todd, Janet, ed. *The Works of Aphra Behn*, Vol. 1 : *Poetry*. London : William Pickering : 1992.

B : Abrams, M. H. ed., *The Norton Anthology of English Literature*. Vol. 1 7th ed., New York : W. W. Norton, 2000.

Barash, Carol, *English Women's Poetry, 1649–1714 : Politics, Community, and Linguistic Authority*, Oxford : Clarendon Press, 1996.

Hughes, Derek and Janet Todd, ed. *The Cambridge Companion to Aphra Behn*. Cambridge : Cambridge UP, 2004.

Summers, Montague ed. *The Works of Aphra Behn*. New York : Phaeton Press, 1967.

Todd, Janet. *The Secret Life of Aphra Behn*. New Brunswick : Rutgers UP, 1997.

——. *Aphra Behn studies*. Cambridge : Cambridge UP, 1996.

nor doe nott fright

- 暗黒の夜よ、はやく来て　Come darkest night, beecoming sorrow best
- この前あなたに逢ったとき　When last I saw thee, I did nott thee see
- 太陽に肌を焼かれたインド人のように　Like to the Indians, scorched with the sunne
- 誰もが気晴らしを懸命に求めるときに　When every one to pleasing pastime hies
- 愛しい人よ、わたしの心を大切にしてください　Deare cherish this, and with itt my soules will
- 悲しみよ、胸を刺す悲しみよ　Griefe, killing griefe : have nott my torments binn
- 天の栄光を示す神聖な星々よ　You blessed starrs which doe heavns glory show
- 夫のジュピターに絶えず嫉妬していたジュノーは　Juno still jealouse of her husband Jove
- どんな時もどんな場所も、また何を思い何を書こうとも　No time, noe roome, noe thought, or writing can
- いまや幸せなわたしの詩神よ、静かに憩いなさい　My muse now hapy, lay thy self to rest

A : Roberts, Josephine A., ed. *The Poems of Lady Mary Wroth*. Baton Rouge : Louisiana State UP, 1983.

B : Pritchard, R. E., ed. *Lady Mary Wroth : Poems*. Edinburgh : Edinburgh UP, 1996.

キャサリン・フィリップス　Katherine Phillips　1632-64

- ウィストン納骨堂　Wiston Vault　1650年代前半
- 国王チャールズ一世の二重の殺害―ヴァヴァサー・パウエルの中傷詩に応えて　Upon the double Murther of K. CHARLES I. in Answer to a Libellous Copy of Rimes by/Vavasor Powell　1650年代前半
- 素敵なアン・オウエン夫人に　To the Excellent Mrs.Anne Owen,upon

A : *The Third Volume of the Works of Mr. William Congreve*, London, 1710.
B : McKenzie, D. F., ed. *The Works of Mr. William Congreve*, Vol. 2. Oxford : Oxford UP, 2011.

〔 第Ⅳ部 〕

エミリア・ラニア　Aemilia Lanyer　1569-1645

・ 徳高き読者へ　To the Vertuous Reader　1611
・ ユダヤ人の王、神、万歳　Salve Deus Rex Judaeorum　1611

A : Woods, Susanne, ed. *The Poems of Aemiliar Lanyer : Salve Deus Rex Judaeorum*. Oxford : Oxford UP, 1993.
B : Clarke, Danielle, ed. *Isabella Whitney, Mary Sidney and Aemilia Lanyer : Renaissance Women Poets*. Harmondsworth : Penguin Books, 2000.
Kuchar, Gary. *The Poetry of Religious Sorrow in Early Modern England*. Cambridge : Cambridge UP, 2008.
Grossman, Marshall, ed. *Aemilia Layner : Gender, Genre, and the Canon*. Lexington : UP of Kentucky, 1998.
Woods, Susanne. *Lanyer : A Renaissance Woman Poet*. Oxford : Oxford UP, 1999.

レイディ・メアリ・ロウス　Lady Mary Wroth　1587頃 -1651/ 53

『パンフィリアからアンフィランサスへ』*Pamphilia to Amphilanthus* (1621) より

・ 夜の黒いマントが　When nights black mantle could most darknes prove
・ まだ希望があります　Yett is ther hope : Then Love butt play thy part
・ 愛よ、無理強いしないでください　Love leave to urge, thou know'st thou hast the hand
・ おお、眠りよ、わたしに取り憑かないで　Sleepe fy possess mee nott,

収

A：Hurd, Richard, ed. *The Works of Mr. A. Cowley in Prose and Verse*, Vol. 2. London：John Sharp, 1809.

・ハーヴェイ博士についてのオード　Ode upon Dr. Harvey　1663

『いくつかの出来事についての歌草』*Verses Written on several Occasions* (1663) に所収

A：Hurd, Richard, ed. *The Works of Mr. A. Cowley in Prose and Verse*, Vol. 1 London：John Sharp, 1809.

B（以上２編の参考文献）：

Bush, Douglas. *English Literature in the Earlier Seventeenth Century 1600–1660*. 2nd ed. Oxford：Oxford UP, 1962.

Danby, John F. *Shakespeare's Doctrine of Nature：A Study of King Lear*. London：Faber and Faber, 1948.

Duthie, George Ian & Wilson, John Dover, eds. *King Lear*. Cambridge：Cambridge UP, 1960.

Gough, Alfred B, in *The Mistress with Other Select Poems*. (John Sparrow, ed.) London：Nonesuch Press, 1926.

Hinman, Robert B. *Abraham Cowley's World of Order*. Cambridge MA：Harvard UP, 1960.

Hobbes, Thomas. *The English Works of Thomas Hobbes*. Vol.4；Rep. of 1840 ed. Scientia Aalen, 1962.

Hurd, Richard, ed. *The Works of Mr. A. Cowley in Prose and Verse*. 3vols. London：John Sharp, 1809.

Trotter, David. *The Poetry of Abraham Cowley*. London：Macmillan, 1979.

ウィリアム・コングリーヴ　William Congreve　1670-1729

・ローソクに寄す—エレジー　*To a CANDLE.* ELEGY　1692

・ドライデン氏の『ペルシウス』翻訳に寄す　To Mr. Dryden, on his Translation of *PERSIUS*　1710

・ アルシアへ　牢獄より　To *Althea*, From Prison　1642
・ ルカスタへ　海を渡るに際して　To *Lucasta*, Going beyond the Seas　1649

A: Grierson, H. J. C., ed. *Metaphysical Lyrics & Poems of the Seventeenth Century*, Oxford : Oxford UP, 1921.

エイブラハム・カウリー　Abraham Cowley　1618-67

・ 春　The Spring　1656
・ 美　Beauty　1656

以上２篇は、詩集『様ざまな詩編』*The Miscellanies*（1656）中の「アナクレオンに倣いて」Anacreontique に所収

・ 燕　The Swallow　1656

上記『様ざまな詩編』中の「ご婦人、あるいは恋愛詩数編の写し」The Mistress, or Several Copies of Love-Verses に所収

A: Hurd, Richard, ed. *The Works of Mr. A. Cowley in Prose and Verse*. Vol. 1 & Vol. 2, London : John Sharp, 1809.

Gough, Alfred B., ed. *Abraham Cowley : The Essays and Other Prose Writings*. Oxford : Oxford UP, 1915.

Sparrow, John, ed. *Abraham Cowley : The Mistress with Other Select Poems*. London : Nonesuch Press, 1926.

B: Hurd, Richard. →上記 *The Works of Mr. A. Cowley in Prose and Verse*. Vol. 1, 1809.

Trotter, David. *The Poetry of Abraham Cowley*. London : Macmillan, 1979.

Williamson, George. *The Donne Tradition*. Cambridge, MA, 1930 ; New York : Octagon Books, 1980.

―― . *A Reader's Guide to the Metaphysical Poets*. London : Thames And Hudson, 1967 ; Rep., 1988.

・ ホッブズ氏に　To Mr. Hobbes　1656

上記『様ざまな詩編』中の「ピンダロス風詩編」Pindaric Odes に所

ジョン・サックリング　John Suckling　1609-42

・歌（何故そんなに蒼ざめて元気がないの？）　Song (Why so pale and wan, fond lover?)　from *Aglaura*　1638

・ソネット（あなたに赤や白を求めはしない）　Sonnet (Of thee (kind boy) I ask no red and white)　from *Fragmenta Aurea : A Collection of all the Incomparable Peeces, written by Sir John Suckling*　1646

・ソネット（誰か誠実な恋人の幽霊のために）　Sonnet (Oh! for some honest Lovers ghost)　from *Fragmenta Aurea : A Collection of all the Incomparable Peeces*　1646

・歌（何ということか）　Song (Out upon it, I have lov'd) from *The Last Remains of Sir John Suckling*　1659

A:〈歌（何故そんなに蒼ざめて元気がないの？）〉

Gardner, Helen, ed. *The Metaphysical Poets*. Harmondsworth : Penguin Books, 1957

〈ソネット（あなたに赤や白を求めはしない）／ソネット（あなたに赤や白を求めはしない）／歌（何ということか）〉

Grierson, Herbert J. C., ed. *Metaphysical Lyrics & Poems of the Seventeenth Century*. Oxford : Oxford UP, 1921.

B（以上4編の参考文献）:

Clayton, Thomas, and A. Beauline, eds. *Works of John Suckling*. Oxford : Clarendon Press, 1971.

Wilkinson, C.H., ed., *The Poems of Richard Lovelace*. Oxford : Clarendon Press, 1970.

リチャード・ラブレイス　Richard Lovelace　1618-56/57

・ルカスタへ　戦いに赴くに際して　To *Lucasta*, Going to the Warres 1642

・踊って歌うグラシアナ　*Gratiana* dauncing and singing　1649

・精査　The Scrutinie　1649

〔 第Ⅲ部 〕

ベン・ジョンソン　Ben Jonson　1572-1637

『森』 *The Forest* より　1616

・ 私はなぜ愛を詠わないか　Why I Write Not of Love

・ ペンズハースト館に寄せて　To Penshurst

・ ロバート・ロウス卿へ　To Sir Robert Wroth

・ 俗世に—高潔な貴婦人のための別れの詩　To the World : A Farewell for a Gentlewoman, Virtuous and Noble

・ 天へ　To Heaven

A : Donaldson, Ian, ed. *Ben Jonson : Poems*. Oxford : Oxford UP, 1975.

B : Herford, C. H., and Percy and Evelyn Simpson, eds. *Ben Jonson*, Vol. 8 and Vol. 11. Oxford : Clarendon Press, 1947 and 1952.

Hunter, W. B., ed. *The Complete Poetry of Ben Jonson*. New York : Anchor, 1963.

Parfitt, George, ed. *Ben Jonson : The Complete Poems*. Harmondsworth : Penguin Books, 1975.

Bevington, David, et al., eds. *The Cambridge Edition of the Works of Ben Jonson*, Vol. 4. Cambridge : Cambridge UP, 2012.

ウィリアム・ドラモンド
William Drummond of Hawthornden　1585-1649

・ 歌（ポイボスよ昇り）　Song (Phoebus arise)　1614/16

・ 眠るヴィーナスの像　The Statue of Venus Sleeping　1616

・ フクロウに寄せて　To an Owl　1656

A : Cummings, Robert, ed. *Seventeenth-Century Poetry : An Annotated Anthology*. Oxford : Blackwell, 2000.

・ クルック判事の死を悼む　Elegy on the Death of Judge Crooke　1790
・ ストラッフォード伯の裁判とその死　On the Earl of Strafford's Tryal and Death　1668

A : 〈クーパーの丘〉 O Hehir, Brendan. *Expans'd Hieroglyphicks : A Critical Edition of Sir John Denham's Coopers Hill*. Berkeley : U of California P, 1969.

〈クルック判事の死を悼む／ストラッフォード伯の裁判とその死〉 Banks, Theodore Howard, ed. *The Poetical Works of Sir John Denham*. New Haven : Yale U.P., 1928.

B : Aubrey, John. *Brief Lives*. クリーヴランドの項参照（２点）

Cummings, Robert, ed. *Seventeenth-Century Poetry*. クリーヴランドの項参照

Johnson, Samuel. *The Works of Samuel Johnson*. ウォラーの項参照

O Hehir, Brendan. *Harmony from Discords : A life of Sir John Denham*. Berkeley : University of California Press, 1968.

Rumrich, John P. and Gregory Chaplin, eds. *Seventeenth-Century British Poetry 1603–1660*. ウォラーの項参照

Wasserman, Earl R. *The Subtler Language : Critical Readings of Neoclassic and Romantic Poems*. Baltimore : Johns Hopkins Press, 1959.

Woulhuysen, H. R., ed. *The Penguin Book of Renaissance Verse*. クリーヴランドの項参照

ロチェスター伯爵ジョン・ウィルモット

John Wilmot, Second Earl of Rochester　1647–80

・ 理性と人間に対する諷刺　A Satyre against Reason and Mankind　1674
・ ロンドンのアルテミザから田園のクロエへの手紙　A Letter from Artemiza in the Towne to Chloe in the Countrey　1673–75

A : Love, Harold, ed. *The Works of John Wilmot Earl of Rochester*. Oxford : Oxford UP, 1999.

B : Jack, Ian. *Augustan Satire : Intention and Idiom in English Poetry 1660–1750*. Oxford : Oxford UP, 1952.
Walker, Keith, ed. *John Dryden : The Major Works*. Oxford : Oxford UP, 1987.

〔 第Ⅱ部 〕

エドマンド・ウォラー　Edmund Waller　1606-87

・ ペンズハースト館にて　At Penshurst　1645
・ 国王によるセント・ポール寺院修復に寄せて　Upon his Majesty's Repairing of Paul's　1645

A : Drury, G. Thorn, ed. *The Poems of Edmund Waller*, Vol. 1 London : Richard Clay & Sons, 1901.
B : Aubrey, John. *Brief Lives*. クリーヴランドの項参照（2点）
Chernaik, Wallace L. *The Poetry of Limitation : A Study of Edmund Waller*. New Haven : Yale University Press, 1968.
Cummings, Robert, ed. *Seventeenth-Century Poetry*. クリーヴランドの項参照
Drury, G. Thorn. Introduction. *The Poems of Edmund Waller*, Vol. 1 London : Richard Clay & Sons, 1901.
Johnson, Samuel. *The Works of Samuel Johnson*. John Hawkins, ed. Vol.2. New York : Cambridge UP, 1787 (repr. 2011).
Rumrich, John P. and Gregory Chaplin, eds. *Seventeenth-Century British Poetry 1603–1660*. New York : W. W. Norton & Company, 2006.
Woulhuysen, H. R., ed. *The Penguin Book of Renaissance Verse*. クリーヴランドの項参照

ジョン・デナム　John Denham　1615-69

・ クーパーの丘　*Cooper's Hill*　1642/68

teenth Century. Oxford : OUP, 1921.
Jacobus, Lee A. *John Cleveland*. Boston : Twayne Publishers, 1975.
Morris, Brian, and Eleanor Withington, eds. *The Poems of John Cleveland*. London : OUP, 1967.
Woulhuysen, H. R., ed. and David Norbrook, Introduction. *The Penguin Book of Renaissance Verse*. London : Penguin, 1992.

エイブラハム・カウリー　Abraham Cowley　1618–67

・幻視に拠ってオリヴァー・クロムウェルの統治を論じる　A Discourse By way of Vision, Concerning the Government of *Oliver Cromwell* 1661

A : Lumby, J. Rawson, ed. *Cowley's Prose Works : with introduction and notes*. Cambridge : Cambridge UP, 1887.
B : Hurd, Richard, ed. *The Works of Mr. A. Cowley in Prose and Verse*. Vol. 3, London : John Sharp, 1809.
Waller, A. R., ed. *Abraham Cowley : Essays, Plays and Sundry Verses*. Cambridge : Cambridge UP, 1906.
The Essays of Abraham Cowley. Chiswick Press, n.d. ; Rep., n.d.

ジョン・ドライデン　John Dryden　1631–1700

・マクフレックノー　MacFlecknoe　1676

A : Walker, Keith, ed. *John Dryden : The Major Works*. Oxford : Oxford UP, 1987.
B : 喜志哲雄監修『イギリス王政復古演劇案内』松柏社，2009.

・アブサロムとアキトフェル：詩作品　*Absalom and Achitophel : A Poem*　1681

A : Swedenberg, H. T., ed., and Vinton A. Dearing, textual ed. *The Works of John Dryden*, Vol. 2 : *Poems 1681–1684*. Berkeley : U of California P, 1972.

原題および文献一覧

・煩雑を避けるため、詩の題名には（所収詩集を示す場合を除き）括弧を付していない。
・邦題のあとに英文が記してある場合は、原詩の第一行である。
・Aは翻訳の底本
・Bは他に参照した版および参考文献

〔 第I部 〕

ジョン・クリーヴランド　John Cleveland　1613-58

・ 反逆するスコットランド人　The Rebell Scot　1647
・ ストラッフォード伯のための墓碑銘　Epitaph on the Earl of Strafford 1647

A : Morris, Brian, and Eleanor Withington, eds. *The Poems of John Cleveland*. Oxford : Oxford UP, 1967.

B : Aubrey, John. *Brief Lives*. John Buchanan-Brown, ed. London : Penguin Books, 2000.

Aubrey, John. *Brief Lives*. Oliver Lawson Dick, ed. Ann Arbor : The University of Michigan Press, 1962.

Berdan, John M., ed. *The Poems of John Cleveland*. New York : The Grafton Press, 1903.

Cummings, Robert, ed. *Seventeenth-Century Poetry : An Annotated Anthology*. Oxford : Blackwell, 2000.

Dryden, John. *Of Dramatic Poesy and Other Critical Essays*. George Watson, ed. Vol. 1. London : J. M. Dent & Sons, 1962.

Eliot, T. S. Selected Essays. London : Faber and Faber, 1932.

Grierson, Herbert J. C., ed. *Metaphysical Lyrics & Poems of the Seven-*

1709 『タトラー』誌創刊.	
1711 『スペクテイター』誌創刊.	1710 コングリーヴ「ドライデン氏の『ペルシウス』翻訳に寄す」
1714 アン女王死去. スチュアート朝終焉.	

の対仏同盟（「アウクスブルク同盟」）に加わり、同盟戦争に参戦．恒常的対仏戦争状態（～1713）．

1690 ジョン・ロック『人間悟性論』刊．ウィリアム、アイルランドに進撃、勝利（ボイン川の戦い）．イギリス・フランス間の植民地戦争（両国間の長期にわたる植民地戦争の始まり）．

ジェイムズ2世、フランスに脱出．

1694 イングランド銀行設立（国債の引き受け目的）．三年議会法（議会の自立性維持目的）．

メアリ2世、天然痘で死去．

1697 レイスウェイク条約の締結．

1698 ロンドン株式取引所創設．

1701 王位継承法（王位継承の国教徒限定化）．ジェイムズ2世死去．

1702 ウィリアム3世死去．アン女王即位（～14）．

対フランス宣戦．スペイン継承戦争参戦．

1703 スコットランド議会、イングランドの王位継承法を拒否．

1704 英軍、ジブラルタル占領．

1705 イングランド、「外国人法」議会通過（スコットランドの対イングランド貿易禁止）．

1706 イングランド、スコットランド両国、合同条約案合意．

1707 イングランド・スコットランド合同（大ブリテン王国と称す）

風の詩」

1692 コングリーヴ「ローソクに寄す—エレジー」

るトーリー（ホイッグ対抗勢力）優遇策推進.

1680 モンマス、許可なく帰国して西部巡行.

1681 チャールズ2世、議会解散、オックスフォード議会開会. モンマス叛乱.

1682 ハレー、ハレー彗星の周期性発見.

1683 ライ・ハウス陰謀事件発覚（国王及び王弟暗殺未遂）. 連座したモンマスがオランダに亡命.

1685 チャールズ2世死去. ジェイムズ2世即位（～88）. スコットランド貴族アーガイル伯アーチボルド・キャンベルとモンマス公が結託して反乱. アーガイル伯とモンマス公相継ぎ処刑.

1687 ジェイムズ、信仰自由宣言.
ニュートン『プリンキピア』刊.

〔名誉革命〕

1688 ジェイムズ、第2次信仰自由宣言. ホイッグ貴族ら、オラニエ公ウィレム（オレンジ公ウィリアム）宛に招請状発送. ウィレム、オランダ軍を率いて、イングランド上陸・ロンドン入城. ジェイムズ2世、フランスへ亡命.

1689 仮議会開会、「権利宣言」提出. イングランド共同統治者として、ウィリアム（ウィレム）3世・メアリ2世即位.「権利章典」立法化.「寛容法」成立. ジェイムズ2世、フランス軍を率いて、アイルランド上陸. イングランド、西欧諸国

1680-82 ベーン「故ロチェスター伯爵の死に寄せて」

1681 ドライデン『アブサロムとアキトフェル』

1685 ベーン「反逆に対する解毒剤―あるいはコーヒーとティーの対話」

1689 ベーン「私と私の詩神の近況についてお尋ねくださった神学博士バーネット氏へのピンダロス

亡命．ミルトン『失楽園』刊行．

1668 イングランド・オランダ・スウェーデン、対仏三国同盟結成．

1669 アイザック・ニュートン、微積分法の原理を発見．

1670 チャールズ2世、フランス王ルイ14世とドーヴァーの密約を結ぶ．

1672 チャールズ2世、第2次信仰自由宣言．第3次英蘭戦争（イングランド・フランス、オランダに宣戦（～74））．

1673 議会、審査法制定（公職からの非国教徒排除）．王弟ジェイムズ、カトリック拒否の宣誓を拒んで海軍卿を辞任、のちにカトリック教徒であると宣言．

1675 クリストファー・レン、セント・ポール大聖堂再建開始（～ 1710）．

1677 オランダのオラニエ公ウィレム（チャールズ2世の甥）、ヨーク公長女メアリと結婚．

1678 カトリック陰謀．
ジョン・バニヤン『天路歴程』刊．

1679 騎士議会解散．新議会開会．人身保護法改正（国王専制への対抗・不当逮捕の禁止）．
モンマス公ジェイムズ・スコット（チャールズの庶子）が、シャフツベリ伯アントニー・アシュリー＝クーパーら急進派ホイッグと組み、ジェイムズの継承権を奪うための「王位排除法案」提出（～81、不成立に終わる）．モンマス、国外追放．チャールズ2世、ロンドンにおけ

1668 デナム「ストラッフォード伯の裁判とその死」

1673-75 ロチェスター伯爵「ロンドンのアルテミザから田園のクロエへの手紙」

1674 ロチェスター伯爵「理性と人間に対する諷刺」

1676 ドライデン「マクフレックノー」

1659 議会招集．軍隊の政治介入．軍と議会の対立続く．ランバートによる軍のクーデターで、リチャードが議会解散を余儀なくされる．事態混乱深まり、ランプ議会復活．リチャード辞任．

1659 サックリング「歌（何ということか）」

〔王 政 復 古〕

1660 スコットランド駐留軍司令官ジョージ・マンク、南下してロンドンに入り、議会招集を要求．長期議会復活．長期議会、自発的解散、仮議会招集を宣言．チャールズ、ブレダ宣言を出す．仮議会、宣言を受諾．チャールズ、ロンドンに入り、王政復古．王立協会（the Royal Society）設立．「ボイルの法則」．

1661 チャールズ２世戴冠（～85）．新議会（「騎士議会」）招集．

1661 カウリー「幻視に拠ってオリヴァー・クロムウェルの統治を論じる」

1662 議会、「礼拝統一法」を出す（「クラレンドン法」とも呼ばれる一連の清教徒弾圧立法の一つ）．チャールズ、カトリック寛容策を図る．王立協会、勅許状取得．

1663 カウリー「ハーヴェイ博士についてのオード」

1665 第２次英蘭戦争（～67）．ロンドンで、ペスト大流行（～66）．フック、細胞発見．

1666 ロンドン大火．ジョン・ドライデン『驚異の年』刊．

1667 オランダ艦隊、テムズ川河口に進攻．第２次オランダ戦争、イングランド劣勢裡に終結（ブレダの和約）．議会による政府批判高まり、クラレンドン伯エドワード・ハイド大法官が罷免され、フランス

1651　チャールズ２世、スコットランドで戴冠．チャールズ、イングランドに侵入するが、敗北、フランスに逃亡．航海法制定（オランダの中継貿易排除とイングランド船による貿易独占を目論む）．トマス・ホッブズ、亡命先のフランスより帰国し、『リヴァイアサン』刊行．

1652　第１次英蘭戦争（対オランダ、最初の海戦）．

1653　クロムウェル、ランプ議会を武力解散．「聖者議会」が招集されるも、自発的に解散．ジョン・ランバート起草の成文憲法「統治章典」が士官会議で承認され、クロムウェルが護国卿に就任（～58）．

1654　対オランダ平和条約（ウェストミンスター条約）．スウェーデン・デンマーク・ポルトガルと通商条約．対スペイン戦争．クロムウェル、第１次議会招集．議会が、軍隊の大幅削減を要求．

1655　第１次議会解散．国王派の反乱．軍政官制度施行．秋頃より反体制派取り締り強化．

1656　クロムウェル、第２次議会招集．ジェイムズ・ハリントン『オシアナ共和国』刊．

1657　文民主体の新クロムウェル派、新憲法「謙虚なる請願と勧告」を提出．王位を辞退して、クロムウェルがそれを受諾．ユダヤ人追放（1290年以来）の解除．

1658　議会解散．クロムウェル死去．三男リチャード・クロムウェル、第２代護国卿に就任．

1651　フィリップス「素敵なアン・オウエン夫人に」

1650年代前半　フィリップス「ウィストン納骨堂」、「国王チャールズ一世の二重の殺害」、「友情の神秘―最愛のルケイジアへ」

1650年代中頃　フィリップス「友情」

1655　ヴォーン『火花散らす燧石』(II)

1656　カウリー「美」、「燕」、「ホッブズ氏に」

1656　ドラモンド「フクロウに寄せて」

	国王交渉再開．トマス・プライド大佐率いる部隊による長老派議員追放．議会、「ランプ議会（残部議会 the Rump Parliament）」となる（～53）．	1647	カウリー「春」
		1648/52	クラショー「聖マリア・マグダレン―涙する人」

〔共　和　制〕

1649	国王裁判特別法廷設置．国王に対する死刑判決下る．チャールズ1世処刑． チャールズの遺児（皇太子）、チャールズ2世として王位継承を宣言．スコットランドとアイルランドが彼を国王に推戴．王政と貴族院を廃止する法がランプ議会を通過．議会、アイルランド遠征を決定．クロムウェル率いる議会軍、平等派反乱を鎮圧． イングランド共和国（コモンウェルス）成立．クロムウェル、司令官兼アイルランド総督として、反議会派拠点アイルランドに侵攻、虐殺・土地没収． 匿名の国王擁護出版物『エイコン・バシリケ―国王の孤独と苦難の肖像』刊．それに対する反駁として、ミルトン『偶像破壊者』発表．国王処刑・共和制樹立の激動期に際し諸セクトの運動活発化．ジェラード・ウィンスタンリー率いるディガーズ（Diggers）、共同地の開拓を開始．	1649	ラブレイス「踊って歌うグラシアナ」、「精査」、「ルカスタへ海を渡るに際して」
1650	クロムウェル、アイルランドを去る．フェアファックス、議会軍総司令官を辞任、後任にクロムウェル就任．クロムウェル、スコットランド侵攻．	1650	ヴォーン『火花散らす燧石』（I）

請願を受け、検閲条例発布（検閲制度復活）．ジョン・ミルトン『アレオパジティカ（言論の自由）』刊．

1644 スコットランド軍、イングランドへ入る．マーストン・ムアの戦いで国王軍敗北．議会、両王国委員会（革命陣営中心機関）設置．

1645 ロード大主教処刑．議会軍を、「ニュー・モデル軍」として新編成、トマス・フェアファックスが総司令官に就任．ネーズビーの戦い．オリヴァー・クロムウェル率いる鉄騎隊が、ニュー・モデル軍の中核として活躍．国王軍大敗．

1646 チャールズ1世、スコットランド軍に投降．

1647 スコットランド軍、チャールズの身柄を議会に引き渡して退去．（第1次）内乱終結．議会、議会軍の削減を提案．議会・独立派軍幹部・一般兵士間の対立．「軍隊の危機」．「平等派（水平派 Levellers)」台頭．一般兵士の支持をうけた平等派、全軍会議で声明書「人民協定」提出．スコットランドが、ワイト島に逃亡中のチャールズに和平を打診．

1648 議会、チャールズに対し交渉打ち切りを決議し、両王国委員会をも解散（ダービー・ハウス委員会として再構成)。スコットランド軍、イングランドに侵入．各地で暴動続発．（第2次内乱開始)．クロムウェル、スコットランド軍をプレストンの戦いで破る．内乱、半年で終結．対

1645 ウォラー「ペンズハースト館にて」、「国王によるセント・ポール寺院修復に寄せて」

1646 サックリング「ソネット（あなたに赤や白を求めはしない)」、「ソネット（誰か誠実な恋人の幽霊のために)」

1646/52 クラショー「希望について―カウリーとクラショーの問答形式による」

1647 クリ―ヴランド「反逆するスコットランド人」、「ストラッフォード伯のための墓碑銘」

	ンドに呼び戻される．議会招集をチャールズに進言．		
1640	チャールズ1世、11年ぶりに議会を招集するも、3週間で解散（「短期議会」）．チャールズ、スコットランドに対し戦争再開（第2次主教戦争）、スコットランド盟約派に敗北． チャールズ、賠償金財源のため議会招集（1653年まで開会継続：「長期議会」）．ストラッフォード伯（ウェントワース）およびロード大主教を弾劾．ロンドン市民、「根こそぎ請願」を提出．		
1641	ストラッフォード伯処刑．星室庁廃止．議会、一連の改革立法．国王に対する「大抗議文」、下院を僅差で通過．アイルランドのカトリック教徒、イングランドに対し反乱．		
1642	チャールズ1世、反国王派5議員の逮捕に失敗し、ロンドンを逃れ、ヨークを拠点にする．	1642？	デナム「クルック判事の死を悼む」
	クロムウェル、議会軍指揮（〜49）．議会、「19カ条の提案」で和平を提案．チャールズ、それを拒否．議会、治安委員会を設置、第3代エセックス伯を議会軍総司令官に任命．チャールズ、ノッティンガムで挙兵．（第1次）内乱開始（局地的戦闘）．国王派、議会派双方の宣伝文書、内乱全期間にわたり大量に出版．	1642	ラブレイス「ルカスタへ　戦いに赴くに際して」、「アルシアへ　牢獄より」
		1642/68	デナム『クーパーの丘』
1643	ウェストミンスター議会（〜53頃）、スコットランドの軍事的援助を求めて、協定締結（厳粛同盟）．議会、書籍業者の		

1614　ジェイムズ、2度目の議会（「混乱議会」）招集．国王と議会の対立．ローリー『世界史』刊．
1616　シェイクスピア死去．
1618　ローリー刑死．
1620　清教徒ピルグリム・ファーザーズ、コッド岬上陸．
1621　議会の大抗議．
1625　ジェイムズ1世死去．チャールズ1世即位、フランス王女ヘンリエッタ・マリアと結婚、最初の議会招集．
1626　チャールズ1世、2度目の議会招集．
1628　チャールズ1世、3度目の議会招集．権利の請願．ハーヴェイ「血液循環の法則」．
1629　チャールズ1世、議会解散（これより11年間無議会政治）．
1631　ジョン・ダン死去．
1633　ダン『唄とソネット』刊．
1634　船舶税徴収．
1637　ウィリアム・ロード（カンタベリ大主教）の意見に従い、チャールズ1世、スコットランドで新祈禱書を採用（スコットランド国教会のイングランド国教会化を目指す）．
1638　スコットランドで暴動、スコットランド長老派「国民盟約」署名．スコットランド教会監督制度廃止．
1639　スコットランド問題（第1次主教戦争）で、チャールズ1世敗北．アイルランド総督トマス・ウェントワース、イングラ

1614/16　ドラモンド「歌（ポイボスよ昇り）」
1616　ドラモンド「眠るヴィーナスの像」
1616　ジョンソン『森』
1621　ロウス『パンフィリアからアンフィランサスへ』

トラハーン（生没年1637-74）「あいさつ」、「驚き」、「私の精神」、「貧しさ」、「水に映る影」
1638　サックリング「歌（何故そんなに蒼ざめて元気がないの？）」

1600 東インド会社設立.
1601 救貧法、集大成される（貧民層固定化進行）. 第2代エセックス伯の反乱、処刑.
1603 エリザベス死去. ジェイムズ1世即位.

〔スチュアート朝〕

1604 ジェイムズ1世、穏健派清教徒を含む国教会諸代表によるハンプトン・コート会議開催.
ジェイムズ、最初の議会（1604-1611）招集. スコットランドとの合同問題、紛糾.
対スペイン和平成立（スペイン側有利裡に終結）.
1605 火薬陰謀事件（カトリック教徒過激派による国会議事堂爆破計画）. フランシス・ベイコン『学問の進歩』刊.
1606 反カトリック法、強化. ヴァージニア植民特許状.
1607 米国ジェイムズタウンに最初の永続的植民地建設.
1608 新設賦課法.
1609 ウィリアム・シェイクスピア『ソネット集』刊.
1610 ソールズベリ伯ロバート・セシル（大蔵卿）、下院に「大契約」（財政再建案）提案（翌年廃案）.
1611 『欽定訳聖書』刊. セシル、ハットフィールド・ハウス（ジェイムズ朝カントリー・ハウス代表例）建築.

1611 ラニア「徳高き読者へ」、「ユダヤ人の王、神、万歳」

17世紀イングランド史年表

〔チューダー朝・エリザベス時代（1558～）〕 （政治・社会的主要事件中心）	（収録作品年表）
1580　フランシス・ドレイク、国公認の「海賊」行為をしつつ世界周航達成（1577出発）. ウォルター・ローリー、アイルランドでの反乱鎮圧に参加（～81）．エドマンド・スペンサーとともに同地の大地主のひとりとなる.	
1585　対スペイン戦争開始.	
1586　英国国教会、清教徒の出版物を弾圧.	
1587　スコットランド女王メアリ処刑.	
1588　スペインの無敵艦隊来襲．ドレイク、イングランド艦隊の実質的指揮をとり、一連の海戦ののちスペイン側敗走.	
1589　エリザベス１世、ナヴァラ公アンリを救援して、フランスの内乱に介入.	
1591　イングランド軍、ブルターニュ上陸.	
1592　疫病流行（～93）.	
1593　非国教徒追放令.	
1594　凶作（～97）．食料蜂起多発.	
1595　ローリー「エル・ドラド（黄金の国）」を求めて、南米遠征出発.	
1599　ウィリアム・シェイクスピアの劇団本拠地グローブ座の建設. ロンドンの大都市化（政治・経済・文化面での中心化）進行.	

〔諷　　刺〕

「素敵なアン・オウエン夫人に」
「友情」
「友情の神秘—最愛のルケイジアへ」
ロチェスター伯爵…「ロンドンのアルテミザから田園のクロエへの手紙」

〔 美・芸術・文芸 〕

ウォラー……………「国王によるセント・ポール寺院修復に寄せて」
「ペンズハースト館にて」
カウリー……………「美」
コングリーヴ………「ドライデン氏の『ペルシウス』翻訳に寄す」
ドライデン…………「マクフレックノー」
ドラモンド…………「眠るヴィーナスの像」
ラブレイス…………「踊って歌うグラシアナ」

〔 科学・学問・真理 〕

カウリー……………「ハーヴェイ博士についてのオード」
「ホッブズ氏に」
ロチェスター伯爵…「理性と人間に対する諷刺」

〔 ギリシャ・ローマ神話 〕

ウォラー……………「国王によるセント・ポール寺院修復に寄せて」
「ペンズハースト館にて」
ジョンソン…………「私はなぜ愛を詠わないか」
ドラモンド…………「歌（ポイボスよ昇り）」
「眠るヴィーナスの像」
「フクロウに寄せて」

〔女　性〕

〔友・友情〕

「驚き」

「水に映る影」

「私の精神」

ロチェスター伯爵…「理性と人間に対する諷刺」

「ロンドンのアルテミザから田園のクロエへの手紙」

〔時　　間〕

ヴォーン……………「この世」

「せわしなく」

「夜」

ウォラー……………「国王によるセント・ポール寺院修復に寄せて」

〔愛・恋愛〕

ウォラー……………「ペンズハースト館にて」

カウリー……………「燕」

「春」

コングリーヴ………「ローソクに寄す―エレジー」

サックリング………「歌（何ということか）」

「ソネット（あなたに私は赤や白を求めはしない）」

「ソネット（誰か正直な恋人の幽霊のために）」

「ソネット（何故そんなに蒼ざめて元気がないの？）」

ラブレイス…………「精査」

「アルシアへ　牢獄より」

「ルカスタへ　海を渡るに際して」

「ルカスタへ　戦いに赴くに際して」

ロウス………………「愛よ、無理強いしないでください」

「暗黒の夜よ、はやく来て」

〔 美徳・悪徳 〕

〔 人間・世界 〕

「再生」
「せわしなく」
「滝」
「堕落」
「探索」
「人間」
「ひそやかに」
「夜」
「ランプ」
ウォラー……………「国王によるセント・ポール寺院修復に寄せて」
クラショー…………「希望について—カウリーとクラショーの問答形式による」
「聖マリア・マグダレン—涙する人」
ジョンソン…………「天へ」
デナム………………『クーパーの丘』
「クルック判事の死を悼む」
ドライデン…………『アブサロムとアキトフェル』
トラハーン…………「あいさつ」
「驚き」
「貧しさ」
「水に映る影」
「私の精神」
ラニア………………「徳高き読者へ」
「ユダヤ人の王、神、万歳」
ロチェスター伯爵…「理性と人間に対する諷刺」

〔 喜び・悲しみ 〕

ヴォーン……………「朝の祈祷」

〔都　　会〕

〔死〕

〔信仰・宗教・神〕

主題・題材索引

〔政　　治〕

〔戦争・平和〕

〔自然・田園生活〕

ロチェスター伯爵（ジョン・ウィルモット） John Wilmot, 2nd Earl of ROCHESTER（1647-1680） 英・宮廷詩人 264, 504, 511, 512, 648
ロチェスター伯爵（ローレンス・ハイド） Laurence Hyde, Earl of ROCHESTER（1641-1711） 英・国王派の外交官、政治家 174, 190
ロード, W. William LAUD（1573-1645） 英・カンタベリー大主教 23, 211, 258
ロバーツ, J. A. Josephine A. ROBERTS 米・英文学者、M.ロウス作品の編者 461
ローリー, W. Walter RALEIGH（1552-1618） 英・宮廷人、詩人、探検家 459
ロンサール, P. Pierre de RONSARD（1524-85） 仏・詩人 332

［ワ］

ワーズワス, W. William WORDSWORTH（1593-1633） 英・詩人 561, 611

1628/29） 英・メアリ・ロウスの友人 459
モンテーニュ Michel de MONTAIGNE（1533-92） 仏・人文主義者、モラリスト 86, 282
モントロウズ伯爵（のちに初代侯爵） James Graham, 5th Earl and 1st Marquess of MONTROSE（1612-1650） 英・スコットランド貴族、清教徒革命中チャールズ一世側に立って戦った 11, 12
モンマス公爵 James Scott, Duke of MONMOUTH(1649-85) 英・チャールズ二世の庶子、プロテスタント派に担がれ、王位に野心を抱く 112, 186

［ユ］

ユウェナリス Decimus Junius JUVENALIS（英語名JUVENAL）（60頃-130） ローマ・風刺詩人 396
ユリア JULIA（前39-後14） ローマ・アウグストゥスの娘 510, 511

［ヨ］

ヨーク公リチャード Richard Shrewsbury, 1st Duke of YORK and 1st Duke of Norfolk（1473-83頃） 英・エドワード五世の弟 37
ヨタム JOTHAM →ハリファックス侯爵 77, 173, 192
ヨナス JONAS →ジョーンズ, W. 153, 191
ヨハネ（洗礼者ヨハネ） JOHN the Baptist（前１世紀末-後１世紀） イエスに洗礼を施した 94

［ラ］

ラウス, A. L. Alfred Leslie ROWSE（1903-97） 英・歴史家 402
ラニア, A. Aemilia LANYER（1569-1645） 英・詩人 401, 402, 407, 408, 457, 458, 648, 649
ラブレイス, R. Richard LOVELACE（1618-25頃） 英・王党派抒情詩人 348, 648
ランバート, J. John LAMBERT（1619-84） 英・議会派将軍、スコットランド遠征で活躍するが、クロムウェルにより解任された 40, 44

［リ］

リチャード三世 RICHARD III（1452-85） 英・イングランド王（在位1483-85） 37, 38

［ル］

ルイ一四世 LOUIS XIV（1638-1715） 仏・仏国王（在位1643-1715） 133, 162, 171, 187
ルクレティウス Titus LUCRETIUS Carus（前99頃-55） ローマ・詩人、哲学者 509, 510
ルケイジア LUCASIA 英・A.オウエンの雅名 487, 488, 492-494, 499

［レ］

レスター伯爵 Earl of LEICESTER →シドニー, R.（1563-1626） 310, 459
レズリー, D. David LESLEY（1600頃-82） 英・スコットランドの軍人、ピューリタン革命では当初議会派に与したが後に国王を支援 5
レン, C. Christopher WREN（1632-1727） 英・建築家、セント・ポール寺院を設計 6, 213, 215

［ロ］

ロウス（旧姓シドニー）, M. Mary WROTH（1586頃-1651/53） 英・作家、詩人 316, 459-461, 470, 471, 481, 482, 648
ロウス, R. Robert WROTH（1576-1614） 英・M. ロウスの夫、ペンズハースト館の所有者 316, 317, 320, 322, 330, 460, 471
ローズ, H. Henry LAWES （1596-1662） 英・作曲家 200

ホッブズ, T.　Thomas HOBBES (1588-1679)　英・哲学者　26, 282, 359-361, 370, 371, 373, 374, 376-379, 649
ホプトン, S.　Susanna HOPTON (1627-1709)　英・作家　611
ボーモント, F.　Francis BEAUMONT (1584-1616) 英・劇作家　107
ホメロス　HOMEROS (英語名HOMER) (前9-8世紀頃)　ギリシア・詩人　28, 46, 91, 223, 396
ホラティウス　Quintos HORATIUS Flaccus (英語名HORACE) (前65-前8)　古代ローマ・詩人　109, 110, 210, 264-266, 317, 396
ポリアーカス　Poliarchus　英・C.コタレルの雅名　485, 494
ボワロー　Nicolas BOILEAU-Despréaux (1636-1711)　仏・詩人、批評家　282
本田裕志　(1956-)　日・思想史家　379
ポンペイウス　Gunaeus POMPEIUS MAGNUS (前106-48)　ローマ・政治家、軍人　71

[マ]

マーヴェル, A.　Andrew MARVELL (1621-78)　英・詩人　205, 558
マキャヴェリ, N. B.　Niccolo Bernardo MACHIAVELLI (1469-1527)　伊・思想家、政治家　75, 85
マクシミアヌス　Marcus Aurelius Valerius MAXIMIANUS (240頃-310) ローマ皇帝 (在位286-305)　227
マクフレックノー　MACK FLECKNOE →シャドウェル　90, 92, 109, 266
マーシャル, S.　Stephen MARSHALL (1594頃-1655)　英・監督制度を批判した長老派代表者五人 (頭文字を取ってSmectymnuusと呼ばれる) のうちの一人　9
マホメット　MUHAMMAD (MAHOMET) (570頃-632頃)　イスラム教の開祖　372
マリア (聖母マリア)　MARIA (英語名MARY)　イエスの母　443, 444, 453, 458, 602
マリア・マグダレン (マグダラのマリア)　Mary MAGDALENE　キリストの弟子　534, 544, 550
マリウス　Gaius MARIUS (前157-86)　ローマ・軍人、政治家、息子の小マリウスに対して大マリウスとも呼ばれる　50
マルグレイヴ伯爵　John Sheffield, Earl of MULGRAVE (1648-1721)　英・政治家、文芸の保護者　173

[ミ]

水田洋　(1919-)　日・思想史家　379
ミカル　MICHAL　→キャサリン・オブ・ブラガンザ　116, 187, 189
ミドルトン, T.　Thomas MIDDLETON (1580-1627)　英・劇作家、詩人　107
ミルトン　John MILTON (1608-74)　英・詩人、神学者、革命派政治論者　4, 21, 89, 125, 184, 647

[メ]

メアリ (メアリー) 二世　MARY II (1662-94)　英・イングランド／スコットランド／アイルランド女王として夫のウィリアム三世と共同統治 (1689-94)　188, 520, 527, 646
メナンドロス　MENANDOROS (前342頃-291頃)　ギリシア・喜劇詩人　282

[モ]

モーセ　MOSES (前13世紀頃)　イスラエル・民族指導者　52, 54, 130, 156, 158, 182, 191, 192, 525, 600
モリエール　MOLIERE　本名Jean Baptiste Poquelin (1622-73)　仏・喜劇作家、俳優　98
モンゴメリー伯爵夫人　Susan de Vere, Countess of Montgomery (1587-

治家　610
プリニウス　Gaius PLINIUS Secundas（23頃-79）　ローマ・博物学者　282
プルタルコス　PLUTARCHOS（英語名PLUTARCH）（46頃-120頃）　ギリシア人・ローマ帝政期著作家　282
ブルート　BRUTE/BRUT/BRUTUS　ブリトン人の伝説上の祖、ブリテン島の名の由来　222, 223
ブレイク, W.　William BLAKE（1757-1827）　英・詩人・画家　611
フレックノー, R.　Richard FLECKNOE（1605?-77?）　英・劇作家　92, 94, 97, 99, 100, 103, 107-109
フレッチャー, J.　John FLETCHER（1579-1625）　英・劇作家　97, 104, 107

［へ］

ヘイウッド, T.　Thomas HEYWOOD（1570年代-1641）英・劇作家、俳優　94, 98, 107
ベイコン／ベーコン, F.　Francis BACON（1561-1626）　英・哲学者、文人　86, 387
ベセル, S.　Slingsby BETHEL（1617-97）　英・ロンドンの有力商人、反カトリック主義者、市の執行役員（1680-81）　154, 190
ペトラルカ, F.　Francesco PETRARCA（1304-74）　伊・詩人、人文学者　338, 481
ヘリック, R.　Robert HERRICK（1591-1674）　英・王党派詩人、聖職者　244
ヘリングマン, H.　Henry HERRINGMAN（1628-1704）　英・出版業者　99
ベル, H. I.　H. I. BELL　英・詩集編纂者　612, 613
ペルシウス　Aulus PERSIUS Flaccus（34-62）　ローマ・諷刺詩人　392-396
ヘロデ　HERODES（英語名HEROD）（前73頃-前４）　ユダヤの王（在位前37-前４）　433, 434, 440, 575
ヘロドトス　HERODOTUS（前485-420）　ギリシア・歴史家　489
ヘンズロー, P.　Philip HENSLOWE（?-1616）　英・興行師、劇場所有者　307
ペンブルック伯爵　Philip Herbert, 5th Earl of PEMBROKE, 2nd Earl of Montgomery（1621-69）　英・政治家、共和制時代の国務会議メンバー　215
ヘンリー, F.　Frederick HENRY（1594-1612）　英・ジェイムズ一世の長子　314
ヘンリー七世　HENRY VII　英・イングランド王（在位1485-1509）　48
ヘンリー八世　HENRY VIII（1491-1547）　英・イングランド王（在位1509-47）、国教会を設立　204, 227-229, 245
ヘンリエッタ・マライア／マリア　HENRIETTA MARIA of France（1609-69）　チャールズ一世の王妃、仏国王アンリ四世末娘　26, 221, 225, 226
ベーン, A.　Aphra BEHN（1640-1689）　英・詩人、劇作家　503, 512, 519-521, 524, 527, 528, 558, 648, 649

［ホ］

ホイットマン, W.　Walt WHITMAN（1819-92）　米・詩人　611
ポウプ, A.　Alexander POPE（1688-1744）　英・詩人、批評家　108, 200, 245, 249, 266
ボッカチオ　Giovanni BOCCACCIO（1313-75）　伊・詩人・物語作者　91
ポーツマス女公爵　Louise de Kérouaille, Duchess of PORTSMOUTH（1649-1734）　フランス人、チャールズ二世の愛人　162, 189

の作者　108
バーネット, G.　Gilbert BURNET, (1643-1715)　英・スコットランドの神学者、歴史家、ソールズベリー司教　512, 520, 521, 527, 528
ハーバート, G.　George HERBERT (1593-1633)　英・聖職者、詩人　106, 533, 561
ハーバート（旧姓シドニー）, M.　Mary HERBERT（SIDNEY）(1561-1621)　英・第二代ペンブルック伯爵夫人、フィリップ・シドニーの妹　460
ハーバート, W.　William HERBERT (1580-1630)　英・第三代ペンブルック伯爵、シェイクスピアの『ソネット集』に登場する青年貴族に擬せられる　460, 481
ハムデン, J.　John HAMPDEN (1594-1643)　英・政治家、ピューリタン革命時議会派指導者　197, 198, 254
バラム　BALAAM　→ハンティンドン伯爵　153, 191
ハリファックス侯爵　George Savile, Marquis of HALIFAX (1633-95)　英・政治家、シャフツベリの甥だが国王派に転向　173
バルジライ　BARZILLAI　→オーモンド公爵　169, 172, 190
バルフォア, W.　William BALFOUR (?-1660)　スコットランド出身の軍人、ピューリタン革命では議会派　11
ハワード卿　Lord HOWARD of Escrick (1626-94)　英・熱烈な再洗礼主義者　153
ハンズドン卿　Henry Cary(Carey), Lord HUNSDON (1526-96)　英・エリザベス一世の宮内大臣　401
ハンティンドン伯爵　Theophilus Hastings, Earl of HUNTINGDON (1650-1701)　英・反国王派政治家　153, 191
ハンニバル　HANNIBAL（前247-183）　カルタゴ・軍人　99

[ヒ]

ピトゥ, P.　Pierre PITHOU (1539-96)　仏・法律学者　322
ピム, J.　John PYM（1583頃-1643）　英・政治家、ピューリタン革命時の議会派指導者　8, 9, 17
ヒュペルボルス　HYPERBOLUS（前5世紀）　ギリシア・アテネの煽動政治家、最後の陶片追放者　16
ピラト　Pontius PILATUS（英語名PILATE）（在任26-36）　ローマ領ユダヤの総督　424, 425, 429, 430, 433, 434, 436, 439, 440, 575
ピンダロス　PINDAROS（英語名PINDAR）（前522頃-440頃）　ギリシア・抒情詩人　91, 370, 396, 520, 521, 523, 528
ヒンマン, R.　Robert B. HINMAN　米・英文学者　377

[フ]

ファウラー, J.　James FOWLER（17世紀）　英・K.フィリップスの実父　483
ファラオ　PHARAOH　→ルイ一四世　52, 53, 133, 134, 137, 141, 171, 187
フィリッパ・オヴ・エノー　PHILIPPA of Hainaut（1314頃-69）　エドワード三世の王妃でエドワード黒太子の母　224
フィリップス, J.　James PHILIPS（17世紀）　K.フィリップスの夫　484, 491
フィリップス, K.　Katherine PHILIPS (1632-1664)　英・詩人、翻訳者　483-485, 491, 648
フシャイ　HUSHAI　→ロチェスター伯爵（L.ハイド）　174, 190
ブッシュ, D.　Douglas BUSH (1896-1983)　英・英文学者　378
フラー, T.　Thomas FULLER (1608-61)　英・聖職者、歴史家　6
ブリッジマン, O.　Orlando BRIDGEMAN (1606-74)　英・政

ディオゲネス　DIOGENES（前410頃-323頃）ギリシア・哲学者　273
テイト　Nahum TATE（1652-1715）英・劇作家、詩人　185
ティモレオン　TIMOLEON（前411頃-337）ギリシア・政治家、軍人　49
デッカー, T.　Thomas DEKKER（1572頃-1632）英・劇作家　97, 107
デナム, J.　John DENHAM（1615-69）英・王党派詩人　24, 200, 211, 214-216, 218, 221, 231, 243-249, 253, 255-257, 261, 262, 331, 648, 649
テニソン　Lord Alfred TENNYSON（1809-92）英・詩人　267
デュ・バルタス　Guillaume de Saluste DU BARTAS（1544-90）仏・詩人、廷臣　332
テレジア（聖テレジア）St. TERESA of Avila（1515-82）スペイン・修道女、キリスト教神秘家　533

［ト］

ドーベル, B.　Bertram DOBELL（1842-1914）英・詩集編纂者　611-613
ドライデン, J.　John DRYDEN（1631-1700）英・詩人、劇作家、批評家、翻訳者　6, 11, 19, 21, 89-91, 97, 99, 100, 102, 104, 107-110, 114, 115, 123, 124, 129, 162, 173, 184, 185, 188, 200, 249, 265, 266, 288, 389, 392, 396, 647, 648
トラハーン, T.　Thomas TRAHERNE（1637-74）英・聖職者、詩人　610-613, 631, 649
ドラモンド, W.　William DRUMMOND of Hawthornden（1585-1649）英・詩人　332, 338, 648
ドレイトン, M.　Michael DRAYTON（1563-1631）英・詩人　247, 417
トンソン　Jacob TONSON（1656-1737）英・出版業者　91

［ナ］

ナダブ　NADAB　→ハワード卿　153, 191

［ニ］

ニキアス　NICIAS（前470頃-413）アテネの政治家、軍人　16

［ネ］

ネロ　NERO Claudius Caesar Drusus Germanicus（37-68）ローマ・皇帝（在位 54-68）　68

［ハ］

パイドロス　Gaius Julius PHADRUS（前15-50　ローマ・寓話作者、イソップ物語のラテン語訳者　489
ハーヴィー, M.　Mary HARVEY（17世紀）英・K.フィリップスの友人　484
ハーヴェイ, W.　William HARVEY（1578-1657）英・医師、解剖学者　359, 361, 380-388, 649
パウエル, V.　Vavasor POWELL（1617-1670）英・説教者、作家　488, 491
パウロ（聖パウロ）St. PAUL（?-65頃）イエスの使徒の一人　28, 29, 42, 44, 45, 206-208, 329
バクルー女伯爵（アン・スコット）Ann Scott, Countess of BACCLEUCH（1651-1732）スコットランド名門貴族の相続人、モンマス公爵の妻　117, 144
バッキンガム公爵　George Villiers, Duke of BUCKINGHAM（1628-87）英・政治家　151
バトシェバ　BATHSHEBA　→ポーツマス女公爵　162, 189
バトラー, S.　Samuel BUTLER（1612/13-80）英・詩人、諷刺作家　6, 215
バートン, R.　Robert BURTON（1577-1640）英・『メランコリーの解剖』

138頃-78） 共和政ローマ・軍人、政治家 50
ステファノ STEPHEN →スタフォード卿 157, 192
ストラッフォード（ストラフォード）伯爵 Thomas WENTWORTH, 1st Earl of Strafford（1593-1641） 英・政治家、チャールズ一世の筆頭政治顧問 4, 18, 22-24, 61, 216, 258-263, 339
スペンサー, E. Edmund SPENSER（1552頃-99）英・詩人 26, 558

[セ]

セドリー, C. Charles SEDLEY（1639-1701） 英・詩人、劇作家、政治家 102
セネカ Lucius Annaeus SENECA（前4頃-65） ローマ・哲学者 265

[ソ]

ソロー, H. D. Henry David THOREAU（1817-1862） 米・随筆家、詩人 611
ソロモン SOLOMON（前1011頃-931頃） イスラエル王国の王（在位前971-931） 189, 193, 209, 451, 452, 596, 597

[タ]

ダーウィン, E. Erasmus DARWIN（1731-1802） 英・生理学者、医師、博物学者、詩人 361
ダヴェナント William D'AVENANT（1606-1668） 英・劇作家 96
タッソー Torquato TASSO（1544-1595） 伊・詩人 332
ダニエル, D. Samuel DANIEL（1562-1619） 英・詩人、歴史家 417
ダビデ DAVID →チャールズ二世（『アブサロムとアキトフェル』においてはその擬えの中でも頻度が特に高く、要参照） 55, 78, 79, 113, 116-121, 128, 132, 134, 137-139, 142, 144, 146, 148, 149, 164, 168, 172-174, 177, 179, 183, 186, 189-191, 193, 424, 431, 444
タルクイニウス Lucius TARQUINIUS Superbus（前6世紀） ローマ・第七代王（在位 前534頃-510頃） 416
ダン, J. John DONNE（1572-1631） 英・詩人、聖職者 6, 26, 200, 249, 647
ダンビイ伯爵 Thomas Osborne, Earl of DANBY（1632-1712） 英・国王派の政治家、首相（1673-79） 177, 184, 186, 187

[チ]

チャールズ一世 CHARLES I（1600-1649） 英・イングランド王およびスコットランド王（在位1625-49） 7, 11, 12, 17, 18, 23, 35, 36, 39, 43, 81, 197, 198, 206, 207, 209, 211, 213, 221, 225-227, 235, 252, 254, 258, 261, 308, 339, 348, 488-491, 646
チャールズ二世 CHARLES II（1630-85） 英・イングランド王およびスコットランド王（在位1660-85） 89, 90, 93, 113, 115, 116, 119, 126, 128, 129, 132, 133, 139, 144, 146, 160, 162, 177, 184, 186-188, 199, 264, 265, 286, 290, 295, 378, 503, 511, 519, 646
チョーサー Geoffrey CHAUCER（1343頃-1400） 英・詩人 26, 91

[ツ]

ツァドク ZADOCK→サンクロフト 172, 190

[テ]

デイヴィッド二世 DAVID II（1324-71） スコットランド王（在位1329-71）、ネヴィルズ・クロスの戦い（1346）でイングランドに敗れ人質となる 224, 225
ディオクレティアヌス Gaius Aurelius Valerius DIOCLETIANUS（245-316） ローマ帝国皇帝（在位284-305）、キリスト教弾圧の勅令を発布 227

（Algernon Sidney）は弟　198, 202, 205
シドニー, P.　Philip SIDNEY（1554-86）英・詩人、軍人、政治家　203, 204, 310, 311, 330, 332, 338, 345, 459, 463, 481, 505
シドニー, R.　Robert SIDNEY, 1st Earl of Leicester（1563-1626）英・詩人、軍人、リール子爵のち初代レスター伯爵、メアリ・ロウスの父、フィリップ・シドニーの弟　205, 310, 311, 316, 459, 481
シドニー, R.　Robert SIDNEY, 2nd Earl of Leicester（1595-1677）英・第二代レスター伯爵、初代レスター伯爵と最初の妻バーバラ・ガメッジ（Barbara Gamage）との間の二男、フィリップ・シドニーの甥、メアリー・ロウスの弟　198, 202, 204, 205
シムイ／シメイ　SHIMEI　→ベセル　154, 155, 177, 190
シムネル, L.　Lambert SIMNEL（1477頃-1534頃）英・王位僭称者　48
ジムリ　ZIMRI　→バッキンガム公爵　151, 191
シーモア, E.　Edward SEYMOUR（1633-1708）英・政治家、下院議長（1673-78）　174, 193
シャドウェル, T.　Thomas SHADWELL（1642頃-92）英・劇作家　90, 93-95, 97-105, 107-110, 185, 265, 266
シャフツベリ伯爵　Anthony Ashley Cooper, Earl of SHAFTESBURY（1621-83）英・ホイッグ急進派指導者として国王と対立　113, 115, 125, 127, 129, 152, 173, 179, 180, 184, 186-189
シャーリー, J.　James SHIRLEY（1596-1666）英・喜劇作家　94, 98, 107
ジャン二世　JEAN II（1319-1364）仏・仏国王（在位1350-64）、百年戦争中ポアチエの戦い（1356）でイングランド軍に捕えられロンドンに送られた　224, 225
ジョン　JOHN（1166/67-1216）英・イングランド王（在位1199-1216、プランタジネット朝）、マグナ・カルタに署名　241, 417
ジョージ（聖ジョージ）　GEORGIOS（英語名St. GEORGE）（3世紀頃）イングランドの守護聖人　82, 226, 227
ジョーンズ, I.　Inigo JONES（1573-1652）英・建築家、舞台装置家　209, 215, 308
ジョーンズ, W.　William JONES（1631-82）英・検事総長　153, 192
ジョンソン, B.　Ben (Benjamin) JONSON（1572/3-1637）英・劇作家、詩人　90, 92, 97, 103-105, 107-109, 203-205, 247, 307-310, 322, 330, 332, 402, 460, 470, 471, 648
ジョンソン, S.／ジョンソン博士　Samuel JOHNSON（1709-84）英・辞書編集家、批評家　26, 216, 245-247, 266
シン　Thomas THYNNE（1648-82）英・西部地方の有力者　164, 192

［ス］

スウィフト, J.　Jonathan SWIFT（1667-1745）英・聖職者、詩人、諷刺作家　389
スカーバラ, C.　Charles SCARBURGH（1615-93）英、医師、王立協会会員　359
スコット, W.　Walter SCOTT（1771-1832）スコットランドの小説家、詩人　12
スタティウス　STATIUS（45頃-96）ローマ・詩人　330
スタフォード（スタッフォード）卿　William Howard, Viscount STAFFORD（1614-80）英・貴族、カトリック陰謀事件に巻き込まれ処刑された　160, 187
スッラ　Lucius Cornelius SULLA（前

英・政治家、ジョージ・クルックの父　253
クレオパトラ　CLEOPATRA（前69-前30）　エジプト・女王（在位 前51-前49, 前48-前30）　90, 416, 417, 450
クロイソス　CROESUS（前595-547頃）リディア王　488, 489
クローフォード伯爵　Ludovic Lindsay, 16thEarl of CRAWFORD（1600-52）英・スコットランド貴族、ピューリタン革命中チャールズ一世側に立った　11, 12
クロムウェル, O.　Oliver CROMWELL（1599-1658）　英・軍人、政治家、ピューリタン革命の指導者、護国卿（1653-58）　5, 26, 27, 38, 49, 58, 59, 61, 64-68, 70-73, 85, 88, 89, 119, 149, 185, 189
クロムウェル, R.　Richard CROMWELL（1626-1712）英・O.クロムウェルの三男、護国卿となるが辞任（1658）27, 73, 119, 185, 189

［ケ］

ケアリー, T.　Thomas CAREW（1594/5-1640）英・王党派詩人　205
ゲーテ　Johann Wolfgang von GOETHE（1749-1832）独・詩人、小説家　267

［コ］

コタレル, C.　Charles COTTERELL（1615-1701）英・政治家　485
ゴドフリー, E. B.　Edmund Berry GODFREY（1621-1678）英・ロンドンの治安判事　187
コラ　CORAH　→オーツ　157, 159, 160, 187, 192
コルネイユ, P.　Pierre CORNEILLE（1606-1684）仏・劇作家　485
コールリッジ, S. T.　Samuel Taylor COLERIDGE（1772-1834）英・詩人、批評家　87
コロンブス, C.　Christopher COLUMBUS（1451-1506）伊・航海者　374
コングリーヴ, W.　William CONGREVE（1670-1729）英・劇作家、詩人　389, 390, 396, 648

［サ］

サウル　SAUL→クロムウェル, O.　119, 142, 143, 159, 189, 190, 192, 431
サムソン　SAMSON　古代イスラエルの士師　178
サックリング, J.　John SUCKLING（1609-41）英・詩人、劇作家　339, 648
サーロウ, J.　John THURLOE（1616-68）政治家、クロムウェル護国卿時代のスパイ活動責任者　5
サンクロフト, W.　William SANCROFT（1617-93）英・カンタベリ大主教　172, 190

［シ］

シェイクスピア, W.　William SHAKESPEARE（1564-1616）英・劇作家、詩人　38, 89, 90, 107, 307, 402, 558
ジェイムズ（ジェームズ）一世　JAMES I（1566-1625）英・イングランド王（在位1603-25）、スコットランド王（ジェイムズ六世として：在位1567-1625）　23, 206, 207, 211, 317, 318, 457
ジェイムズ（ジェームズ）二世　JAMES II（1633-1701）　英・イングランド王および（ジェイムズ七世として）スコットランド王（在位1685-88）　90, 188, 199, 520, 524, 527, 528, 646
シドニー（旧姓ガメッジ）, B.　Barbara SIDNEY (GAMEGE)（1563-1621）英・メアリ・ロウスの母　311, 312, 315, 459
シドニー, D.　Dorothy SIDNEY（1617-83）英・第二代レスター伯爵の長女、アルジャノン・シドニー

オーモンド公爵　James Butler, Duke of ORMONDE（1610-88）　アイルランド出身の軍人、政治家、アイルランド総督　169, 190
オラニエ（オレンジ）公ウィリアム　WILLIAM III of Orange　→ウィリアム三世　188, 520, 527, 528, 646
オリゲネス　ORIGENES（185頃-254頃）　エジプト・キリスト教神学者　113
オリンダ　ORINDA（K.フィリップスの雅名）　→フィリップス, K.　484, 485, 487, 488, 494, 499

［カ］

カウリー, A.　Abraham COWLEY（1618-1667）　英・詩人　25, 26, 45, 51, 84-88, 99, 215, 359-361, 370, 373, 377-379, 387, 523, 551, 552, 554-556, 558, 648, 649
カエサル　Gaius Julius CAESAR（前102頃-44）　ローマ・政治家、軍人、二度にわたりブリテン島に侵攻　71, 222, 223, 416
カートライト, W.　William CARTWRIGHT（1611-43）　英・劇作家　494
カヌート　KNUTE/CANUTE/CNUT（994頃-1035）　デーン人・イングランド王（在位1016-35）兼デンマーク王（在位 1018-35）兼ノルウェー王（在位1028-35）　223
カルー, T.　Thomas CAREW（1595-1639）　英・詩人　310
カレブ　CALEB　153, 191
カンバーランド伯爵夫人　→クリフォード, M.　407, 411, 418, 444, 450

［キ］

キケロー　Marcus Tullius CICERO（前103-43）　ローマ・政治家、著作家　70, 103, 335
キャサリン・オヴ・ブラガンザ　CATHERINE of Braganza（1638-1705）　ポルトガル生まれ・チャールズ二世の王妃　116, 165
キリスト　→イエス　9, 42, 94, 114, 123, 130, 153, 192, 297, 328, 382, 404-406, 413, 418-420, 422, 424, 431, 432, 434, 436, 438, 439, 444, 448, 451, 457, 490, 491, 534, 539, 542, 547, 550, 600, 604
キング, E.　Edward KING（1612-37）　英・ケンブリッジ大学フェロウ　4, 19

［ク］

クラショー, R.　Richard CRASHAW（1613-49）　英・詩人　26, 532, 550-555, 557, 558, 649
クラッスス　Marcus Licinius CRASSUS（前114頃-53）　ローマ・政治家　71
クラレンドン伯爵　Earl of CLARENDON, Edward Hyde（1609-74）　英・政治家、王政復古に尽力　198
クリーヴランド, J.　John CLEVELAND（1613-58）　英・王党派詩人　3-8, 17, 19, 21, 23, 648
クリフォード, A.　Anne CLIFFORD（Countess of Dorset）（1590-1676）　英・日記作家、マーガレット・クリフォード（次項参照）の娘　407
クリフォード, M. R.（カンバーランド伯爵夫人）　Margaret Russell CLIFFORD, Countess of Cumberland（1560-1616）　英・エリザベス一世の侍女　402, 407-409
グリムストン, H.　Harbottle GRIMSTON（1603-1685）　英・法律家、政治家、G・クルックの娘婿　255
グリーン, G.　Graham GREENE（1904-1991）　英・小説家　267
クルック, G.　George CROKE（1560-1641/42）　英・判事、船舶税の違法性を主張　216, 250, 252-257
クルック, J.　John CROKE（?-1600頃）

インノケンティウス三世 INNOCENTIUS III (1160/61-1216) ローマ教皇(在位1198-1216) 241

[ウ]

ヴァインズ, R. Richard VINES (1600-55/56) 英・聖職者、長老派の指導者でウエストミンスター会議メンバー。 3
ウィリアム三世 WILLIAM III (1650-1702) オラニエ公としてオランダ総督(1672-1702)、英国王(メアリ二世と共同統治 1689-94、単独統治 1694-1702) 188, 527
ウェルギリウス Maro Publius VERGILIUS(前70-前19) ローマ・詩人 91, 93, 107, 183, 184, 215, 216, 317, 514
ウェントワース, T. →ストラッフォード伯爵 23
ウォラー, E. Edmund WALLER (1606-87) 英・詩人、政治家 197-202, 204-207, 210-212, 219, 310, 331, 648
ウォーリス, W. William WALLACE (1270頃-1305) 英・スコットランドの愛国者 225
ヴォルテール VOLTAIRE 本名 François-Marie Arouet (1694-1778) 仏・作家、哲学者 267
ヴォーン, H. Henry VAUGHAN (1621-95) 英・聖職者、詩人 560, 561, 611, 649
梅田百合香 (1968-) 日・思想史家 379

[エ]

エサリッジ, G. George ETHEREGE (1636頃-92頃) 英・劇作家 95, 99, 102, 104, 109, 266
エッサイ ダビデの父 79, 444
エドガー EDGAR (944-75) 英・イングランド王(在位959-75) 11
エドワード一世 EDWARD I (1239-1307) 英・イングランド王(在位1272-1307、プランタジネット朝) 225
エドワード黒太子 EDWARD, the Black Prince (1330-76) 英・皇太子(エドワード三世とフィリッパ・オヴ・エノーの長男) 223, 224
エドワード三世 EDWARDE III (1312-77) 英・イングランド王(在位1327-77、プランタジネット朝) 223-227
エドワード五世 EDWARD IV (1470-83) 英・イングランド王(在位1483. 4 月-6 月:戴冠式前に退位させられた) 37
エリオット, T. S. T. S. ELIOT (1888-1965) 英(米生まれ)・詩人、批評家、劇作家 21
エリヤ ELIJAH (前9世紀) イスラエル・預言者 106
エリザベス一世 ELIZABETH I (1533-1603) 英・イングランド王(在位1558-1603) 401, 407

[オ]

オウィディウス/オウィデウス Publius OVIDIUS Naso (前43-後18) ローマ・詩人 67, 91, 114, 264, 510-512
オウエン, A. Anne OWENN (17世紀) 英・K. フィリップスの友人 492
オグルビー, J. John OGILBY (1600-76) スコットランドの著述家、翻訳家、印刷業者 98, 103, 107
オーツ, T. Titus OATES (1649-1705) 英・聖職者、カトリック陰謀事件の首謀者 124, 157-160, 165, 187, 188, 192
オーブリー, J. John AUBREY (1626-97) 英・好古家、伝記作家 4, 200, 201, 205, 215, 216
オーブリー, M. Mary AUBREY (17世紀) 英・K. フィリップスの友人 484

〔人名索引〕

1．人物名（原則として実在の）を、五〇音順に配列した。ただし、ドライデンの詩において現実の人物に重ねられている人物名も、作品性格上項目として挙げ、必要な場合にはその参照先の項目も示した。
2．英・米・仏・伊以外の国名は略記せず、カタカナ表記とした。
3．人物の説明は主として詩・解説等の内容に関わるものに限定した。
4．人名に複数の表記がある場合は、／または（　）で示した。
5．年代における／の表記は、この時代における暦（ユリウス暦／グレゴリオ暦）による新年初日のずれを示す並記の場合が含まれる。

［ア］

アウグストゥス　Gaius Julius Caesar Octavianus AUGUSTUS（前63-後14）ローマ・カエサルの養子、ローマ帝国初代皇帝（在位前27-後14）　92, 510-512
アガグ　AGAG　→スタフォード卿　160, 192
アキトフェル　ACHITOPHEL　→シャフツベリ伯爵　90, 110, 113, 115, 125, 128, 129, 147, 152, 164, 176, 184, 186, 189
アーサー王　King ARTHUR（6世紀頃）古代ブリトン人の伝説的英雄王　223
アタルヤ　ATHALIAH（?-前836）ユダ王国唯一の女王（在位前842頃-36）　78
アドリエル　ADRIEL　→マルグレイブ伯爵　173, 192
アナクレオン　ANACREON（前582頃-485頃）ギリシア・詩人　366, 368, 370
アナベル　ANNABEL　→バクルー女伯爵　117
アブサロム／アブソロン　ABSALOM/ABSOLON→モンマス公爵　90, 110, 112, 113, 115, 116, 118, 130, 146, 152, 160, 176, 179, 184, 186, 189, 190
アミエル　AMIEL　→シーモア　174, 193
アムノン　AMNON　118, 189
アリストテレス　ARISTOTELES（前384-22）ギリシア・哲学者　75, 85, 370-372
アルキビアデス　ALCIBIADES（前450頃-404）アテネの政治家、軍人　16
アルバナクト　ALBANACT　ブルートの息子　223
アン王妃　Queen ANNE　(1574-1619) 英・ジェイムズ一世の王妃　460
アントニウス　Marcus ANTONIUS（前82-前30）ローマ・政治家　416
アンリ四世　HENRI IV　(1553-1610) 仏・仏国王（在位1589-1610）、ブルボン朝創始者　226

［イ］

イエス　JESUS（前4頃-30頃）キリスト教の始祖　83, 329, 405, 406, 419, 424, 433, 434, 436, 440, 446, 453, 457, 540, 544, 550, 573-575, 602-604
イサカル　ISSACHAR　→シン　164, 192
イシュボシェト　ISHBOSHETH　→クロムウェル, R.　119, 189
イソップ　AISOPOS（英語名AESOP）（前619-564頃）ギリシア・寓話作者　107, 229, 489, 504
イーブリン, J.　John EVELYN（1620-1706）英・著述家、日記作家　198

訳者紹介

秋《あき》山《やま》 嘉《よしみ》 研究員・中央大学教授

兼《かね》武《たけ》道《みち》子《こ》 研究員・中央大学教授

笹《ささ》川《がわ》 浩《ひろし》 研究員・中央大学教授

安《あん》斎《ざい》恵《けい》子《こ》 客員研究員・中央大学兼任講師

石《いし》原《はら》直《なお》美《み》 客員研究員・中央大学兼任講師

海《え》老《び》根《ね》 宏《ひろし》 客員研究員・東京大学名誉教授

金《かね》子《こ》雄《ゆう》司《じ》 客員研究員・中央大学名誉教授

上《かみ》坪《つぼ》正《まさ》徳《のり》 客員研究員・中央大学名誉教授

坂《さか》川《がわ》雅《まさ》子《こ》 客員研究員・長野県看護大学元教授

清水《しみず》ちか子 客員研究員・相模女子大学名誉教授

土《つち》屋《や》繁《しげ》子《こ》 客員研究員・関西大学元教授

森《もり》松《まつ》健《けん》介《すけ》 客員研究員・中央大学名誉教授

十七世紀英詩の鉱脈　珠玉を発掘する
中央大学人文科学研究所　翻訳叢書11

2015年3月25日　第1刷発行

編　　者　中央大学人文科学研究所
訳　　者　秋山　嘉　兼武道子
笹川　浩　安斎恵子
石原直美　海老根　宏
金子雄司　上坪正徳
坂川雅子　清水ちか子
土屋繁子　森松健介
発行者　中央大学出版部
代表者　神﨑茂治

〒192-0393
東京都八王子市東中野742-1
発行所　中央大学出版部
電話　042(674)2351・FAX　042(674)2354
http://www.2.chuo-u.ac.jp/up/
印刷・製本　株式会社千秋社

ISBN978-4-8057-5410-8

中央大学人文科学研究所翻訳叢書

1

スコットランド西方諸島の旅

一八世紀英文壇の巨人がスコットランド奥地を訪ねて氏族制の崩壊、アメリカ移民、貨幣経済の到来などの問題に考察を加える紀行の古典。

四六判　三六八頁
定価　二五〇〇円

2

ヘブリディーズ諸島旅日記

一八世紀英文壇の巨人がスコットランド奥地を訪ねて氏族制の崩壊、アメリカ移民、貨幣経済の到来などの問題に考察を加える紀行の古典。

四六判　五八四頁
定価　四〇〇〇円

3

フランス十七世紀演劇集　喜劇

フランス十七世紀演劇の隠れた傑作喜劇4編を収録。喜劇の流れを理解するために「十七世紀フランス喜劇概観」を付した。

四六判　六五六頁
定価　四六〇〇円

4

フランス十七世紀演劇集　悲劇

フランス十七世紀演劇の隠れた名作悲劇4編を収録。本邦初訳。悲劇の流れを理解するために「十七世紀フランス悲劇概観」を付した。

四六判　六〇二頁
定価　四二〇〇円

5

フランス民話集Ⅰ

子供から大人まで誰からも愛されてきた昔話。フランスの文化を分かり易く伝える語りの書。ケルトの香りが漂うブルターニュ民話を集録。

四六判　六四〇頁
定価　四四〇〇円

6

ウィーンとウィーン人

多くの「ウィーン本」で言及されながらも正体不明であった幻の名著。手垢にまみれたウィーン像を一掃し、民衆の素顔を克明に描写。

四六判　一三〇二頁
定価　七二〇〇円

7

フランス民話集Ⅱ

フランスの文化を分かり易く伝える民話集。ドーフィネ、ガスコーニュ、ロレーヌ、ブルターニュなど四つの地方の豊饒な昔話を収録。

四六判　七八六頁
定価　五五〇〇円

8

ケルティック・テクストを巡る

原典および基本文献の翻訳・解説を通して、島嶼ケルトの事蹟と心性を読み解くという、我が国ではこれまで類例のない試み。

四六判　四八〇頁
定価　三三〇〇円

9

異端者を処罰すべからざるを論ず

誰かが誰かの異端であった宗教改革期、火刑をもって異端者を裁いた改革派指導者ベーズを激しく弾劾した寛容の徒カステリヨンの名著。

四六判　五七八頁
定価　四〇〇〇円

10

フランス民話集Ⅲ

フランス民話集の出版は今回で三巻目。フランス・ヨーロッパで脈々と語り継がれてきた口承文化を伝える貴重な翻訳叢書である。

四六判　七三六頁
定価　五二〇〇円

＊価格は本体価格です。別途消費税が必要です。